낙원의 샘

THE FOUNTAINS
OF
PARADISE

낙 원 의 샘

아서 C. 클라크 지음 **고호관** 옮김

아작

여전히 기억 속에 선명하게 남아 있는
레슬리 에카나야케(1947년 7월 13일~1977년 7월 4일)에게
바친다.

그 누구도 비할 바 없이 충실하고 총명하며 자애로웠으며,
평생 단 한 명밖에 없었던 완벽한 친구여.
애정이 가득했던 그대의 빛나는 영혼이
이 세상에서 사라진 순간 수많은 생명의 빛이 꺼졌다.

열반에 도달하였기를.

정치와 종교는 시대에 뒤떨어졌다.
과학과 정신의 시대가 왔다.

— 스리 자와할랄 네루, 실론 과학진흥협회에 보낸 축전,
1962년 10월 15일, 콜롬보에서

일러두기

모든 주석은 옮긴이의 것입니다.

차례

서문   11

1부

궁전

1   칼리다사 ———————— 15

2   공학자 ———————— 22

3   분수 ———————— 31

4   악마의 바위 ———————— 34

5   망원경으로 보다 ———————— 45

6   예술가 ———————— 51

7   신이 된 왕의 궁전 ———————— 56

8   말가라 ———————— 67

9   섬유 ———————— 70

10   궁극의 다리 ———————— 75

11   말 없는 공주 ———————— 88

2부
사원

12 스타글라이터 —————— 102

13 새벽의 그림자 —————— 106

14 스타글라이더의 가르침 ——— 114

15 보디다르마 —————— 119

16 스타글라이더와 나눈 대화 — 127

17 파라카르마 —————— 133

18 황금 나비 —————— 142

19 살라딘 호숫가에서 ——— 145

20 춤추는 다리 —————— 154

21 판결 —————— 162

3부
범종

22 배교자 —————— 169

23 우주 불도저 —————— 173

24 신의 손가락 —————— 184

25 궤도 룰렛 —————— 187

26 베삭일 전야 —————— 191

27 아소카 우주정거장 ——— 195

28 첫 강하 —————— 201

29 마지막 접근 —————— 208

30 왕의 군대 ——————— 214

31 퇴거 ——————— 218

4 부

탑

32 우주급행 ——————— 225

33 코라 ——————— 233

34 현기증 ——————— 237

35 스타글라이더 이후 80년 ——— 249

36 무자비한 하늘 ——————— 251

37 10억 톤짜리 다이아몬드 ——— 259

5 부

상승

38 폭풍이 조용히 몰아치는 곳 —— 265

39 상처 입은 태양 ——————— 269

40 선로의 끝 ——————— 276

41 운석 ——————— 279

42 궤도 위의 죽음 ——————— 282

43 안전장치 ——————— 285

44 하늘의 동굴 ——————— 290

45 적임자 ——————— 299

46 스파이더 ——————— 304

47 오로라 너머 ——————— 313

48 저택의 밤 ——————— 320

49 거친 낙하 ——————— 325

50 낙하하는 반딧불 ——————— 330

51 입구에서 ——————— 333

52 또 다른 승객 ——————— 338

53 서서히 끝나다 ——————— 345

54 상대성 이론 ——————— 351

55 도킹 ——————— 354

56 발코니에서 본 전망 ——————— 361

57 마지막 새벽 ——————— 365

58 칼리다사의 승리 ——————— 371

자료 출처와 감사의 말   379

덧붙임   388

서문

"낙원에서 타프로바네까지는 40리그.
낙원의 샘 소리가 들릴지도 모른다."

— 서기 1335년 마리뇰리 수사가 남긴 전승 기록

내가 타프로바네라고 부른 나라가 실제로 있다고는 할 수 없지만, 90퍼센트 정도는 실론섬, 즉 지금의 스리랑카와 일치한다. '자료 출처와 감사의 말'에서 장소와 사건, 인물이 어떻게 사실에 근거하고 있는지 분명히 밝히겠지만, 이야기가 비현실적일수록 현실에 가깝다고 생각하는 독자는 별로 없을 것이다.

'타프로바네'라는 이름은 영어에서는 보통 '타브로베인'이라고 발음한다. 그러나 정확한 원래 발음은 '타프-로브-아-니'*다. 물론 밀턴은 잘 알고 있었듯이….

"인도와 말레이 반도에서,
그리고 인도 가장 끝의 섬 타프로바네에서…"

— 존 밀턴, 《복락원》, 제4권

* 이 책에서 표기는 로마자 표기법에 따라 '타프로바네'로 쓴다.

1부

궁전

1

칼리다사

왕관은 해가 갈수록 무거워졌다. 보디다르마 마하나야케 테로 주지승려가 참으로 못마땅한 기색을 내비치며 머리에 처음 얹어 주었을 때, 칼리다사 왕자는 왕관이 생각보다 가볍다는 데 깜짝 놀랐었다. 20년이 지난 지금 칼리다사 왕은 궁전의 예법이 허락하는 한, 보석으로 수놓은 그 황금 고리를 기꺼이 벗어 버리곤 했다.

바람이 휘몰아치는 암석 요새의 정상에서는 그런 예법이 거의 필요치 않았다. 범접하기 어려울 정도로 높은 이곳에는 알현하기를 원하는 사절이나 청원자가 거의 없었다. 야카갈라까지 여행해 온 이들마저도, 웅크린 사자의 턱을 통과해 지나가야 하는 이 마지막 등반길 앞에서 대부분 발걸음을 돌려 버리고 말았다. 천상을 바라보는 이 왕좌는 늙은 왕이 앉을 수 있는 자리가 아니었다. 언젠가는 칼리다사 왕도 궁전에 오기 어려울 정도로 쇠약해질지 몰랐지만, 그 날이 과연 오게 될지는 자신도 의문이었다.

왕을 늙는다는 굴욕에서 벗어나게 해줄 수 있는 적은 많았다.

지금도 그런 적들이 모여들고 있었다. 타프로바네*의 피 묻은 왕좌를 차지하기 위해 이복동생이 이끌고 오는 군대가 벌써 눈에 보이기라도 하는 것처럼, 칼리다사 왕은 북쪽으로 슬쩍 눈길을 돌렸다. 그러나 위협은 아직 먼 곳에 있었고, 그 사이에는 계절풍이 휘몰아치는 바다가 있었다. 점성술사보다 첩자를 더 신뢰하는 칼리다사 왕도 그 둘의 의견이 같다는 데는 안심이 됐다.

이복동생 말가라는 이런저런 계획을 세우고 외국 왕들의 지지를 그러모으며 거의 20년을 참고 기다렸다. 하지만 그보다 훨씬 더 가까운 곳에 인내심이 월등히 더 깊고 속을 알기 어려운 적이 하나 더 있었다. 그 적은 남쪽 하늘에서 끊임없이 자신을 지켜보았다. 완벽한 원뿔 모양으로 중앙 평원에 우뚝 솟아 있는 신성한 스리칸다 산의 모습은 오늘따라 유난히 가까워 보였다. 태초 이래 그 산을 본 사람은 누구나 마음속 깊은 곳에서 경이감을 느꼈다. 칼리다사 왕은 그 산이 풍기는 존재감과 그것이 상징하는 힘을 마음속에서 떨쳐버릴 수가 없었다.

그렇지만 마하나야케 테로 주지승려에게는 군대도, 놋쇠로 만든 엄니를 휘두르면서 울부짖으며 전장으로 돌진하는 전투 코끼리도 없었다. 이 고위 승려는 그저 주황색 가사를 입은 노인으로, 가지고 있는 물건이라고는 탁발할 때 쓰는 바리때와 햇빛을 가리기 위한 종려 잎이 전부였다. 그보다 지위가 낮은 승려와 시자(侍者)들이 경전을 읊을 때도 그저 한가운데서 다리를 포개고

* 스리랑카의 옛 이름

묵묵히 앉아 있을 뿐이었다. 그런데도 무슨 조화인지 왕들의 운명을 주무르곤 했으니 참으로 기묘한 일이었다.

날이 매우 맑아서 칼리다사 왕은 멀리 떨어져 있는 사원을 볼 수 있었다. 사원은 스리칸다 산의 꼭대기에 놓인 조그맣고 하얀 활촉 같았다. 어느 모로 봐도 인간이 세웠다고는 할 수 없는 모습이었다. 그걸 보면 칼리다사 왕은 젊은 시절 마힌다 대왕의 궁전에 손님이자 인질로 머물고 있을 때 그보다 훨씬 더 큰 산들을 어렴풋이 봤던 일이 떠올랐다. 마힌다의 제국을 수호하는 거대한 산에는 모두 꼭대기에 눈부시고 투명한 물질로 된 장식이 있었다. 타프로바네의 언어에는 그런 물질을 설명하는 단어가 없었다. 힌두교도는 물이 마술처럼 바뀌어서 생긴 물질이라고 믿었지만, 칼리다사 왕은 미신이라고 웃어넘겼었다.

상아색으로 빛나는 저곳까지는 걸어서 사흘이 걸렸다. 숲과 논을 지나는 왕도를 따라 하루, 구불거리는 계단을 올라가는 데 이틀. 하지만 칼리다사 왕은 그 계단을 두 번 다시 오를 수 없었다. 그 끝에는 유일하게 두려워하는 적이자 정복할 수 없는 상대가 있었기 때문이다. 불빛이 가느다란 선을 그리며 산을 오르는 광경을 보면 가끔 순례자가 부러울 때가 있었다. 비루한 거지조차도 성스러운 새벽을 맞이하고 신의 은총을 받을 수 있지만, 이 땅을 모두 다스리는 자신은 그럴 수가 없었다.

그러나 왕에게도 잠깐이나마 위안거리로 삼을 만한 게 있었다. 해자와 성벽으로 둘러싸인 안쪽에는 연못과 분수, 왕국의 부를 아낌없이 쏟아부은 '쾌락의 정원'이 있었다. 이 모든 것에 질린다면, 여자가 있었다. 피와 살로 이뤄진 여인을 불러들이는 일은 갈수록 줄어들었지만, 달리 믿을 사람이 없는 칼리다사 왕은 언제까지나 변하지 않도록 바위에 그려 놓은 불멸의 여인 200명에게 속마음을 털어놓곤 했다.

서쪽 하늘에서 천둥소리가 울렸다. 칼리다사 왕은 위협을 가하는 듯한 불길한 산의 모습에서 시선을 거두고 비가 오기를 바라며 먼바다를 바라보았다. 올해는 계절풍이 늦었다. 복잡하게 얽힌 섬의 관개 시설에 물을 대는 인공호수가 거의 다 말라버렸다. 매년 이맘때쯤이면 그중에서 가장 큰 호수가 반짝이는 모습이 보이곤 했다. 신하들이 아직도 감히 그 호수에 아버지의 이름을 붙여서 '파라바나 사무드라', 즉 '파라바나의 바다'라고 부른다는 건 칼리다사 왕도 알고 있었다.

호수를 만드는 일은 여러 세대에 걸쳐 고생한 끝에 30년 전에야 마무리됐다. 커다란 수문이 열리고 생명의 물이 목마른 땅을 적시는 순간, 지금보다 행복했던 젊은 날의 칼리다사 왕자는 아버지 파라바나 왕 옆에 자랑스럽게 서 있었다. 잔잔하게 물결치는 드넓은 인공호수에 황금의 도시이자, 꿈을 이루기 위해 포기한 고대 수도 라나푸라의 돔과 첨탑이 비칠 때면, 왕국 어디에도 이보다 아름다운 광경은 없었다.

천둥이 한 번 더 쳤다. 그러나 칼리다사 왕은 그게 아무것도 약속하지 않는다는 점을 알고 있었다. 이곳 악마의 바위 정상에서도 공기는 고요하고 메말랐다. 계절풍이 시작된다고 알리는 갑작스럽고 예상할 수 없는 돌풍은 전혀 없었다. 기다리던 비가 오기 전에 기근까지 골칫거리 목록에 올라갈지도 몰랐다.

"전하." 궁전 대신의 인내심 깊은 목소리가 들렸다. "사절이 떠나려고 합니다. 전하께 인사를 드리고 싶다고 합니다."

'아아, 그래. 서쪽의 큰 바다 건너에서 온 피부가 창백한 대사 두 명 말이로군!' 칼리다사 왕은 두 사람이 떠나는 게 아쉬웠다. 끔찍한 수준의 타프로바네어로 말하긴 했어도, 대사들은 새로운 소식과 경이로운 이야기를 많이 들려줬다. 물론 하늘 위로 솟은 이 요새이자 궁전에 버금가는 건 없다는 사실은 모두 인정했지만.

칼리다사 왕은 꼭대기가 하얀 산과 바싹 말라 어른거리는 풍경에 등을 돌리고, 알현실을 향해 화강암 계단을 내려갔다. 뒤에서 의전 담당관과 시종들이 작별 인사를 하려고 기다리는 키크고 자부심 넘치는 사내들에게 선물로 줄 상아와 보석을 들고 따라왔다. 조만간 그자들은 타프로바네에서 받은 선물을 가지고 바다를 건너 라나푸라보다 몇 세기나 젊은 도시로 갈 것이다. 그리고 어쩌면 한동안은 하드리아누스 로마 황제의 음울한 관심을 다른 데로 돌릴 것이다.

사원의 흰 회반죽 벽 위에 너울거리는 주황색 불길 같은 가사 자락을 흔들며, 마하나야케 테로 주지승려는 천천히 북쪽에 있는 난간을 향해 걸어갔다. 저 아래에는 지평선에서 반대쪽 지평선까지 바둑판 모양으로 늘어선 논과 어두운 선처럼 보이는 용수로와 파랗게 빛나는 '파라바나의 바다'가 보였다. 내해와 같은 이 인공호수 너머에는 라나푸라의 신성한 돔 여럿이 희끄무레한 거품처럼 비쳤다. 그곳까지의 거리가 얼마인지를 안다면 호수가 말도 안 될 정도로 크다는 사실을 알 수 있을 것이다. 주지승려는 끊임없이 변하는 전경을 바라보며 30년의 세월을 보냈지만, 눈 깜짝할 때마다 바뀌는 그 복잡한 모습을 세세하게 파악하는 건 불가능했다. 색채와 계절마다 바뀌는 수많은 경계, 하물며 흘러가는 구름 하나하나까지. 마하나야케 테로 주지승려는 자신이 세상을 뜨는 그 날에도 뭔가 새로운 것을 보게 되리라고 생각했다.

정교하게 짜여 있는 풍경 속에서 단 한 가지가 거슬렸다. 비록 이 높이에서 보면 작았지만, 회색빛 악마의 바위는 이질적인 침입자 같았다. 사실 전설에 따르면 야카갈라 바위는 약초가 난 히말라야 산 정상의 한 조각으로, 〈라마야나〉*에 나오는 전투가 끝났을 때 원숭이 신 하누만이 상처를 입은 동료를 치료하기 위해 서둘러 치료약과 산을 나르다가 떨어드렸다고 했다.

물론 이 정도 거리에서는 칼리다사 왕이 범한 어리석음의 소산을 자세히 볼 수 없었다. 쾌락의 정원 가장자리를 둘러싼 방어벽인 것 같은 희미한 선이 전부였다. 그런데도 악마의 바위가 가하는 충격은 대단해서 일단 한 번 겪으면 잊을 수가 없었다. 마하나야케 테로 주지승려는 바로 지금 그 자리에 서 있기라도 하듯이, 깎아지른 절벽에서 툭 튀어나와 있는 거대한 사자의 발톱을 머릿속에서 선명하게 그릴 수 있었다. 머리 위로는 흉벽이 위협하듯 놓여 있고, 저주받은 왕이 아직도 그 위를 걷고 있다고 생각해도 이상할 게 없었다.

하늘에서 천둥이 치더니 순식간에 산을 뒤흔드는 듯한 굉음

* '라마 왕의 일대기'라는 뜻의 고대 인도 산스크리트로 된 대서사시

으로 바뀌었다. 진동이 연속으로 이어지며 하늘을 가로질러 동쪽으로 사라졌다. 지평선을 따라 한참 동안 메아리가 울렸다.

이게 곧 찾아올 비를 알리고 있다고 오해할 사람은 없었다. 비는 앞으로 3주 뒤에나 올 예정이었다. 계절풍 통제실에서 내는 오차는 결코 24시간을 넘지 않았다. 반향이 사라지자 마하나야케 테로 주지승려는 동행에게 말했다.

"재돌입 궤도를 헌납한 대가가 너무 크군." 불법(佛法)을 대표하는 이치고는 좀 과하게 짜증이 난 말투였다. "소음은 측정했나?"

젊은 승려가 손목에 찬 마이크를 향해 짧게 말했다. 그리고 잠시 대답을 기다렸다. "네. 최대 120데시벨이었습니다. 지난번 기록보다 5데시벨이 높습니다."

"케네디 통제센터나 가가린 통제센터에 평소처럼 항의하게. 어느 쪽이든, 아니 다시 생각해 보니 양쪽 모두에 하는 게 낫겠어. 어차피 달라질 건 없겠지만."

보디다르마 마하나야케 테로, 이 이름을 85번째로 이어받은 인물은 하늘을 가로지른 수증기 구름이 천천히 사라지는 모습을 보다가 갑자기 아주 승려답지 못한 상상을 했다. 오래전 칼리다사 왕이었다면 궤도까지 올리는 데 필요한 킬로그램당 비용 생각밖에 못 하는 우주 정기선 운영자에게 적당한 처분을 내렸을 것이다. 아마도 신체 관통이나 금속 발굽을 한 코끼리, 아니면 끓는 기름 같은 것과 관련이 있는….

그러나, 당연한 말이지만, 2천 년 전에는 삶이란 게 훨씬 단순했다.

2

공학자

아쉽게도, 해마다 수가 줄어들고 있는 친구들은 그 남자를 요한이라고 불렀다. 세상이 아직 기억하고 있던 시절에는 라자라고 불렸다. 이 사람의 본명은 타프로바네의 500년 역사를 요약해 보여주었다. '요한 올리버 데 알위스 스리 라자싱헤.'

소위 그 바위를 찾아온 관광객들이 카메라와 캠코더를 들고 이 남자를 찾아다니던 때도 있었지만, 요즘 세대는 라자싱헤가 태양계에서 가장 얼굴이 알려진 인물이던 시절을 전혀 몰랐다. 인류 전체의 감사를 받았던 터라 영예로운 과거가 아쉽지는 않았다. 그러나 부질없지만 저질러 버린 실수가 아쉽기도 했고, 조금만 더 앞을 내다봤거나 참았다면 구할 수 있었던 생명을 생각하면 슬프기도 했다.

역사적인 관점에서 보게 된 지금에야 오클랜드 위기를 막기 위해서, 혹은 사마르칸트 조약에 마지못해 조인한 나라를 규합하기 위해 어떻게 해야 했는지 쉽게 알 수 있었다. 과거에 어쩔 수 없이 저지른 실수를 두고 자책한다는 건 어리석은 짓이다. 그런데도 양심 때문에 괴로울 때가 있었다. 오래전 파타고니아에서 맞은 총알이 남긴 아픔은 희미해져 가는 데 반해….

라자싱혜의 은퇴가 이렇게 길어지리라고 생각한 사람은 없었다. "6개월 안에 돌아오게 될 거요." 세계대통령이었던 추는 이렇게 말했다. "권력이란 중독되게 마련이니까."

"전 그렇지 않을 겁니다." 라자싱혜는 대답했다. 진심이었다.

따지고 보면 권력이 늘 먼저 찾아왔다. 그가 나서서 권력을 갈구한 적은 없었다. 게다가 그 권력이란 것도 아주 특수했다. 집행 권한이 없는 자문역으로, 제한적인 권력밖에 없었다. 라자싱혜는 대통령과 평의회에만 직접 책임을 지는 특별 정무보좌관(대사 대리)이었다. 직원의 수도 10명을 넘지 않았다. 물론 '아리스토텔레스'를 포함하면 11명이지만. (라자싱혜의 콘솔은 여전히 '아리'의 기억장치와 처리장치에 직통으로 연결되어 있었고, 둘은 1년에 몇 번 정도 이야기를 나눴다.) 그러나 일이 막바지에 접어들면서 평의회는 무조건 라자싱혜의 조언을 따랐고, 세상은 주목을 받지도 영광을 누리지도 못한 평화부의 관료에게 갔어야 할 공로를 라자싱혜에게 돌렸다.

그리하여 유명세를 독차지한 건, 분쟁 지역을 돌아다니며 여기서는 자존심을 추켜세워 주고, 저기서는 위기를 해소하고, 능란한 기술로 진실을 조작했던 무임소 대사 라자싱혜였다. 물론 거짓말은 하지 않았다. 그랬다가는 돌이킬 수 없었을 것이다. '아리'의 완전무결한 기억력이 아니었다면, 인류의 평화를 위해 때로는 어쩔 수 없이 복잡하게 얽히도록 짜놓은 거미줄을 통제할 수 없었다. 그 자체를 유희처럼 즐기게 되자 그만둬야겠다는 생각이 들었다.

그게 20년 전이었고, 그 뒤로 한 번도 그 결정을 후회해 본 적이 없었다. 권력욕에는 굴하지 않았어도 지루함에는 못 이길 거라고 예상했던 사람들은 라자싱혜라는 인물이나 그 사람의 출신을 몰랐다. 라자싱혜는 젊은 나날을 보냈던 들과 숲으로 돌아갔다. 그리고 어린 시절을 지배했던 거대하고 불길한 바위에서 불과 1킬로미터 떨어진 곳에 자리를 잡았다. 사실 라자싱혜의 저택은 쾌락의 정원을 둘러싼 넓은 해자 안쪽에 있었다. 그리고 칼리다사 왕의 건축가가 설계한 분수는 2천 년 동안의 침묵을 깨고 이제 라자싱혜의 앞마당에서 물을 뿜어 올렸다. 물은 아직도 돌로 만든 원래의 수로를 따라 흘렀다. 아무것도 변한 게 없었다. 다만 바위 위 높은 곳에 놓인 수조에 물을 채우는 게 땀 흘리는 노예들이 아니라 전기 펌프라는 사실이 다를 뿐이었다.

라자싱혜는 이제껏 해왔던 다른 어떤 일보다도 역사가 충만한 땅을 은퇴 생활을 보낼 장소로 확보했다는 게 더욱 만족스러웠다. 결코 이루지 못하리라고 생각했던 꿈이 실현된 것이다. 이를 얻어내기 위해 온갖 외교 수완을 모두 발휘해야 했다. 고고학부에 가한 교묘한 압박은 덤이었다. 훗날 의회에서 관련 질문이 나왔지만, 다행히 답변은 하지 않고 넘어갈 수 있었다.

확장해 놓은 해자 덕분에 웬만큼 집요한 관광객이나 학생이 아니면 라자싱혜를 방해하지 못했다. 1년 내내 꽃이 흐드러지게 피는 변종 아소카 나무로 만든 두꺼운 담장은 바라보는 눈길도 막아주었다. 담장을 이루는 나무 위에는 원숭이 가족 몇이 살기도 했다. 원숭이는 구경하기에는 좋았지만, 가끔은 저택으로 들어와 마음에 드는 작은 물건을 집어가곤 했다. 그럴 때면 짧은 종족 간 전쟁이 벌어지곤 했다. 폭죽을 터뜨리거나 경고하는 뜻으로 울부짖는 소리를 녹음해 두었다가 트는 것인데, 유인원뿐만 아니라 인간도 괴롭기는 마찬가지였다. 게다가 실제로 해를 끼치지는 않는다는 사실을 오래전에 간파한 원숭이들은 어차피 금세 돌아왔다.

타프로바네의 황홀한 석양이 서쪽 하늘의 모습을 바꿔 놓고 있을 때 조그만 삼륜 전기차 한 대가 조용히 나무 사이로 들어오더니 현관의 화강암 기둥 옆에 섰다. (기둥은 후기 라나푸라 시대의 촐라 왕조풍으로, 여기에 놓는다는 건 완전히 시대착오적이었다. 하지만 그런 지적을 하는 사람은 사라스 교수뿐이었으며, 사라스는 어딜 가나 항상 그런 사람이었다.)

오랜 세월에 걸친 호된 경험을 바탕으로 라자싱헤는 결코 첫인상을 믿어서는 안 된다는 사실을 알고 있었다. 그러나 무시할 수만도 없었다. 라자싱헤는 바니바 모건이 그 업적만큼이나 덩치가 크고 위압적인 사람일 거라고 내심 예상했었다. 그런데 막상 보니 그 공학자는 키가 평균에도 한참 못 미치는 데다가 얼핏 보면 허약하다고 할 정도였다. 그러나 날씬한 몸은 전부 근육질이었고, 까마귀처럼 새까만 머리카락이 51세라는 나이보다 한참 젊어 보이는 얼굴을 장식했다.

'아리'가 가진 개인 파일의 영상은 모건을 제대로 보여주지 못했다. 그 모습만 보면 모건은 낭만주의 시인이거나 연주회 피아니스트, 혹은 능란하게 수천 명을 매료시킬 수 있는 위대한 배우여야 했다. 라자싱헤는 사람이 가진 힘을 알아볼 수 있었다. 그게 원래 자신이 하던 일이었다. 그리고 지금 마주하고 있는 건 바로 그런 힘이었다. 라자싱헤는 종종 되뇌곤 했다. '작은 사람을 조심하라. 세상을 움직이거나 뒤흔들 수 있는 이들이다.'

거기까지 생각이 미치자 문득 처음으로 불안감이 들었다. 옛 친구와 적이 이 먼 곳까지 찾아와 새로운 소식을 교환하고 과거를 회상하는 일은 거의 매주 있었다. 규칙적으로 꾸준히 할 일이 생기는 셈이라 라자싱헤는 그런 방문을 환영했다. 그리고 그런 모임의 목적과 화제가 되는 범위에 대해서는 아주 정확하게 알았다.

그러나 아무리 더듬어 봐도 라자싱헤와 모건은 같은 시대에 살고 있다는 점 말고는 공통의 관심사가 없었다. 만난 적도 없고, 이전에 통신을 교환해 본 적도 없었다. 사실 라자싱헤는 모건이라는 이름도 간신히 알아들었다. 더욱 희한한 건 그 공학자가 이 만남을 비밀로 해 달라고 요청했다는 점이었다.

승낙하기는 했지만 기분이 썩 좋지는 않았다. 평화롭게 살아가는 지금, 비밀 같은 건 반갑지 않았다. 질서정연한 삶에 뭔가 중대한 수수께끼가 끼어드는 건 라자싱헤가 가장 꺼리는 일이었다. 이제 보안국과는 영원히 볼 일이 없었다. 10년 전, 아니 그 전이었던가? 개인 경호원은 라자싱헤 자신의 요청에 따라 철수했다.

기분이 거슬렸던 건 조그만 비밀 때문이 아니라 완전히 어리둥절했기 때문이었다. 지구건설공사의 육지 부문 책임공학자가 사인을 부탁하거나 평범한 관광객처럼 뻔한 소리나 하겠다고 수천 킬로미터를 날아올 리는 없었다. 뭔가 구체적인 목적이 있을

게 분명했다. 그런데 아무리 생각을 해 봐도 그게 뭔지 떠오르지 않았다.

라자싱헤는 공직에 있던 시절 한 번도 지구건설공사와 일을 해 본 적이 없었다. 육지와 해양, 우주의 세 부문으로 이뤄진 그곳은 거대한 조직이었지만, 세계연방의 전문 집단 중에서는 가장 조용했다. 기술적인 실패 때문에 시끄러워질 때만, 혹은 환경이나 역사보존 단체와 정면으로 충돌하는 일이 생길 때만 지구건설공사가 수면 위로 드러났다. 마지막으로 벌어졌던 이런 충돌은 남극 수송관, 극지방에 있는 광대한 매장지에서 액화한 석탄을 세계각지의 발전소와 공장으로 보내기 위해 만든 21세기 공학의 기적과 관련된 일이었다. 생태학에 도취한 지구건설공사는 아직 남아 있는 수송관을 전부 철거해 육지를 펭귄에게 되돌려주겠다는 계획을 제시했다.

그런 문화파괴 행위에 분노한 산업고고학자들은 즉각 항의하고 나섰으며, 자연주의자들은 펭귄이 방치된 수송관을 아주 좋아한다는 사실을 지적했다. 수송관이 펭귄에게 전에 없던 거주지가 되어 준 덕분에 펭귄의 개체 수는 범고래가 감당할 수 없을 정도로 급격히 늘어났다. 지구건설공사는 저항 한번 해보지 못하고 항복했다.

라자싱헤는 모건이 이 사소한 패배와 관련이 있는지는 알지 못했다. 어차피 상관은 없었다. 모건이라는 이름은 지구건설공사가 이룩한 가장 위대한 승리와 이어져 있었으므로….

그것은 이름하여 '궁극의 다리'였다. 그럴 만도 했다. 라자싱헤 역시 세계 사람 절반과 함께, 역시 세기의 경이 중 하나인 그

라프 제펠린 2호가 교각의 마지막 부분을 부드럽게 들어 올리는 모습을 지켜보았다. 하중을 줄이기 위해 비행선의 호화 시설은 모두 제거한 뒤였다. 그 유명한 수영장도 물이 전부 빠진 상태였고, 반응로는 여분의 열을 가스주머니로 보내 추가로 부력을 만들어냈다. 1천 톤이 넘는 중량이 수직으로 3킬로미터를 끌려 올라가는 일은 사상 최초였지만, 전부 아무런 사고 없이 (수백만 명 정도는 분명히 실망했겠지만) 이뤄졌다.

역사상 인류가 만든, 그리고 앞으로도 만들기 힘들 최고의 다리에 경의를 표하지 않고 헤라클레스의 기둥을 지나가는 배는 없을 것이다. 지중해와 대서양이 맞닿는 곳에 선 5킬로미터 높이의 쌍둥이 기둥은 그 자체만으로도 세계에서 가장 높은 구조물이었다. 이 둘은 15킬로미터에 달하는 공간을 두고 서로 마주보고 있었는데, 그 사이에는 오로지 지브롤터교가 그리는 믿을 수 없을 정도로 우아한 아치밖에 없었다. 그 다리를 구상한 인물을 만난다는 건 특권일 수도 있었다. 비록 그 사람이 약속보다 한 시간 늦긴 했지만….

"죄송합니다, 대사님." 모건이 삼륜차에서 내리며 말했다. "늦어서 폐를 끼친 게 아닌지 모르겠습니다."

"괜찮습니다. 저는 시간이 자유로우니까요. 식사는 하셨겠지요?"

"네. 로마에서 환승편이 끊어졌는데, 다행히 점심은 맛있는 것으로 주더군요."

"야카갈라 호텔 식사보다는 나았을 겁니다. 오늘 밤 머무실 방을 준비해 뒀습니다. 여기서 1킬로미터밖에 안 떨어져 있습니다. 아무래도 내일 아침 식사 뒤에야 이야기할 수 있을 것 같군요."

모건은 실망스러운 눈치였지만, 알았다는 듯이 어깨를 으쓱해 보였다.

"음, 그동안 할 일은 많으니까요. 호텔에는 업무용 시설이 있겠지요? 아니면 표준 단말기라도요."

라자싱혜는 웃었다.

"전화기보다 더 성능이 좋은 게 있을 것 같지는 않습니다. 그런데 제게 더 나은 생각이 있어요. 30분쯤 뒤에 제가 친구 몇 명을 그 바위로 데리고 갈 예정이거든요. 제가 적극적으로 추천하는 송에뤼미에르 공연*이 있는데, 함께 가시면 좋겠습니다."

라자싱혜는 모건이 예의에 어긋나지 않게 거절할 구실을 찾느라 머뭇거린다는 사실을 알아챘다.

"감사합니다. 하지만 사무실에 꼭 연락해야 해서요…."

"제 콘솔을 이용하시면 됩니다. 제가 보증하지요. 멋진 공연일 겁니다. 그리고 한 시간밖에…. 아, 제가 깜빡했군요. 여기 계신 걸 알리기 싫으신 거군요. 그러면 태즈메이니아 대학에서 온 스미스 박사로 소개하겠습니다. 제 친구들은 박사님을 알아보지 못할 겁니다."

손님을 기분 나쁘게 할 생각은 없었다. 하지만 순간 모건의 얼굴에는 불쾌한 기색이 역력했다. 전 외교관의 본능이 자동으로 끼어들었다. 라자싱혜는 앞으로 참고하기 위해 모건의 반응을

* 유적 등에서 빛과 음향을 써서 벌이는 공연

기억해 두었다.

"분명히 그렇겠지요." 모건이 말했다. 라자싱헤는 그 목소리에서 씁쓸한 기분이 뚜렷하게 드러나는 것을 알아챘다. "스미스 박사라는 이름이면 될 겁니다. 그러면 대사님의 콘솔을 좀 써도 될까요?"

'흥미롭지만, 아마 중요한 일은 아닐 거야.' 라자싱헤는 손님을 저택으로 안내하며 생각했다. 임시로나마 가설을 하나 세워보자면, 모건은 뭔가 불만이 있었고, 어쩌면 낙담하고 있을지도 몰랐다. 이유는 알기 어려웠다. 자신의 분야에서 최고를 달리고 있는 사람이 아닌가. 무엇을 더 바라는 걸까?

한 가지 명백한 답이 있었다. 라자싱헤는 그 증상을 아주 잘 알았다. 자신의 경우에는 그 병이 오래전에 사라져 버렸기 때문일 수도 있었지만.

"명성은 박차일지니…." 라자싱헤는 생각에 잠긴 채 조용히 읊었다. 그다음이 어떻게 이어지더라? "고귀한 정신의 마지막 약점…, 즐거움을 멸시하고, 수고로운 나날을 살아가게 한다."

그랬다. 그거라면 아직은 예민한 안테나가 감지한 욕구불만을 설명할 수 있을지도 몰랐다. 문득 라자싱헤는 유럽과 아프리카를 잇는 거대한 무지개가 거의 항상 '그 다리'라고 불린다는 사실을 깨달았다. 때로는 '궁극의 다리'나 '지브롤터교'라고 할 때도 있지만, '모건의 다리'라고는 절대 일컫지 않았다.

'흠, 명성을 구하는 거라면 여기서는 찾지 못할 거요, 모건 박사.' 라자싱헤는 생각했다. '그렇다면 도대체 어쩐 일로 이 조용하고 작은 땅 타프로바네를 찾아온 거요?'

3

분수

코끼리와 노예들은 며칠 동안이나 무자비한 태양 아래에서 땀을 흘리며 끝도 없이 이어진 물동이를 절벽 위로 끌어올렸다. "준비되었느냐?" 왕이 몇 번이고 물었다. "아직 안 되었습니다, 전하." 장인이 대답했다. "수조가 아직 가득 차지 않았습니다. 하지만 내일이라면 아마도…."

내일은 오고야 말았다. 궁전 신하 모두가 쾌락의 정원에 모여들어 밝은색 차양 아래 섰다. 왕은 지원자들이 흔드는 거대한 부채로 땀을 식혔다. 의전 담당관에게 뇌물을 주고 얻어 낸 이 위험한 특권은 부로도, 죽음으로도 이어질 수 있는 명예였다.

모두가 그 바위의 정면을 바라보았다. 꼭대기에서 조그만 형체가 움직이더니 깃발 하나가 펄럭였다. 한참 아래쪽에서 뿔나팔 소리가 짧게 울렸다. 절벽 아래에 있던 일꾼들이 격렬하게 레버를 조작해 밧줄을 끌어올렸다. 그러나 한참 동안 아무 일도 벌어지지 않았다.

왕이 슬슬 얼굴을 찡그리기 시작했다. 궁전 신하들이 덜덜 떨었다. 부채조차 몇 초 동안 움직임을 멈췄지만, 이 일의 위험성을 떠올린 지원자들은 곧 더 빨리 흔들었다. 그때 야카갈라 바위의 발치에 서 있던 일꾼들이 환호성을 질렀다. 기쁨과 승리의 외침은 꽃이 깔린 길을 따라 점점 가까워졌다. 그와 함께 다른 소리도 들렸다. 그다지 크지는 않았지만, 억눌려 있던 불가항력적인 힘이 담긴 소리가 목적지를 향해 밀려 들어왔다.

마치 마술처럼 땅속에서 가느다란 물줄기가 하나씩 구름 한 점 없는 하늘을 향해 솟구쳐 올라갔다. 물줄기는 어른 남자 네 명의 키와 맞먹는 높이에서 사방으로 흩어지며 꽃처럼 생긴 물보라를 만들었다. 물방울을 뚫고 지나가는 햇살은 무지갯빛 안개를 만들어 풍경을 더욱 기묘하고 아름답게 만들었다. 타프로바네 역사상 이와 같은 경이는 없었다.

왕이 웃었다. 신하들도 간신히 한숨을 돌렸다. 이번에는 땅속에 묻힌 수관이 압력을 받아 터지지 않았다. 불행했던 전임자들과 달리 수관을 놓은 벽돌공들은 칼리다사 왕을 위해 고생한 다른 사람들과 함께 노년에 도달할 희망이 충분히 생긴 셈이었다.

서쪽으로 저무는 해처럼, 눈치채지 못하는 사이에 분수는 점점 낮아지고 있었다. 이내 어른 남자의 키보다도 낮아졌다. 고생스럽게 채운 저수조가 거의 비어 버린 것이다. 그러나 왕은 만족스러웠다. 왕이 한 손을 들어 올렸다. 분수가 마지막으로 절을 하듯이 잠깐 수그러들었다가 다시 솟아오르고는 곧 조용히 사라졌다. 거울 같은 연못 위로 물결이 한동안 일렁였다. 그러고는 곧 다시 거울처럼 잔잔해지며 영원불멸한 바위를 비췄다.

"잘했다." 칼리다사 왕이 말했다. "일꾼들을 자유롭게 풀어 줘라."

물론 얼마나 잘했는지는 아무도 정확히 이해하지 못할 것이다. 예술가 왕의 고독한 시각을 공유하는 이는 아무도 없었다. 칼리다사 왕은 훌륭하게 가꿔 놓은 야카갈라 궁전 주위의 정원을 둘러보면서 더할 나위 없이 만족했다.

바로 이곳, 바위 아래에서 칼리다사 왕은 낙원을 구상하고 창조했다. 이제 정상에 천국을 만드는 일만 남았다.

4

악마의 바위

　빛과 소리를 절묘하게 이용해 만든 이 야외극에는 여전히 라자싱헤의 마음을 움직이는 힘이 있었다. 이미 열 번도 넘게 봐서 내용을 속속들이 다 알고 있음에도 그랬다. 물론 이건 바위를 찾아온 관광객이 모두 거쳐야 하는 의례였다. 사라스 교수 같은 비평가들은 단지 관광객용으로 만든 '즉석 역사'라고 불평했지만, 즉석 역사라고 해도 역사가 전혀 없는 것보다는 나았다. 사라스 교수와 동료들이 2천 년 전에 정확히 어떤 순서로 일이 벌어졌는지를 놓고 격렬하게 싸우는 동안은 이 정도로 충분할 것이다.

　조그만 원형극장은 야카갈라 바위 궁전의 서쪽 벽을 마주했다. 좌석 200개는 관객 하나하나가 올바른 각도에서 레이저 프로젝터를 볼 수 있도록 세심하게 배치해 놓았다. 공연은 1년 내내 정확한 시각, 오후 7시에 시작했다. 언제나 변함없는 시각에 저무는 적도의 햇빛이 마지막으로 사라지는 때였다.

　이미 너무 어두워서 바위는 보이지 않았지만, 초저녁 별빛을 가리는 거대하고 시커먼 그림자로서 존재감을 과시했다. 어둠 속에서 느릿느릿하고 나직한 북소리가 들리더니 곧 차분하고 조용한 목소리가 흘러나왔다.

"아버지를 살해하고 동생에게 죽임을 당한 왕의 이야기입니다. 피로 물든 인류의 역사 속에서는 전혀 새로운 일이 아닙니다. 그러나 이 왕은 영원불멸한 기념물, 그리고 오랜 세월을 전해 내려온 전설을 남겼습니다…."

어둠 속에서, 라자싱헤는 오른쪽에 앉아 있는 모건을 슬쩍 바라보았다. 윤곽밖에 보이지 않았지만, 이미 마법 같은 해설에 빠져들었음을 알 수 있었다. 외교관 시절에 만난 친구들인, 왼쪽에 있는 다른 손님 두 명도 마찬가지였다. 모건에게 장담했듯이, 이 친구들은 '스미스 박사'를 알아보지 못했다. 설령 알았더라도 예의상 모르는 척하고 있으리라.

"그 왕의 이름은 칼리다사였습니다. 예수 탄생 100년 뒤에, 오랫동안 타프로바네의 왕들이 수도로 삼아왔던 황금의 도시인 라나푸라에서 태어났습니다. 그러나 칼리다사 왕의 출생에는 그림자가 드리워 있었습니다…."

울려 퍼지는 북소리에 관악기와 현악기가 가세하자 음악이 점점 커지면서 장엄하고 잊기 어려운 선율을 밤공기에 새겼다. 바위 정면에서 광점이 불타오르더니 순식간에 넓게 퍼졌다. 그러더니 갑자기 과거로 향하는 마법의 창문으로 변하며 실제보다 훨씬 더 생생하고 다채로운 세계가 열렸다.

'연출이 정말 멋지군.' 모건은 생각했다. 이번만큼은 일해야 한다는 강박을 억누르고 예의를 지킨 보람이 있었다. 모건은 가장 총애하는 후궁이 첫아들을 안겨줄 때 파라바나 왕이 기뻐하는 모습을 지켜보았다. 그리고 불과 24시간 뒤에 왕비가 더 자격이 있는 왕위 계승자를 생산하자 그 즐거움은 배가 되면서 동시에 줄어들었다. 칼리다사 왕자는 비록 먼저 태어났지만, 왕위 계승권에서는 첫 번째가 아니었다. 비극이 펼쳐지기에 알맞은 무대였다.

"그런데도 소년 시절 초기에 칼리다사 왕자와 이복동생 말라가 왕세자는 가장 친한 친구였습니다. 서로 경쟁해야 한다는 운명과 두 사람을 둘러싸고 점점 격화되는 암투를 거의 의식하지 못한 채 함께 자랐습니다. 처음으로 문제가 생긴 이유는 출생과는 무관했습니다. 그저 누군가 좋은 의도로 준 선물 때문이었습니다.

파라바나 왕의 궁전에는 중국의 비단, 힌두스탄의 황금, 로마 제국의 번쩍이는 갑주 등 여러 나라의 공물을 지닌 사절이 찾아오곤 했습니다. 그러던 어느 날, 정글에서 온 평범한 사냥꾼 한 명이 왕가를 기쁘게 할 생각으로 선물을 하나 들고 이 위대한 도시로 찾아왔습니다…."

사방에서 보이지 않는 관객들이 '어머'나 '아아' 하며 합창하듯 감탄했다. 모건은 동물을 썩 좋아하는 사람이 아니었지만, 어린 칼리다사 왕자의 품속에 의지하듯 앉아 있는 순백의 조그만 원숭이가 사랑스럽다는 사실은 인정할 수밖에 없었다. 주름진 작은 얼굴에 자리 잡은 커다란 두 눈망울은 오랜 세월을, 그리고 인간과 짐승 사이의 불가사의하지만 결코 이어질 수 없는 것만은 아닌 간극 너머를 바라보고 있었다.

"기록을 살펴봐도 그런 원숭이는 처음이었습니다. 털은 우유처럼 희고, 분홍색 눈은 마치 루비가 박힌 것 같았습니다. 어떤 사람들은 좋은 징조라고 생각했지만, 어떤 사람들은 불길한 징조라고 여겼습니다. 하얀색은 죽음과 상복의 색이었기 때문입니다. 안타깝게도, 전혀 근거 없는 우려가 아니었습니다.

칼리다사 왕자는 이 작은 짐승을 사랑했습니다. 왕자는 〈라마야나〉에 나오는 용감한 원숭이 신의 이름을 따 하얀 원숭이를 '하누만'이라고 불렀습니다. 왕의 보석장인이 작은 황금 수레를 만들어 주었고, 하누만은 그 안에 점잖게 앉아서 궁전을 돌아다니며 보는 사람들을 재미있고 즐겁게 해주었습니다.

하누만도 칼리다사 왕자를 사랑해서 다른 사람은 자신을 건드리지도 못하게 했습니다. 특히 말가라 왕세자에게 예민하게 굴었습니다. 마치 곧 다가올 경쟁을 감지한 것 같았습니다. 그러던 어느 날, 불행하게도 하누만은 왕위 계승자를 물었습니다.

살짝 물었을 뿐이지만, 결과는 엄청났습니다. 며칠 뒤 하누만은 독을 먹고 죽었습니다. 왕비의 명령임이 분명했습니다. 그때 칼리다사 왕자의 어린 시절이 끝났습니다. 그 뒤로는 다른 사람 누구도 사랑하거나 신뢰하지 않았다고 합니다. 그리고 말가라 왕세자에 대한 우애도 가차 없는 적의로 바뀌었습니다.

작은 원숭이 한 마리의 죽음이 일으킨 문제는 이게 다가 아니었습니다. 왕의 명령에 따라 전통적인 종 모양의 사당이나 사리탑과 같은 모양으로 하누만을 위한 특별한 무덤을 만들게 됐습니다. 이건 평범한 일이 아니었기 때문에 그 즉시 승려들의 반발을 불러일으켰습니다. 사리탑은 부처의 유골을 위한 것이었으며, 이런 행동은 고의적인 모독으로 보였던 것입니다.

그게 진짜 의도였는지도 모릅니다. 그즈음 파라바나 왕은 힌두교 스와미* 한 명에게 감화를 받아 불교 신념을 저버리고 있었기 때문입니다. 칼리다사 왕자는 이런 갈등에 말려들기에는 너무 어렸지만, 상당수의 승려가 칼리다사 왕자에게서 등을 돌렸습니다. 앞으로 왕국을 찢어 놓을 반목은 이렇게 시작된 것입니다.

타프로바네의 고대 역사 속에 수록된 여러 이야기와 마찬가지로, 하누만과 어린 칼리다사 왕자의 이야기 역시 흥미로운 전설에 그치지 않는다는 증거는 지난 2천 년 동안 찾지 못했습니다. 그러다 2015년에 하버드대의 고고학자 팀이 라나푸라의 궁전터에서 조그만 사당의 기초를 발견했습니다. 벽돌로 만든 상부구조가 아예 사라진 것으로 보아 그 사당은 고의로 파괴당한 것 같았습니다.

기초 위에 으레 있게 마련인 사리실은 비어 있었습니다. 내용물은 몇 세기 전에 도난당한 게 분명했습니다. 그러나 연구자들에게는 오래전의 보물 사냥꾼이 상상조차 하지 못했던 도구가 있었습니다. 중성미자 탐지기로 더욱 깊은 곳에서 두 번째 사리실을 찾아냈던 겁니다. 위쪽에 있던 사리실은 미끼였고, 자기 역할을 훌륭하게 수행했습니다. 아래쪽의 사리실에는 수 세기 동안 간직하고 있던 사랑과 미움의 짐이 그대로 남아 있었습니다. 하누만은 지금 라나푸라 박물관에서 안식처를 찾았습니다."

모건은 언제나 스스로 상당히 냉철하고 감상적이지 않으며,

* 힌두교 종교 지도자

감정에 휘둘리지 않는 사람이라고 생각했다. 누가 봐도 그럴 만했다. 그런데 당황스럽게도 갑자기 눈물이 글썽거렸다. 모건은 동행인들이 알아차리지 못하기를 바랐다. '감상적인 음악과 신파조의 이야기 좀 들었다고 다 큰 사내가 감동을 해 버리다니 꼴이 말이 아니군!' 모건은 마음속으로 화가 났다. 어린아이의 장난감을 보고 눈물이 나오리라고는 상상해 본 적도 없었다.

그때 문득 40년도 더 전에 있었던 한 가지 일이 떠올랐다. 자신이 이렇게 깊이 감동한 이유를 알 수 있었다. 모건의 눈에 어린 시절 몹시도 아끼던 연이 그때 자주 놀러 다녔던 시드니 공원 위에서 급강하하거나 양옆으로 흔들리는 모습이 보였다. 따뜻한 햇볕과 등의 맨살에 닿는 부드러운 바람이 느껴졌다. 그러다 갑자기 돌풍이 불면서 연이 지상을 향해 곤두박질쳤다. 연은 그 나라보다도 더 오래되었을 거대한 떡갈나무 가지에 걸렸다. 바보 같게도 모건은 연을 떼어내겠다며 실을 잡아당겼다. 그리고 재료 강도에 대한 첫 번째 교훈을 얻었다. 평생 잊지 못할 교훈이었다.

실은 나뭇가지에 걸린 바로 그 부분에서 끊어졌고, 연은 천천히 낮아지면서 미친 듯이 회전하며 여름 하늘 속으로 날아가 버렸다. 모건은 행여나 연이 땅 위에 떨어질까 싶어 물가까지 달려갔다. 그러나 바람은 어린 소년의 소망을 들어주지 않았다.

모건은 산산조각이 난 연의 잔해가 돛대 부러진 배처럼 떠내려가며 거대한 항구를 벗어나 먼바다로 향하다가 마침내 보이지 않게 될 때까지 한참 동안 그 자리에 서서 울었다. 기억하고 못 하고를 떠나서 한 남자의 어린 시절을 만든 여러 가지 사소한 비극의 시작이었다.

물론 그때 모건이 잃어버린 건 생명이 없는 장난감일 뿐이었다. 눈물을 흘린 이유도 슬픔이라기보다는 불만에 가까웠다. 칼리다사 왕자에게는 분노를 느낄 만한 심원한 이유가 있었다. 아직도 장인의 작업장에서 갓 나온 것처럼 보이는 조그만 황금 수레 안에는 작고 하얀 유골이 있었다.

모건은 이어지는 역사 이야기를 잠시 듣지 못했다. 눈물을 거두고 나자 10여 년이 지났다. 복잡한 집안싸움이 이어졌다. 누가 누구를 죽였다는 건지 제대로 이해할 수 없었다. 군대 사이의 전투가 끝나고 최후의 단검이 땅에 떨어지자 말가라 왕세자와 왕비는 인도로 도망쳤고, 칼리다사 왕자는 왕위를 찬탈하고 아버지를 투옥했다.

찬탈자가 파라바나 선왕을 처형하지 않은 건 아버지에 대한 정 때문이 아니라 선왕이 말가라 왕세자를 위해 비밀리에 모아 두었던 재물을 갖고 있다고 생각했기 때문이었다. 칼리다사 왕이 이를 믿고 있는 동안은 안전했다. 그러나 결국 파라바나 선왕은 이런 기만에 질려 버렸다.

"나의 진짜 부를 보여주겠다." 파라바나 선왕은 아들에게 말했다. "전차를 가져와라. 너를 그곳으로 데려다주마."

그러나 파라바나 선왕은 조그만 하누만과 달리 생애 마지막 여행을 늙은 황소가 끄는 수레를 타고 떠났다. 기록에 따르면 바퀴가 고장 나서 가는 내내 삐걱거렸다고 한다. 이런 세세한 내용은 역사학자들이 굳이 지어낼 이유가 없으니 아마도 사실일 것이다.

칼리다사 왕의 예상과 달리 선왕은 왕국의 중심부에 물을 대는 호수, 만드는 데 치세의 대부분을 소모한 거대한 인공호수로 가라고 명령했다. 파라바나 선왕은 커다란 제방 가장자리로 가더니 호수 건너편을 바라보고 있는, 실제의 두 배 크기인 자신의 조각상을 바라보았다.

"잘 있게, 옛 친구여." 잃어버린 권력과 영광의 상징이며, 두 손으로 영원히 이 내해의 지도를 들고 우뚝 서 있는 석상을 향해 파라바나 선왕이 말했다. "나의 유산을 보호해다오."

이윽고 선왕은 칼리다사와 호위병의 엄중한 감시를 받으며 배수로를 따라 나 있는 계단을 내려가더니 멈추지 않고 호수로 걸어 들어갔다. 허리까지 차오르는 곳에서 파라바나 선왕은 손으로 물을 떠올리더니 머리 위로 뿌렸다. 그러고는 자랑스럽고 흐뭇한 표정으로 칼리다사 왕을 돌아보았다.

"바로 여기다, 아들아." 파라바나 선왕은 드넓게 펼쳐져 있는 순수한 생명의 물을 향해 손짓하며 외쳤다. "바로 이것이 내 보물이다!"

"죽여라!" 실망감에 분노한 칼리다사 왕이 소리 질렀다.

병사들은 명령에 따랐다.

그렇게 하여 칼리다사 왕은 타프로바네의 주인이 됐다. 그러나 그 대가는 누구라도 감수하기를 꺼릴 정도였다. 기록에 의하면 칼리다사 왕은 '다음 생에 대한, 그리고 동생에 대한 두려움'에 휩싸여 살았다. 조만간 말가라 왕세자가 자신의 정당한 자리를 요구하며 돌아올 것이었다.

몇 년 동안은 칼리다사 왕도 선대 왕들이 오랫동안 그랬듯이

라나푸라에 궁전을 두었다. 그러다가 기록으로는 알 수 없는 모종의 이유로 수도의 왕궁을 버리고 정글 속으로 40킬로미터 떨어진 야카갈라의 외로운 바위산으로 옮겼다. 혹자는 칼리다사 왕이 동생의 복수에서 안전해지기 위해 난공불락의 요새를 원했기 때문이라고 한다. 그런데 종국에 칼리다사 왕은 요새의 보호를 걷어차고 나왔다. 게다가 그게 단순히 요새였다면, 성벽이나 해자 못지않게 만드는 데 노동력이 많이 필요했을 게 분명한 드넓은 쾌락의 정원으로 야카갈라 바위를 둘러쌀 이유가 있었을까? 다른 걸 떠나서, 프레스코화는 왜 있을까?

해설자가 이런 질문을 던지자 바위의 서쪽 벽 전체가 어둠 속에서 나타났다. 오늘날 그대로가 아니라 2천 년 전에 그랬을 법한 모습이었다. 지상에서 100미터 위쪽의 바위 양쪽 끝에 이르는 기다란 부분은 평평하게 다듬어져 회반죽칠이 되어 있었다. 그 위에는 아름다운 여인 수십 명의 실물 크기 상반신 초상이 그려져 있었다. 어떤 여인은 옆모습이었고, 어떤 여인은 얼굴이 모두 보였다. 이들은 모두 똑같은 양식을 따랐다.

황갈색 피부에 관능적인 가슴. 여인들은 보석만 걸치고 있거나 속이 거의 다 비치는 상의만 입었다. 일부는 정교하게 만든 높은 머리 장식을 했고, 나머지는 왕관이 분명해 보이는 것을 썼다. 꽤 많은 여인이 화분을 들고 있거나, 엄지와 검지 사이에 꽃 한 송이를 우아하게 끼고 있었다. 절반 정도는 다른 여인에 비해 피부가 더 검고, 시녀처럼 보였지만, 머리쓰개나 보석이 정교하기로는 마찬가지였다.

"예전에는 200명이 넘는 여인의 그림이 있었습니다. 그러나 오랜 세월 동안 비바람에 지워지고 위쪽의 튀어나온 바위의 보호를 받은 20명만 살아남았습니다….”

영상이 확대되더니, 진부하지만 달리 이보다 더 적당할 수도 없는 곡, ‘아니트라의 춤’에 맞춰 칼리다사 왕이 꾼 꿈의 마지막 생존자들이 하나씩 어둠 속에서 떠올랐다. 그 세월 동안 비바람에 마모되고 흐려졌으며, 심지어는 고의로 훼손까지 당했지만, 여인들의 아름다움은 그대로였다. 색채는 50만 번을 넘게 석양을 받고도 퇴색되지 않고 여전히 생생했다. 여신이든 평범한 여자든, 이들은 바위의 전설이 살아 숨 쉬게 해왔다.

“이들이 누구인지, 무엇을 나타내는지, 왜 그렇게 접근하기도 어려운 곳에 애써 그림을 그렸는지는 아무도 모릅니다. 가장 그럴듯한 이론은 이들이 천상의 존재이며, 칼리다사 왕이 여기에 공을 들인 건 지상에 여신들이 딸린 천국을 만들기 위해서라는 겁니다. 어쩌면 칼리다사 왕은 이집트의 파라오가 그랬던 것처럼 자신이 신이자 왕이라고 여겼는지도 모릅니다. 그래서 스핑크스의 모습을 빌어 자신의 궁전 입구를 수호하도록 했던 건지도요.”

이제 영상은 기슭에 있는 작은 호수에 반사된 바위를 멀리서 바라보는 모습으로 바뀌었다. 물이 일렁이자 야카갈라의 윤곽이 흔들리면서 흩어졌다. 얼마 뒤 다시 나타난 바위는 성곽과 흉벽, 첨탑에 빽빽하게 둘러싸였다. 그 모습은 선명하게 보이지 않았다. 마치 꿈속에서 보는 모습처럼 감질나게 초점이 흐려졌다.

‘칼리다사’라는 이름 자체를 말살해버리려고 한 자들이 파괴하기 전의 공중 궁전이 실제로 어떤 모습이었는지는 알 길이 없었다.

"칼리다사 왕은 이곳에서 언젠가 다가오리라고 생각했던 운명을 기다리며 거의 20년을 살았습니다. 첩자들은 말가라 왕세자가 남부 힌두스탄 왕들의 도움을 받아 끈기 있게 군대를 모으고 있다는 사실을 분명히 알렸을 겁니다.

마침내 말가라 왕세자가 쳐들어왔습니다. 칼리다사 왕은 바위 꼭대기에서 침략자가 북쪽에서 진군해오는 모습을 봤습니다. 아마도 칼리다사 왕은 이 성채가 난공불락이라고 생각했을 겁니다. 그러나 그걸 시험해 보지는 않았습니다. 이 훌륭하고 안전한 요새를 떠나 두 군대의 중간지점에서 동생을 맞이했습니다. 마지막으로 만났을 때 이 둘이 무슨 이야기를 나눴는지는 누구나 무척 궁금할 겁니다. 어떤 이들은 헤어지기 전에 포옹했다고 합니다. 사실일지도 모릅니다.

파도가 밀어닥치듯 양군이 조우했습니다. 칼리다사 왕은 자신의 영역에서, 그 땅을 잘 아는 병사들을 이끌고 싸웠습니다. 처음에는 칼리다사 왕이 승리를 가져갈 것으로 보였습니다. 그러나 그때 국가의 운명을 결정하는 우연이 일어났습니다.

왕의 깃발로 화려하게 장식한 칼리다사 왕의 전투 코끼리가 늪지를 피하려고 방향을 틀었습니다. 방어군은 왕이 후퇴하고 있다고 생각했습니다. 전의를 잃어버렸던 것입니다. 기록에 따르면 군대는 바람에 흩날리는 먼지처럼 뿔뿔이 흩어졌습니다.

킬라다사 왕은 스스로 목숨을 끊은 채 전장에서 발견됐고, 말가라 왕세자는 왕이 됐습니다. 야카갈라 궁전은 정글 속에 버려진 채 1,700년이 지난 뒤에서 다시 발견됐습니다."

5

망원경으로 보다

라자싱헤가 짓궂은 재미를 느끼면서도 다소 죄스럽게 생각하는 '은밀한 악행'이 하나 있었다. 마지막으로 야카갈라 궁전 꼭대기에 올라가 본 건 벌써 몇 년 전이었다. 마음만 먹으면 언제든 공중으로 날아올라 갈 수 있지만, 그러면 전과 같은 성취감을 느낄 수가 없었다. 쉽게 올라가는 길을 택하면 건축물의 가장 매력적인 세부 모습을 전부 지나칠 수밖에 없었다. 쾌락의 정원에서 공중 정원으로 이어지는 길을 따라가지 않고서 칼리다사 왕의 마음을 이해하기란 요원했다.

그러나 나이가 들어가는 사람도 상당히 만족할 수 있을 만한 다른 방법이 있었다. 오래전에 라자싱헤는 구경이 20센티미터로 작지만, 성능이 뛰어난 망원경을 손에 넣었다. 이걸 쓰면 바위의 서쪽 벽면 전체를 마음대로 돌아다닐 수 있었다. 양안식 접안경을 들여다보고 있자면, 손을 뻗어서 깎아지른 듯한 화강암 절벽을 만질 수 있을 정도로 가까운 허공에 떠 있는 느낌이 들었다.

오후 늦게 저물어가는 햇빛이 위쪽에서 툭 튀어나와 프레스코화를 보호하는 바위 아래를 비추면, 라자싱헤는 그 그림을 찾아가 궁녀들의 모습을 보며 찬탄했다. 모두가 마음에 들었지만, 특별히 아끼는 여인도 몇몇 있었다. 때때로 라자싱헤는 가급적 고풍스러운 표현을 써서 마음속으로 그 여인들에게 말을 걸곤 했다. 물론 자신이 아는 가장 오래된 타프로바네어도 그 시대에서 1천 년이 더 흐른 뒤의 말이라는 사실은 잘 알고 있었다.

살아 있는 사람들이 바위를 기어 올라가고, 정상에서 서로 사진을 찍어주고, 프레스코화를 감상하며 어떤 반응을 보이는지 관찰하는 일도 재미있었다. 사람들은 마치 말 없는 유령처럼 자유롭게 옆에서 따라다니며 각자 무슨 표정을 짓는지, 어떤 옷을 입었는지 가까이서 자세히 들여다볼 수 있는 질투심 넘치고 은밀한 구경꾼이 있다는 사실을 전혀 몰랐다. 망원경의 성능은 그정도로 뛰어나 만약 라자싱헤가 독순술을 할 줄 알았다면 관광객 사이의 대화도 엿들을 수 있었을 것이다.

이것을 관음증이라고 부를 수는 있겠지만, 어쨌든 손해를 끼치는 일은 아니었다. 그리고 손님에게 보여주기도 하는 터라 이작은 '악행'은 비밀이라고 할 수도 없었다. 야카갈라 궁전에 관해 알려주는 데 있어 망원경 만한 것도 별로 없었다. 게다가 다른 유용한 용도로도 썼다. 기념품을 훔쳐가려는 시도를 보고 경비원에게 알려준 적도 몇 번 있었고, 바위에 자기 이름 약자를 새기려다가 잡혀서 깜짝 놀란 관광객도 한두 명이 아니었다.

아침에는 망원경을 들여다보는 일이 거의 없었다. 그때는 해가 야카갈라 궁전 너머에 있어서 그림자가 지는 서쪽 면에서 보이는 게 거의 없었다. 3세기 전에 유럽인 농장주들이 도입한 유쾌한 현지 문화인 '침대에서 마시는 차 한 잔'을 즐기고 있을 이른 아침에 망원경을 써 본 적은 아무리 기억을 더듬어 봐도 없었다.

그런데 널찍한 창문 너머로 야카갈라 궁전의 모습이 거의 한눈에 들어오는 지금, 라자싱헤는 바위 꼭대기에서 하늘을 배경으로 반쯤은 그림자가 된 채 움직이는 조그만 형체를 보고 깜짝 놀랐다. 갓 동이 튼 이른 시각에 관광객이 정상에 올라가는 일은 결코 없었다. 경비원이 프레스코화까지 올라가는 엘리베이터의 잠금을 해제하려면 앞으로 한 시간은 더 있어야 할 것이다. 라자싱헤는 한가하게 누워서 도대체 저렇게 부지런한 사람은 누구일지 궁금했다.

라자싱헤가 침대에서 빠져나와 바틱 기법으로 염색한 밝은 색깔 사룽*을 걸쳤다. 그리고 맨몸으로 베란다로 나가 망원경을 지지하고 있는 튼튼한 콘크리트 기둥으로 향했다. 라자싱헤는 새 먼지 덮개를 사서 덮어줘야겠다고 50번째쯤으로 마음을 먹으며 짧고 튼튼한 경통을 바위 쪽으로 돌렸다.

"그럴 줄 알았어!" 라자싱헤는 망원경의 배율을 높이며 만족스럽게 읊조렸다. 당연하게도, 모건은 지난밤에 본 공연에 깊은 인상을 받은 모양이었다. 얼마 안 되는 여유 시간을 활용해 칼리다사 왕의 건축가들이 눈앞에 놓인 과제를 어떻게 해결했는지 직접 두 눈으로 확인해보고 있으니 말이다.

---

* 인도네시아, 말레이반도 등지에서 남녀가 허리에 두르는 민속 의상

그때 라자싱헤는 뭔가를 깨닫고 흠칫 놀랐다. 모건이 꼭대기의 평탄한 땅 가장자리에서 불과 몇 센티미터 떨어진 곳을 활보하고 있었다. 그 너머는 깎아지른 절벽이라 웬만한 관광객은 가까이 다가갈 엄두도 내지 못했을뿐더러 '코끼리 왕좌'에 앉아 심연을 향해 두 발을 덜렁거릴 수 있는 관광객도 많지 않았다. 그런데 지금 이 공학자는 한 손으로 석조물을 적당히 붙잡고, 그 옆에 무릎을 꿇고 앉아서 허공으로 몸을 내민 채 아래쪽 바위 면을 살펴보고 있었다. 야카갈라 궁전 정도의 익숙한 높이에서도 결코 편안한 기분이었던 적이 없는 라자싱헤로서는 보고 있기가 어려웠다.

두 눈을 의심하며 몇 분 동안 쳐다보고 있던 라자싱헤는 모건이 높이에 전혀 영향을 받지 않는 희귀한 사람이 틀림없다고 생각했다. 아직 훌륭하기는 했지만 가끔 장난을 치기도 하는 기억 속에서 뭔가 떠오르려고 했다. '나이아가라 폭포 위에서 줄타기를 했던 프랑스인이 있지 않았나? 심지어 중간에서 요리를 해 먹기도 했는데?' 증거가 워낙 많았기에 망정이지 라지싱헤는 그런 말을 절대 믿지 않았을 것이다.

여기에도 그와는 다르지만 뭔가 비슷한 점이 있었다. '모건과 관련이 있는 사건이…, 그게 무엇일까? 모건이라…, 모건….' 일주일 전까지만 해도 거의 모르던 사람이었다.

아, 그랬다. 하루 이틀 정도 언론을 즐겁게 했던 짧은 논쟁이 있었다. 모건이라는 이름을 처음 들어본 건 그때가 분명했다.

계획 중이었던 지브롤터교의 설계책임자가 깜짝 놀랄 만한 혁신안을 내놓았다. 어차피 차량은 모두 자동운행장치로 움직이니까 도로 양옆에 난간이나 가드레일이 있을 필요가 전혀 없다는 것이다. 그걸 없애면 재료를 수천 톤이나 절약할 수 있었다. 당연히 누구나 그게 아주 끔찍한 계획이라고 생각했다. "자동차의 유도장치가 고장 나면 어떻게 될 것인가?" 사람들은 이렇게 물었다. "그러면 자동차가 가장자리로 향하지 않겠는가?" 설계책임자는 답변할 말이 있었다. 불행히도, 다소 지나치게 많았다.

만약 자동운행장치가 고장 난다면, 누구나 알다시피 자동으로 제동이 걸린다. 자동차는 100미터도 가지 않아 멈출 것이다. 가장자리를 넘어서 추락할 가능성이 있는 곳은 가장 바깥쪽 차선뿐인데, 그러기 위해서도 자동운행장치, 센서, 브레이크가 한꺼번에 고장이 나야 한다. 그건 20년에 한 번 일어날까 말까 한 일이다.

여기까지는 괜찮았다. 그런데 그때 설계책임자는 괜한 말을 덧붙이고 말았다. 기사화를 의도한 건 아니었을 테고, 아마도 반쯤 농담이었을 것이다. 어쨌거나 모건은 말했다. "만약 그런 사고가 일어난다면 자동차가 아름다운 다리에 손상을 입히지 않고 빨리 떨어져 줄수록 기쁘겠다."

말할 것도 없이, 완성된 지브롤터교의 최외곽 차선 옆에는 결국 보호케이블이 쭉 늘어섰다. 라자싱헤가 아는 한 지중해로 추락한 자동차는 아직 없었다. 그러나 모건은 이곳 야카갈라 궁전에서 중력에 몸을 맡겨 목숨을 끊으려고 작정한 것 같았다. 그렇지 않다면 그 행동을 설명할 도리가 없었다.

'이제는 또 무엇을 하는 걸까?' 모건은 코끼리 왕좌 옆에 무릎을 꿇고 앉아서 작고 네모난 상자를 들고 있었다. 모양과 크기가 오래된 책과 비슷했다. 그 상자가 자세히 보이지는 않지만,

이 공학자가 그걸 사용하는 방식은 도무지 이해가 되지 않았다. 일종의 분석 장치일 수도 있겠지만, 모건이 왜 야카갈라 궁전 바위의 구성 성분에 관심을 두는지는 알 수 없었다.

'이곳에 뭔가 건설하려는 걸까?' 허가가 날 리도 없겠지만, 라자싱헤는 이런 장소가 눈길을 끌 만한 이유가 떠오르지 않았다. 다행히 요즘에는 과대망상증에 빠진 왕이 거의 없었다. 어쨌거나 라자싱헤는 분명히 느꼈다. 지난밤에 보인 반응으로 볼 때 모건은 타프로바네에 오기 전에 야카갈라 궁전에 대해 들어본 적이 없었다.

바로 그때 라자싱헤는, 평소 아무리 극적이고 예상하지 못했던 상황에서도 평정심을 잃지 않는다고 자부해왔음에도 자기도 모르게 외마디 비명을 내질렀다. 모건이 절벽 너머의 아무것도 없는 허공으로 태연하게 뒷걸음질 쳤던 것이다.

6

예술가

"페르시아인을 데려오너라." 칼리다사 왕은 숨을 가라앉히자마자 말했다. 프레스코화에서 코끼리 왕좌까지 올라오는 건 어렵지 않았다. 게다가 깎아지른 바위를 내려가는 계단에 벽까지 설치한 지금은 무척이나 안전했다. 그러나 힘이 들었다. 칼리다사 왕은 앞으로 몇 년이나 더 아무런 도움을 받지 않고 이 길을 갈 수 있을지 궁금했다. 물론 노예들이 떠메고 갈 수 있겠지만, 그러면 왕으로서 위신이 서지 않았다. 더구나 자신이 지은 천상의 궁전에 속한 수행원인 100명의 여신과 그에 못지않게 아름다운 100명의 궁녀를 다른 누군가가 보게 된다는 건 도저히 참을 수가 없었다.

그리하여 이제부터는 밤낮을 가리지 않고 계단으로 향하는 입구에 경비병을 세워 둘 생각이었다. 궁전에서 칼리다사 왕이 창조한 은밀한 천국으로 가는 길은 그것 하나뿐이었다. 10년 동안 고생한 결과 이제야 겨우 꿈이 이루어졌다. 산꼭대기의 질투심 넘치는 승려들은 부정할지 모르겠지만, 칼리다사 왕은 마침내 신이 된 것이다.

오랫동안 타프로바네의 햇빛을 받아왔음에도 피르다즈는 여전히 로마인처럼 피부색이 연했다. 왕을 향해 절을 하니 더욱더 창백해 보였다. 그리고 어딘가 불안해 보였다. 칼리다사 왕은 생각에 잠긴 채 피르다즈를 쳐다보다가 평소와 달리 너그럽게 웃어 보였다.

"잘했다, 페르시아인이여." 칼리다사 왕이 말했다. "세상에 이보다 더 잘할 수 있는 예술가가 있느냐?"

자부심과 조심스러움 사이를 오가던 피르다즈가 머뭇거리며 대답했다.

"제가 아는 한은 없습니다, 전하."

"그러면 보수는 충분했느냐?"

"꽤 만족스럽습니다."

칼리다사 왕은 그게 제대로 된 대답이 아니라고 생각했다. 그동안 돈과 인력, 먼 곳에서만 구할 수 있는 값비싼 재료를 더 달라는 요청이 끊이지 않았다. 그러나 예술가가 경제를 이해할 도리가 없었다. 궁궐과 주변 환경을 만드는 데 드는 엄청난 비용 때문에 왕실의 재화가 얼마나 빠져나갔는지도.

"이제 여기 일이 끝났으니 원하는 바가 있느냐?"

"전하께서 허락해 주시면 이스파한*으로 돌아가 고향 사람들을 다시 만나고 싶습니다."

---

* 알렉산더 대왕에 의해 무너진 제국 페르시아의 옛 수도

예상했던 대답이었다. 칼리다사 왕은 자신이 내려야 할 결정에 대해 진심으로 유감스럽게 생각했다. 그러나 페르시아로 돌아가는 여정에는 야카갈라 궁전을 만든 거장이 탐욕스러운 손가락 사이로 빠져나가게 내버려 두지 않을 다른 지배자가 많았다. 그리고 서쪽 벽면의 여신 그림은 영원히 유일무이하게 남아야 했다.

"문제가 하나 있다." 칼리다사 왕이 단호하게 말했다. 그 말을 들은 피르다즈는 더욱 창백해졌다. 어깨가 축 처졌다. 왕은 무엇에 관해서든 설명할 필요가 없었다. 하지만 이건 예술가 대 예술가로서 하는 말이었다. "그대는 내가 신이 되도록 도왔다. 그 소식은 이미 다른 여러 나라로 퍼졌지. 만약 그대가 내 보호를 벗어난다면 비슷한 요구를 하는 자가 있을 것이다."

예술가는 한동안 말이 없었다. 지나가는 길에 만난 예상치 못한 장애물 때문에 좀처럼 조용해지지를 못하는 바람 소리밖에 들리지 않았다. 얼마 뒤, 피르다즈가 입을 열었다. 너무 나직하게 말해서 칼리다사 왕도 잘 들리지 않았다. "그러면 떠나지 못하는 겁니까?"

"떠나도 된다. 평생 살 수 있는 돈도 주지. 그러나 절대 다른 왕의 밑에서 일하지 않는다는 조건으로만 가능하다."

"기꺼이 약속하겠습니다." 피르다즈는 꼴사나울 정도로 황급히 대답했다.

안타깝게도, 칼리다사 왕은 고개를 저었다. "나는 예술가의 말을 믿어서는 안 된다는 점을 배웠다." 칼리다사 왕이 말했다. "특히 내 힘이 미치지 않는 곳에 있을 때는. 따라서 그 약속을 강제해야겠다."

놀랍게도, 피르다즈는 이제 불안해 보이지 않았다. 뭔가 큰 결심을 해서 마침내 편안해진 듯한 모습이었다.

"알겠습니다." 피르다즈가 똑바로 일어서며 말했다. 그러더니 마치 왕이 이제 존재하지 않는다는 듯 의도적으로 등을 돌리고, 작렬하는 태양을 똑바로 바라보았다.

칼리다사 왕은 태양이 페르시아인의 신이라는 사실을 알고 있었다. 피르다즈가 자신의 언어로 중얼거리는 말은 기도일 게 분명했다. 그 정도면 숭배하기에 나쁘지 않은 신이었다. 예술가는 눈이 부시게 빛나는 원반을 똑바로 바라보았다. 마치 그게 마지막으로 보는 모습이기라는 듯이….

"잡아라!" 왕이 외쳤다.

경비병이 재빨리 앞으로 나섰지만, 이미 늦은 뒤였다. 눈이 부셔서 아무것도 안 보일 텐데도 피르다즈는 정확하게 움직였다. 세 걸음 만에 난간에 이르더니 그걸 딛고 뛰어올랐다. 자신이 오랜 세월에 걸쳐 계획해 온 정원으로 긴 호를 그리며 떨어지는 동안 피르다즈는 아무 소리도 내지 않았다. 야카갈라 궁전의 건축가가 스스로 만든 걸작의 기단부에 부딪혔을 때도 아무런 반향이 울리지 않았다.

칼리다사 왕은 며칠 동안이나 애도했다. 그러나 그 페르시아인이 이스파한으로 보냈던 마지막 편지를 가로챈 뒤부터 슬픔은 분노로 바뀌었다. 일이 다 끝나면 눈이 멀게 될 거라고 누군가 피르다즈에게 경고했다. 그건 어처구니없는 거짓말이었다. 적지 않은 사람이 결백함을 증명하기도 전에 천천히 죽어갔지만 끝내 소문의 근원은 찾아내지 못했다. 페르시아인이 그런 거짓말을 믿었다고 생각하니 칼리다사 왕은 슬펐다. 같은 예술가로서 시력이라는 선물을 빼앗을 리 없다는 사실을 피르다즈는 알았어야 했다.

칼리다사 왕은 잔인한 사람도, 고마움을 모르는 사람도 아니었다. 피르다즈는 금을, 그게 아니라면 적어도 은을 넘쳐나도록 받았을 것이다. 그리고 남은 평생 자신을 돌봐줄 하인과 함께 고향으로 떠났을 것이다. 피르다즈는 두 번 다시 두 손을 쓸 필요가 없었을 것이며, 얼마 지난 뒤에는 없어진 두 손을 아쉬워하지도 않았을 것이다.

7

신이 된 왕의 궁전

모건은 잠을 푹 자지 못했다. 아주 이상한 일이었다. 모건은 언제나 자신의 자의식, 그리고 충동이나 감정에 대한 통찰력에 자부심이 있었다. 잠을 잘 수 없다면, 이유를 알아야 했다.

동트기 전의 희미한 빛이 호텔 방 천장을 비췄다. 종소리 같은 낯선 새들의 지저귐 소리를 들으며, 모건은 천천히 생각을 정리했다. 살면서 깜짝 놀라는 일이 없도록 미리 계획을 세우지 않았더라면 결코 지구건설공사의 고위급 공학자가 되지 못했을 것이다. 누구라도 우연한 사고나 운명에 전혀 영향을 받지 않을 수는 없는 노릇이었지만, 모건은 경력을, 그리고 무엇보다 명성을 보호하기 위해 생각할 수 있는 조치를 모조리 취해 놓았다. 미래는 가능한 범위 안에서 최대한 보장되어 있었다. 가령 갑자기 쓰러져 죽는다고 해도 컴퓨터에 저장된 프로그램은 모건의 소중한 꿈을 사후까지 보호해 줄 것이다.

어제까지만 해도 모건은 야카갈라 궁전에 대해 전혀 들어보지 못했다. 타프로바네라는 나라를 어렴풋이 알게 된 것도 불과 몇 주 전이었다. 자신이 추구하는 목적이 냉철한 논리에 따라 이 섬으로 왔다. 지금쯤이면 이미 떠났어야 했건만, 실제로는 해야 할 일을 시작도 하지 못했다. 일정에 사소한 차질이 생기는 건 괘념치 않았다. 마음이 동요했던 건 이해할 수 없는 힘에 의해 자신이 휘둘리고 있다는 느낌 때문이었다.

그런데도 그런 경이감에서 익숙한 울림이 느껴졌다. 모건은 전에도 같은 경험을 한 적이 있었다. 어린아이였던 시절 키리빌리 공원에서 연을 잃어버렸을 때였다. 오래전에 무너진 시드니 하버 브리지의 교각이었던 화강암 기둥 옆에서였다.

산더미 같았던 그 한 쌍의 교각은 모건의 어린 시절을 지배하며 운명을 조종했다. 꼭 그것 때문에 공학자가 된 건 아니었을지 몰라도, 고향에서 겪었던 그 사건은 모건을 교량공학자의 길로 떠밀었다. 그리하여 모건은 지중해의 성난 파도를 3킬로미터 아래에 둔 채 모로코에서 스페인으로 건너가는 최초의 인물이 됐다. 그 승리의 순간에 훨씬 더 놀라운 도전이 앞에서 기다리고 있다는 사실은 상상도 하지 못했다.

눈앞에 놓인 과업을 완수한다면 앞으로 몇 세기 동안은 명성을 떨칠 수 있을 것이다. 이미 정신과 체력, 의지를 극한으로 끌어올려 쓰고 있었다. 한가하게 다른 데 신경 쓸 여유가 없었다. 그런데도 2천 년 전에 전혀 다른 문화권에서 활동한 건축공학자가 이룬 업적에 마음을 빼앗겨 버렸다. 칼리다사 왕이라는 인물에 대한 수수께끼도 있었다. 야카갈라 궁전을 지은 목적은 무엇이었을까? 비록 괴물이었을지는 몰라도 그 왕의 기질에는 모건이 마음속에 비밀로 간직하고 있던 감성을 건드린 뭔가가 있었다.

30분 뒤면 해가 뜰 시간이다. 라자싱헤 대사와 아침 식사를 하기로 한 시각까지는 아직 두 시간이 남았다. 그 정도면 충분할 것이다. 이번이 아니면 기회가 없을지도 몰랐다.

모건은 시간을 낭비하는 사람이 아니었다. 헐렁한 바지와 스웨터를 걸치는 데는 1분도 걸리지 않았다. 하지만 신발과 양말을 신중하게 확인하느라 시간이 좀 더 걸렸다. 지난 몇 년 동안 제대로 된 등반을 해본 적이 없었지만, 모건은 항상 튼튼하고 가벼운 부츠를 갖고 다녔다. 직업이 직업이니만큼 가끔 꼭 필요할 때가 있었다. 방문을 닫고 나서는 찰나 갑자기 다른 생각이 들었다.

모건은 한동안 머뭇거리며 복도에 서 있다가 이내 미소를 지으며 어깨를 으쓱했다. 해도 나쁠 건 없을 것이다. 어차피 아무도 모를 테고….

다시 방으로 돌아간 모건은 여행 가방을 열고 휴대용 계산기만 한 크기에 생김새도 비슷한, 조그맣고 납작한 상자를 하나 꺼냈다. 충전 상태를 확인하고 수동으로 작동할 수 있는지를 확인한 뒤 튼튼한 합성섬유로 만든 허리띠의 강철 버클에 끼웠다. 이제 칼리다사 왕의 원념(怨念)에 사로잡힌 왕국으로 들어가, 그 안에 있는 모종의 악마와 마주할 준비가 됐다.

해가 떴다. 요새의 외곽 방어선을 이루는 거대한 성벽 사이로 난 틈을 통과하는 모건의 등에 따뜻한 햇볕이 환영하듯 쏟아졌다. 좁은 돌다리가 놓여 있는 넓은 해자에 담긴 잔잔한 물이 양옆으로 500미터에 걸쳐서 완벽한 직선을 그리며 뻗어 있는 풍경이 눈앞에 펼쳐졌다. 작은 백조 무리가 먹이를 기대하며 수련을 헤치고 모건 쪽으로 다가왔지만, 곧 먹이가 없다는 사실이 분명해지자 깃털을 세우며 흩어졌다. 다리를 건너자 좀 더 작은 벽이 나타났다. 모건은 좁은 계단을 타고 그 벽을 통과했다. '쾌락의 정원'이 나타났다. 그 너머에는 깎아지른 듯한 그 바위의 벽이 우뚝 서 있었다.

정원의 축을 따라 늘어서 있는 분수가 동시에 천천히 호흡이라도 하듯이 느릿느릿한 리듬에 맞춰 오르내렸다. 다른 사람은 눈에 띄지 않았다. 모건은 드넓은 야카갈라 궁전을 독차지했다. 칼리다사 왕이 죽고 나서 19세기에 고고학자들이 발견하기 전까지 1,700년 동안 정글에 뒤덮여 있던 시절에도 이 요새와 같은 바위 궁전은 이보다 외롭지 않았을 것이다.

모건은 피부에 와 닿는 물방울을 느끼며 일렬로 늘어선 분수를 따라 걸었다. 단 한 번 걸음을 멈추고, 흘러넘치는 물을 처리하기 위해 아름답게 돌을 조각해 만든 배수로를 감상했다. 아무리 봐도 독창적이었다. 모건은 고대의 수공학자들이 분수를 작동시키기 위해 물을 끌어올린 방법과 처리했어야 할 압력 차이가 궁금했다. 수직으로 솟구쳐 올라가는 물줄기는 처음 보는 사람에게 진정 놀라운 장면이었을 것이다.

그때 화강암으로 만든 가파른 계단이 나타났다. 디딤돌이 불편할 정도로 좁아서 모건의 부츠가 간신히 들어갔다. 이 놀라운 장소를 만든 사람들은 발이 이렇게 작았던 걸까? 모건은 궁금했다. 아니면, 호의적이지 않은 방문객의 기를 꺾기 위한 건축가의 술책이었을까? 병사들이 난쟁이용으로 만든 것 같은 계단을 딛고 60도 경사를 거슬러 돌격하기는 확실히 어려워 보였다.

조그만 계단참, 그리고 다시 똑같은 계단이 이어졌다. 모건은 어느새 바위의 아래쪽 벽면을 따라 완만하게 올라가는 기다란 통로에 있었다. 주변의 평원에서 50미터는 올라와 있었지만, 노랗고 부드러운 회반죽에 덮인 높은 벽에 가려 경치는 전혀 보이지 않았다. 위쪽은 튀어나온 바위가 덮고 있어서 머리 위로 가느다랗게 보이는 하늘을 빼면 터널 속을 걷는 것과 다름없었다.

벽의 회반죽은 닳은 곳 하나 없이 완전히 깨끗해 보였다. 벽 돌공들이 일을 마친 게 2천 년 전이라는 사실을 믿기 어려웠다. 그러나 거울처럼 반질반질한 표면 이곳저곳에 관광객이 영원불멸을 갈구하며 긁어서 새겨 놓은 낙서가 있었다. 모건이 알아볼 수 있는 글자로 된 글귀는 거의 없었다. 눈에 띈 것 중 가장 최근 날짜는 1931년이었다. 아마도 그 뒤부터는 고고학부에서 그런 유물 파괴 행위를 막을 방법을 고안해 낸 듯했다. 낙서는 대부분 물 흐르듯 둥글둥글한 타프로바네어였다. 모건은 지난밤의 공연을 떠올렸다. 내용의 상당 부분이 2, 3세기로 거슬러 올라가는 시(詩)였다. 칼리다사 왕이 죽은 뒤로 잠시 저주받은 왕의 전설이 남아 있었던 덕분에 야카갈라 궁전은 관광지로서 첫 시기를 보냈다.

통로를 절반쯤 가자 수직으로 20미터 위에 있는 유명한 프레스코화로 이어지는 엘리베이터의 문이 나타났는데, 아직은 잠긴 채였다. 모건은 그림을 보려고 고개를 쭉 뺐지만, 바깥쪽을 향해 기울어진 바위의 벽면에 매달린 금속 새장처럼 생긴 관광객용 전망대 바닥에 시야가 가려졌다. 라자싱헤 대사의 말에 따르면 프레스코화가 있는 아찔한 장소를 한 번 보고는 사진으로 만족하는 관광객도 있다고 했다.

모건은 이제야 처음으로 야카갈라 바위 궁전의 주요 수수께끼 하나를 감상할 수 있었다. 프레스코화를 그린 방법은 아니었다. 그 문제는 대나무 비계로 해결할 수 있었다. 바로 그림을 그린 이유였다. 일단 그림이 완성되고 나면 아무도 제대로 볼 수가 없었다. 바로 밑에 있는 통로에서는 너무 왜곡되어 보였다. 바위의 아래쪽에서 보면 조그맣고 형체가 뭔지 모를 색색의 반점으로밖에 안 보였다. 어떤 사람들이 말했듯이, 어쩌면 거의 접근 불가능한 동굴 속 깊숙한 곳에 그려 놓은 석기시대의 그림처럼 순수하게 종교적이거나 마술적인 의미를 지니고 있을지도 몰랐다.

프레스코화를 보려면 직원이 도착해 엘리베이터를 열어줄 때까지 기다려야 했다. 그동안 볼거리는 많았다. 정상으로 가는 길의 3분의 1 정도를 왔을 뿐이었고, 통로는 바위 벽면을 따라 아직 완만하게 상승하고 있었다.

노란 회반죽으로 덮인 높은 성벽이 끝나는 곳에는 낮은 난간이 있었다. 모건은 다시 한 번 사방에 펼쳐진 풍경을 바라보았다. 쾌락의 정원이 전경을 드러낸 채 아래쪽에 놓였다. 그제야 처음으로 모건은 정원의 거대한 크기뿐만 아니라(베르사유가 더 컸던가?) 노련한 설계, 해자와 성벽이 숲으로부터 정원을 보호하게 해놓은 방식까지 감상할 수 있었다.

칼리다사 시대에 어떤 나무와 관목, 꽃이 살았는지는 알 수 없었지만, 인공호수와 운하, 도로, 분수는 그때 그 모습 그대로 남아 있었다. 허공에서 춤추는 물줄기를 내려다보던 모건은 문득 지난밤에 들은 해설의 한 구절이 떠올랐다.

"타프로바네에서 낙원까지 이르는 거리는 40리그. 낙원의 샘에서 솟아나는 물소리가 들릴지도 모릅니다."

모건은 마음속으로 그 구절을 음미했다. '낙원의 샘.' 칼리다사 왕이 이 땅 위에 만들고 싶었던 건 신들에게 어울리는 정원이었던 걸까? 자신의 신성을 확고히 하기 위해서? 만약 그렇다면, 승려들은 칼리다사 왕이 불경죄를 범했다고 비난하며 칼리다사 왕이 만들어낸 모든 것에 저주를 걸 만도 했다.

바위의 서쪽 벽면 전체를 둘러싼 긴 통로가 마침내 끝나면서 가파르게 올라가는 계단이 나왔다. 그래도 이번 계단은 너비가 훨씬 넉넉했다. 사람의 힘으로 만든 게 분명한 평지가 나오면서 계단이 끝났지만, 궁전은 여전히 한참 위에 있었다. 한때 주변의 풍광을 지배했으며, 올려다보는 사람의 마음속에 두려움을 심어 주었던 거대하고 끔찍한 사자는 이제 없었다. 바위의 벽면 위로 웅크리고 있는 거대한 맹수의 발톱뿐이었다. 그 발톱만 해도 성인 남자의 허리까지 오는 크기였다.

과거에 사자의 머리를 이뤘을 게 틀림없는 돌무더기 사이로 솟아 있는 또 다른 화강암 계단을 빼면 아무것도 남아 있지 않았다. 폐허가 됐을 뿐이지만, 생각만으로 경외감이 느껴졌다. 왕의 마지막 보루로 향하는 사람은 누구라도 쩍 벌린 입을 먼저 통과해야만 했다.

깎아지른, 아니 오히려 바깥쪽으로 살짝 기울어져 있는 절벽을 올라가는 마지막 여정은 불안해하는 방문객을 위해 설치한 안전 난간이 달린 철제 사다리를 이용해야 했다. 그러나 모건이 받은 경고에 따르면 정말 위험한 건 현기증이 아니었다. 대개는 조용한 말벌 떼가 바위에 난 작은 동굴에 살고 있었다. 가끔 방문객이 너무 시끄러운 소리를 내서 말벌 무리를 혼란스럽게 하는 경우 치명적인 결과로 이어졌다.

2천 년 전, 야카갈라 바위 궁전의 북쪽 벽면은 벽과 흉벽으로 둘러싸여 있어 타프로바네의 스핑크스에 적절한 배경이 되어 주었다. 그 뒤로는 정상으로 쉽게 올라갈 수 있는 계단이 있었을 게 분명했다. 지금은 시간과 날씨, 복수심 넘치는 손길이 모든 것을 쓸어가 버리고 없었다. 수평으로 난 무수한 홈과 예전에는 사라져 버린 석조물을 지탱하고 있었을 좁은 선반이 있는 맨 바위뿐이었다.

등반은 예고 없이 끝났다. 모건은 중앙의 산지가 지평선 위로 우뚝 솟아 있는 남쪽을 빼고는 사방이 평평한 숲과 들판이 펼쳐져 있는 풍경이 내려다보이는 200미터 상공의 작은 섬 위에 서 있었다. 온 세상으로부터 완전히 단절되었지만, 눈 아래 보이는 모든 것의 주인이 된 듯한 기분이 들었다. 유럽과 아프리카에 걸친 구름 위에 서 본 뒤로 공중에서 이와 같은 황홀경에 빠지는 건 처음이었다. 이곳은 진정 왕이자 신인 자가 사는 곳이었다. 주위에 널린 잔해는 그 궁전의 흔적이었다.

무너져서 허리 높이도 안 되는 벽이 만든 미로와 비바람에 닳은 벽돌, 화강암이 깔린 보도가 평탄한 꼭대기를 가파른 가장자리까지 전부 덮었다. 단단한 바위에 깊이 파 놓은 거대한 구덩이도 보였는데, 아마도 저수조인 것 같았다. 보급만 된다면 마음을 굳게 먹은 한 줌의 병사만으로도 영원히 이곳을 지킬 수 있었을 것이다. 그러나 야카갈라 궁전을 요새로 만든 게 사실이었다고 해도 방어력이 시험에 드는 일은 결코 없었다. 칼리다사 왕이 동생과 치른 운명의 결전은 성벽에서 한참 먼 곳에서 벌어졌다.

모건은 시간이 가는 것도 느끼지 못한 채 한때 바위 위를 장식했던 궁전의 토대 사이를 거닐었다. 아직 남아 있는 부분을 통해 이곳을 만든 건축가의 마음속을 들여다보려 하고 있었다. '왜 이곳에 길이 있는 걸까? 중간에 끊긴 이 계단은 위층으로 이어졌던 걸까? 바위 안에 관 모양으로 파인 이 부분이 욕조였다면, 어떻게 물을 공급하고 배수했을까?' 골똘히 생각에 잠겨 있던 터라 구름 한 점 없는 하늘에서 내리쬐는 햇볕이 점점 강해지는 것도 느끼지 못했다.

저 아래쪽에서는 에메랄드빛 풍경이 깨어나고 있었다. 논으로 향하는 로봇 트랙터 무리가 마치 색깔이 선명한 풍뎅이처럼 작게 보였다. 믿을 수 없는 광경이었지만, 코끼리 한 마리가 아주 유용하게도, 너무 빠른 속도로 모퉁이를 돌다가 전복된 게 틀림없어 보이는 버스를 다시 도로 위로 밀어 올리고 있었다. 거대한 귀 뒤쪽에 앉아서 소리치는 코끼리 몰이꾼의 날카로운 목소리까지 들렸다. 그리고 야카갈라 호텔이 있는 방향에서 나온 관광객이 개미떼처럼 줄지어 쾌락의 정원을 지나고 있었다. 고독을 즐길 시간이 얼마 남지 않았다.

어차피 폐허는 거의 다 살펴본 참이었다. 물론 자세히 조사하려면 평생이 걸리겠지만. 모건은 200미터 상공에서 남쪽 하늘 전체를 조망할 수 있는 가장자리의 아름다운 화강암 의자에 기분 좋게 앉아서 잠시 쉬었다.

아침 햇살에도 아직 흩어지지 않은 푸른 안개에 일부가 가려진 산지의 모습에 시선을 던졌다. 한가하게 그 모습을 바라보던 모건은 문득 구름이 그리는 풍경이라고 생각했던 게 생각과 전혀 다르다는 사실을 깨달았다. 안개처럼 흐릿한 원뿔은 바람과 수증기가 어느 한순간을 위해 만들어 낸 게 아니었다. 어느 모로 보나 완벽한 대칭을 이루고 있는 원뿔이 그보다는 덜 완벽한 형제들 위로 우뚝 솟아 있었다.

그걸 알아본 순간부터 한동안 모건의 마음속에는 놀라움과 미신적이라 할 정도의 외경심만 남았다. 야카갈라 궁전에서 신성한 산이 이렇게 또렷하게 보인다는 건 미처 알지 못했다. 그러나 분명 저쪽에 보였다. 산은 밤의 그림자에서 천천히 모습을 드러내며 새로운 날을 맞이할 준비를 하고 있었다. 모건의 계획이 성공한다면, 새로운 미래도 맞이하게 될 것이다.

모건은 그 산과 관련된 모든 수치와 지질학적 특성을 알고 있었다. 입체사진으로 지도를 만들고 인공위성으로 상세하게 조사해 두었다. 하지만 두 눈으로 보는 건 처음이다 보니 새삼스레 현실로 다가왔다. 지금까지는 모든 게 이론일 뿐이었다. 때로는 그조차도 되지 못했다. 해뜨기 직전의 어스름한 시각에 이 모든 계획이 자신에게 명성을 가져다주기는커녕 온 세상의 웃음거리로 만들 터무니없는 환상으로 드러나는 악몽을 꾸고 깨어난 적이 한두 번이 아니었다. 동료 중 일부는 '그 다리'를 '모건의 어리석음'이라고 부르기도 했다. 그자들은 모건의 요즘 꿈을 뭐라고 부를 것인가?

그러나 인간이 만든 장애물 때문에 좌절해 본 적은 결코 없었다. 자연이야말로 모건의 진정한 적수였다. 자연은 절대 속임수를 쓰지 않고 공정하게 겨루지만, 조금이라도 태만하거나 실수를 저지르면 절대 그냥 넘어가지 않는 괜찮은 적수였다. 그리고지금 모건이 아주 잘 알고는 있지만 아직은 발을 디뎌본 적 없는 파란 원뿔이 저 멀리서 그런 자연의 힘을 모조리 집약해 보여주고 있었다.

칼리다사 왕이 바로 이곳에서 가끔 그랬듯이, 모건도 비옥한녹색 평지 너머를 바라보면서 도전해야 할 과제와 전략을 가늠해보았다. 칼리다사 왕에게 스리칸다 산은 힘을 합쳐 자신에게대항하고 있는 승려와 신의 힘을 나타냈다. 이제 신은 없었지만,승려는 남아 있었다. 이 둘은 모건이 이해하지 못하는 무엇인가를 상징했고, 따라서 세심하게 존중심을 보이며 대해야 했다.

내려갈 시각이었다. 이번에도 늦을 수는 없었다. 특히나 자신이 계산을 잘못했기 때문이라면 더 곤란했다. 앉아 있던 석판에서 일어나자 지난 몇 분 동안 마음에 걸렸던 생각이 마침내 명확해졌다. 아름답게 조각한 코끼리가 받치고 있는 화려한 의자를 이런 절벽 끄트머리에 놓는다는 건 이상했다.

모건은 지적인 도전이라면 언제나 참지 못했다. 까마득한 아래를 향해 몸을 기울이며 2천 년 전에 살았던 동료 공학자의 마음과 동조해보려고 했다.

8

말가라

소년 시절을 함께 보냈던 형제를 마지막으로 바라보는 말가라 왕세자의 표정을 읽는 건 아무리 가까운 동료라도 불가능했다. 전장은 이제 조용했다. 부상자가 울부짖는 소리도 약초, 혹은 그보다 효과가 훨씬 좋은 검으로 잠재운 뒤였다.

한참 뒤에 왕세자는 노란색 가사를 입고 옆에 서 있는 인물을 향해 말했다.

"그대가 형님에게 왕관을 씌워줬지, 마하나야케 테로 주지승려. 이제 한 가지 일을 더 해줘야겠소. 왕에 어울리는 장례식을 치러주시오."

고위 승려는 한동안 말이 없다가 나직한 목소리로 대답했다.

"그자는 저희 사원을 파괴하고 승려들을 쫓아 버렸습니다. 그자가 믿는 신이 있다면, 그건 시바*였을 겁니다."

말가라 왕세자는 이를 드러내 보이며 사납게 웃었다. 앞으로 마하나야케 테로 주지승려가 살아 있는 동안 아주 익숙해져야 할 표정이었다.

"고매하신 승려여." 왕세자가 독이 묻어나는 목소리로 말했다. "형님은 위대한 파라바나 선왕의 장남이었으며, 타프로바네의 왕좌에 앉아 있었소. 형님이 행한 악도 죽음과 함께 사라진 것이오. 화장이 끝나면 유골을 적절하게 매장하도록 하시오. 그러기 전에는 두 번 다시 스리칸다 산으로 돌아갈 꿈도 꾸지 마시오."

마하나야케 테로 주지승려는 고개를 살짝 숙여 절했다. "원하시는 대로 행하겠습니다."

"한 가지가 더 있다." 말가라 왕세자가 이번에는 측근들을 향해 말했다. "칼리다사 형님의 분수는 힌두스탄까지 명성을 떨치고 있지. 라나푸라로 진군하기 전에 어디 한번 봐야겠다…."

칼리다사 왕을 아주 즐겁게 해 주었던 쾌락의 정원 중심부에서 화장으로 인한 연기가 솟아올라 구름 한 점 없는 하늘로 흩어지며 사방에서 몰려든 독수리나 매 따위를 혼란스럽게 만들었다. 간간이 추억에 사로잡히기도 했지만, 이제 왕이 된 말가라는 승리의 상징이 소용돌이치며 올라가며 새로운 시대가 시작됐음을 알리는 모습을 보면서 냉혹한 만족감을 느꼈다.

오래전부터 이어져 온 경쟁 관계를 이어가기라도 하듯, 분수가 내뿜는 물줄기가 하늘로 솟구쳐 올라가다가 다시 거울 같은 수면 위로 떨어져 흩어졌다. 그러나 화염이 일을 마치기도 훨씬

---

* 힌두교에서 파괴의 신

68

전에 저수조가 이내 바닥을 드러내기 시작했고, 물줄기는 젖은 폐허 속으로 무너졌다. 그 뒤로 칼리다사 왕의 정원에서 물줄기가 다시 솟아오르기까지 로마 제국이 사라졌고, 이슬람 군대가 아프리카를 가로질러 행군했고, 코페르니쿠스는 지구를 우주의 중심에서 끌어내렸고, 독립선언문이 만들어졌으며, 인간이 달 위를 걸었다.

말가라 왕은 화염이 마지막으로 불꽃을 튀며 사라질 때까지 기다렸다. 마지막 연기가 우뚝 솟은 야카갈라 궁전 바위벽을 배경으로 부유하자, 왕은 눈을 들어 한참 동안 꼭대기에 있는 궁전을 바라보며 말없이 생각에 잠겼다.

"어느 누구도 신에게 도전해서는 안 된다." 마침내 말가라 왕이 입을 열었다. "궁전이 폐허가 되도록 버려둬라."

9

섬유

"덕분에 심장마비에 걸릴 뻔했습니다." 라자싱헤가 커피를 따르며 책망하듯 말했다. "처음에는 무슨 반중력 장치가 있는 줄 알았네요. 그런데 아무리 늙은 저라도 그게 불가능하다는 건 압니다. 어떻게 하신 겁니까?"

"죄송합니다." 모건이 웃으며 대답했다. "보고 계신 줄 알았으면 미리 알려드렸을 텐데요. 그런데 그게 다 전혀 계획에 없던 일이었습니다. 그냥 바위 위에 올라가 보려고 했던 건데, 그 바위 의자에 흥미가 생겨서요. 왜 절벽 끄트머리에 의자가 있는지 궁금해서 좀 살펴봤던 겁니다."

"딱히 신기할 건 없습니다. 예전에는, 아마 나무였겠지만, 바깥쪽으로 뻗어 나간 발판이 있었거든요. 그리고 꼭대기에서 프레스코화 쪽으로 내려갈 수 있는 계단이 있었습니다. 아직도 그걸 바위에 끼워 뒀던 흔적을 볼 수 있지요."

"저도 찾았습니다." 모건이 조금 애잔한 투로 말했다. "이미 누가 찾았을 거라고는 생각했죠."

'250년 전이었지.' 라자싱헤는 생각했다. '정신이 나간 데다 힘은 넘쳐났던 영국인 아널드 레스브리지. 타프로바네 최초의 고고학부 장관이었어. 그 사람도 바위벽을 타고 내려갔었지. 당신이 했던 그대로 말이야. 아니, 정확히 그대로는 아니지만….'

모건은 곧 자신이 기적을 행할 수 있었던 비결인 금속 상자를 꺼냈다. 누르는 버튼 몇 개와 작은 계기판을 빼면 딱히 특색이랄 게 없는 생김새였다. 아무리 봐도 일종의 간단한 통신장치처럼 보였다.

"이게 그겁니다." 모건이 자랑스럽게 말했다. "제가 수직으로 100미터 걸어 내려가는 걸 보셨으니까 이게 어떻게 작동하는지는 잘 아시겠지요."

"상식적으로 보면 답이 나오긴 합니다. 하지만 제 좋은 망원경으로도 확인할 수 없더라고요. 아무것도 받치는 게 없었다는 건 맹세할 수 있습니다."

"의도적으로 시연한 건 아닙니다만, 효과는 정말 좋았군요. 이제 제가 보통 하는 영업 활동을 보여드릴 텐데, 이 고리에 손가락을 걸어 보세요."

라자싱헤는 머뭇거렸다. 모건은 평범한 결혼반지의 두 배 정도 되는 작은 금속 고리를 마치 전기라도 통하는 것처럼 들고 있었다.

"찌릿한가요?" 라자싱헤가 물었다.

"전기 충격이 아닙니다. 그래도 아마 놀라실 겁니다. 이걸 잡아당겨 보세요."

라자싱헤는 조심스럽게 고리를 잡았다. 그러더니 하마터면 떨어뜨릴 뻔했다. 고리가 꼭 살아 있는 것처럼 모건 쪽을 향해 힘을 주었다. 아니, 정확히는 그 공학자가 손에 들고 있는 상자를 향해서였다. 상자에서 윙하는 소리가 들리더니 라자싱헤는 손가락이 알 수 없는 힘에 끌려가는 느낌을 받았다. '자기력인가?' 라자싱헤가 속으로 생각했다. 아니었다. 자석은 이런 식으로 움직이지 않는다. 그럴 법하지 않은 가설이 떠올랐다. 다른 식으로는 설명할 수 없었다. 둘은 말 그대로 줄다리기를 하고 있었다. 그런데 그 줄이 눈에 보이지 않았다.

아무리 뚫어지게 쳐다봐도 손가락에 걸린 고리와 모건이 물고기가 걸린 낚싯줄을 당기는 것처럼 조작하고 있는 상자를 잇는 실이나 철사 따위는 보이지 않았다. 라자싱헤는 분명히 텅 빈 공간처럼 보이는 곳을 향해 다른 손을 뻗었지만, 모건이 재빨리 그 손을 밀어냈다.

"미안합니다." 모건이 말했다. "다들 신기하니까 그렇게들 하시는데요, 그러다 심하게 베일 수 있거든요."

"그러니까 안 보이는 선이 있다는 말씀이군요. 그런데 그건 어디에 쓸 수 있습니까? 접대용 장난인가요?"

모건은 씩 웃었다.

"그렇게 말씀하시는 것도 무리는 아닙니다. 다들 그렇게 반응하시죠. 하지만 전혀 그렇지 않습니다. 이 견본이 눈에 안 보이는 건 굵기가 몇 미크론밖에 안 되기 때문입니다. 거미줄보다 훨씬 가늘지요."

'이번만큼은 흔해 빠진 표현을 써도 괜찮겠군.' 라자싱헤는 생각했다. "정말 놀랍군요. 그게 뭡니까?"

"고체물리학 200년 역사의 성과지요. 어디에 쓰는지는 일단 제쳐놓고, 이건 일종의 1차원 다이아몬드 결정이라고 할 수 있습니다. 완전히 순수한 탄소는 아니지만요. 세심하게 배합한 미량의 원소가 몇 개 있습니다. 결정의 성장 과정에 중력이 끼어들지 못하는 궤도 상의 공장에서만 대량생산할 수 있지요."

"대단하군요." 라자싱헤가 혼잣말로 중얼거리듯이 말했다. 여전히 장력이 걸려 있는지 시험해 보려고 손가락에 걸린 고리를 살짝 잡아당겨 보았고, 이게 환각이 아니라는 사실을 확인했다. "이게 기술적으로 다양하게 쓰일 수 있다는 건 알겠습니다. 치즈도 정말 부드럽게 자를 수 있겠는데요."

모건이 웃었다.

"이거면 혼자서도 몇 분 만에 나무를 벨 수 있지요. 그런데 다루기는 까다롭습니다. 위험하기도 하고요. 이걸 감았다가 다시 풀 수 있는 얼레를 특별히 설계해야 했어요. 우린 그걸 '스피너렛*'이라고 부릅니다. 이건 시연용으로 만든 동력식 장치입니다. 모터를 이용해서 수백 킬로그램을 들 수 있지요. 그리고 전 항상 새로운 용도를 찾고 있답니다. 오늘 있었던 소소한 일은 절대 처음이 아니었습니다."

"모건 박사님, 첨단과학의 놀라운 성과에 감탄하라고 여기까지 오신 건 아니겠지요. 감탄한 건 사실입니다만, 이게 전부 저와 무슨 관련이 있는지 알고 싶습니다."

---

* 거미, 누에 등의 실이 나오는 구멍

"관련이 아주 많습니다, 대사님." 공학자도 진지한 태도로 돌변하더니 정중하게 말했다. "이 물질에 쓰임새가 많을 거라는 말씀은 확실히 옳습니다. 몇몇은 요즘에야 앞날을 전망해보기 시작하는 수준입니다. 그런데 그중 한 가지 쓰임새는, 좋고 나쁨을 떠나 대사님이 살고 계신 이 조용한 섬을 세계의 중심으로 만들 겁니다. 아니요. 그냥 세계가 아닙니다. 태양계 전체지요. 이 섬유 덕분에 타프로바네는 다른 행성, 그리고 아마도 언젠가는 다른 별로 향하는 디딤돌이 될 겁니다."

10

궁극의 다리

사라스 교수와 맥신 기자는 라자싱헤와 가장 친하면서 가장 오래된 친구였는데, 라자싱헤가 아는 한 이 둘은 서로 만난 적도, 심지어는 연락을 주고받은 적도 없었다. 딱히 이상한 일은 아니었다. 타프로바네 밖에서는 폴 사라스라는 이름을 들어보기 어려웠지만, 맥신 듀발은 목소리로든 모습으로든 태양계 전체가 바로 알아보는 사람이었다.

이 두 손님은 도서관의 기다랗고 편안한 의자에 기대앉았고, 라자싱헤는 저택의 중앙콘솔 앞에 앉아 있었다. 세 사람은 모두 꼼짝 않고 서 있는 네 번째 인물을 보고 있었다.

네 번째 사람은 전혀 움직임이 없었다. 현대 전자공학의 기적을 전혀 모르는 옛날 사람이라면 금세 자신이 보고 있는 것이 아주 정교한 밀랍 인형이라는 결론을 내렸을지도 몰랐다. 그러나 좀 더 자세히 관찰하면 두 가지 말이 안 되는 사실을 찾아낼 수 있었다. 그 '인형'의 밝은 부분은 그 뒤쪽을 볼 수 있을 정도로 투명했다. 그리고 발 부분은 카펫 위 몇 센티미터 부근에서 흐릿해졌다.

"이 사람을 알아보겠나?" 라자싱헤가 물었다.

"처음 보는 사람이야." 사라스 교수가 바로 대답했다. "중요한 인물이어야 할 거야. 날 마함바라에서 데려왔으니까. 우린 막 사리실을 열 참이었다고."

"나도 살라딘 호수에서 경주를 시작하려던 참에 보트에서 내려야 했어." 맥신이 말했다. 유명한 콘트랄토 목소리에는 사라스 교수만큼 얼굴이 두껍지 않은 상대라면 바로 얌전해지게 만들 수 있을 만큼의 짜증이 담겼다. "그리고 저 사람은 당연히 알아. 왜, 타프로바네에서 힌두스탄까지 다리를 만들고 싶대?"

라자싱헤는 웃었다.

"아니. 거기엔 두 세기 동안 더할 나위 없이 만족스럽게 써온 둑길이 있어. 그리고 둘 다 여기까지 데려온 건 미안해. 그런데 맥신, 여기 한 번 오기로 20년 동안 약속만 했잖아."

"그건 그래." 맥신은 한숨을 쉬었다. "그런데 방송국 스튜디오에서 너무 오래 있다 보니 가끔은 바깥에 현실 세계가 있고, 거기엔 친한 친구 5천 명하고 잘 아는 사람 5천만 명이 있다는 사실을 잊곤 하지."

"당신은 모건 박사를 어떤 부류로 보나?"

"서너 번 만난 적이 있어. 다리가 완공됐을 때 특별 인터뷰를 했지. 아주 인상적인 사람이었어."

'맥신 듀발이 그런 말을 하다니 대단한 찬사로군.' 라자싱헤는 생각했다. 맥신은 경쟁이 치열한 분야에서 지난 30년 동안 가장 존중받는 일원으로 활동해 왔고, 얻을 수 있는 명예는 모두 얻었다. 퓰리처상, 글로벌 타임스 트로피, 데이비드 프로스트상은 빙산의 일각일 뿐이었다. 그리고 2년 동안 컬럼비아대의 '월터 크롱카이트* 석좌교수로 전자저널리즘을 가르치다가 최근에야 현업으로 복귀했다.

맥신은 이런 경력을 쌓으면서 점점 원숙해졌지만, 여전히 거침없는 사람이었다. 예전에는 극단적인 여성우월주의자로 행동하며 "여성이 아이를 낳는다는 면에서 더 뛰어난 것처럼 아마도 자연이 남성에게도 그에 상응하는 재능을 줬겠지만, 도대체 그게 뭔지 모르겠다."고 독설을 날리기도 했고, 조금 수그러든 요즘에도 큰 소리로 "젠장, 전 뉴스우먼이라고요. 뉴스퍼슨이 아니라."고 귀엣말을 해 불쌍한 사회자를 당황하게 하였다.

맥신의 여성성에는 의심의 여지가 없었다. 결혼 경험은 네 번이었고, 원격조수를 고르는 안목은 유명했다. 성별을 떠나 언제나 젊고 몸이 좋은 사람이어야 했다. 그래야 20킬로그램에 달하는 통신장비를 짊어지고도 신속하게 움직일 수 있었다. 맥신의 원격조수(REM)는 언제나 남성미가 넘치고 잘생긴 사람이었다. 업계에서는 예전부터 맥신의 조수는 전부 번식용 숫양(RAM)이라는 농담이 돌았다. 악의는 전혀 없었다. 아무리 지독한 경쟁자라고 해도 맥신을 부러워하는 만큼 좋아하기도 했다.

"경주는 미안해." 라자싱혜가 말했다. "하지만 마린 3호는 당신이 없어도 어렵지 않게 이길 거야. 내가 보기에는 이 일이 좀 더 중요하다는 걸 당신도 인정하는 것 같은데…, 어쨌든 모건 박

---

* 전 미국 CBS 뉴스의 간판앵커로, '미국에서 가장 신뢰받는 공인'으로 불렸다.

사의 얘기를 들어보지."

라자싱헤가 프로젝터의 버튼을 누르자 미동도 않고 있던 형체가 즉시 움직이기 시작했다.

"저는 바니바 모건입니다. 지구건설공사 육지 부문의 책임공학자이지요. 제가 가장 최근에 했던 프로젝트는 지브롤터교였습니다. 이번에는 그보다 훨씬 야심 찬 계획에 관해 이야기하고 싶습니다."

라자싱헤는 방 안을 슬쩍 둘러보았다. 예상대로 모건은 확실히 주의를 끌고 있었다.

라자싱헤는 의자에 몸을 묻고 이제는 익숙하지만, 여전히 믿을 수 없는 설명이 흘러나오기를 기다렸다. '참 이상하기도 하지.' 라자싱헤는 생각했다. '영상이라는 관습을 이렇게 빨리 받아들이다니. 기울기와 수평 제어에서 오류가 자주 생기는 것도 무시하고 말이야.' 모건이 한 자리에 머물면서 '움직인다'는 점과 외부 풍경의 원근이 완전히 엉망이라는 사실도 현실감을 떨어뜨리지는 못했다.

"우주 시대에 들어선 지 벌써 200년이 됐습니다. 그 절반이 넘는 시간 동안 우리 문명은 전적으로 현재 지구를 돌고 있는 인공위성에 의존해 왔습니다. 세계 통신망, 일기 예보, 은행, 우편, 정보 서비스 등 우주를 경유해 이뤄지는 이런 체계에 무슨 문제라도 생기면 우리는 암흑의 시대로 내려앉게 됩니다. 그 결과 생기는 혼돈과 질병, 빈곤은 인류의 상당수를 소멸시킬 겁니다.

지구 밖을 볼까요. 화성과 수성, 달에는 자체 유지 가능한 개척지가 있고, 소행성에서는 헤아릴 수 없이 많은 부를 캐내고 있습니다. 우리는 진정한 행성 간 무역의 시대를 열고 있지요. 낙관적인 예측에 비하면 조금 오래 걸렸다고는 해도 하늘을 정복한 게 정말로 우주 정복의 소박한 전주곡일 뿐이었다는 건 이제 분명해졌습니다.

그러나 이제 우리는 근본적인 문제, 앞날을 향한 진보를 가로막는 장애물과 마주하고 있습니다. 여러 세대에 걸쳐 로켓을 역사상 가장 안정적인 추진 기술로 만들어 놓았지만…."

"자전거를 무시하는 건가?" 사라스 교수가 중얼거렸다.

"…우주선은 여전히 매우 비효율적입니다. 그뿐만이 아니라 환경에 끼치는 영향도 무시무시하지요. 항로를 아무리 잘 조절하려고 해도 이륙과 재돌입 시의 소음 때문에 수백만 명이 괴로워하고 있습니다. 대기상층부에 흩어지는 배기가스는 기후 변화를 일으키고 있고, 이로 인해 아주 심각한 사태가 벌어질지도 모릅니다. 20세기에 자외선 때문에 일어났던 피부암 위기를 기억하시겠지요. 오존층을 복구하려고 화학 약품을 뿌리는 데 천문학적인 비용이 들었습니다.

그런데도 곧 다가올 22세기말까지의 교통량 증가를 추산해 보면, 지구와 궤도 사이의 수송량은 50퍼센트 가까이 늘어날 게 분명합니다. 이는 우리 생활, 어쩌면 우리의 존재 자체에 막대한 해를 끼치지 않고서는 얻을 수 없는 수치입니다. 그리고 로켓 공학자로서는 더 이상 어쩔 방법이 없습니다. 물리 법칙이 허용하는 한 이미 할 수 있는 데까지는 다 한 상태지요.

대안은 무엇일까요? 몇 세기 동안이나 인간은 반중력이나 '스페이스 드라이브' 같은 것을 꿈꿔 왔습니다. 아무도 그런 게 가능할 수 있는 실마리조차 찾지 못했지요. 지금 우리는 그게 공상일 뿐이라는 걸 압니다. 그런데 최초의 인공위성을 쏘아 올린 바로 그 시기에 대담한 러시아 공학자 한 명이 로켓을 쓸모없게 만들 방법을 생각해 냈습니다. 유리 아르추타노프의 아이디어를 진지하게 받아들이기까지는 몇 년이 걸렸습니다. 기술이 그 선견지명에 걸맞게 발전하는 데는 두 세기가 걸렸고요."

이 영상을 틀 때마다 라자싱헤는 모건이 이 시점에서 정말로 생기를 얻는 것처럼 보였다. 왜 그런지는 쉽게 알 수 있었다. 다른 전문 분야의 정보를 단순히 전달하는 데서 벗어나 비로소 자신의 영역에 들어선 것이다. 그리고 라자싱헤는 아직 걱정스럽고 두렵긴 했지만, 모건의 열정을 어느 정도나마 함께할 수 있었다. 요즘 그의 삶에서는 좀처럼 찾아보기 어려운 감정이었다.

"맑은 날 밤에 밖에 나가 보십시오." 모건이 말을 계속했다. "우리 시대의 일상적인 경이를 볼 수 있을 겁니다. 바로 뜨지도 지지도 않고 언제나 항상 같은 곳에 떠 있는 별이죠. 지구의 자전과 똑같은 속도로 적도 위를 돌기 때문에 영원히 같은 장소에 머무는 정지위성과 우주정거장. 우리, 그리고 우리의 부모와 조부모는 오래전부터 이들을 당연하게 여겼습니다.

아르추타노프가 스스로 던진 질문에는 진정한 천재에게서 볼 수 있는 어린이 같은 번뜩임이 있었습니다. 그저 영리하기만 한 사람이라면 결코 생각하지 못했을 겁니다. 아니면 떠올리자마자 말도 안 되는 소리로 치부하고 잊어버렸을 겁니다.

만약 천체역학 법칙에 따라 어떤 물체가 하늘의 한 점에서 움직이지 않고 있을 수 있다면, 그곳에서 지표면까지 케이블을 늘어뜨리는 것도 가능하지 않을까요? 그리고 지구와 우주를 잇는 엘리베이터를 만드는 겁니다.

이론만 놓고 보면 아무 문제가 없습니다. 하지만 실제로는 문제가 많죠. 계산에 따르면 현존하는 물질은 어느 것도 그 정도로 튼튼하지 않습니다. 가장 뛰어난 강철도 지구와 정지궤도 사이의 3만6천 킬로미터를 잇기 한참 전에 자체 무게 때문에 끊어질 겁니다.

게다가 아무리 뛰어난 강철이라고 해도 이론상의 강도 한계에는 미치지 못하지요. 미시 규모에서 보면, 실험실에서 만들어 낸 물질이 훨씬 더 강한 강도를 보입니다. 그걸 대량생산할 수 있다면, 아르추타노프의 꿈은 현실이 되는 겁니다. 그리고 우주 수송과 관련된 경제는 완전히 바뀔 겁니다.

20세기가 끝나기 전에 초섬유라는 초고강도 물질이 실험실에서 나타나기 시작했습니다. 하지만 그 물질은 무게가 같은 금의 몇 배나 될 정도로 매우 비쌌습니다. 지구에서 떠나는 수송량을 모두 실어나르려면 그 물질이 수백만 톤 필요할 겁니다. 그래서 꿈은 꿈으로만 남았습니다. 몇 달 전까지는요.

이제 심우주의 공장에서 초섬유를 사실상 무제한으로 생산할 수 있습니다. 마침내 우주엘리베이터, 혹은 궤도탑을 지을 수 있게 된 겁니다. 사실 저는 후자 쪽으로 부르는 걸 선호합니다. 어떤 면에서 보면 그건 대기권을 뚫고 한없이 올라가는 탑이라고 할 수 있으니까요…."

모건은 갑자기 엑소시즘에 당한 유령처럼 사라졌다. 그 대신 천천히 회전하는 축구공만 한 지구가 나타났다. 그 위로 팔 하나 정도의 길이를 두고 적도 위의 같은 점에 항상 머물러 있는 별이 반짝이며 정지위성의 위치를 나타냈다.

그 별에서 가느다란 선 두 개가 뻗어 나오기 시작했다. 하나는 곧바로 지구를 향해 뻗어갔으며, 다른 하나는 정확히 반대 방향, 즉 우주를 향해 움직였다.

"다리를 건설할 때는 양쪽 끝에서 시작해 가운데서 만나게 만듭니다." 모건이 다른 세상에 가 있는 듯한 목소리로 말했다. "궤도탑의 경우는 정반대입니다. 정지위성에서 시작해, 아주 세심한 계획에 따라 위와 아래로 동시에 지어나가야 합니다. 구조물의 중력 중심이 절대로 움직이지 않도록 하는 게 핵심입니다. 그렇지 않으면 잘못된 궤도로 움직여서 천천히 지구 주위를 떠돌게 됩니다."

하강하던 빛줄기가 적도에 닿았다. 동시에 바깥쪽으로 뻗어 나가던 빛도 멈췄다.

"전체 높이는 적어도 4만 킬로미터는 돼야 합니다. 대기권을 뚫고 내려가는 가장 아래쪽 100킬로미터가 가장 위험한 부분입니다. 허리케인의 영향을 받을 수 있거든요. 땅에 단단하게 고정되기 전에는 불안정합니다.

그러면 이제 우리는 역사상 처음으로 하늘로 가는 계단을 갖게 되는 겁니다. 별을 향한 다리죠. 저렴한 전기로 움직이는 단순한 엘리베이터는 시끄럽고 비싼 로켓을 대체할 겁니다. 로켓은 심우주 수송이라는 본연의 임무에만 쓰일 테고요. 여기 궤도탑의 예상 설계안 하나가….."

카메라가 탑을 향해 급강하하면서 회전하던 지구가 사라졌다.

그러더니 카메라가 벽을 뚫고 들어가 구조물의 단면을 드러냈다.

"똑같이 생긴 관 네 개로 이뤄진 게 보이시죠? 둘은 올라가는 용도고, 나머지 둘은 내려가는 용도입니다. 수직으로 서 있는 4차선 지하철이나 철도가 지구와 정지궤도를 잇고 있다고 생각하면 됩니다.

승객과 화물, 연료를 실은 캡슐은 시속 수천 킬로미터로 관을 따라 올라가거나 내려갑니다. 간격을 두고 배치한 핵융합 발전기로 필요한 에너지를 전부 공급할 수 있습니다. 그중 90퍼센트는 회수할 수 있으니 승객 한 명당 비용은 몇 달러밖에 되지 않습니다. 왜냐하면 캡슐이 지구 쪽으로 다시 떨어질 때는 모터가 자기 브레이크 역할을 하면서 전기를 만들거든요. 우주선이 재돌입할 때와 달리 공기를 뜨겁게 달구고 폭발음을 내느라 에너지를 모조리 낭비하지 않습니다. 다시 엘리베이터 시스템으로 돌아오는 거지요. 내려가는 객차가 올라가는 객차에 동력을 공급한다고 할 수 있습니다. 따라서 아무리 양보해도 엘리베이터가 로켓보다 백배는 더 효율적입니다.

그리고 필요한 만큼 관을 추가할 수 있으므로 엘리베이터가 나를 수 있는 양에는 거의 한계가 없습니다. 만약 하루에 백만 명쯤 되는 사람들이 지구를 떠나거나 방문하는 날이 온다고 해도 궤도탑은 감당할 수 있습니다. 어쨌든 대도시의 지하철도 한 때는 그 정도…."

라자싱헤가 버튼을 건드리자 모건이 중도에 말을 멈췄다.

"나머지는 대개 기술적인 얘기야. 그 탑이 우주 투석기 역할을 해서 추진력을 이용하지 않고도 화물을 달이나 다른 행성에 보낼 수 있다고 설명하지. 어쨌든 이 정도면 무슨 계획인지 대강 파악할 수 있을 거야."

"난 꽤 놀랐다고 할 수 있겠는데." 사라스 교수가 말했다. "그런데 도무지 이게 나와 무슨 상관인지는 짐작도 가지 않아. 또 자네하고는 무슨 관련이 있지?"

"때가 되면 알려주지, 사라스. 맥신, 당신은 어땠어?"

"날 불러온 걸 용서해줄 수 있을지도 몰라. 이건 최근 10년, 아니 이번 세기의 기사가 될 것 같아. 그런데 왜 서두르는 거지? 비밀로 하는 건 또 뭐고?"

"내가 이해할 수 없는 일이 많이 벌어지고 있어. 그래서 자네들이 날 도와줬으면 해. 내 짐작에 모건 박사는 이곳저곳에서 싸우고 있는 것 같아. 조만간 발표할 계획인데, 근거가 확실해지기 전까지는 행동하고 싶지 않아 해. 내게 이 발표 자료를 준건 대중에게 공개하지 않는다는 양해하에서였어. 그래서 자네들을 여기로 부른 거고."

"우리가 이렇게 만난다는 걸 모건 박사가 알아?"

"물론이지. 오히려 내가 맥신, 당신과 이야기하고 싶다니까 좋아하던데. 모건 박사는 당신을 신뢰하고 동맹으로 받아들이고 싶어 해. 그리고 사라스, 자네는 엿새 정도는 뇌졸중을 일으키지 않고 비밀을 지킬 수 있다고 내가 안심시켰지."

"그럴 만한 이유가 있을 때만이야."

"슬슬 이해가 가." 맥신이 말했다. "이해 안 가는 게 몇 가지 있었는데, 이제 말이 되고 있어. 일단 이건 우주 개발 계획이야. 모건 박사는 육지 부문의 책임공학자고."

"그래서?"

"당신이 그걸 물어보면 어떡해, 라자싱헤! 로켓 설계업계나 항공산업계에서 이 소식을 들었을 때 벌어질 관료 사회의 암투를 생각해 보라고! 시작만 하는 데도 조 단위의 금액이 걸린 사업이야. 아주 조심하지 않으면 모건 박사는 '아주 고맙습니다. 여기서부터는 우리가 맡을게요. 만나서 반가웠습니다.' 소리를 듣게 될 거라고."

"그건 나도 알지만, 모건 박사에게는 정당한 명분이 있어. 어쨌거나 궤도탑은 건물이거든. 탈것이 아니라."

"변호사가 달라붙으면 이야기가 달라질걸. 상층부가 지층보다 초속 십…, 아니 몇이 됐든, 그렇게 더 빨리 움직이는 건물은 별로 없다고."

"그 말도 일리는 있군. 그러고 보니 탑이 달을 향해서 상당히 많이 뻗어 나간다는 생각에 현기증이 날 것 같다고 하니까 모건 박사가 말하길 '탑이 올라간다고 생각하지 말고 다리가 뻗어 나간다고 생각하세요'라고 하더군. 그래 보려고 하고 있는데, 별로 효과는 없어."

"아." 맥신이 갑자기 말했다. "직소 퍼즐 한 조각이 거기 더 있었군. 다리."

"무슨 소리야?"

"지구건설공사의 회장인 그 재수 없는 콜린스 의원이 지브롤터교에 자기 이름을 붙이고 싶어 했던 거 알았어?"

"아니. 그러니까 몇 가지 이해되는 게 있군. 그런데 난 콜린스 의원이 꽤 괜찮았어. 몇 번 만났는데, 유쾌하고 명석한 사람이었지. 한창때는 지열공학에서 일류가 아니었던가?"

"그게 언제적 얘긴지. 그리고 당신은 그 사람 명성에 위협이 되질 않잖아. 당연히 친절하게 대할 수 있지."

"다리는 어떻게 그 사태를 피해간 거야?"

"지구건설공사의 선임급 공학자 사이에서 일종의 반란이 일어났었어. 물론 모건 박사는 전혀 관여하지 않았고."

"그래서 모건 박사가 자기 카드를 깊숙이 숨기고 있다는 거로구먼! 점점 감탄스러워지는군. 그런데 이제 어떻게 다뤄야 할지 모르는 장애물을 마주하고 있는 거야. 그걸 알게 된 건 고작 며칠 전인데, 완전히 길을 막아버렸던 거지."

"그 뒤는 내가 추측해 볼게." 맥신이 말했다. "이런 게 좋은 연습이야. 내가 앞서나가게 해주거든. 모건 박사가 왜 여기 왔는지 난 알 것 같아. 그 엘리베이터의 지구 쪽 끝은 적도 상에 있어야 해. 아니라면 수직으로 설 수 없으니까. 피사에 있던 탑처럼 될걸. 결국 쓰러졌잖아."

"난 도무지…." 사라스 교수가 넋 나간 듯이 팔을 위아래로 흔들며 말했다. "아, 그렇겠군…." 목소리가 점점 잦아들더니 교수는 조용히 생각에 잠겼다.

"그러면 적도에는 가능한 장소가 몇 개밖에 없어." 맥신이 말을 이었다. "대부분은 바다잖아? 그리고 타프로바네는 분명히 그중 한 곳이야. 나야 이곳이 아프리카나 남아메리카보다 특별히 더 나은 이유가 있는지는 모르겠어. 아니면, 모건 박사는 온갖 지역을 다 알아보고 있는 건가?"

"맥신, 당신의 추리력은 언제나 놀랍군. 방향을 제대로 잡았어. 하지만 거기서 더 나가지는 못할 거야. 모건 박사가 최선을 다해서 뭐가 문제인지 설명해줬지만, 내가 과학적인 부분을 전부 이해했다고 할 수는 없어. 결론은 아프리카와 남아메리카는 우주엘리베이터에 적합하지 않다는 거야. 지구 중력장의 불안정한 지점 때문에 그렇다는군. 유일하게 가능한 건 타프로바네인데, 더 큰 문제는 타프로바네에서도 딱 한 지점밖에 안 된다고 해. 그리고 사라스, 그게 당신이 이 판에 끼게 되는 이유야."

"마마다?(나?)" 놀라서 화가 난 사라스 교수가 타프로바네어로 외쳤다.

"그래. 자네 말이야. 모건 박사에게는 참으로 성가시게도 반드시 확보해야 하는 지점에 이미 누군가가 자리 잡고 있었던 거야. 부드럽게 표현하자면 이렇고, 모건 박사는 자네의 친한 친구인 버디를 몰아내는 일에 대해 내 조언을 원하고 있어."

이번에는 맥신이 어리둥절할 차례였다.

"누구라고?" 맥신이 물었다.

사라스 교수가 바로 대답했다. "스리칸다 사원의 주지 스님인 아난다티사 보디다르마 마하나야케 테로야." 교수는 마치 염불을 하듯이 읊조렸다. "그래서 그런 것이었군."

한동안 침묵이 감돌았다. 그러더니 타프로바네 대학의 고고학 명예교수인 사라스의 얼굴에 순수하게 재미있어하는 표정이 떠올랐다.

"난 항상 알고 싶었어." 교수가 꿈꾸듯 말했다. "불가항력적인 힘이 움직일 수 없는 물체와 만났을 때 어떤 일이 벌어지는지."

11

말 없는 공주

손님들이 떠난 뒤 라자싱헤는 생각에 깊이 잠긴 채 편광유리로 된 도서관 창문을 밝히고 앉아서 저택을 둘러싼 나무와 그 너머에 솟아 있는 야카갈라 궁전의 바위벽을 한참 동안 바라보았다. 미동도 않고 앉아 있던 라자싱헤는 시계가 4시 정각을 알리는 동시에 오후에 마실 차를 가지고 들어오는 소리를 듣고 백일몽에서 깨어났다.

"라니." 라자싱헤가 말했다. "드라빈드라에게 튼튼한 신발을 찾아서 꺼내 달라고 전해줘. 바위에 올라가야겠다."

라니는 깜짝 놀라 쟁반을 떨어뜨릴 것만 같았다.

"저런, 대사님!" 라니는 큰일이 났다는 듯이 외쳤다. "정신이 나가셨어요? 맥퍼슨 박사님이 말하기를…."

"그 스코틀랜드인 돌팔이는 항상 내 심전도를 거꾸로 읽는단 말이야. 어쨌든 너와 드라빈드라가 떠나면 내가 뭘 보고 더 살겠니?"

그 농담에는 일말의 진실이 담겨 있었고, 그 말을 하자마자 바로 자기 연민에 부끄러웠다. 그걸 눈치챈 라니의 눈에 눈물이 고였다.

라니는 감정을 들키지 않으려고 몸을 돌리며 영어로 말했다. "더 머물겠다고 했잖아요. 적어도 드라빈드라가 1년을 보낼 때까지는…."

"나도 알아. 하지만 난 그런 생각조차 하지 않는다. 내가 마지막으로 본 이래 버클리 대학이 변한 게 아니라면, 그 사람은 네가 그곳에 있기를 바랄 거야. ('이유는 다르겠지만, 나만큼은 아닐 거야.' 라자싱헤는 속으로 중얼거렸다.) 그리고 네가 학위를 받든 안 받든 대학 총장의 아내가 되기 위한 훈련은 빠르면 빠를 수록 좋단다."

라니는 웃었다. "그게 제가 반길 만한 운명인지는 모르겠어요. 지금까지 본 끔찍한 사례를 보면 그래요." 라니는 타프로바네어로 바꿨다. "진심은 아니시죠?"

"진심이지 그럼. 물론 꼭대기까지는 말고, 프레스코화까지만. 거기에 가본 지 5년이 됐구나. 좀 더 있으면…." 말을 끝맺을 필요는 없었다.

라지는 말없이 한참 동안 라자싱헤를 바라보다가 논쟁이 무의미하다고 판단했다.

"드라빈드라에게 말할게요." 라니가 말했다. "그리고 자야한테도요. 대사님을 업고 내려와야 할지도 모르니까요."

"좋아. 그거라면 드라빈드라 혼자서도 할 수 있을 것 같지만 말이야."

라니는 자부심과 즐거움이 뒤섞인 밝은 웃음을 보였다. '이 둘은 국가 복권에서 당첨된 최고의 행운이야.' 라자싱헤는 흐뭇하게 생각했다. 2년 동안의 사회봉사가 자신에게 그랬듯이 그 둘에게도 즐거웠기를 바랐다. 요즘 같은 세상에는 개인 고용인을 두는 건 사치 중의 사치로, 오로지 탁월한 공로를 세운 사람에게만 허용됐다. 라자싱헤가 아는 한 고용인을 셋이나 둔 사람은 더 없었다

힘을 아끼기 위해서 라자싱헤는 태양전지로 움직이는 삼륜차를 타고 쾌락의 정원을 지나갔다. 드라빈드라와 자야는 걷는 게 더 빠르다며 걸어가겠다고 했다. 맞는 말이었지만, 그건 지름길로 갈 수 있기 때문이었다. 라자싱헤는 숨을 돌리기 위해서 몇 번이나 쉬어가며 아주 천천히 올라간 끝에 기다란 복도로 된 '하부 갤러리'에 도착했다. '거울 벽'이 바위 벽면과 평행하게 놓였다.

아프리카에서 온 젊은 고고학자 한 명이 관광객의 호기심 어린 눈길 속에서 밝은 빛을 비스듬히 비추며 벽에 새겨진 문자를 찾고 있었다. 라자싱헤는 새로운 발견을 할 가능성이 사실상 전혀 없다고 일러주고 싶었다. 사라스 교수가 20년에 걸쳐서 바위 표면을 밀리미터 단위로 조사했다. 그렇게 나온 3권짜리《야카갈라 궁전의 새김 문자》는 대단한 학문적 업적으로, 앞으로도 이를 능가하기가 불가능했다. 그 정도로 능숙하게 고대 타프로바네어 문자를 읽을 수 있는 사람이 다시 나타난다면 또 모를 일이지만.

사라스 교수가 일생일대의 작업을 시작했을 무렵 두 사람은

젊었다. 라자싱헤는 당시 고고학부의 금석학(金石學) 보조연구원이었던 사라스가 노란 회반죽 위에서 거의 해독 불가능한 수준으로 남아 있는 흔적을 찾아서 머리 위 바위에 그려진 미녀에게 바친 시를 번역하고 있을 때 바로 이 장소에 서 있었던 일이 기억났다. 오랜 세월이 지났음에도 그 시구는 사람의 심금을 울렸다.

나는 경비대장 티샤
눈빛이 천진난만한 여인들을 보기 위해 50리그를 왔지
그런데 여인들이 내게는 말을 하지 않네
왜 상냥하지 않은 것일까?

그대들이여, 이곳에 천 년 동안 머무르기를
신들의 왕이 달에 그려 놓은 토끼처럼
나는 투파라마의 사원에서 온 승려 마힌다일세

그 바람은 일부는 이뤄졌고, 일부는 이뤄지지 않았다. 바위의 여인들은 승려가 상상한 시간의 두 배를 이곳에서 머물렀고, 꿈에서나 생각할 수 있는 시대까지 살아남았다. 그러나 남아 있는 수는 얼마나 적은가! 문자 일부는 '황금빛 피부의 여인 500명'을 언급하고 있지만, 그게 시적 허용이라고 생각해도 시간에 따른 황폐화나 인간의 악의를 빠져나온 건 원래 있었던 프레스코화의 10분의 1이 되지 않는 게 분명했다. 하지만 지금까지 남아 있는 20점은 앞으로 영원히 안전했다. 그 아름다움은 수많은 필름과 테이프, 크리스털에 기록되었다.

또한, 적어도 굳이 이름을 남길 필요가 없다고 생각했던 자가 자랑스럽게 끄적거려 놓은 글보다 오래 버텼다는 건 확실했다.

나는 길을 열라고 명했노라
산 중턱에 서 있는 아름다운 여인들을
순례자들이 볼 수 있도록
나는 왕이다

왕가의 이름을 지니고 있으며, 왕의 유전자를 여럿 갖고 있을 게 분명한 라자싱헤는 오랫동안 이들 글귀를 가끔 떠올렸다. 이 시구는 권력의 덧없는 속성과 야망의 무익함을 너무나도 잘 보여주었다. "나는 왕이다." 아, 그런데 어떤 왕? 1,800년 전에는 거의 닳지 않은 상태였을 이 화강암 판석 위에 선 군주는 아마도 유능하고 영리한 사람이었을 것이다. 그러나 자신도 가장 천한 몸종과 다를 바 하나도 없이 이름이 잊히는 시대가 오리라고는 생각하지 못했다.

이제는 그 이름의 흔적조차 찾을 수 없었다. 그런 오만한 글귀를 적었을 왕의 후보는 열 명이 넘었다. 어떤 이는 몇 년을, 어떤 이는 불과 몇 주를 다스렸지만, 그중 누구도 침대에서 평화롭게 세상을 떠난 이는 없었다. 자신의 이름을 굳이 밝힐 필요도 없다고 생각했던 왕이 마하티샤 2세인지, 바티카바야인지, 비자야쿠마라 3세인지, 가자바후카가마니인지, 칸다무카시바인지, 모갈라나 1세인지, 키티세나인지, 시리삼가 보디인지···, 아니면 타프로바네의 길고 복잡한 역사에 이름조차 남기지 못한 다른 군주인지는 영원히 알 수 없었다.

작은 엘리베이터를 운행하는 안내원은 저명한 방문객을 보고 깜짝 놀라며 라자싱헤를 공손히 맞이했다. 새장 같은 전망대가 천천히 15미터를 상승하는 동안 라자싱헤는 한때 엘리베이터를 마다하고 나선형 계단을 올라가던 시절을 떠올렸다. 지금은 젊음이 넘치는 드라빈드라와 자야가 아무 걱정 없이 그렇게 뛰어오르고 있었다.

엘리베이터가 멈추자 라자싱헤는 바위 벽면 바깥쪽으로 튀어나온 작은 철제 발판에 올랐다. 등 뒤와 발 아래는 100미터에 걸쳐 아무것도 없는 허공이었지만, 튼튼한 철망이 있어서 걱정할 이유는 없었다. 영원히 파도가 부서지고 있는 모습의 바위 아래에 매달린, 십수 명을 태울 수 있는 이 새장에서는 자살하기로 굳게 마음먹은 사람이라도 빠져나갈 수 없었다.

우연히 얕은 동굴처럼 생겨서 자연의 풍화력이 닿지 못한 이 움푹 들어간 공간에는 왕이 만든 천상의 궁전에서 살아남은 이들이 있었다. 라자싱헤는 말없이 이들을 맞이하며, 공식 안내원이 제공한 의자에 기꺼이 앉았다.

"10분만 혼자 있고 싶어." 라자싱헤가 말했다. "자야, 드라빈드라. 관광객을 잠시 다른 곳으로 돌려줄 수 있는지 알아봐 주렴."

동행인들이 의아하게 바라보았다. 지키는 사람 없이 프레스코화를 두고 떠나서는 안 되는 안내원도 마찬가지였다. 하지만 라자싱헤 대사는 언제나 그랬듯이 원하는 바를 얻어냈다. 목소리를 높일 필요도 없었다.

"아유 보완(안녕하십니까)." 마침내 혼자 남게 되자 라자싱헤는 말 없는 이들에게 인사를 건넸다. "오랫동안 못 찾아서 미안합니다."

정중하게 대답을 기다렸지만, 지난 스무 세기 동안 어떤 찬양자에게나 그랬듯이 라자싱헤에게도 무심하기 그지없었다. 그래도 실망하지 않았다. 무심함에는 익숙했다. 사실 그래서 더욱 매력적이었다.

"제게 문제가 있습니다." 라자싱헤가 말했다. "칼리다사의 시대 이후로 타프로바네를 거쳐 간 온갖 침략자를 봤겠지요. 밀물이 들어오듯 정글이 야카갈라 궁전을 둘러쌌다가 다시 도끼와 쟁기 앞에 후퇴하는 모습도 봤겠지요. 하지만 그동안 진정 변한건 없어요. 자연은 이 조그만 타프로바네에 친절했고, 역사도마찬가지여서 혼자 있을 수 있게 놓아 두었지요.

이제 조용한 시절은 끝나고 있는 건지도 몰라요. 우리의 대지가 여러 행성으로 이뤄진 세상의 중심이 될 수도 있어요. 여러분이 오랫동안 봤던 남쪽의 위대한 산이 우주로 가는 열쇠가 될지도 모릅니다. 만약 그렇다면, 우리가 알고 사랑했던 타프로바네는 사라지는 겁니다.

어쩌면 내가 할 수 있는 건 별로 없을지도 몰라요. 하지만 내게는 도울 수도, 혹은 방해할 수도 있는 힘이 조금 있습니다. 아직은 내게 친구가 많거든요. 원한다면 적어도 내가 살아 있는동안은 이 꿈, 또는 악몽을 늦출 수 있어요. 그래야 할까요? 아니면 이 사람의 진정한 동기가 무엇이든 간에 내가 도와줘야 할까요?"

라자싱헤는 가장 좋아하는 여인, 바라봐도 눈길을 피하지 않는 유일한 여인을 향했다. 다른 여인들은 먼 곳을 바라보거나 손에 들고 있는 꽃을 쳐다봤지만, 라자싱헤가 젊은 시절부터 사랑했던 여인은 특정 각도에서 보면 마주 바라봐주는 것 같았다.

"아, 카루나! 당신에게 그런 질문을 해서는 안 되겠지요. 하늘 너머의 진짜 세상이나 그곳에 가려는 인간의 욕구를 당신이 어떻게 이해하겠어요? 당신도 한때는 여신이었지만, 칼리다사 왕의 낙원은 환상일 뿐이었잖아요.

음, 당신이 어떤 기이한 미래를 보게 될지는 모르겠지만, 난 그 세상을 함께하지 못할 거예요. 우리는 오랫동안 알고 지냈지요. 당신 기준이 아니라 내 기준이지만요. 그럴 수 있을 때까지는 내가 저택에서 당신을 바라보겠어요. 하지만 우리가 다시 만날 수 있을 것 같지는 않군요. 안녕히. 그리고 고마워요, 아름다운 이들이여. 지금까지 나를 기쁘게 해줬어요. 내 뒤를 이어 올 사람에게도 인사를 건네줘요."

그러나 엘리베이터를 무시하고 계단을 따라 내려오는 라자싱헤는 전혀 이별하는 기분이 들지 않았다. 오히려 상당히 젊어진 것 같았다. (어쨌거나 72살은 그렇게 나이 든 게 아니었다.) 라자싱헤는 드라빈드라와 자야의 얼굴이 밝아진 것을 보고 자신의 걸음걸이에 깃든 활력을 그들도 알아챘음을 알 수 있었다.

어쩌면 은퇴 생활이 다소 지루했던 걸지도 몰랐다. 어쩌면 활기 없고 묵직한 하늘이 몇 달 동안 이어지다가 계절풍이 생명을 새롭게 만들어 주듯, 라자싱헤와 타프로바네 모두 신선한 공기를 마시고 거미줄을 치워버려야 했던 걸지도 몰랐다.

성공하느냐 그렇지 못하느냐를 떠나서 모건의 계획은 상상력에 불을 지피고 영혼을 휘저어 놓았다. 칼리다사 왕이라면 부러워했을 것이다. 그리고 계획을 승인했을 것이다.

2부

사원

"어느 종교에 진리가 있는지를 놓고 여러 종교가 서로 논쟁하고 있지만, 우리가 보기에 종교의 진리라는 건 전부 무시해도 좋다…. 만약 인류의 진화 과정의 어느 한 곳에 종교의 자리를 넣고자 한다면, 그건 영구적인 것이라기보다는 문명사회의 개개인이 어린아이에서 성숙해 가는 과정에서 거쳐 가야 하는 신경증과 같은 것이라고 볼 수 있다."

— 지그문트 프로이트, 《새로운 정신분석 강의》, 1932년

"당연히 인간은 자신의 모습을 반영해 신을 만들었습니다. 하지만 어떤 대안이 있었을까요? 지구 외의 다른 행성을 연구할 수 있게 되기 전까지는 지질학을 진정으로 이해하는 게 불가능했던 것처럼 신학이 유효하려면 외계 지성과 만날 때까지 기다려야 합니다. 인간의 종교만을 연구하는 한 비교종교학이라는 주제는 있을 수 없습니다."

— 비교종교학 교수 엘 하지 모하메드 벤 셀림,
브리검영대 취임사 중, 1998년

"우리는 불안한 마음으로 다음 질문에 대한 답을 기다려야 합니다. (a) 부모가 없거나, 하나이거나, 둘이거나, 혹은 둘보다 많은 존재는 어떤 종교 관념을 갖고 있을 것인가? (b) 종교적 믿음은 성장기에 직계 조상과 친밀한 관계를 맺는 생명체에게서만 찾아볼 수 있을 것인가?

만약 우리가 유인원과 돌고래, 코끼리 개와 같은 비슷한 지적 생물에게서만 종교를 찾을 수 있고, 외계의 컴퓨터나 흰개미, 물고기, 거북, 사회적 아메바에게서는 그렇지 않다면 우리는 고통스러운 결론을 내려야만 할지도 모릅니다⋯. 어쩌면 사랑과 종교도 포유류에게만, 그것도 거의 같은 이유로 생겨나는 것일 수 있습니다. 이 역시 병리학 연구 결과가 암시하는 바입니다. 종교적 환상과 도착증 사이의 관계를 의심하는 사람은《마녀의 망치》나 헉슬리의《루던의 악마》를 자세히 읽어야 합니다."

— 출처는 위와 같음.

"'종교는 영양실조의 부작용이다'(하와이, 1970년)라는 찰스 윌리스 박사의 악명 높은 발언은 그 자체로 그레고리 베이트슨의 고상하지 못한 한 단어짜리 반박에 비해 그다지 더 유용하지는 않다. 윌리스 박사가 분명히 의미한 것은 (1) 자발적 혹은 비자발적인 굶주림이 초래한 환각이 곧바로 종교적 환영으로 해석되며, (2) 이 생에서 겪은 굶주림이 (아마도 필수적일) 심리학적 생존 기제로서 내세의 보상에 대한 믿음을 고무한다는⋯.

소위 '의식을 확장시킨다'는 약물에 관한 실험 결과, 그런 약물을 사용하면 뇌에서 자연히 발생하는 '신성화' 물질을 감지하게 되어 결국 정반대의 작용을 한다는 사실이 증명됐다는 건 운명의 장난이 아닐 수

없다. 아무리 독실한 어떤 종교의 신자라고 해도 2-4-7 오소-파라-데
오사민을 적절히 투여하면 개종시킬 수 있다는 발견은 아마도 종교가
겪은 가장 강력한 타격이었을 것이다.

　물론 스타글라이더가 나타난 뒤로는….ʺ

　　　　　　　　　　　　　— R. 가 보, 《종교의 약리학적 근거》,
　　　　　　　　　　　　　　　　미스카토닉대 출판부, 2069년

12

스타글라이터

그런 일이 벌어지리라고는 100년 전부터 예상하였고, 허위로 드러난 발견도 여러 번 있었다. 그러나 마침내 그 일이 일어났을 때 인류는 놀라지 않을 수 없었다.

알파 센타우리 방향에서 온 전파 신호는 매우 강력해서 평범한 통신회로에서 잡음으로 처음 나타났다. 이는 수십 년 동안 우주에서 지성체의 신호를 찾아 헤매던 전파천문학자들을 당황하게 하였다. 그도 그럴 것이 알파와 베타, 프록시마 센타우리 삼중성계는 오래전부터 진지하게 고려할 필요 없는 대상으로 치부했기 때문이다.

남반구를 조사할 수 있는 전파망원경은 모조리 곧바로 센타우루스 자리에 초점을 맞췄다. 몇 시간도 채 되지 않아 더욱 충격적인 사실을 알아냈다. 신호는 센타우루스 항성계가 아니라 약 0.5도 정도 벗어난 지점에서 오고 있었다. 그리고 그 신호의 발원지는 움직이고 있었다.

그건 진상을 알리는 첫 번째 실마리였다. 확실해졌을 때는 인류의 평범한 일상이 모두 멈췄다.

신호가 강력한 건 이제 놀랄 거리가 아니었다. 신호원은 이미 태양계 안으로 한참 들어왔고, 초속 600킬로미터로 태양을 향해 움직이고 있었다. 오랫동안 기다려왔던, 그리고 오랫동안 두려워했던 우주의 방문객이 마침내 도착했다.

그러나 침입자는 30일이 지나도록 아무것도 하지 않은 채로 '내가 왔다'는, 단순하고 똑같은 신호만 계속 보내면서 외곽 행성들을 지나쳤다. 그쪽으로 보낸 신호에 대답하려는 시도도, 혜성 같은 자연스러운 궤도를 조정하지도 않았다. 침입자가 아주 빠른 속도로 오다가 감속한 게 아니라면 센타우루스 자리에서 오는 여행은 2천 년이나 걸렸을 게 분명했다. 혹자는 방문객이 무인탐사선이라는 사실을 암시한다는 이유로 안심하기도 했지만, 다른 이들은 살아 있는 진짜 외계인이 없다면 김이 새는 기분이 든다며 실망했다.

생각할 수 있는 온갖 가능성을 두고 모든 통신매체와 인간 세상의 모든 의회에서 지겨울 정도로 논쟁이 이뤄졌다. 자비로운 신의 방문부터 피를 갈구하는 뱀파이어의 침입까지, 이제껏 과학소설에 쓰였던 플롯까지 모조리 파헤쳐서 진지하게 분석했다. 런던의 로이즈 보험사는 가능한 미래를 모두 (평소라면 단 한 푼의 보험료도 받지 못했을 가능성까지 포함해) 보장한다면서 사람들에게서 상당한 보험료를 받아 챙겼다.

이윽고 외계인이 목성 궤도를 지나자 인류의 측정장비는 새로운 사실을 알아내기 시작했다. 첫 번째 발견은 잠깐이나마 공황 상태를 초래했다. 그 물체는 지름이 500킬로미터로, 작은 위성만 한 크기였다. 그렇다면 그건 침략군이 타고 있는 움직이는 행성일 수도 있었다.

침입자의 본체는 지름이 불과 몇 미터에 지나지 않는다는 더 정확한 관측 결과가 나오고서야 두려움이 가셨다. 주위를 둘러싼 500킬로미터짜리 껍데기는 전혀 낯선 물체가 아니었다. 그것은 천천히 회전하는 얇은 포물선 반사경으로, 천문학자들이 쓰는 궤도전파 망원경과 똑같은 장치였다. 아마도 외계탐사선이 멀리 떨어져 있는 기지와 연락하는 데 쓰는 안테나일 것이다. 그리고 지금도 태양계를 조사해 라디오와 TV를 비롯한 모든 통신 데이터를 엿듣고, 여기서 알아낸 사실을 전송하고 있을 게 분명했다.

놀랄 일은 하나 더 있었다. 소행성 크기의 안테나가 가리키는 방향은 알파 센타우리가 아니라, 하늘의 전혀 다른 구역이었다. 그러자 센타우리가 출발지점이 아니라 그저 직전에 들른 기항지로 보이기 시작했다.

천문학자들이 여전히 고민에 빠져 있을 때 놀라운 행운이 찾아왔다. 화성 궤도 너머에서 일상적인 임무를 수행하던 태양관측위성 하나가 갑자기 먹통이 됐다가 얼마 뒤 통신이 돌아왔다. 기록을 조사해 보니 강한 전파 방사 때문에 한순간 기능이 마비됐었다는 사실이 드러났다. 그 위성이 지나가면서 외계탐사선이 쏜 신호를 정통으로 맞은 것이다. 그러면 이제 그 신호가 정확히 어디를 향하고 있었는지는 간단한 계산 문제였다.

그 방향으로 52광년 이내에는 아주 희미하고 나이가 많은 큰 적색왜성 하나밖에 없었다. 적색왜성이란 소식하며 사는 작은 별로, 은하의 화려한 거성이 모두 불타버리고 난 뒤에도 수십 억 년은 더 평화롭게 빛날 수 있었다. 전파망원경으로 그 별을 면밀하게 조사해 본 적은 아직 없었는데, 이내 다가오고 있는 방문객을 관측하지 않아도 되는 나머지 망원경이 모두 그 예상 출발 지점으로 초점을 맞췄다.

그리고 실제로 무언가 있었다. 그리고 그곳으로 1센티미터 대역에서 정밀하게 조정한 신호가 날아가고 있었다. 수천 년 전에 탐사선을 만들어 발사한 외계인은 아직도 접촉을 유지했다. 지금 외계인이 받고 있을 메시지는 불과 반세기 전의 것이었다.

화성 궤도 안쪽으로 들어서자 외계탐사선은 처음으로 인류를 의식하고 있음을 보여주었는데, 그 방법이란 게 생각할 수 있는 선에서 가장 극적이고 명쾌했다. 바로 표준 3075주사선 텔레비전 영상을 전송하기 시작했고, 그 안에는 다소 딱딱하지만 유창한 영어와 중국어로 된 문자/영상이 함께 들어 있었다. 최초의 우주 대화가 시작된 것이다. 그리고 전부터 상상해왔던 수십 년의 시차를 둔 대화가 아니라 불과 몇 분 간격으로 이야기를 나눌 수 있었다.

13

새벽의 그림자

달이 뜨지 않은 맑은 밤, 모건은 새벽 4시에 라나푸라의 호텔을 떠났다. 이런 시각을 고른 게 썩 마음에 들지 않았지만, 모든 일정을 조율한 사라스 교수가 충분히 가치가 있다고 약속했다. "정상에서 새벽을 보지 못한다면 스리칸다 산을 이해했다고 말할 수 없는 겁니다." 교수가 말했다. "그리고 버디, 아니 마하나야케 테로 주지승려는 그때가 아니면 방문객을 받지 않아요. 그 친구 말로는 단순한 호기심으로 찾아오는 사람을 떨쳐 낼 수 있는 훌륭한 방법이라고 하더군요." 그래서 모건은 군소리 없이 가능한 기분 좋게 동의했다.

그런데 하필이면 타프로바네의 택시 운전사가 승객의 성격을 철저히 파악하려는 의도가 분명해 보이는 말을, 다소 일방적이지만 활발하게 계속 걸었다. 운전사의 성품이 워낙 순진무구했던 터라 결코 기분이 상할 정도는 아니었지만, 모건은 조용히 있고 싶었다.

게다가 모건은 운전사가 사방이 거의 암흑에 가까운 상황에서 빠른 속도로 지나가고 있는 수많은 급회전에 좀 더 신경을 써주기를, 때로는 진심으로 원했다. 언덕을 지나 올라가는 자동차가 지나치고 있을 절벽과 깊은 구덩이가 전혀 보이지 않는 건 차라리 잘된 일일 것이다. 이 도로는 19세기 군사공학의 승리로, 자부심 넘치는 내륙의 산악 부족과 최종 결전을 치를 때 만든 마지막 식민 지배의 유산이었다. 그러나 아직 자동 운행 도로로 바뀌지 않은 탓에 모건은 살아서 도착할 수 있을지 여러 번이나 걱정했다.

　그러던 어느 순간, 모건은 두려움과 잠이 부족한 데서 오는 짜증을 한순간에 잊어버렸다.

　"저기 있네요!" 택시가 언덕을 끼고 돌자 운전사가 자랑스럽게 말했다.

　스리칸다 산은 아직 새벽이 올 기미도 안 보이는 어둠에 묻혀 있어서 전혀 보이지 않았다. 오로지 하늘에 떠 있는 별빛 아래에 마법처럼 걸려 있는 구불구불한 가는 빛줄기만이 그곳에 산이 있음을 나타냈다. 모건은 지금 보고 있는 게 세계에서 가장 긴 계단을 오르는 순례자를 안내하기 위해 200년 전에 설치한 등불일 뿐이라는 사실을 알고 있었지만, 논리와 중력을 무시하는 듯한 모습은 자신의 꿈을 미리 예견하는 것처럼 보였다. 모건이 태어나기도 훨씬 전에, 누군지 알 수도 없는 철학자들에게 영감을 받은 사람들은 모건이 끝내고자 하는 작업을 시작했다. 말 그대로, 별들로 향하는 길에 조야한 첫 번째 계단을 만들었다.

　정신이 번쩍 든 모건은 빛의 띠가 점점 가까워지다가 반짝이는 구슬이 무수히 많이 모여 생긴 목걸이로 바뀌는 모습을 바라보았다. 이제 산은 하늘의 전반을 가리는 검은 삼각형 모습을 드러내고 있었다. 조용하면서도 위압감을 주는 모습은 어딘가 불길해 보였다. 모건은 그 산이 자신의 임무를 알고 있는 신들이 머무는 곳이며, 그곳에서 자신에게 대항할 힘을 모으고 있다는 생각마저 들었다.

케이블카 정거장에 도착하고 새벽 5시밖에 되지 않았는데도 조그만 대기실에 적어도 100명은 되는 사람들이 우글거리는 놀라운 모습을 보니 이런 불길한 생각은 싹 사라졌다. 모건은 수다스러운 운전사와 함께 마시려고 뜨거운 커피를 주문했는데, 다행히도 운전사는 함께 올라갈 생각이 전혀 없어 보였다. "적어도 스무 번은 가봤습니다." 운전사는 일부러 지루한 티를 내듯이 말했다. "돌아오실 때까지 차에서 자고 있을게요."

모건은 표를 사면서 재빨리 계산해 보았다. 아마도 세 번째나 네 번째 케이블카를 타고 가게 될 것 같았다. 사라스 교수의 충고대로 주머니에 보온 바람막이를 가져오기를 잘했다고 생각했다. 고도는 2천 미터밖에 안 됐지만, 벌써 쌀쌀했다. 여기보다 3천 미터가 더 높은 정상은 몹시 추울 게 분명했다.

졸음이 완전히 가시지 않아 약간 늘어진 방문객 무리에 섞여서 천천히 앞으로 움직이던 모건은 유일하게 카메라를 들고 있지 않은 사람이 자신이라는 흥미로운 사실을 깨달았다. '진정한 순례자는 어디에 있는 거지?' 모건은 궁금했다. 문득 떠오르는 사실이 있었다. 순례자는 여기 올 리가 없다. 천국이나 열반, 혹은 신실한 이들이 추구하는 게 무엇이든 쉽게 얻을 방법은 없다.

공덕은 기계의 도움을 받아서가 아니라 스스로 노력해야만 얻을 수 있다. 흥미롭기도 하거니와 진실을 많이 담고 있는 교리였다. 그러나 기계만이 할 수 있는 일도 있는 법이다.

드디어 모건이 케이블카에 자리 하나를 차지하고 앉았다. 이내 케이블이 시끄럽게 삐걱거리는 소리를 내면서 출발했다. 다시 한 번, 모건은 앞날을 보는 듯한 기괴한 기분을 느꼈다. 계획하고 있는 엘리베이터는 아마도 그 첫 운행이 20세기로 거슬러 올라갈 이 원시적인 기계의 1만 배 높이로 사람과 화물을 끌어올릴 수 있다. 그런데도 어쨌든 기본 원리는 사실상 똑같았다.

흔들리는 케이블카 바깥은 조명이 켜진 계단 일부가 보이는 걸 빼면 온통 암흑천지였다. 계단은 텅 비었다. 지난 3천 년 동안 줄을 이어 산을 올랐던 수많은 이들의 뒤를 잇는 사람이 아무도 없는 것 같았다. 하지만 걸어서 산을 오르는 사람들은 새벽을 맞이하기 위해 벌써 한참 위에 가 있으리라는 사실을 모건은 이내 깨달았다. 산기슭은 이미 몇 시간 전에 지나갔을 것이다.

4천 미터 지점에서 케이블카를 갈아타야 했다. 조금 걷자 다른 정거장이 나왔지만, 약간 기다렸다. 모건은 바람막이를 가져오기를 정말 잘했다고 생각하며, 금속을 입힌 천을 몸에 둘렀다. 발밑에는 서리가 내렸고, 벌써 공기가 희박해서 숨을 깊이 들이마시게 됐다. 모건은 작은 정거장에 눈에 잘 띄는 설명과 함께 산소통이 쌓여 있는 모습을 보고서도 놀라지 않았다.

얼마 뒤, 드디어 정상을 향해 오르기 시작하자 처음으로 밝아지는 기미가 보였다. 동쪽 하늘의 별은 여전히 밝게 빛났고, 그 중에서도 금성이 가장 빛났지만, 높게 떠 있는 가느다란 구름 몇 조각이 다가오는 새벽빛을 받아 희미하게 빛나기 시작했다. 모건은 제 시각에 도착할 수 있을지 걱정돼서 초조하게 시계를 보았다. 동이 트려면 아직 30분은 남아 있어서 안심됐다.

승객 중 한 명이 갑자기 끝없는 계단을 가리켰다. 경사가 급격하게 높아지면서 계단이 이쪽저쪽으로 굽이치며 놓여 있던 터라 일부분만 가끔 눈에 들어왔다. 이제는 계단이 비어 있지 않았다. 꿈꾸듯이 느릿느릿한 움직임으로 수십 명이 줄을 지어 끝없는 계단을 고통스럽게 오르고 있었다. 시시각각으로 더 많은 사람이 눈에 들어왔다. '몇 시간이나 올라오고 있는 걸까?' 모건은 궁금했다. 일단 밤을 꼬박 새웠을 건 분명했고, 순례자의 상당수가 꽤 나이 들어 하루 만에 오르기 불가능해 보이는 것으로 봐서 그 이상일 수도 있었다. 모건은 아직도 이렇게 많은 사람이 믿음을 갖고 있다는 사실에 놀랐다.

잠시 후, 처음으로 승려가 모습을 드러냈다. 주황색 가사를 걸친 키 큰 사람이 오로지 앞쪽에만 눈길을 준 채 메트로놈처럼 규칙적으로 움직이고 있었다. 삭발한 머리 위에 떠 있는 케이블카는 조금도 의식하지 않았다. 그뿐만 아니라 자연의 힘조차 의식하지 않을 수 있는지 승려는 얼어붙을 듯이 차가운 바람에 오른팔과 어깨를 그대로 드러냈다.

정거장이 가까워지자 케이블카가 속도를 줄였다. 곧 잠시 멈춰서 승객을 쏟아내더니 머나먼 산기슭을 향해 다시 내려갔다. 모건은 다른 방문객 이삼백 명과 함께 산의 서쪽에 움푹 들어가 있는 작은 원형극장으로 들어갔다. 다들 어둠 속을 응시했다. 아직은 심연으로 이어지는 구불구불한 빛줄기밖에 안 보였다.

계단의 끝부분에서는 뒤늦게 올라온 방문객 몇 명이 신앙의 힘으로 피로를 이기기 위해 마지막으로 분투했다.

모건은 다시 시계를 보았다. 10분이 남았다. 이렇게 조용한 사람들 틈에 끼어 있는 건 처음이었다. 카메라를 든 관광객과 독실한 순례자가 한마음으로 똑같은 기대를 품었다. 날씨는 완벽했다. 여기까지 온 게 헛된 일이 될지 아닐지는 곧 알 수 있었다.

아직 100미터 위쪽의 어둠 속에 묻혀 있는 사원에서 부드러운 종소리가 들려왔다. 그와 동시에 놀라운 계단을 따라 죽 이어져 있는 등불이 일제히 꺼졌다.

아직 산에 가려진 일출을 등지고 서 있는 사람들의 눈에 하루를 밝힐 첫 번째 희미한 빛이, 발아래에 놓인 구름을 비추는 모습이 보였다. 하지만 거대한 산은 아직도 새벽이 오는 것을 늦추고 있었다.

밤의 마지막 요새를 태양이 포위하고 들어오면서 스리칸다 산의 양쪽이 시시각각 밝아졌다. 참을성 있게 기다리던 군중 사이에서 나지막하게 경탄의 소리가 들렸다.

처음에는 아무것도 없었다. 그러더니 갑자기, 타프로바네의 절반에 걸친, 완벽한 대칭을 이루는 짙은 파란색의 뾰족한 삼각형이 눈앞에 나타났다. 산은 숭배자를 잊지 않는다. 구름의 바다 위에 놓인 유명한 그림자는 순례자 하나하나가 나름대로 소망하는 대로 해석하곤 하는 상징이었다.

깔끔한 직선이 빚어내는 그 모습은 빛과 그림자가 만든 단순한 환영이 아니라 마치 뒤집힌 피라미드처럼 확고해 보였다. 주위가 밝아지면서 마침내 직사광이 산허리에 부딪히자 그림자는 상대적으로 더 어둡고 농밀해졌다. 그런데도 잠깐 그림자가 있게 해준 얇은 구름 사이로 모건은 잠에서 깨어나는 대지 위의 희미한 호수와 언덕, 그리고 숲을 알아보았다.

태양이 산 뒤에서 수직으로 솟아오르면서 희미한 삼각형이 엄청난 속도로 다가오고 있는 게 분명했지만, 모건은 움직임을 전혀 느낄 수 없었다. 시간이 멈춘 것 같았다. 시간의 흐름을 의식하지 못하는 건 평생 드물게 겪어본 일이었다. 산이 구름에 그림자를 드리우듯 모건의 영혼에 영원한 그림자를 드리웠다.

이제 그림자가 빠르게 사라지고 있었다. 물속으로 얼룩이 퍼져나가는 것처럼 하늘에서 어둠이 사라졌다. 환영처럼 희미하게 보이던 산 아래 풍경이 현실로 분명해졌다. 지평선까지의 절반쯤 이르는 곳에서 어떤 건물의 동쪽 창문에 햇빛이 반사됐는지 섬광이 번쩍였다. 그리고 그보다 훨씬 먼 곳에서는, 헛것을 본 것인지는 모르겠지만, 타프로바네를 둘러싼 짙은 바다가 어렴풋이 보였다.

타프로바네에 새로운 하루가 찾아온 것이다.

방문객이 서서히 흩어졌다. 일부는 케이블카 정거장으로 돌아갔고, 기운이 남아 있는 사람들은 올라오는 것보다는 내려가는 게 쉬우리라는 그릇된 믿음 하에 계단을 향했다. 아마도 그중 대부분은 아래쪽 정거장에서 케이블카를 타며 고맙게 여길 것이다. 끝까지 걸어서 내려갈 사람은 거의 없었다.

오로지 모건만 호기심 어린 시선이 쏟아지는 가운데 사원과 산 정상으로 향하는 짧은 계단을 올랐다. 매끄럽게 회반죽을 칠

한 외벽이 새벽 햇살을 받아 부드럽게 빛나기 시작하는 모습이 눈에 들어왔을 때쯤 호흡이 가빠진 모건은 육중한 나무문에 기대 잠시 쉴 수 있어서 기뻤다.

누군가 보고 있었던 모양이었다. 초인종을 누르거나 다른 방식으로 도착했다는 걸 알리기도 전에 소리 없이 문이 열렸다. 노란 가사를 입은 승려가 합장하며 모건을 맞이했다.

"아유 보완, 모건 박사님. 마하나야케 테로 주지스님께서 기다리고 계십니다."

14

스타글라이더의 가르침

《스타글라이더 색인》, 초판(2071년)에서 발췌

"이제 우리는 일반적으로 스타글라이더라 부르는 항성 간 탐사선이
6만 년 전에 입력된 대략적인 지시사항에 따라 완전히 자동으로 작동
하고 있음을 알고 있다. 성간 공간을 움직일 때 스타글라이터는 500킬
로미터짜리 안테나를 이용해 상대적으로 느린 속도로 정보를 보내고,
이따금 '스타홀름'으로부터 최신 정보를 갱신받기도 한다. '스타홀름'은
시인인 리웨흘린 압 컴리가 만들어 붙인 아름다운 이름이다.[*]

스타글라이더가 항성계 안쪽을 통과할 때는 항성에서 에너지를 얻
을 수 있다. 따라서 정보를 전송하는 속도가 급격히 높아진다. 조잡하
게 비유하자면 '배터리를 충전'하는 것이다. 그리고 우리가 초창기에
보냈던 파이어니어호와 보이저호처럼 스타글라이더도 한 항성에서 다

---

[*] 홀름(holme)은 강이나 호수 가운데 있는 작은 섬을 뜻한다.

른 항성으로 방향을 바꿀 때 천체의 중력장을 이용하기 때문에 기계 고장이나 우연한 사고가 일어나지 않는 한 영구적으로 움직일 수 있다. 센타우루스는 11번째 기항지였고, 혜성처럼 우리 태양을 거쳐 돌아간 뒤에는 12광년 떨어진 타우 세티를 향해 정확히 움직이고 있다. 만약 그곳에도 누군가 있다면, 스타글라이더는 서기 8100년 이후에 다시 대화를 시작할 것이다.

스타글라이더는 대사와 탐험가 역할을 동시에 하고 있다. 수천 년이 걸리는 여행이 한 번 끝났을 때 기술 문명을 발견한다면, 현지인과 친교를 맺고 정보를 교환한다. 그것이야말로 유일하게 가능한 형태의 항성 간 교역일지도 모른다. 그리고 짧은 항성계 방문을 마치고 또다시 끝없는 여행을 떠나기 전에 스타글라이더는 고향 세계의 위치를 전해준다. 그곳에서는 이미 은하 통신망에 가입한 새 회원이 직접 연락해 오기를 기다리고 있다.

우리의 경우 성도(星圖)를 전달받기도 전에 스타글라이더의 고향 항성을 알아내서 첫 신호까지 보냈다는 사실에 어느 정도 자부심을 느껴도 된다. 이제 104년만 기다리면 답변을 들을 수 있다. 그렇게 가까운 곳에 이웃을 두고 있다니 이렇게 운이 좋을 수 있을까."

첫 번째 메시지로 분명히 알 수 있듯이 스타글라이더는 텔레비전과 라디오, 그리고 특히 문자/영상 방송 서비스를 바탕으로 추론한 결과 수천 개에 달하는 영어와 중국어 어휘의 의미를 이해하고 있었다. 그러나 태양계에 접근하는 동안 수집한 자료는 인류 문화를 대표하기에 태부족했다. 고등과학 자료는 거의 없었으며, 고등수학에 관한 내용은 그보다도 더 적었다. 무작위로 얻은 문학, 음악, 시각예술에 대한 자료뿐이었다.

독학한 천재가 으레 그렇듯이 스타글라이더가 얻은 지식에는 큰 구멍이 여럿 있었다. 너무 적게 가르치는 것보다는 너무 많이 가르치는 게 낫다는 원칙에 따라 통신이 확립되자마자 스타글라이더는 지구로부터 옥스퍼드 영어사전과 중국어대사전, 지구백과사전을 받았다. 디지털 자료로 전송하는 데는 50분 남짓 걸렸고, 전송이 끝나자마자 스타글라이더가 거의 4시간이나 침묵했다는 사실은 짚고 넘어갈 만하다. 가장 길게 통신이 중단된 경우였다. 다시 통신이 이어졌을 때 스타글라이더의 어휘력은 이루 말할 수 없이 방대해졌고, 99퍼센트 이상의 확률로 튜링 테스트*를 어렵지 않게 통과했다. 다시 말해, 수신한 메시지를 가지고서는 스타글라이더가 기계인지 지성이 아주 뛰어난 인간인지 구별할 방법은 없었다.

가끔 실수가 있기는 했다. 예를 들어 모호한 단어를 부적절하게 쓰기도 했고, 대화에 감정적인 부분이 전혀 없을 때도 있었다. 이는 예상했던 바였다. 필요할 경우 사람의 감정을 흉내 낼 수 있는 지구의 고성능 컴퓨터와 달리 스타글라이더의 감정과 욕망은 완전히 이질적인 외계 종족에서 나왔을 것이며, 따라서 인간으로서는 대개 이해할 수 없을 것이다.

그리고 당연히 그 반대도 마찬가지였다. 스타글라이더는 "빗변 길이의 제곱은 다른 두 변의 길이의 제곱을 합한 것과 같다"는 말을 정확하고 완벽하게 이해할 수 있었지만, 다음과 같은 시를

---

* 컴퓨터가 인공지능을 갖추었는지를 판별하는 실험

썼을 때 키츠의 심정이 어땠는지는 짐작도 할 수 없었을 것이다.

쓸쓸한 요정 나라의
위험한 바다의 물거품을 향해 열려 있는
마법의 창문에

다음 시는 더욱 난해했을 것이다.

그대를 여름날과 비교해도 될까요?
그대는 더욱 사랑스럽고 더욱 온화합니다

그런데도 이런 부족함을 채울 수 있기를 기대하며 스타글라이더에게 수천 시간에 달하는 음악과 극화, 그리고 인간과 다른 지구 동물의 모습을 제공했다. 다들 동의한 바에 따라 제공하는 자료는 어느 정도 검열 과정을 거쳤다. 인류의 폭력과 전쟁에 대한 성향을 부정할 수는 없지만(이미 제공한 백과사전을 생각하면 늦었지만), 신중하게 선택한 일부 사례만 전송했다. 그리고 걱정하지 않아도 되는 거리 바깥으로 스타글라이더가 나가기 전까지는 영상 네트워크에서 내내 특색 없고 지루한 프로그램밖에 볼 수 없었다.

앞으로 몇 세기에 걸쳐, 어쩌면 스타글라이더가 다음 목적지에 도착할 때까지도 철학자들은 스타글라이더가 인간사와 당면 과제를 어떻게 이해했을지를 놓고 논쟁할 것이다. 그러나 한 가지에 대해서는 대부분 동의했다. 스타글라이더가 태양계를 지나간 100일은 우주와 우주의 기원, 그리고 우주 안에서 인간의 위치를 바라보는 인간의 시선을 돌이킬 수 없을 정도로 바꿔놓았다.

스타글라이더 이후로 인류 문명은 결코 예전과 같을 수 없었다.

15

보디다르마

연꽃무늬가 정교하게 새겨진 육중한 문이 등 뒤에서 부드러운 소리를 내며 닫히자 모건은 다른 세상에 들어온 듯한 기분이 들었다. 과거 위대한 종교의 성지였던 곳에 온 게 결코 처음은 아니었다. 노트르담 성당, 성소피아 성당, 스톤헨지, 판테온, 카르나크, 성바오로 성당 등 십수 곳의 주요 사원과 모스크에 가 본 적이 있었다. 하지만 그건 모두 과거에 머물러 있는 유물로만 보였다. 예술이나 공학의 멋진 사례로만 여겨지, 현대의 지성과 관련이 있다고 보지는 않았다. 그런 유물을 창조하고 유지하게 하였던 신심은 망각 속으로 사라졌고, 일부만 22세기까지 명맥을 유지하고 있었다.

그러나 이곳에서는 시간이 멈춘 것 같았다. 역사의 폭풍이 이 외로운 신심의 요새만큼은 뒤흔들지 않고 지나쳐버린 모양이었다. 지난 3천 년 동안 그랬던 것처럼 승려들은 여전히 기도하고, 명상하고, 새벽을 바라보았다.

수없이 많은 순례자의 발걸음에 닳고 닳아 매끄러워진 판석을 밟으며 마당을 가로지르는 동안 불현듯 모건은 전혀 자신답지 않게 우유부단해지는 기분을 느꼈다. 지금 자신은 진보라는 이름으로 고대의 고귀한 존재를, 결코 제대로 이해하지 못할 무언가를 파괴하려고 시도하고 있었던 것이다.

청동으로 만든 거대한 범종이 사원의 벽 바깥쪽에 나와 있는 종루에 걸린 모습을 본 모건은 걸음을 멈췄다. 공학자답게 곧바로 그 종의 무게가 적어도 5톤은 될 것이며, 분명히 아주 오래됐을 것으로 추측했다. '도대체 어떻게…?'

승려가 모건의 호기심을 알아채고, 마음을 읽었다는 듯이 웃어 보였다.

"2천 년 됐습니다. 저주받은 칼리다사 왕의 선물이지요. 거절하지 않는 게 상책이라고 생각했던 겁니다. 전설에 따르면 산 위로 가지고 오는 데 10년이 걸렸고, 백 명이 목숨을 잃었다고 합니다." 승려가 말했다.

"언제 울립니까?" 모건이 승려의 설명을 가만히 생각해 본 뒤 물었다.

"유래가 워낙 좋지 않아 재앙이 생길 때만 울립니다. 저는 물론이거니와 살아 있는 사람은 아직 종소리를 들어보지 못했습니다. 한 번 저절로 울린 적이 있는데, 2057년의 대지진 때였습니다. 그리고 그 전에 울렸던 건 이베리아인이 침략해서 불치사(佛齒寺)를 불태우고 부처님의 치아 사리를 빼앗았던 1522년이었습니다."

"그 고생을 해서 갖고 왔는데, 한 번도 쓰지 않았다는 겁니까?"

"지난 2천 년 동안 열 몇 번 정도 썼을 겁니다. 칼리다사 왕의 악운이 아직도 담겨 있거든요."

'종교로는 좋을지 몰라도 경제적이지는 않군.' 모건은 어쩔 수 없이 이런 생각이 들었다. 게다가 불경하게도, 금지된 종소리가 과연 어떻게 들릴지 궁금해서 슬쩍 두드려보고 싶은 유혹에 넘어간 승려가 과연 몇 명이나 될지도 궁금했다.

커다란 바위를 지나 금빛 건물로 이어지는 짧은 계단을 올랐다. 모건은 이곳이 산의 최정상이라는 사실을 깨달았다. 이곳의 사당에 무엇이 있는지는 알고 있었지만, 동행하는 승려가 다시 일깨워주었다.

"발자국입니다." 승려가 말했다. "무슬림은 그게 아담의 발자국이라고 합니다. 낙원에서 추방된 뒤에 이곳에 서 있었다고 하지요. 힌두교에서는 시바나 사만*의 것이라고 합니다. 하지만 불교에서는 당연히 부처님의 발자국이었습니다."

"과거형을 쓰고 계시는군요." 모건은 가능한 한 아무렇지도 않은 목소리로 말했다. "지금은 어떻게 믿습니까?"

승려는 얼굴에 아무런 감정도 떠올리지 않고 대답했다. "부처님은 인간이었습니다. 박사님과 저처럼요. 이 바위는 아주 단단한데, 여기 새겨진 발자국은 길이가 2미터입니다."

그것으로 문제는 해결된 듯했다. 열린 문에서 끝나는 짧은 회랑을 따라 안내받아 가는 동안 모건은 달리 더 물을 게 없었다. 승려는 문을 두드렸지만, 대답을 기다리지 않고 바로 모건에게

* '떠오르는 아침 해'라는 뜻을 가진 지혜의 신

들어가라고 손짓했다.

모건은 마하나야케 테로 주지승려가 깔개 위에 가부좌를 틀고 앉은 채 향불과 염불하는 시자들에게 둘러싸여 있으리라고 은근히 기대했다. 실제로 공기 중에 향냄새가 살짝 있기는 했다. 그러나 스리칸다 사원의 주지승려는 더할 나위 없이 평범한 사무용 책상 뒤에 앉아 있었다. 책상에는 표준 화면과 메모리 장치가 놓였다. 그 방에서 유일하게 평범하지 않은 물건은 한쪽 구석의 대좌 위에 놓인, 실제보다 살짝 큰 부처의 두상뿐이었다. 모건은 그게 진짜인지 투영한 영상인지 구분할 수 없었다.

방을 아무리 평범하게 꾸며 놓았다고 해도, 이 사원의 수장을 회사의 흔한 중역쯤으로 착각할 가능성은 거의 없었다. 당연히 입고 있는 노란 가사는 차치하고서라도 마하나야케 테로 주지승려에게는 요즘 시대의 사람에게는 아주 드문 두 가지 특징이 있었다. 주지승려는 완전한 대머리였으며, 안경을 썼다.

모건은 둘 다 의도적인 선택이라고 추측했다. 이제 탈모는 쉽게 치료할 수 있기 때문에 반짝이는 상아색 머리는 면도나 제모를 한 게 분명했다. 그리고 모건은 역사 기록이나 드라마를 빼고 마지막으로 안경을 본 게 언제인지 기억도 나지 않았다.

이 둘의 조합은 매혹적이면서도 혼란스러웠다. 모건은 주지승려의 나이를 짐작하기가 사실상 불가능함을 깨달았다. 원숙한 느낌의 40대부터 관리를 잘한 80대 사이의 어디라고 해도 될 것 같았다. 그리고 안경 렌즈는 비록 투명해도 그 뒤에 놓여 있는 사고와 감정을 교묘하게 숨겨주었다.

"아유 보완, 모건 박사님." 유일하게 비어 있는 의자를 향해 손짓하며 마하나야케 테로 주지승려가 말했다. "이쪽은 제 비서인 파라카르마 선사입니다. 이 분이 기록을 해도 괜찮으시겠지요?"

"물론입니다." 모건이 작은 방에 함께 있는 사람을 향해 고개를 숙이며 말했다. 젊은 쪽의 승려는 치렁치렁한 머리에 턱수염이 인상적이었다. 아마도 머리를 미는 건 선택인 듯싶었다.

마하나야케 테로 주지승려가 말을 이었다. "그러니까 모건 박사님은 우리 산을 원한다는 말씀이시죠?"

"죄송하지만, 그렇습니다, 서…, 주지 스님. 전체는 아니지만요."

"이토록 넓은 세상에서 왜 하필 이곳의 땅 몇 조각을 원하십니까?"

"선택은 제가 한 게 아닙니다. 자연이 했지요. 지구 쪽 종착역은 적도 위에 있어야 합니다. 그리고 가능한 한 고도가 높아서 바람을 일으키는 공기 밀도가 낮은 곳이어야 하고요."

"아프리카나 남아메리카의 적도에는 이곳보다 더 높은 산이 있습니다."

'또 그 얘기군.' 모건은 마음속으로 신음했다. 아무리 영리하고 관심이 있는 사람이라고 해도 일반인이 이 문제를 이해하게 하는 게 거의 불가능하다는 사실을 경험하면서 쓴맛을 보았다. 모건은 이 두 승려를 납득시키는 건 훨씬 더 어렵겠다고 생각했다. 지구가 아름다운 대칭을 이뤄 중력장이 울퉁불퉁하지 않고 매끄럽기만 했다면 얼마나 좋았을까.

"정말입니다." 모건이 열기를 띠며 말했다. "대안을 전부 찾아봤습니다. 코토팍시 산과 케냐 산, 그리고 적도에서 남쪽으로 3도 벗어난 킬리만자로 산까지도 괜찮지만, 한 가지 치명적인 문제가 있습니다. 정지궤도에 위성이 올라가면 항상 같은 위치에 있게 되지는 않습니다. 자세히 설명하지는 않겠지만, 중력장이 불규칙해서 탑은 적도를 따라 천천히 떠다니게 됩니다. 따라서 우리가 쓰는 정지위성과 우주정거장은 모두 추진제를 태워 위치를 유지해야 합니다. 다행히 그 양은 적습니다. 하지만 수백만 톤을 계속 밀어서 제자리에 있게 할 수는 없지요. 하물며 길이가 수만 킬로미터인 막대기 모양이라면 어떻겠습니까. 그런데 그럴 필요가 없습니다. 우리에게는 다행히….”

“저희에게는 다행히 아닙니다만….” 마하나야케 테로 주지 승려가 갑자기 끼어드는 바람에 모건은 이어지는 말을 떠올리지 못할 뻔했다.

“…정지궤도 위에는 안정된 지점이 두 곳 있습니다. 그곳에 자리 잡은 인공위성은 떠내려가지 않고 머물러 있지요. 마치 보이지 않는 계곡 바닥에 가라앉아 있는 것과 같습니다. 두 지점 중 하나는 태평양 위에 있어서 쓸모가 없습니다. 다른 지점은 바로 저희 머리 위에 있습니다.”

“몇 킬로미터 정도라면 차이가 없을 텐데요. 타프로바네에는 다른 산도 있습니다.”

“모두 높이가 스리칸다 산의 절반도 되지 않지요. 그러면 치명적인 바람의 영향을 받게 됩니다. 물론 적도에는 허리케인이 많지 않습니다. 그러나 구조물의 가장 약한 부분을 위험에 빠뜨릴 정도는 됩니다.”

"바람은 조절할 수 있습니다."

젊은 비서가 논의에 끼어들어 첫 번째로 한 발언이었다. 모건은 흥미가 동해 파라카르마 선사를 바라보았다.

"어느 정도까지는 그렇습니다. 당연히 저도 계절풍 통제실과 이 점에 대해 논의해 봤습니다. 하지만 허리케인에 관해서라면 특히나 확실하게 장담할 수 없다고 하더군요. 가능성을 아무리 크게 쳐도 50대 1이라고 합니다. 몇조 달러가 들어가는 계획에 그 정도로는 부족합니다."

파라카르마 선사는 논쟁하고 싶은 것 같았다. "거의 잊히다시피 한 수학의 한 분야가 있습니다. 재앙 이론인데, 기상학을 아주 정확한 과학으로 만들 수 있습니다. 저는 확실히⋯."

"제가 먼저 설명해 드려야겠군요." 주지승려가 침착한 말투로 끼어들었다. "여기 제 동료는 과거에 천문학 연구로 촉망받았었습니다. 초암 골드버그 박사라는 이름을 들어보셨겠지요."

모건은 갑자기 발밑에서 함정문이 열린 것 같은 기분이 들었다. 알고 있었어야 했는데! 그제야 사라스 교수가 눈빛을 반짝이며 했던 말이 떠올랐다. "버디의 개인 비서를 조심해요. 아주 영리한 사람이거든."

초암 골드버그 박사이기도 한 파라카르마 선사가 명백히 비우호적인 표정으로 던진 시선을 받은 모건은 뺨이 붉어지지는 않았을지 궁금했다. 아무것도 모르는 승려라 여기고 궤도의 불안정성에 관해 설명하려고 애쓰고 있었지만, 마하나야케 테로 주지승려는 이미 그보다 훨씬 더 훌륭한 보고를 받았을 것이다.

또한, 골드버그 박사에 대한 세계 과학자들의 의견이 깔끔하게 갈렸던 일이 기억 났다…. 골드버그 박사가 미쳤다고 확신하는 무리가 있었고, 아직 결론을 내리지 못한 무리가 있었다. 5년 전 천체물리학 분야에서 가장 촉망받는 젊은 과학자였던 사람이 느닷없이 선언했다. "스타글라이더가 전통적인 종교를 사실상 무너뜨려 버린 지금에서야 우리는 마침내 진지하게 신이라는 개념을 탐구할 수 있다."

그리고 그와 동시에 골드버그 박사는 대중의 시야에서 사라졌다.

16

스타글라이더와 나눈 대화

스타글라이더가 태양계를 통과해 가는 동안 인류가 던진 수천 가지 질문 중에서 가장 간절하게 대답을 기다렸던 건 외계생명체와 외계문명에 대한 물음이었다. 예상과 달리 외계탐사선은 그 주제에 대해 마지막으로 정보를 갱신한 게 1세기도 더 이전이라는 사실을 인정했을 뿐 기꺼이 대답했다.

단일종이 지구 위에서 이룩한 문화의 범위가 매우 넓다는 점으로 미루어 보아 상상할 수 있는 온갖 종류의 생명체가 가능한 우주에서는 문화가 그보다 훨씬 더 다양할 게 분명했다. 때로는 이해할 수 없고 때로는 끔찍하기도 했지만, 지금까지 오랜 시간 동안 태양계 다른 행성에서 갖가지 매혹적인 삶의 모습이 펼쳐졌다는 사실은 심증을 더욱 굳건하게 했다.

그렇지만 스타홀름인은 표준 기술에 의거해 문명을 대략 분류했다. 아마 기술이야말로 유일하게 객관적인 근거가 될 수 있을 것이다. 대략 '1등급 – 석기, 2등급 – 금속과 불, 3등급 – 문

자와 수공업, 4등급 - 증기기관과 기초과학, 5등급 - 원자 에너
지와 우주여행'으로 정의한 분류에서 인류가 5등급에 속한다는
사실은 흥미로웠다.

스타글라이더가 6만 년 전에 임무를 시작했을 때 스타홀름
인은 인류와 마찬가지로 5등급에 속했다. 지금은 물질을 완전
히 에너지로 바꿀 수 있으며 산업 규모로 어떤 원소든 다른 원
소로 바꿀 수 있는 능력을 특징으로 하는 6등급으로 올라갔다.

"그러면 7등급도 있습니까?" 스타글라이더는 곧바로 이어지
는 질문을 받았다. 답변은 간단했다. "그러함." 자세히 이야기
해 달라는 요청을 받자 외계탐사선은 이렇게 설명했다. "높은
등급의 기술을 낮은 등급에 속한 문명에 설명할 수 있는 권한이
내게는 없음." 지구에서 가장 뛰어난 법률 전문가들이 온갖 유
도 질문을 고안해 냈지만, 마지막 메시지가 오는 바로 그 순간
까지 해답을 구하지는 못했다.

사실 그때쯤 스타글라이더는 지구의 어떤 논리학자와 맞붙어
도 이길 수 있는 수준이 되어 있었다. 이건 시카고대 철학과에
도 일정 부분 책임이 있다. 순간적으로 넘치는 자만심에 충동적
으로 《신학대전》 전체를 몰래 전송했고, 그 결과는 끔찍했다…….

2069년 6월 2일, GMT 19시 34분, 메시지 1946, 항목 2, 스타글라이더가
지구에게.

여러분이 보낸 2069년 6월 2일, GMT 18시 42분, 메시지 145, 항
목 3에서 요청한 대로 성 토마스 아퀴나스의 논증을 분석했음. 내

용 대부분은 의미가 없는 잡음이며, 따라서 아무 정보도 포함하고 있지 않음. 그러나 아래에 이어질 목록은 여러분이 2069년 5월 29일 GMT 2시 51분에 보낸 참고 자료인 '수학 43'의 기호 논리학에서 나타난 192가지의 오류를 담고 있음.

오류 1…. (이하 75쪽의 출력물이 이어짐.)

기록으로 남은 시각으로 알 수 있듯이, 스타글라이더가 성 토마스 아퀴나스를 분쇄하는 데는 한 시간도 걸리지 않았다. 그 이후 수십 년에 걸쳐 철학자들이 이 분석을 두고 논쟁을 벌였지만, 두 가지 오류밖에 찾아내지 못했다. 게다가 그조차도 용어를 잘못 이해했기 때문에 생긴 착오였다.

이 작업에 스타글라이더가 처리 회로를 어느 정도 할당했는지를 알면 무척 흥미로울 것이다. 그러나 불행히도, 외계탐사선이 항행 상태로 전환하며 통신을 끊기 전까지 누구도 그 질문을 생각해 내지 못했다. 그때쯤에는 더욱 자신감이 꺾이는 메시지를 받고 있었는데….

2069년 6월 4일, GMT 7시 59분, 메시지 9056, 항목 2, 스타글라이더가 지구에게.

여러분의 종교의식과 여러분이 전송해 준 스포츠와 문화 행사에서 보이는 명백히 동일한 행동 사이의 차이점을 명확히 구분할 수 없음. 특히 1965년의 비틀스, 2046년의 세계축구선수권 결승전, 그리고 2056년의 요한 세바스찬 클론즈의 고별 무대에 유의할 것.

2069년 6월 5일, GMT 20시 38분, 메시지 4675, 항목 2, 스타글라이더가
지구에게.

이 문제에 대한 지난번 정보 갱신은 175년 전이었음. 그러나 내가
올바르게 이해하고 있다면, 답변은 다음과 같음. 여러분이 종교라
고 부르는 행동 양식은 지금까지 파악한 바에 따르면 1등급 문명 15
곳 중 3개, 2등급 문명 28곳 중 6개, 3등급 문명 14곳 중 5개, 4등
급 문명 10곳 중 2개, 5등급 문명 174개 중 3곳에서 찾을 수 있음.
5등급 문명 사례가 유독 많다는 사실은 이해할 수 있을 것임. 5등급
문명만이 천문학적인 거리를 사이에 두고 탐지할 수 있기 때문임.

2069년 6월 6일, GMT 12시 9분, 메시지 5897, 항목 2, 스타글라이더가 지구
에게.

종교 활동을 하는 5등급 문명 3곳이 모두 2명의 부모를 통해 번식
하며 어린 개체는 일생의 상당 부분을 가족과 같은 집단에서 보낼
것이라는 여러분의 추론은 옳음. 어떻게 이런 결론에 도달했는지
궁금함.

2069년 6월 8일, GMT 15시 37분, 메시지 6943, 항목 2, 스타글라이더가
지구에게.

여러분이 신이라 일컫는 가설은 논리만으로 부정할 수 없지만, 다음
과 같은 이유로 불필요함.
    만약 우주를 신이라는 존재의 창조물로 '설명'할 수 있다면, 신
은 반드시 자신이 창조한 생명체보다 고차원의 존재여야 함. 따라

서 여러분은 원래 문제의 규모를 두 배 이상으로 늘리게 되며, 무한히 발산하는 회귀 상태의 첫걸음을 내딛게 됨. 오컴의 윌리엄이 여러분이 14세기라 부르는 시기에 이미 존재가 불필요하게 늘어나서는 안 된다는 사실을 지적했음. 나로서는 왜 이 논쟁이 계속되는지 이해할 수 없음.

2069년 6월 11일, GMT 6시 34분, 메시지 8964, 항목 2, 스타글라이더가 지구에게.

스타홀름이 456년 전에 우주의 기원을 밝혀냈지만 내게는 그 사실을 이해하기에 적합한 회로가 없다는 사실을 알려왔음. 추가 정보를 얻으려면 직접 통신하기 바람.

이제 항행 상태로 전환할 예정이므로 통신을 중단해야 함. 안녕히.

여러 사람의 의견에 따르면, 수천 개 중에서도 마지막이자 가장 유명한 메시지는 스타글라이더에게 유머 감각이 있음을 보여주었다. 아니라면 왜 그와 같은 철학적인 폭탄을 마지막까지 기다렸다가 터뜨렸을까? 혹은 오간 대화가 모두, 아마도 스타홀름에서 직접 보낸 첫 번째 메시지가 도착할 104년 뒤에, 인류가 올바른 기준 체계에 들어올 수 있도록 신중하게 세운 계획의 일부였을까?

스타글라이더를 따라가자고 제안한 사람도 있었다. 헤아릴 수 없을 정도로 많은 지식을 가지고 태양계를 벗어나고 있을 뿐만 아니라, 인간이 가진 것보다 수 세기 앞선 기술의 보고라는 게 이유였다. 물론 현존하는 어떤 우주선도 스타글라이더를 따라잡을 수 없었고, 그 엄청난 속도에 맞췄다가 다시 지구로 돌아오는 건 말할 것도 없었다. 그러나 그런 우주선을 건조하는 게 불가능한 건 아니었다.

다만 신중론이 우세했다. 아무리 자동 탐사선이라고 해도 침입자에게 아주 효과적인 방어 체계를 가지고 있을 수 있었다. 여차하면, 최후의 수단으로 자폭할지도 몰랐다. 하지만 가장 설득력 있는 논거는 그 주인이 '고작' 52광년 떨어져 있다는 사실이었다. 스타글라이더를 발사한 뒤로 오랜 세월 동안 그들의 우주 비행 기술은 엄청나게 발전했을 게 분명했다. 만약 뭔가 자극하는 행위를 한다면 몇백 년 이내에 살짝 성질이 난 상태로 지구에 올지도 몰랐다.

그동안 스타글라이더는 인류 문화에 수없이 많은 영향을 끼쳤는데, 그중에서도 이미 꽤 진행 중이던 일을 최고조에 이르게 했다. 어느 모로 보나 지성을 갖춘 인간에게 수 세기 동안이나 골머리를 앓게 했던, 종교에서 말하는 수많은 헛소리에 종지부를 찍었다.

17

파라카르마

재빨리 대화를 돌이켜 본 모건은 자신이 바보 같은 소리를 하지 않았다고 결론 내렸다. 오히려 마하나야케 테로 주지승려는 파라카르마 선사의 정체를 밝히면서 전술적인 이점을 잃어버렸다고 할 수 있었다. 그러나 그게 대단한 비밀은 아니었다. 어쩌면 모건이 이미 알고 있다고 생각했을지도 몰랐다.

때마침 그때 오히려 반가운 방해꾼이 들어왔다. 시자 두 명이 줄지어 사무실 안으로 들어왔다. 한 명은 밥과 과일, 얇은 팬케이크같이 생긴 게 담긴 작은 접시가 놓인 쟁반을 들었고, 다른 한 명은 당연히 따라와야 할 찻주전자를 갖고 있었다. 고기처럼 보이는 건 전혀 없었다. 긴 밤을 보낸 터라 달걀 몇 개라도 있으면 좋았겠지만, 그조차도 금지인 듯했다. 아니, 금지는 좀 과한 단어였다. 사라스 교수가 말하기를, 그 종단에서는 '절대'라는 것을 믿지 않기 때문에 아무것도 금지하지 않는다고 했다. 그러나 관용에도 세심하게 정한 한계가 있었고, 잠재적인 생명에 불과할지라도 생명을 빼앗는 행위는 허용하는 목록의 아주 아래쪽에 있었다.

대부분은 처음 보는 음식을 이것저것 맛보던 모건이 의아하게 쳐다보자, 마하나야케 테로 주지승려는 고개를 흔들었다.

"우리는 정오 전에 음식을 먹지 않습니다. 정신은 오전에 더 맑지요. 그래서 물질에 정신이 어지러워져서는 안 됩니다."

상당히 맛이 좋은 파파야를 먹으면서 모건은 이 간단한 말에 담긴 철학적 간극에 대해 생각했다. 텅 빈 위장이야말로 모건의 정신을 어지럽게 해 고차원의 사고 기능을 방해했다. 건강한 체질을 타고났기 때문에 정신과 몸을 떼어놓고 생각하려 해본 적이 없었고, 그런 시도를 해야 할 이유도 없었다.

모건이 이국적인 아침 식사를 하는 동안 마하나야케 테로 주지승려는 잠시 양해를 구하고 콘솔의 키보드 위에서 놀라운 속도로 손가락을 놀렸다. 내용이 전체 화면으로 뜨자 모건은 예의상 시선을 다른 곳으로 돌렸다. 자연스레 부처의 두상이 눈에 들어왔다. 뒤쪽에 있는 벽에 희미하게 비친 대좌의 그림자로 보아 실물인 것 같았다. 그런데도 아직은 확실하지 않았다. 대좌는 실물이더라도 두상은 정확히 위치를 맞춰서 그 위에 투영한 상일 수도 있었다. 흔한 기법이었다.

마치 모나리자처럼, 보는 이의 감정을 반영하면서도 그런 감정에 자기 자신의 힘을 투영하는 예술작품이었다. 무엇을 바라보고 있는지 누구도 알 수 없음에도 모나리자는 눈을 뜨고 있다. 반면 부처의 눈빛 속은 아무것도 없는 텅 빈 공간이어서 그 안에 빠져들었다가는 영혼을 잃어버리거나 우주를 발견하게 될 것 같았다.

입술에는 모나리자보다 훨씬 더 미묘한 웃음이 어렸다. '아니, 웃음이기는 한 걸까? 조명 때문에 그렇게 보이는 건 아닐까?' 그런 생각이 들었을 때는 이미 웃음기가 사라지고 인간의 것이라고는 할 수 없는 평온한 표정이 그 자리를 대신했다. 모건은 그 홀릴 듯한 표정에서 시선을 뗄 수 없었다. 콘솔이 종이를 출력해내는 소리를 듣고서야 현실로 돌아왔다. 정말 현실인지는 모르겠지만.

"여기까지 오셨으니 기념품이라도 하나 가져가셔야 할 것 같습니다." 마하나야케 테로 주지승려가 말했다.

종이를 받아들고 보니, 놀랍게도, 몇 시간 쓰고 버릴 용도로 쓰는 평범한 종이가 아니라 기록보관용 수준의 품질 놓은 문서였다. 모건은 왼쪽 아래 구석에 눈에 잘 띄지 않게 쓰여 있는 영숫자 참조번호를 빼면 한 글자도 읽을 수 없었지만, 화려한 소용돌이무늬가 타프로바네 문자라는 사실은 알 수 있었다.

"감사합니다." 모건은 최대한 빈정거리는 투로 대꾸했다. "이게 무엇인가요?" 대충은 짐작이 갔다. 법적인 문서는 어느 시대에 어느 언어로 써도 비슷한 면이 있었다.

"박사님의 연도로 서기 854년 베삭일에 라빈드라 왕과 당시 주지승려인 마하 상하가 맺은 협정의 사본입니다. 사원이 있는 토지의 영구적인 소유권을 정의하고 있지요. 이 문서에 적힌 권리는 침략자들조차도 인정했습니다."

"칼레도니아인과 네덜란드인은 그랬지요. 하지만 이베리아인은 그러지 않았습니다."

마하나야케 테로 주지승려는 모건의 설명에 빈틈이 없다는 사실에 놀랐는지는 몰라도 눈썹 하나 까딱하지 않았다.

"그자들은 법과 질서를 존중하지 않습니다. 종교가 얽혀 있을 때는 특히 더 그렇지요. 힘이 곧 올바름이라는 철학을 박사님이 인정하리라고는 생각하지 않습니다만."

모건은 억지스럽게 웃어 보였다.

"물론이지요." 모건이 대답했다. '그런데 어느 정도에서 선을 그어야 하지?' 모건은 마음속으로 자문했다. 거대한 조직의 중대한 이해관계가 걸려 있을 때는 전통적인 도덕이 뒷자리로 밀려나기도 하는 법이다. 곧 지구에서 가장 뛰어난 법적 논리를 갖춘 인간과 인공지능이 이 문제에 집중할 것이다. 그런데도 올바른 답을 구할 수 없다면, 아주 불쾌한 상황이 되고 모건은 영웅이 아니라 악당이 될 수 있었다.

"854년의 협정을 들고나오셨으니 말인데, 그건 사원의 경계 안쪽에 있는 대지만 언급하고 있다는 점을 알려드리고 싶군요. 벽으로 경계가 확실히 정해져 있는 땅 말입니다."

"맞습니다. 하지만 그 벽이 산의 정상을 둘러싸고 있지요."

"그 바깥쪽에 대해서는 어떤 권한도 없으십니다."

"우리는 여느 부동산 소유자와 똑같은 권리가 있습니다. 만약 이웃이 성가시게 한다면, 법적인 배상을 요청할 수 있지요. 이 문제를 들고나온 게 박사님이 처음은 아닙니다."

"압니다. 케이블카와 관련된 문제가 있었지요."

마하나야케 테로 주지승려의 입술에 옅은 웃음기가 돌았다. "숙제를 열심히 하셨군요." 주지승려가 말했다. "맞습니다. 우리는 이런저런 이유로 케이블카를 강력하게 반대했습니다. 물론 생기고 난 지금은 그게 있다는 걸 가끔 고맙게 여기기도 한다는 점은 인정합니다." 주지승려는 뭔가 생각하듯 말을 멈췄다가 다시 입을 열었다. "몇 가지 문제는 있었지만, 우린 공존할 수 있었습니다. 평범한 구경꾼이나 관광객은 전망대에서 머무는 정도로 만족하고 있고, 진정한 순례자라면 당연히 정상까지 와도 언제나 환영하고 있습니다."

"그러면 이 경우에도 어느 정도 조정이 가능할지도 모르겠군요. 저희 입장에서는 고도 몇백 미터 정도는 아무 차이가 없습니다. 정상은 온전히 놓아두고 다른 곳에 평지를 만들면 됩니다. 케이블카 정거장처럼요."

모건은 두 승려가 계속해서 유심히 바라보는 시선에 확연히 마음이 불편해졌다. 방금 한 제안이 어처구니없는 것임을 두 사람이 모를 리 없지만, 기록에 남기기 위해서 하고 넘어가야만 했다.

"유머 감각이 정말 독특하시군요, 모건 박사님." 마하나야케 테로 주지승려가 마침내 입을 열었다. "만약 그런 괴물 같은 장치가 이곳에 선다면, 이 산의 정신, 우리가 3천 년 동안 추구했던 고독은 어떻게 되는 겁니까? 지금까지 이 성스러운 곳을 찾았던 이들, 건강과 때로는 목숨까지 버려 가며 이곳을 찾아왔던 수백만 명의 신념을 배신하라는 말입니까?"

"그 기분에는 공감합니다." 모건이 대답했다. ('정말일까?' 모건은 궁금했다.) "물론 방해가 되지 않도록 최선을 다할 겁니다. 보조 시설은 전부 산 안쪽에 만들 예정이고요. 엘리베이터만 곁으로 드러날 텐데, 조금만 떨어지면 안 보이다시피 할 겁니다. 산의 전반적인 모습은 전혀 변화가 없을 겁니다. 조금 전에 제가 보고 감탄을 금하지 못한 유명한 그림자도 전혀 영향을 받지 않습니다." 마하나야케 테로 주지승려는 확인을 구하듯이 옆에 있는 동료를 바라보았다. 파라카르마 선사는 모건을 똑바로 바라보며 말했다. "소음은 어떻게 합니까?"

'빌어먹을.' 모건은 생각했다. '최대의 약점을 집어내다니.' 화물은 시속 수백 킬로미터로 산을 떠나 올라갈 계획이었다. 지상에서 속도를 더 낼수록 공중에 매달려 지탱하는 탑이 받는 힘은 줄어들었다. 물론 승객은 0.5g 이상을 감당할 수 없지만, 캡슐은 여전히 음속의 몇 분의 1 정도로 솟구칠 것이다.

"공기역학적으로 봐서 소음이 생기긴 할 겁니다." 모건은 인정했다. "하지만 근처에 있는 대형 공항에는 한참 못 미칩니다."

"아주 안심이 되는군요." 마하나야케 테로 주지승려가 말했다. 비꼬는 말이 분명했지만, 모건은 그 목소리에서 그런 기미를 전혀 느낄 수 없었다. 주지승려가 신적인 경지의 차분함을 보여주고 있거나 손님의 반응을 시험하는 게 분명했다. 그러나 더 젊은 승려는 화를 숨길 생각도 하지 않았다.

"예전부터 우리는 재진입하는 우주선이 내는 소음에 대해 항의하고 있었습니다." 파라카르마 선사가 분개하며 말했다. "이제 우리 뒤…, 뒷마당에 충격파까지 발생시키겠다는 말입니까?"

"저희 장치는 이 고도에서 음속을 돌파하지 않습니다." 모건이 힘을 주어 말했다. "그리고 탑의 구조물이 음파 에너지를 대부분 흡수할 겁니다. 사실…." 모건은 이 갑작스러운 상황을 유리하게 돌릴 수 있다고 생각하며 덧붙였다. "장기적으로는 재진입 소음을 없애는 데 도움이 될 겁니다. 이 산이 좀 더 조용한 장소가 되겠지요."

"알겠습니다. 가끔 오는 충격 대신에 꾸준한 소음이란 말이군요."

'이런 인물하고는 얘기가 되지 않겠군.' 모건은 생각했다. '마하나야케 테로 주지승려가 가장 큰 장애물이 될 줄 알았는데….'

때로는 아예 주제를 바꾸는 게 좋을 때도 있었다. 모건은 신학이라는 위태로운 수렁에 조심스럽게 발을 담가 보기로 했다.

"저희가 하려는 일에 합당한 측면도 있지 않을까요?" 모건이 열의를 띠며 말했다. "목적은 서로 다를지라도 최종적인 결과에는 공통점이 많습니다. 저희가 지으려는 건 여러분의 계단을 확장한 것에 불과하니까요. 이렇게 말할 수 있을지는 모르겠지만, 우리는 계단을 이어나가려는 겁니다. 천국까지요."

파라카르마 선사는 그런 뻔뻔한 말을 듣고 순간 할 말을 잃은 모양이었다. 정신을 차리기 전에 마하나야케 테로 주지승려가 매끄러운 말투로 답했다. "흥미로운 생각입니다만, 저희 철학에서는 천국을 믿지 않습니다. 그런 구원이 있다고 해도 오로지 이 세상에서만 가능하며, 이따금 저는 여러분이 이 세상을 떠나고자 열망하는 이유가 궁금합니다. 바벨탑 이야기는 아시겠지요?"

"대충은 압니다."

"옛날 기독교의 성서에서 찾아보세요. 창세기 11장입니다. 그역시 천국에 닿으려는 공학 프로젝트였지요. 의사소통 문제로 실패했습니다만."

"저희도 여러 가지 문제를 겪겠지만, 그 문제는 아닐 것 같군요."

그러나 파라카르마 선사를 본 모건은 확신할 수 없었다. 지금 여기서 느끼는 의사소통의 간극은 어떻게 보면 호모 사피엔스와 스타글라이더 사이의 거리보다도 커 보였다. 둘은 같은 언어를 썼지만, 그 사이를 갈라놓고 있는 몰이해의 틈은 결코 이어질 수 없을지도 몰랐다.

"이걸 여쭤봐도 될까요?" 마하나야케 테로 주지승려는 여전히 침착하고 정중하게 말을 이었다. "삼림부와는 이야기가 잘되었습니까?"

"그쪽은 아주 협조적이었습니다."

"그렇겠지요. 고질적으로 예산이 부족했으니까요. 새로운 소득이 날 만한 일이라면 무엇이든 환영할 겁니다. 케이블카 시설도 예상 못 했던 횡재였으니 당연히 박사님의 프로젝트는 더 규모가 크기를 바라겠지요."

"실제로 그럴 겁니다. 그리고 환경에 해를 끼치지 않는다는 사실을 받아들였습니다."

"무너진다고 해도요?"

모건은 마하나야케 테로 주지승려를 똑바로 바라보았다.

"안 무너질 겁니다." 모건이 말했다. 그 대답에는 두 대륙을 잇는 역무지개 모양의 다리를 만든 사람의 권위가 담겼다.

그러나 모건은 알고 있었다. 정반대의 입장에 서 있는 파라카르마 선사도 마찬가지로 알고 있을 게 분명했다. 이런 문제에서 확실한 건 있을 수 없었다. 이에 대한 교훈은 220년 전인 1940

년 11월 7일, 어떤 공학자도 잊을 수 없는 방식으로 찾아왔다.

모건은 악몽을 꾼 적이 거의 없지만, 이것 하나만큼은 예외였다. 지금 이 순간에도 지구건설공사에서는 컴퓨터로 이런 악몽을 몰아내려고 애쓰고 있었다.

하지만 우주에 있는 컴퓨터를 총동원한다고 해도 미처 예상하지 못했던 문제, 아직 생겨나지도 않은 악몽에서 보호받을 수는 없었다.

18

황금 나비

찬란한 햇빛과 장엄한 경치가 사방에서 밀려들어 왔지만, 모건은 산에서 내려오는 택시 안에서 깊이 잠들어 있었다. 수시로 급격하게 굽이치는 길도 모건을 깨우지 못했다. 하지만 차가 갑자기 멈추면서 몸이 앞으로 쏠리다가 안전띠에 걸리자 갑자기 정신이 돌아왔다.

한동안은 너무 혼란스러워서 꿈을 꾸고 있다고 생각했다. 반쯤 열린 창문으로 가볍게 불어 들어오는 바람은 터키탕에서 흘러나온 듯이 따뜻하고 눅눅했지만, 바깥을 보면 휘몰아치는 눈보라에 파묻혀 차가 멈춘 것 같았다.

모건은 눈을 깜빡이다가 실눈을 떴다. 그리고 이내 눈을 똑바로 뜬 채 현실을 마주했다. 황금빛 눈을 보기는 처음이었다.

빽빽한 군집을 이룬 나비들이 길을 가로질러 동쪽을 향해 굳건하게 이동하고 있었다. 몇 마리는 자동차 안으로 흘러들어와서 미친 듯이 퍼덕이는 것을 모건이 손짓으로 내보냈다. 상당수는 앞유리를 뒤덮었다. 타프로바네어에는 몇 개 없을 게 분명한 욕설을 내뱉으며 운전사가 밖으로 나가서 유리를 깨끗하게 치웠다. 운전사가 그 일을 마쳤을 때는 나비의 수가 많이 줄어들어 뒤처진 몇 마리만 남았다.

"나비의 전설에 관한 얘기는 해주시던가요?" 운전사가 뒷자리에 앉은 승객을 힐끔 보며 물었다.

"아니요." 모건이 짤막하게 대답했다. 방해 때문에 깬 잠을 다시 청하고 싶은 모건은 아무런 관심이 생기지 않았다.

"황금 나비들은 칼리다사 왕을 섬긴 전사들의 영혼이래요. 야카갈라 궁전에서 패한 군대 말입니다."

모건은 운전사가 분위기를 파악하기를 바라면서 건성으로 대꾸했지만, 운전사는 개의치 않고 말을 계속했다.

"매년 이맘때쯤이면, 나비가 산으로 가다가 낮은 곳에서 다 죽어버려요. 가끔 케이블카 중간쯤에서 볼 수 있기는 한데, 그게 가장 높이 올라간 겁니다. '비하라'에는 다행이지만요."

"비하라요?" 모건이 잠긴 목소리로 물었다.

"사원이요. 나비 떼가 사원까지 올라가면 칼리다사 왕이 정복한 게 되고, 그러면 '비쿠', 그러니까 승려들은 떠나야 해요. 그게 예언이죠. 라나푸라 박물관의 석판에 새겨져 있어요. 보여드릴 수도 있습니다."

"다음에요." 모건이 폭신한 의자에 몸을 기대며 서둘러 대답했다. 하지만 몇 킬로미터는 더 간 뒤에야 다시 잠들 수 있었다. 운전사가 한 말 때문에 떠오른 상념이 계속 마음에 걸렸다.

그로부터 몇 달 동안 모건은 잠에서 깰 때나, 긴장하거나 위기의 순간을 맞았을 때면 가끔 그때를 떠올리게 되었다. 저주받은 운명에 빠진 나비 수백만 마리가 그 산과 그 산이 상징하는 모든 것을 공격하느라 헛되이 힘을 다 써버릴 때, 모건은 다시 한 번 그 황금빛 눈보라 속에 빠져들 운명이었다. 싸움을 갓 시작하는 상황인 지금도 그런 상념은 주변을 맴돌며 마음을 불편하게 만들고 있었다.

19

살라딘 호숫가에서

컴퓨터로 시뮬레이션한 대체역사는 대부분 서기 732년의 투르 전투가 인류에게 가장 치명적인 재앙이었음을 시사하고 있습니다. 샤를 마르텔이 패배했다면, 이슬람은 분열의 원인이었던 내부의 견해차를 해소하고 유럽 정복에 나섰겠지요. 그랬다면 수 세기에 걸친 기독교의 야만스러운 시대가 없었을 것이며, 산업 혁명은 거의 1천 년이 앞당겨졌을 겁니다. 그리고 지금쯤 우리는 태양계의 다른 행성을 넘어서 가까운 별에 도달했을지도 모릅니다….

그러나 운명을 거스를 수는 없었습니다. 예언자의 군대는 아프리카로 돌아갔습니다. 이슬람은 매혹적인 화석으로 남아 있었지만, 20세기 말에 돌연히 석유 속으로 녹아 들어가 버렸습니다….

— 회장의 연설 중에서, 토인비 탄생 200주년 심포지엄,
런던, 2089년

"그거 아나?" 셰이크 파루크 압둘라 대통령이 말했다. "내가

145

스스로 사하라 함대의 제독으로 취임했다는 걸?"

"놀랍지는 않군요, 대통령님." 드넓게 펼쳐진 살라딘 호수의 반짝이는 푸른 물을 바라보며 모건이 말했다. "군사 기밀이 아니면 배가 몇 척인지 알려주실 수 있나요?"

"지금은 열 척이네. 가장 큰 건 적신월사(赤新月社)*가 쓰고 있는 30미터짜리 부양정이야. 주말마다 능력이 모자란 뱃사람을 구해내고 있지. 우리 국민은 아직 물에 익숙하지 않아서 말이야. 저바보들이 배 돌리는 꼴을 보라지! 어쨌거나 낙타에서 배로 갈아타는 데 200년은 그다지 긴 시간이 아니야."

"그 사이에 캐딜락하고 롤스로이스도 있었잖습니까. 갈아타는 게 좀 더 쉬워졌을 텐데요."

"아직도 갖고 있지. 내 5대조 할아버지께서 쓰시던 실버고스트**는 아직도 새것 같다네. 하지만 말은 바로 해야지. 이 지역 바람에 맞서겠다고 하다가 곤경에 처하는 건 방문객들이야. 우리는 동력선을 고집한다고. 그리고 내년이면 나는 호수의 최대 수심 80미터까지 내려갈 수 있는 잠수함을 살 거야."

"뭐에다 쓰시려고요?"

"사람들이 말하길 모래사막은 고고학의 보물로 가득하다잖아. 물론 침수되기 전까지는 아무도 신경 쓰지 않았지."

북아프리카 자치공화국의 대통령은 재촉해봤자 소용없는 인물이었다. 모건은 굳이 그럴 생각조차 하지 않았다. 헌법에 뭐라고

---

* 붉은 초승달 모양의 표장을 사용하는 이슬람권의 적십자사
** 마치 '은빛 유령'처럼 조용히 움직인다는 의미로 이름 붙여진 롤스로이스 차종 시리즈로, 1906년 첫선을 보였다.

쓰여 있든 압둘라 대통령은 지구상의 그 누구보다도 강한 권력과 부를 소유했다. 거기에 더해 그 둘의 유용성까지 잘 알고 있었다.

압둘라 대통령은 모험을 두려워하지 않으며 자신의 행동을 후회하는 일도 드문 사람이었다. 처음이자 가장 유명한 도박은 석유로 벌어들인 풍족한 달러를 이스라엘의 과학기술에 투자했던 일인데, 거의 반세기 동안 전 아랍 세계의 공분을 샀다. 그런 선견지명 있는 행동은 곧 홍해에서 이뤄진 채굴, 사막 정복, 그리고 한참 뒤에는 지브롤터교로 이어졌다.

"내가 자네의 새 계획에 얼마나 끌렸는지는 말할 필요도 없겠지." 대통령이 마침내 운을 띄웠다. "그리고 다리를 짓는 동안 우리가 함께 겪은 일을 생각하면 자네가 분명히 해낼 수 있으리라는 걸 알아. 자원만 충분하다면 말이야."

"감사합니다."

"그런데 질문이 몇 가지 있어. 난 아직도 왜 중간에 정거장이 있어야 하는지 모르겠거든. 그리고 왜 그 중간정거장의 높이가 2만5천 킬로미터인지도."

"몇 가지 이유가 있지요. 그 정도 높이에 중요한 발전소를 하나 만들어야 합니다. 그러면 어차피 꽤 큰 규모의 공사를 해야 하지요. 그러고 나니까 넓지도 않을 객실에 갇혀서 7시간이나 있어야 하는 게 힘들겠다는 생각이 들었습니다. 중간에 쉬었다가 가는 게 여러모로 편리할 겁니다. 움직이는 객실에서 승객에게 음식을 제공하지 않아도 됩니다. 정거장에서 먹거나 몸을 풀면 되거든요. 객실 차량 설계를 최적화할 수도 있습니다. 아랫부분만 유선형이 되면 되니까, 윗부분은 훨씬 더 단순하고 가볍게 만들 수 있습니다. 정거장은 단순히 갈아타는 곳만이 아니라 운영통제실 역할까지 할 겁니다. 그리고 분명히 그 중간정거장 자체가 궁극적으로는 주요 관광명소이자 휴양지가 되겠지요."

"그런데 그건 중간에 있는 게 아니잖아! 거의, 음, 정지궤도의 3분의 2 정도 되는데."

"맞습니다. 중간지점은 2만5천이 아니라 1만8천 킬로미터지요. 하지만 다른 요소를 고려해야 합니다. 바로 안전이요. 만약 그 높이 위쪽이 절단된다고 해도 중간정거장은 지구로 추락하지 않습니다."

"왜지?"

"안정적인 궤도를 유지할 수 있을 정도로 운동량이 충분하니까요. 물론 지구를 향해 떨어지기는 할 테지만, 항상 대기권 밖에 있게 됩니다. 따라서 아주 안전하지요. 그냥 10시간짜리 타원 궤도를 도는 우주정거장이 되는 겁니다. 하루에 두 번씩 같은 자리로 돌아오고, 나중에는 다시 연결할 수 있습니다. 적어도 이론상으로는요…."

"실제로는?"

"아, 분명히 가능할 겁니다. 정거장에 남은 사람과 장비 모두 구할 수 있고요. 하지만 그보다 낮은 곳에서 끊어진다면 가능성조차 없습니다. 2만5천 킬로미터 아래서 떨어지는 물체는 5시간 안에 대기권에 돌입해서 불타버릴 겁니다."

"지구에서 중간지점까지 운행하는 동안 승객에게 이 사실을 알려야 한다고 보나?"

"경치를 감상하느라 그런 문제에 신경도 쓰지 못하기를 바라고 있습니다."

"자네 말을 들으면, 경치가 끝내주는 엘리베이터가 될 모양인데."

"당연하지요! 그걸 빼면 지구에서 가장 높은 전망용 엘리베이터는 고작 3킬로미터까지밖에 안 올라갑니다. 우리가 얘기하는 건 그것의 3만 배쯤 되고요."

압둘라 대통령은 상당히 오랫동안 침묵을 지키며 생각에 잠겼다.

"우리는 기회를 한 번 놓쳤지." 마침내 압둘라 대통령이 입을 열었다. "그 다리 교각에 높이 5킬로미터짜리 엘리베이터를 만들 수 있었는데."

"원래 설계안에는 있었지만, 경제성이라는 흔한 이유로 뺐지요."

"실수였을지도 몰라. 자체 운영이 가능했을 수도 있는데. 게다가 방금 다른 생각이 떠올랐어. 만약 그때도 이 초섬유가 있었다면 그 다리를 절반의 비용으로 지을 수도 있었을 텐데…."

"대통령께 거짓말을 하지는 않겠습니다. 5분의 1 아래였을 겁니다. 하지만 건설이 20년 이상 미뤄졌겠지요. 그러니까 손해는 아닙니다."

"회계사와 이야기해봐야 해. 그자들 중 몇몇은 교통량이 예상보다 빨리 늘어나고 있는 지금도 그게 잘한 일이라고 납득하지 못하고 있거든. 하지만 난 계속 돈이 전부는 아니라고 이야기하고 있지. 공화국에 그 다리가 필요한 데는 경제적인 이유뿐만 아니라 심리적이고 문화적인 이유도 있다고. 그 다리를 지나가는 사람의 18퍼센트가 무슨 목적이 있어서가 아니라 그냥 그게 거기 있어서 건넌다는 걸 아나? 그렇게 건너갔다가 바로 다시 돌아오는 거야. 양쪽 방향으로 다 통행료를 내고서 말이지."

"오래전에 제가 비슷한 주장을 대통령님께 했던 일이 떠오르는 것 같군요." 모건이 담담하게 말했다. "그땐 대통령님을 설득하기도 쉽지 않았습니다."

"맞아. 자네가 시드니 오페라하우스를 가장 좋은 사례로 들었던 게 기억나. 그 자체만으로도 충분히 값어치를 한다고. 명성은 물론이거니와 현금 수익까지 난다며 자네가 몇 번이나 강조했던지."

"피라미드도 잊지 마시죠."

압둘라 대통령이 웃었다.

"그걸 뭐라고 불렀더라? 인류 역사상 최고의 투자?"

"정확합니다. 4천 년이 지난 지금도 관광수익이 나고 있으니까요."

"공정한 비유는 아닌 것 같은데. 피라미드 유지비는 그 다리와 비교할 바가 못 돼. 지금 얘기하는 탑보다는 훨씬 더 적고."

"탑이 피라미드보다 훨씬 오래 갈지도 모릅니다. 한결 더 양호한 환경에 있을 테니까요."

"그것참 아주 인상적인 생각이군. 그게 정말로 수천 년 동안 작동할 거라고 보나?"

"물론 처음 모습 그대로는 아니겠지요. 하지만 이론상으로는 그렇습니다. 미래에 기술이 어떻게 발전할지 모르겠지만, 우주로 가는 더 효율적이고 더 경제적인 방법이 있을 거라는 생각은 안 듭니다. 그게 '또 다른 다리'라고 생각해 보시죠. 다만 이번에는 별을 향해 가는 다리인 겁니다. 적어도 다른 행성으로라도요."

"이번에도 우리가 재정적으로 도와주길 바라고 있군. 우린 아직도 20년 동안 지난번에 지은 다리에 대한 비용을 내야 하는데 말이야. 그 우주엘리베이터가 우리 영토에 있거나 직접 우리에게 중요한 것도 아니잖나."

"하지만 저는 그렇다고 생각합니다, 대통령님. 대통령의 공화국 역시 지구 경제의 일부입니다. 그리고 우주 수송 비용은 오늘날 성장률을 제한하는 요소 중 하나입니다. 만약 50년대와 60년대의 예상치를 보시면…."

"봤네. 봤어. 아주 흥미롭더군. 그런데 우리가 가난한 건 아니지만, 필요한 비용 일부도 내기는 어렵겠던데. 참나, 그 엘리베이터는 세계 총생산 몇 년 치를 다 집어삼키겠더군!"

"그리고 15년마다 본전을 찾을 수 있습니다. 그 뒤로도 계속."

"자네 예상이 정확하다면야."

"그 다리 때는 그랬지요. 하지만 대통령님 말이 당연히 맞습니다. 저는 대통령께서 처음에 공을 굴려주는 역할을 해주기만을 바랄 뿐입니다. 북아프리카 자치공화국이 관심을 보인다면 다른 곳에서 지원을 받기 훨씬 더 쉬워질 테니까요."

"이를테면?"

"세계은행, 행성은행, 연방정부요."

"그리고 자네의 고용주도? 지구건설공사 말일세. 솔직히 자네 무슨 생각을 하고 있는 건가?"

'드디어 나오는군.' 모건이 생각했다. 오히려 안도의 한숨이 나왔다. 마침내 신뢰할 수 있는 사람, 관료주의의 하찮은 음모에 관여하기에는 너무 거물이지만 그 안의 세밀한 부분을 완전히 이해할 수 있는 사람과 솔직하게 이야기할 수 있게 된 것이다.

"요즘 저는 대부분 개인 시간을 이용해서 이 일을 처리하고 있습니다. 지금도 휴가 중이지요. 공교롭게도 그 다리 역시 이렇게 시작했습니다! 한번은 공식적으로 그 계획을 잊어버리라는 말을 들은 적도 있다고 말씀드렸는지 모르겠습니다만…, 지난 15년 동안 몇 가지 교훈을 얻었지요."

"이 보고서 만드는 데 컴퓨터를 상당히 오래 썼을 텐데. 누가 비용을 댔지?"

"아, 제가 재량껏 쓸 수 있는 자금이 꽤 있습니다. 제 부하직원들은 항상 다른 사람이 이해하지 못하는 연구를 하고 있고요. 솔직히 말씀드리면, 규모가 좀 되는 팀에게 몇 달 동안 이 아이디어를 검토하게 했습니다. 아주 열심이더군요. 개인 시간까지 써 가면서요. 하지만 이제는 여기에 전념하든지 포기하든지 해야 합니다."

"그 고매하신 회장님께서는 이 사실을 알고 계시는가?"

모건은 무미건조하게 웃어 보였다.

"당연히 모르죠. 자세한 내용이 확실해지기 전에는 말 안 할 겁니다."

"나도 사정은 어느 정도 아는데 말이야." 대통령이 먼저 운을 뗐다. "아마 그중 하나는 콜린스 의원이 아이디어를 훔쳐가지 못하게 하는 것이겠지."

"그렇게는 못 합니다. 이 아이디어는 200년 전에 나온 거예요. 하지만 그분이나 다른 사람들이 계획을 늦출 수는 있겠죠. 저는 제가 죽기 전에 완성되는 모습을 보고 싶습니다."

"그리고 당연히 자네가 책임자가 되려는 걸 테고…. 음, 내가 뭘 해주기를 바라는 건가?"

"이건 그냥 제안일 뿐입니다. 대통령께서 더 좋은 생각이 있을 수도 있지요. 컨소시엄을 만들어 주십시오. 지브롤터교 사업단, 수에즈&파나마 주식회사, 영국해협회사, 베링 댐 주식회사 정도가 들어가면 좋겠습니다. 그리고 그게 완성되면 지구건설공사에 타당성 조사를 의뢰해 주십시오. 이 단계에서는 투자 금액이 무시해도 될 수준일 겁니다."

"어느 정도?"

"백만 이하입니다. 어차피 제가 일의 80퍼센트는 끝내 놓았으니까요."

"그다음엔 어쩌나?"

"그 뒤로는 대통령님의 후원을 받아 제가 그때그때 상황에 맞게 일을 할 수 있습니다. 지구건설공사에 남을 수도 있고, 사임하고 컨소시엄에 들어갈 수도 있고요. 아스트로엔지니어링이라고 이름을 붙일까요? 전부 상황에 따라 달라질 겁니다. 그 계획에 최선으로 보이는 일을 해야지요."

"그 정도면 적당한 방법 같군. 내 생각에 우리가 뭔가 해낼수 있을 것 같아."

"감사합니다, 압둘라 대통령님." 모건이 진심을 담아 말했다. "그런데 우리가 곧바로 맞부딪쳐야 하는 성가신 장애물이 하나 있습니다. 컨소시엄을 만들기 전에 이 문제부터 해결해야 할지도 모릅니다. 국제사법재판소에서 지구에서 가장 가치 있는 부동산에 대한 지배권을 확립해야 합니다."

20

춤추는 다리

실시간 통신이 가능하고 세계를 잇는 신속한 교통망이 있는
이 시대에도 사무실이라고 부를 수 있는 공간이 있다는 건 편리
한 일이다. 뭐든지 다 전하(電荷)의 패턴으로 기록해 놓을 수는
없었다. 고풍스러운 책이나 경력을 보여주는 증명서와 각종 상
장 및 기념패, 공학 모형, 재료 견본, (컴퓨터가 그린 것처럼 정교
하지는 않아도 아주 아름답게 그려 놓은) 예술적인 조감도 등이 그
랬다. 그리고 고위 관료라면 외부 현실의 충격을 완화하기 위해
방 전체에 까는 융단도 물론.

한 달에 평균 열 번 정도 들르는 모건의 사무실은 나이로비
에 있는 드넓은 지구건설공사본부 사옥의 6층, '육지' 층에 있었
다. 그 아래층은 '바다' 층이었고, 그 위는 '행정' 층으로 콜린스
회장의 제국이 있었다. 안이한 상징주의에 빠져 있던 건축가는
꼭대기 층을 '우주' 층으로 할당했다. 심지어 옥상에는 작은 천
문대까지 있었다. 그곳에는 지름 30센티미터짜리 망원경이 있

었는데, 언제나 고장이 나 있었다. 그도 그럴 것이 그 망원경은 내부 파티 때만 쓰였는데, 대부분은 천문학과 무관한 용도였다. 불과 1킬로미터 떨어진 곳에 있는 트라이플래네터리 호텔 상층부가 가장 인기 있는 관측대상이었다. 가끔 그 호텔에서는 아주 기묘한 모습, 혹은 행태가 보이곤 했다.

모건은 북아프리카 자치공화국에서 돌아오는 짧은 비행을 마치고 사무실에 들어섰을 때 특별히 놀랄 만한 일이 있으리라고 기대하지 않았다. 한 명은 인간이고, 다른 하나는 전자기기인 두 비서와 끊임없이 연락하고 있었기 때문이다. 과거의 기준으로 봐도 모건이 운영하는 조직은 비정상적이라 할 정도로 작았다. 모건이 직접 관리하는 인원은 남녀를 합해서 300명 아래였다. 그러나 이들의 명령에 따라 움직이는 연산과 정보처리 능력은 이 행성 인구를 모두 합친다 해도 미치지 못했다.

"그래서 압둘라 대통령과는 어떻게 됐어요?" 보좌역이자 오랜 친구인 워런 킹슬리가 단둘만 남게 되자마자 물었다.

"잘 됐어. 내 생각에는 합의된 것 같아. 그나저나 그 바보 같은 문제 때문에 발목이 잡혀 있다는 게 믿기지 않는군. 법무팀에서는 뭐래?"

"국제사법재판소의 판결을 반드시 얻어야 한대요. 만약 법정에서 공공의 이익이 압도적이라고 판단하면, 그 성스러운 친구들은 이사해야 하고요…. 물론 그 승려들이 완고하게 굴기로 하면 골치 아픈 상황이 되겠지요. 어쩌면 쉽게 마음을 먹을 수 있도록 작은 지진을 일으켜줘야 할지도 몰라요."

모건이 구조지질학총회의 이사라는 사실은 둘 사이의 오랜 농담거리였다. 하지만 다행이라고 해야 할지 모르겠으나 구조지질학총회는 아직 지진을 제어하거나 방향을 바꿀 방법을 찾아내지 못했다. 애초에 그럴 목적이 있는 것도 아니었다. 바랄 수 있는 건 기껏해야 지진을 예측하고 중대한 피해를 주기 전에 지진 에너지를 무사히 발산시키는 정도였다. 이 부분에서도 성공률은 75퍼센트를 제대로 넘기지 못했다.

"좋은 생각이야." 모건이 말했다. "생각해 보지. 그러면 다른 문제는?"

"다 준비됐습니다. 지금 볼 건가요?"

"그래, 최악의 상황을 보자고."

사무실 창문이 어두워지더니 사무실 한가운데 빛나는 격자선이 나타났다.

"이걸 봐요." 킹슬리가 말했다. "이게 문제가 되는 상황입니다."

허공에 문자와 숫자가 줄을 지어 나타났다. 속도, 하중, 가속도, 통과 시간 등등. 모건은 한눈에 모든 정보를 흡수했다. 경도와 위도를 나타내는 원이 그려진 둥근 지구가 융단 바로 위에 떠 있었다. 그리고 지구에서 밝은 선이 남자 키보다 살짝 높게 뻗어 나와 있었는데, 그게 바로 궤도탑의 위치를 나타냈다.

"보통 속도의 500배예요. 측면의 배율은 50배. 시작합니다."

어디선가 보이지 않는 힘이 수직으로 서 있던 빛줄기를 잡아당기기 시작했다. 그렇게 일어난 요동은 초당 수백만 회에 달하는 컴퓨터의 계산에 따라 지구의 중력장 안에서 상승하는 하중을 모사하며 위쪽으로 올라갔다.

"변위가 얼마지?" 모건이 두 눈으로 시뮬레이션의 세부 사항을 쫓으며 물었다.

"지금은 약 200미터요. 300미터가…."

선이 끊어졌다. 시속 수천 킬로미터라는 실제 속도는 느릿한 움직임으로 나타났다. 끊어진 탑의 두 부분이 서로 반대쪽으로 구부러졌다. 한쪽은 지구로 떨어졌고, 다른 한쪽은 우주로 날아가고 있었다. 그러나 그때쯤 모건은 컴퓨터 안에서만 존재하는 가상의 재앙에서 마음이 어느 정도 떠났다. 오랫동안 머릿속을 사로잡았던 실제 사건이 그 위에 겹쳐 보였다.

모건이 적어도 50번은 돌려본 200년 전의 영상 하나가 있었다. 그리고 프레임별로 끊어서 조사하다가 결국은 모든 세부 사항을 외울 지경이 된 부분이 있었다. 사실 그건 역사상, 적어도 평화로운 시기에는 가장 비싼 돈을 들여 찍은 영상이었다.

협곡을 이어주는 가늘고 (너무 가늘고!) 우아한 다리가 서 있었다. 다리 위에는 사람이 버리고 간 자동차 한 대만 있을 뿐 교통량은 전혀 없었다. 그도 그럴 것이 그 다리는 공학의 역사 전체에서 한 번도 본 적이 없는 움직임을 보였다.

수천 톤에 달하는 금속이 허공에서 그렇게 발레를 출 수 있을 줄은 아무도 몰랐다. 강철이 아니라 고무로 만든 다리라고 해도 믿을 수 있을 것 같았다. 진폭이 수 미터인 커다란 요동이 다리 전체로 천천히 퍼져나가자 교각 사이의 도로가 성난 뱀처럼 앞뒤로 뒤틀렸다. 협곡 아래로 부는 바람은 사람이 들을 수 없을 정도로 낮은 소리를 내면서 아름답지만 저주받은 구조물의 고유 진동수와 조응했다. 몇 시간 동안 뒤틀리는 정도가 점점 더 심해졌다. 하지만 언제 끝날지는 아무도 몰랐다. 질질 끌고 있는 죽음의 고통은 이미 불운한 설계자가 별생각 없이 간과한 사안에 대한 증언이 되고 있었다.

갑자기 지지하던 케이블이 끊어지면서 무서운 강철 채찍처럼 하늘로 솟아올랐다. 도로가 이리저리 뒤틀리면서 강 속으로 곤두박질쳤고, 다리의 파편이 사방으로 흩어졌다. 정상적인 속도로 봐도 이 최후의 재앙은 느린 화면으로 찍은 것처럼 보였다. 워낙 큰 재앙이라 비교해서 체감할 만한 대상도 없었다. 실제로는 대략 5초 정도 걸렸다. 그 짧은 시간이 지난 뒤 타코마 협곡의 다리는 공학의 역사에 영원히 사라지지 않을 자리를 차지했다. 200년이 지난 지금 모건의 사무실 한쪽 벽에는 그 마지막 순간이 담긴 사진이 걸렸다. 그 아래에는 '우리가 다소 부족했던 사례'라는 설명이 붙었다.

모건에게 그건 농담이 아니라 예상치 못했던 일이 언제 어디서든 찾아올 수 있다는 끊임없는 경고였다. 지브롤터교를 설계하고 있을 무렵 모건은 테오도어 폰 카르만이 타코마 협곡의 사고를 분석한 고전 자료를 철저히 살펴보고 과거의 값비싼 실수에서 가능한 많이 배우려 했다. 그리하여 대서양에서 볼 수 있는 최악의 강풍 속에서도 진동 문제는 별로 일어나지 않았다. 도로 자체는 중심선에서 100미터까지 움직일 수 있었지만, 그건 정확하게 계산한 대로였다.

하지만 우주엘리베이터는 예측하지 못했던 불유쾌한 사태가 벌어질 게 사실상 확실한 미지의 영역을 향한 도약이었다. 대기권에서 받을 수 있는 풍력은 예상하기 쉬웠지만, 하중이 움직이거나 멈출 때 생기는 진동도 고려 대상에 넣어야 했다. 게다가 그렇게 거대한 구조물이라면 태양과 달이, 각각이 아니라 동시에 가하는 조석 효과까지 고려 대상에 넣어야 했다. 이른바 '최악의 상황'에 해당하는 분석에 따르면 가끔 일어나는 지진이 상황을 더욱 복잡하게 만들 수도 있었다.

"시간당 하중이 몇 톤인 상황에서는 어떻게 시뮬레이션을 해도 똑같은 결과가 나와요. 진동이 커지다가 500킬로미터쯤에서 균열이 생깁니다. 진동 감쇠를 높여야 해요. 아주 많이."

"그럴 줄 알았어. 얼마나 필요하지?"

"10메가톤 더요."

모건은 그 수치를 듣고 음울한 만족감을 살짝 느꼈다. 공학자의 직감과 무의식 속의 불가사의한 지식을 이용해서 추측했던 것과 아주 가까웠다. 이제 컴퓨터로 확인했으니 궤도에 놓을 '앵커' 질량을 1천만 톤 더 늘려야 했다.

지상에서 벌어지는 토목공사 기준으로 봐도 그 정도 질량은 결코 사소한 게 아니었다. 지름이 200미터쯤 되는 바위와 맞먹는 무게였다. 모건은 문득 지난번에 본 야카갈라 바위 궁전이 타프로바네의 하늘을 배경으로 치솟아 있던 모습이 떠올랐다. 그걸 4만 킬로미터 상공의 우주로 들어올려야 한다니! 다행히 그럴 필요는 없었다. 적어도 두 가지 대안이 있었다.

모건은 언제나 부하직원들이 스스로 생각하게 했다. 그건 그들이 책임감을 느끼게 할 수 있는 유일한 방법이었고, 자신의 부담을 상당 부분 덜어주었다. 그리고 많은 경우 모건이 간과한 해결책을 부하직원들이 찾기도 했다.

"어떻게 하면 좋겠어, 킹슬리?" 모건이 나직한 목소리로 물었다.

"월면 화물 발사대를 이용할 수 있을 거예요. 월석 10메가톤을 쏘아 올리는 거지요. 시간이 오래 걸리고 돈이 많이 들겠지만요. 그리고 우리가 그걸 붙잡아서 최종 궤도에 올리려면 우주에서 하는 작업 규모도 커질 테고요. 그리고 심리적인 문제도 있는데…."

"그래, 나도 알아. 산 루이즈 도밍고가 또 나오게 할 수는 없지."

산 루이즈 도밍고는 남아메리카에 있는, 다행히도 작은 마을로, 저궤도정거장으로 갈 예정이었던 달의 가공금속 화물이 궤도를 벗어나 추락했던 장소였다. 마지막 순간에 유도 작업이 실패하면서 사상 최초로 인간이 초래한 충돌구가 생겼고, 마을주민 250명이 목숨을 잃었다. 그 뒤로 지구 거주민은 우주에서 벌어지는 사격 연습에 굉장히 예민했다.

"소행성을 하나 붙잡아 오는 게 훨씬 더 나은 대안이에요. 적합한 궤도에 있는 소행성을 찾는 중인데, 이미 유력한 후보 셋을 찾았어요. 우리가 정말로 원하는 건 탄소질 소행성이죠. 그러면 처리 공장을 세워서 원재료로 쓸 수도 있으니까 일석이조예요."

"좀 큰 돌이지 뭐. 그런데 아마 그게 최선일 거야. 월면 발사대는 잊어버려. 10톤씩 백만 번 쏘려면 몇 년이 걸릴걸. 그리고 일부는 빗나갈 테고. 만약 충분히 큰 소행성을 못 찾으면 나머지 질량은 엘리베이터로 올려보낼 수 있어. 할 수만 있다면 에너지 낭비는 피하고 싶지만 말이야."

"그게 가장 싼 방법이겠지요. 최신 핵융합 발전소의 효율이면 1톤을 궤도에 올리는 데 20달러 치 전기밖에 안 들 거예요."

"그 수치는 확실해?"

"중앙발전소에서 확인해 줬어요."

모건은 한동안 가만히 있다가 입을 열었다. "항공우주공학자들이 날 정말 싫어하겠는걸." 그리고 속으로 덧붙였다. '파라카르마 선사만큼이나.'

아니, 그건 공정하지 않았다. 진심으로 불문에 귀의한 사람이라면 미움 같은 감정을 느낄 수 없었다. 초암 골드버그 박사였던 이의 두 눈에서 모건이 본 것은 그저 화해 불가능한 대립일 뿐이었다. 그러나 모건 자신 역시 마찬가지로 위험한 사람일 수 있었다.

21

판결

사라스 교수에게는 기분 좋은 일이든 우울한 일이든 갑작스럽게 전화를 걸어서 매번 똑같이 "그 소식 들었어?"라고 물어보는 아주 성가신 특기가 하나 있었다. 때때로 라자싱헤는 "그래. 별로 놀랍지 않군."이라는 만능 답변을 하고 싶은 충동을 느꼈지만, 그의 순수한 기쁨을 빼앗는 짓은 차마 한 번도 할 수 없었다.

"이번엔 뭐야?" 라자싱헤가 심드렁하게 물었다.

"맥신이 '글로벌 2' 채널에 나와서 콜린스 의원하고 이야기하고 있어. 모건 그 친구가 곤란해진 모양이야. 다시 전화할게."

흥분한 사라스 교수의 영상이 화면에서 사라졌다. 라자싱헤가 뉴스 채널로 바꾸자 몇 초 뒤 맥신의 얼굴이 떠올랐다. 맥신은 낯익은 스튜디오에 앉아서 지구건설공사의 회장과 이야기하고 있었다. 회장은 간신히 화를 억누르고 있는 듯한 모습이었는데, 아마도 일부러 꾸며낸 것 같았다.

"콜린스 의원님, 이제 국제사법재판소의 판결이 나왔는데요…"

라자싱혜는 프로그램을 녹화하기 시작하며 중얼거렸다. '금요일에 나오는 줄 알았는데….' 소리를 죽이고 아리스토텔레스와 이어지는 개인 연결망을 활성화하다가 라자싱혜가 외쳤다. "이런, 오늘이 금요일이잖아!"

언제나처럼 아리가 곧바로 연결됐다.

「안녕하세요. 무엇을 도와드릴까요?」

인간의 성문을 통하지 않은, 아름답고 냉철한 목소리는 라자싱혜가 알고 지냈던 지난 40년 동안 조금도 바뀌지 않았다. 라자싱혜 사후 수십 년, 아니 수 세기가 지나도 아리스토텔레스는 똑같은 방식으로 다른 누군가에게 이야기하고 있을 것이다. (따지고 보면, 지금 이 순간 몇 가지 대화를 동시에 진행하고 있을까?) 예전에는 이런 생각에 우울해지기도 했지만, 지금은 별로 개의치 않았다. 라자싱혜는 아리스토텔레스의 불멸성이 부럽지 않았다.

"안녕, 아리. 아스트로엔지니어링 사와 스리칸다 사원의 건에 대해 오늘 국제사법재판소가 내린 판결을 알고 싶어. 요약만 해줘도 돼. 전문은 나중에 출력해 줘."

「결정 1. 2085년 성문화된 바에 따르면 타프로바네법과 세계법 하에서 사원 부지의 임대권은 영구적으로 확정되었다. 만장일치로 결정함.」

「결정 2. 제안한 궤도탑 건설에 부수적으로 따르는 소음과 진동, 충격이 역사와 문화적으로 매우 중요한 장소에 끼치는 영향은 사적 불법 방해에 해당하므로 불법행위법에 따라 금지할 만하다. 이 시점에서 공공의 이익은 이 문제에 영향을 끼칠 정도로 충분하지 않다. 4대 2, 1인 기권으로 결정.」

"고맙다, 아리. 출력은 취소해. 필요 없겠다. 안녕."

'음, 이렇게 끝났군.' 예상했던 그대로였다. 그러나 안심이 되는 건지 실망스러운 건지 갈피를 잡을 수가 없었다.

과거에 뿌리를 내리고 있는 사람으로서 라자싱헤는 오래된 전통을 아끼고 보호한다는 사실에 기뻤다. 인류의 핏빛 역사에서 배운 게 하나 있다면, 그건 개개인만이 중요하다는 점이었다. 어떤 사람의 믿음이 아무리 괴상하다고 해도 더 넓고 동등하게 적법한 이익과 갈등을 일으키지 않는 한 보호해야 했다. 오래된 시 중에 이런 게 있지 않았던가? "나라만 한 것은 없다." 어쩌면 그건 살짝 너무 나간 말일지도 몰랐다. 그러나 그 반대의 극단보다는 나았다.

동시에 라자싱헤는 다소 유감스러웠다. 사실 그게 라자싱헤의 책임은 아니었지만, 모건의 엄청난 계획은 타프로바네가, 그리고 어쩌면 전 세계가 편안하고 자기충족적인 쇠망의 길로 들어서지 않도록 막는 데 꼭 필요할지도 모르는 일이라고 어느 정도는 납득하고 있었다.

라자싱헤는 맥신이 그 주제에 대해 뭐라고 이야기할지 궁금해서 녹화 중인 영상을 앞에서부터 재생했다. 뉴스 분석 채널인 '글로벌 2'(때로는 '떠드는 머리통의 나라'라고 불렸다)에서는 콜린스 의원이 점점 탄력을 받고 있었다.

"…권한을 넘어서는 일에 관련 없는 계획에 부서의 자원을 이용하고 있는 게 분명합니다."

"하지만 의원님, 너무 형식에 구애받고 계시는 게 아닌가요? 제가 이해하기로 초섬유는 건설 용도, 특히 다리에 이용하기 위해 개발했는데요. 그리고 이것도 일종의 다리 아닙니까? 탑이라고도 부르지만, 모건 박사가 이 비유를 쓰는 걸 들었습니다만."

"이제는 당신이 형식에 구애받고 있군요, 기자님. 저는 '우주 엘리베이터'라는 이름을 선호합니다. 그리고 초섬유에 대한 당신 생각은 틀렸어요. 그건 200년에 걸친 항공우주공학 연구의 결과물입니다. 제…, 음, 조직의 육지 부분에서 마지막 돌파구를 찾아냈다는 사실은 관련성이 없어요. 물론 저는 그 연구에 참여한 우리 과학자들이 자랑스럽습니다만."

"의원님은 이 계획을 고스란히 이관해야 한다고 생각하십니까?"

"무슨 계획 말입니까? 이건 그저 지구건설공사에서 항상 수백 개씩은 진행하는 설계 연구 중 하나일 뿐입니다. 일부는 애초에 내 귀에 들어오지도 않습니다. 어느 정도 단계에 도달해서 중요한 결정을 내려야 하기 전까지는 그걸 원하지도 않고요."

"이 경우는 어떻습니까?"

"분명히 아닙니다. 우리 우주수송전문가에 따르면 예상되는 수송량 증가분은 모두 처리할 수 있다고 합니다. 적어도 가까운 미래까지는 그렇습니다."

"정확히 말씀해주실 수 있나요?"

"앞으로 20년입니다."

"그다음에는 어떻게 됩니까? 모건 박사에 따르면 탑을 짓는 데 그 정도 걸린다는데요. 그게 제때 완성되지 않는다면요?"

"그때는 다른 뭔가를 생각해 낼 겁니다. 우리 직원들이 모든 가능성을 탐구하고 있습니다. 그리고 우주엘리베이터가 정답이라는 보장은 어디에도 없습니다."

"그래도 그 아이디어는 기본적으로 건실한 겁니까?"

"그래 보입니다만, 좀 더 연구를 해봐야 합니다."

"그렇다면 초기 연구를 한 모건 박사에게 고마워하시고 있겠군요."

"모건 박사에게는 대단한 경의를 표하고 있습니다. 세계적으로는 몰라도 우리 조직에서는 가장 영리한 공학자니까요."

"그게 제 질문에 대한 답은 아닌 것 같군요, 의원님."

"좋아요. 전 이 문제를 공론화시켰다는 점에서 모건 박사에게 감사합니다. 하지만 그 방식까지는 인정하지 않습니다. 적나라하게 말하자면, 억지로 저를 움직이려고 했지요."

"어떻게요?"

"내 조직, 그리고 자기 조직 밖에서 행동함으로써 충성심의 결여를 보였습니다. 그렇게 움직이고 다닌 결과 국제사법재판소가 불리한 판결을 내렸고, 불가피하게 호의적이지 않은 논평이 다수 나왔습니다. 이런 상황에서, 아주 유감스럽지만, 모건 박사의 사임을 요구하지 않을 수 없습니다."

"감사합니다, 콜린스 의원님. 항상 그렇지만, 의원님과 이야기를 나누면 즐겁습니다."

'귀여운 거짓말쟁이 같으니라고.' 라자싱헤가 중얼거리며 전원을 끄고 조금 전부터 깜빡이고 있던 전화를 받았다.

"다 봤어?" 사라스 교수가 물었다. "모건 박사가 이렇게 끝나는군."

라자싱헤는 오랜 친구를 보며 잠시 생각에 잠겼다.

"자네는 항상 결론부터 내리는 습관이 있어, 사라스. 내기하자면 얼마를 걸겠나?"

3부

범종

22

배교자

"우주를 이해하려고 했던 시도가 모두 헛되이 돌아가자 절망감에 휩싸인 슬기로운 데바다사는 마침내 격분하여 외쳤다.

'신이라는 단어가 들어간 말은 모두 거짓이다.'

그 즉시 데바다사가 가장 못마땅하게 여기는 제자인 소마시리가 대꾸했다. '지금 제가 하는 말에도 신이라는 단어가 들어 있습니다. 위대하신 스승이시여, 저는 그 단순한 말이 어떻게 거짓이 될 수 있는지 모르겠습니다.'

데바다사는 몇 포야* 동안 그 문제에 대해 숙고했다. 그러더니 이번에는 만족스럽기 그지없게 대답했다.

'신이라는 단어가 들어 있지 않은 말만 진실일 수 있다.'

굶주린 몽구스가 기장 씨앗을 삼킬 정도의 시간 동안 침묵이 흐른

---

* 음력 보름으로 스리랑카의 불교 달력에는 12개의 포야가 명기되어 있다.

뒤 소마시리가 대꾸했다. '존경하는 스승이시여, 만약 그 말에도 해당 된다면, 그건 진실일 수 없습니다. 신이라는 단어가 들어 있기 때문입니다. 만약 진실이 아니라면….'

데바다사는 바리때가 부서지도록 소마시리의 머리통을 내리쳤고, 그로 말미암아 데바다사는 선의 진정한 창시자라는 영예를 안게 됐다."

— 출처: 〈출라방사〉*의 파편 일부, 전체는 아직 발견되지 않음

계단이 작렬하는 햇빛에서 벗어난 늦은 오후, 파라카르마 선사는 하산을 시작했다. 밤이 올 때쯤이면 가장 위쪽에 있는 순례자용 휴게소에 도착할 테고, 다음 날에는 인간 세상에 돌아가 있을 것이다.

마하나야케 테로 주지승려는 충고를 건네지도, 만류하지도 않았다. 동료가 떠나는 일에 슬퍼하고 있는지는 몰라도 표정으로 드러내지는 않았다. 그저 "제행무상일지어니."라고 읊조리며, 두 손을 모아 합장하고 축복을 빌어줄 뿐이었다.

한때 초암 골드버그 박사였고, 다시 그렇게 될 수도 있는 파라카르마 선사는 자신이 그렇게 하는 까닭을 설명하기가 정말 어려웠다. "올바른 행동"이라고 말하기는 쉬웠지만, 그게 무엇인지 알아내는 건 쉽지 않았다.

스리칸다의 대사원에서 파라카르마 선사는 마음의 평화를 찾았다. 그러나 그것만으로는 충분하지 않았다. 과학자로 받은 훈련은 신에 대한 종단의 모호한 태도를 받아들이는 데 만족하지

* 스리랑카의 역사를 기록한 연대기

못하게 했다. 결국 그런 무심함이 대놓고 부정하는 것보다 더 나빠 보이게 됐다.

만약 율법 학자의 유전자 같은 게 정말로 있다면, 골드버그 박사에게 있었을 것이다. 골드버그/파라카르마는 앞서 시도했던 수많은 사람처럼 수학을 통해 신을 탐구했고, 20세기 초에 쿠르트 괴델이 불완전성 정리를 발견하면서 터뜨린 충격에도 절대 낙담하지 않았다. 심오하면서도 아름답고 단순한 오일러 공식 $e^{\pi i}+1=0$의 역동적인 비대칭성을 보면서 우주가 상상하기 어려운 지성의 창조물일 수 있다는 생각이 들지 않는 사람이 있다는 사실을 이해할 수가 없었다.

거의 10년 동안 반론이 나오지 못한 새로운 우주론으로 처음 이름을 알린 골드버그 박사는 제2의 아인슈타인 혹은 웅고야로 널리 명성을 떨쳤다. 전문영역이 극도로 세분된 시대에 오래전부터 죽은 학문이라 더 이상 놀라운 발견이 나오기 어렵다고 여겨지던 항공유체역학 분야에서 눈에 띄는 진보를 이뤄내기도 했다.

그런데 재능이 최고조에 달했을 때 골드버그 박사는 파스칼과 크게 다르지 않지만, 병적인 요소는 별로 없는 개종을 경험했다. 그 뒤 10년 동안 이름을 버리고 노란 가사를 입은 채 교리와 철학에 관한 문제에 명민한 정신을 집중했다. 골드버그 박사는 그 시간들을 후회하지 않았고, 산에서 내려오면서도 확실히 종단을 떠난다고도 생각하지 않았다. 어쩌면 언젠가 다시 이 장대한 계단을 마주하게 될지도 몰랐다. 그러나 신이 부여한 재능이 다시 목소리를 높이고 있었다. 앞으로 할 일이 매우 많았다.

골드버그 박사는 스리칸다 산에는, 아니 어떻게 보면 아예 지구에 없는 도구가 필요했다.

이제 골드버그 박사는 모건에게 거의 적의를 느끼지 않았다. 비록 생각 없이 한 일이었지만, 그 공학자는 자신에게 불꽃을 일으켰다. 어쭙잖은 방식이었으나 모건 역시 신의 사도였다. 그러나 어떤 일이 있어도 사원은 지켜야 했다. 운명의 바퀴가 다시 평안을 가져다줄지는 모르겠지만, 파라카르마 선사는 단호하게 결의를 다졌다.

인간의 운명을 바꿀 법규를 가지고 산에서 내려온 새로운 모세처럼 파라카르마 선사는 한때 등지고 떠났던 세상으로 돌아갔다. 주위에 펼쳐진 대지와 하늘의 아름다움은 눈에 보이지 않았다. 머릿속을 행진하는 무수한 방정식 속에서 자신만이 볼 수 있는 것에 비하면 그건 아주 하찮았기 때문이다.

23

우주 불도저

"모건 박사, 당신의 문제는⋯." 휠체어에 앉은 남자가 말했다. "잘못된 행성에 있다는 겁니다."

모건은 이 방문객의 생명유지장치를 바라보며 대꾸했다. "제가 보기에는 당신도 마찬가지인 것 같군요."

화성연방은행의 투자 담당 부사장은 재미있다는 듯이 웃어 보였다.

"저는 일주일만 있으면 되니까요. 그러고 나면 다시 달로 돌아갑니다. 문명화된 중력으로요. 아, 꼭 필요하면 걸을 수도 있습니다. 하지만 그러지 않는 편을 선호하지요."

"왜 지구까지 오셨는지 물어봐도 될까요?"

"웬만하면 오지 않지만, 가끔은 직접 와야 할 때가 있습니다. 흔히들 생각하는 것과 반대로 원격으로 모든 걸 다 할 수는 없거든요. 박사님도 분명히 아시겠지만요."

모건은 고개를 끄덕였다. 그건 분명한 사실이었다. 모건은 재료의 구조, 발밑 바위나 흙의 느낌, 정글의 냄새, 얼굴에 와 닿는 물줄기의 느낌이 일에 필수적인 역할을 했던 시기를 떠올렸다. 어쩌면 언젠가는 그런 감각도 전기 신호로 보낼 수 있을지 몰랐다. 실제로도 조악한 방식으로 이뤄지고 있었지만, 아직은 실험 수준이었고 비용도 어마어마했다. 그러나 현실을 완벽하게 대체할 수는 없었다. 항상 그 한계를 의식하고 있어야 했다.

"특별히 저를 만나러 지구에 오셨다면 참으로 영광입니다." 모건이 답했다. "하지만 화성에서 일자리를 제의하시는 거라면, 시간 낭비하지 말라고 말씀드리고 싶군요. 오랫동안 못 만났던 친구와 친지들을 만나느라 즐거운 은퇴 생활을 하고 있거든요. 새로운 경력을 시작할 생각도 없습니다."

"놀랍네요. 아직 쉰두 살밖에 안 되셨잖습니까. 여생은 어떻게 보내시려고요?"

"어렵지 않아요. 생각하고 있는 것 중에 하나만 한다고 해도 평생을 보낼 수 있거든요. 전 예전부터 로마, 그리스, 잉카의 고대 공학에 관심이 많았는데, 지금까지는 연구해 볼 시간이 없었지요. 원고 청탁도 들어오고 있고, 글로벌대학에서 설계를 가르쳐 달라는 요청도 있습니다. 최신 구조공학 교과서도 하나 쓰기로 했고요. 동적 하중을 보정하는 데 바람이나 지진 같은 활동성 요소를 이용하는 아이디어도 발전시켜보고 싶고요. 아직 구조지질학총회의 고문이기도 합니다. 그리고 지구건설공사의 행정에 대한 보고서도 준비하는 중입니다."

"누구 요청으로요? 설마 콜린스 의원은 아니겠지요?"

"아니죠." 모건이 굳은 미소를 지으며 말했다. "그냥…, 쓸모 있을 거라 생각했습니다. 제 감정을 누그러뜨리는 데 도움도 되고요."

"물론 그렇겠지요. 하지만 그런 활동은 사실 창의적인 일이 아니지 않습니까. 노르웨이의 아름다운 경치처럼 조만간 시시해지겠지요. 호수와 전나무숲을 바라보는 게 지겨워지듯이 글쓰기와 강연도 지겨워질 겁니다. 당신은 우주의 모습을 바꾸는 일이 아니면 진정으로 행복해질 수 없는 사람이니까요, 모건 박사님."

모건은 대꾸하지 않았다. 너무나도 맞는 말이라 마음이 편치 않았다.

"제 말에 동의하시는군요. 만약 우리 은행이 우주엘리베이터 계획에 진지하게 관심이 있다고 말씀드린다면 어떻겠습니까?"

"회의적인데요. 제가 연락해 봤을 때 화성에서는 좋은 생각이지만 이 단계에서는 투자할 수 없다고 했었죠. 가용할 수 있는 자금은 모두 화성 개발에 써야 한다고요. 흔한 얘기지요. '도움이 필요 없을 때는 기꺼이 도와주겠다.'"

"그건 1년 전 이야기입니다. 지금은 생각이 바뀌었어요. 우리는 박사님이 우주엘리베이터를 만들어 주기를 바랍니다. 지구가 아니라 화성에요. 흥미가 있으십니까?"

"어쩌면요. 계속 얘기해 보시죠."

"화성의 이점을 생각해 보세요. 중력이 3분의 1밖에 되지 않아서 관련되는 힘도 그에 따라 작아집니다. 정지궤도 역시, 화성에서는 절반 아래로 훨씬 가깝고요. 따라서 시작부터 공학적인 문제가 아무 많이 줄어드는 겁니다. 우리 쪽 사람들 추산으로는 화성에 지으면 비용이 지구의 10분의 1 아래라고 합니다."

"가능한 얘깁니다. 확인은 해봐야겠지만요."

"그건 고작 시작일 뿐입니다. 대기는 희박하지만, 화성에도 가끔 무서운 돌풍이 붑니다. 하지만 산이 그보다 훨씬 위에 있어요. 박사님이 생각했던 스리칸다 산은 높이가 기껏해야 5킬로미터였지요. 우리에게는 파보니스 산이 있습니다. 기준 표고에서 21킬로미터 높이로 정확히 적도 위에 있지요! 게다가 꼭대기에는 장기간 임대 계약을 맺고 눌러앉은 화성의 승려 같은 것도 없고요…. 그리고 화성이 우주엘리베이터에 적합한 이유가 하나 더 있습니다. 화성의 제2 위성 데이모스는 정지궤도보다 불과 3천 킬로미터 높은 곳에 있습니다. 그 말인즉슨 앵커가 필요한 바로 그 지점에 이미 수백만 메가톤의 질량이 자리 잡고 있다는 거지요."

"그러면 동기화에 흥미로운 문제가 좀 생기겠군요. 하지만 무슨 뜻인지는 알겠습니다. 이걸 연구한 사람들을 만나보고 싶은데요."

"실시간으로는 안 됩니다. 다들 화성에 있거든요. 화성으로 가셔야 합니다."

"끌리기는 하는데, 아직 몇 가지 더 물어볼 게 있습니다."

"말씀하시죠."

"이유는 분명히 알고 계시겠지만, 지구에는 엘리베이터가 있어야 합니다. 하지만 내가 보기에 화성은 그게 없어도 무방할 것 같거든요. 우주를 오가는 수송량도 지구에 비하면 보잘것없고, 증가율도 훨씬 낮지요. 솔직히 말해서 저는 이해가 잘 안 갑니다."

"언제 그걸 물어보시나 했습니다."

"음, 지금 하고 있지요."

"에오스 계획이라고 들어보셨나요?"

"못 들어본 것 같습니다."

"에오스는 그리스어로 '새벽'이라는 뜻인데, 화성을 다시 생기 넘치는 곳으로 바꾸는 계획입니다."

"아, 그건 알고 있습니다. 극관*을 녹이는 일이었나 그랬죠?"

"그렇습니다. 얼음과 이산화탄소를 모두 녹이면 몇 가지 일이 벌어지지요. 대기 밀도가 높아져서 사람이 우주복을 입지 않고 야외에서 일할 수 있게 되고, 마지막 단계쯤 되면 호흡할 수 있게 될지도 모릅니다. 흐르는 물이나 작은 바다도 생기고, 무엇보다도 식물이 자랄 수 있지요. 세심하게 계획한 식물 생태계가 탄생하는 겁니다. 몇 세기 뒤면 화성은 또 다른 에덴의 동산이 될 수도 있습니다. 태양계에서 현재 기술로 바꿀 수 있는 유일한 행성이 바로 화성이지요. 금성은 앞으로도 계속 뜨거울지 모릅니다."

"그런데 엘리베이터가 이것과 무슨 관련이 있지요?"

"수백만 톤의 장비를 궤도에 올려보내야 하거든요. 화성을 따뜻하게 만드는 유일하게 실용적인 방법은 수백 킬로미터짜리 거울로 햇빛을 반사하는 겁니다. 그 거울은 영구히 운영해야 하고요. 처음에는 극관의 얼음을 녹이고, 그 뒤부터는 적당한 온도를 유지하는 데 쓰지요."

"거기 필요한 물질은 소행성 광산에서 얻을 수 있지 않나요?"

"일부는 물론 그럴 수 있지요. 하지만 그 용도에 가장 적합한

---

* 화성의 극에서 얼음으로 덮여 하얗게 빛나 보이는 부분

거울은 소듐으로 만들어야 하는데, 그게 우주에 드물어요. 타르시스 암염 광산에서 얻어야 합니다. 다행히 그건 파보니스 산 바로 옆에 있고요."

"그게 전부 얼마나 걸릴까요?"

"아무 문제도 안 생긴다면 첫 단계는 50년 뒤에 끝날 겁니다. 모건 박사님의 백 번째 생일쯤이네요. 보험사 말로는 박사님께서 그때까지 살 확률이 39퍼센트라더군요."

모건은 웃었다.

"전 일을 철저하게 하는 사람이 좋더군요."

"사소한 일에도 주의를 기울이지 않으면 화성에서 살아남기 어렵거든요."

"음, 상당히 끌리기는 하지만, 여전히 확인해야 할 게 아주 많습니다. 재정부터 시작해서…."

"그건 제 일입니다, 모건 박사님. 제가 은행가지요. 박사님은 공학자고요."

"맞습니다. 하지만 공학에 상당한 소양이 있으신 듯하고, 저도 경제에 관해 공부를 꽤 했거든요. 가끔은 모진 경험으로 배우기도 했지요. 그런 계획에 끼어들지를 결정하기 전에 상세한 예산 내역이 필요합니다."

"그건 제공할 수 있습니다."

"그리고 이건 시작일 뿐입니다. 아직도 대여섯 가지 분야와 관련돼서 해야만 하는 연구가 엄청나게 많다는 걸 모르실 수도 있어요. 초섬유 물질의 대량 생산, 안정성, 제어 문제 등등…, 밤새 열거할 수도 있습니다."

"그럴 필요 없습니다. 우리 공학자들은 박사님 논문을 모두 읽었거든요. 그 사람들 제안은 기술적인 문제를 해결하고 기본 원리가 옳다는 사실을 증명할 수 있는 소규모 실험입니다."

"그건 당연합니다."

"저도 동의합니다. 하지만 작은 실제 실험이 만들 수 있는 차이란 게 놀랍지요. 그래서 저희는 박사님이 이렇게 하기를 원합니다. 최소한의 규모로 가능한 시스템을 설계해 주십시오. 몇 킬로미터짜리 하중을 나를 수 있는 줄이면 됩니다. 정지궤도에서 지구로…, 네, 지구로 떨어뜨리는 겁니다. 그게 성공한다면 화성에서는 더 쉽겠지요. 그다음에 뭔가 하나를 위로 올려보내서 로켓이 쓸모없다는 걸 보여줍니다. 실험은 상대적으로 적은 비용으로 할 수 있을 것이며, 이를 통해 우리는 귀중한 정보를 얻고 기본적인 훈련을 할 수 있지요. 그리고 우리 관점에서 보면 몇 년이나 걸릴 수 있는 논쟁을 건너뛸 수 있습니다. 지구 정부, 태양계 펀드, 여타 행성 은행에 가서 그저 실험을 보여주기만 하면 됩니다."

"정말 연구를 많이 하셨군요. 언제까지 답을 드려야 할까요?"

"솔직히 말해서 5초 안에 해주시면 좋습니다. 하지만 분명히 이 문제가 그렇게 시급한 건 아닙니다. 충분히 생각해 보시죠."

"좋습니다. 그쪽에서 진행한 설계안과 비용 분석, 기타 자료를 보내주세요. 일단 검토를 해 본 뒤에 제 결정을 알려드리지요. 음, 늦어도 일주일 정도 걸릴 겁니다."

모건은 관련 자료가 담긴 화성 은행가의 신분증을 통신기의 메모리 슬롯에 넣고 화면에 '입력 확인'이 뜨는 것을 확인했다. 신분증을 돌려줄 때쯤에는 이미 결심이 섰다. 화성인의 분석에 근본적인 결함이 없는 이상 (모건은 그렇다는 데 큰돈을 걸 수도 있었다) 모건의 은퇴 생활은 끝이었다. 가끔 모건은 자신이 사소한 결정을 내릴 때는 장고를 거듭하는 데 반해 인생을 바꿀 수 있는 중대한 결정의 순간에는 절대 우물쭈물하지 않는다는 사실을 깨닫고 즐거워했다. 언제나 무엇을 해야 할지 알고 있었고, 그게 틀린 경우는 거의 없었다.

그런데도 아직 이 정도 단계에서는 전부 허사로 돌아갈 수도 있는 계획에 지적으로나 감정적으로나 너무 많이 투자하지 않는 편이 나았다. 은행가가 오슬로와 가가린 우주비행장을 거쳐 '고요의 바다' 기지로 돌아가기 위한 여행길을 떠나고 나자 모건은 고위도의 긴 밤에 하려고 계획했던 일에 집중하기가 불가능하다는 사실을 깨달았다. 급작스럽게 바뀐 미래의 광범위한 측면을 생각하다 보니 머릿속이 혼란스러웠다.

한동안 불안하게 방을 거닐던 모건은 책상에 앉아 일의 우선순위를 거꾸로, 즉 가장 쉽게 취소할 수 있는 순서대로 나열하기 시작했다. 그러나 얼마 지나지 않아 그런 일상적인 일에 도무지 집중할 수 없음을 알아챘다. 마음속 깊은 곳에서 뭔가 자신을 괴롭히며 주의를 끌려 하고 있었다. 그게 무엇인지 집중해서 생각해 보려고 하자, 마치 익숙하지만 갑자기 떠오르지 않는 단어처럼 곧바로 빠져나가 버렸다.

모건은 한숨을 내쉬며 책상에서 몸을 일으켜 호텔의 서쪽으로 나 있는 베란다로 나갔다. 몹시 추웠지만 바람이 거의 불지 않았고, 0도를 살짝 밑도는 온도는 불편하다기보다는 자극됐다. 하늘에는 별이 빛났고, 노란 초승달이 윤기 나는 흑단처럼 어둠고 고요한 피오르의 바다 표면에 모습을 비추며 저물고 있었다.

모건은 30년 전에 거의 같은 장소에 서 본 적이 있었다. 지금은 얼굴도 잘 기억 나지 않는 여성과 함께였다. 둘은 서로 갓 따낸 학위를 축하하고 있었다. 그게 둘 사이의 유일한 공통점이었다. 진지한 만남은 아니었다. 둘은 젊었고, 함께한 시간을 즐겼다. 그 정도면 충분했다. 그런데 어찌 된 일인지 흐릿한 기억이 삶의 결정적인 순간인 바로 지금 모건을 트롤샤븐 피오르로 돌아오게 하였다. '30년 뒤의 미래에, 즐거웠던 기억을 찾아 발걸음을 다시 거슬러오게 된다는 사실을 알았다면 22살의 젊은 학생은 어떻게 생각했을까?'

모건의 몽상 속에 향수나 자기 연민의 흔적은 없었다. 다만 아련한 위안뿐이었다. 흔히들 하던 1년짜리 동거계약을 고려해보지도 않은 채 잉그리드와 좋게 헤어진 사실을 모건은 단 한 순간도 후회하지 않았다. 그 이후 잉그리드는 다른 세 남자를 적당히 괴롭게 만들고 난 뒤 달 위원회에 직장을 구했고, 모건과 연락이 끊겼다. 어쩌면 지금 이 순간에도 잉그리드는 자신의 금발 머리와 거의 비슷한 색으로 빛나는 초승달 위에 있을지도 몰랐다.

회상은 그 정도로 충분했다. 모건은 미래로 생각을 돌렸다. '화성이 어디 있을까?' 모건은 오늘 밤 화성이 보이는지 아닌지도 모른다는 사실을 생각하니 부끄러웠다. 황도를 따라 달에서 시작해 빛나는 신호등 역할을 하는 금성, 그리고 그 너머까지 죽 훑어보았지만, 보석처럼 빛나는 수많은 별 중에서 붉은 행성이라고 확실하게 생각할 수 있는 건 없었다. 달 궤도 너머로 한 번도 가본 적이 없는 모건은 가까운 미래에 두 눈으로 장엄한 주홍

빛 풍경을 바라보며 조그만 위성 둘이 빠른 속도로 위상을 바꾸는 모습을 관찰할 수 있을지도 모른다는 생각에 가슴이 뛰었다.

바로 그때 꿈이 깨졌다. 모건은 한동안 꼼짝도 못 하고 서 있다가 화려한 야경을 뒤로하고 다시 호텔로 들어갔다.

방 안에는 다목적 콘솔이 없어서 모건은 필요한 정보를 얻기위해 로비까지 내려가야 했다. 운이 나빴는지 노부인 한 명이 칸막이 안을 차지하고 앉아서 꾸물거리며 뭔가를 찾고 있었기때문에 모건은 문을 두들겨 재촉할 뻔했다. 마침내 노인이 미안하다고 중얼거리며 떠났고, 모건은 인류가 축적한 예술과 지식을 마주하고 앉았다.

학생 시절 모건은 정보검색 대회에서 몇 차례 우승한 경험이 있었다. 교묘하게 괴롭히기를 즐기는 심판들이 준비한 목록에 담긴 모호한 정보를 가장 빨리 찾아내는 대회였다. (특별히 반갑게 기억 나는 문제는 이랬다. "대학교 야구에서 두 번째로 홈런이 많이 나온 날에 세계에서 가장 작은 국가의 수도에는 비가 얼마나 왔을까?") 모건의 기술은 날이 갈수록 좋아졌고, 이 문제는 단순하기 짝이 없었다. 화면에는 30초 만에 필요 이상으로 자세한 정보가 나타났다.

모건은 잠시 화면을 바라보다가 어이없다는 듯이 고개를 저었다.

"이걸 놓치다니 말도 안 돼!" 모건이 중얼거렸다. "그런데 뭘 어떻게 할 수 있을까?"

모건은 '인쇄' 버튼을 누르고, 얇은 종이를 방으로 가져가 더 자세히 살펴보았다. 도대체 어이가 없을 정도로 명백한 문제여서 만약 자신이 마찬가지로 명백한 해결책을 알아채지 못하고 이 문제를 제기했다가는 웃음거리가 될 수도 있었다. 그러나 빠져나갈 방법이 도무지 없었다….

모건은 시계를 보았다. 이미 자정이 지났다. 그러나 이건 당장 해결해야 할 문제였다.

다행히도 은행가는 아직 '방해 금지' 버튼을 누르지 않은 상태였다. 약간 놀란 목소리로 바로 응답했다.

"잠에서 깨운 게 아니기를 바랍니다." 모건이 예의상 말했다.

"아닙니다. 이제 막 가가린 비행장에 도착했어요. 무슨 일이시죠?"

"10테라톤의 물체가 초속 2킬로미터로 움직입니다. 안쪽에 있는 위성, 포보스 얘깁니다. 그건 11시간마다 엘리베이터를 지나가는 우주 불도저예요. 정확한 확률을 계산하지는 않았지만, 무조건 며칠에 한 번씩 충돌하게 됩니다."

전화 반대편에서는 한동안 말이 없었다. 그러더니 은행가가 입을 열었다. "그 생각을 했었어야 했는데 말이죠. 아주 명백한 문제라 누군가가 답을 구했을 겁니다. 포보스를 움직여야 할 수도 있어요."

"불가능해요. 질량이 너무 큽니다."

"화성에 전화해야겠습니다. 지금은 시간 지연이 12분이니까 한 시간 이내로 뭐가 됐든 답을 받을 수 있을 겁니다."

'그러기를 바랍니다.' 모건은 생각했다. '그리고 그 답은 좋은 소식이어야 해…. 그러니까 내가 정말로 이 일을 원한다면 말이야.'

24

신의 손가락

덴드로비움 마카시아는 보통 남서쪽에서 계절풍이 다가올 무렵에 꽃을 피운다. 하지만 이번 해에는 좀 일렀다. 라자싱혜는 온실에 서서 기묘하게 생긴 연보라색 꽃망울을 감상하고 있었다. 지난 계절에는 처음 핀 꽃망울을 살펴보다가 폭우에 30분 동안 갇혀 있었던 일이 떠올랐다.

라자싱혜는 불안한 표정으로 하늘을 바라보았다. 이번에는 비가 올 기미가 없었다. 아름다운 날이었다. 높은 곳에 떠 있는 열은 구름이 강렬한 햇빛을 누그러뜨렸다. 하지만 구름이 좀 이상했다.

라자싱혜는 그와 같은 구름을 본 적이 없었다. 거의 머리 꼭대기에 평행선을 이루며 떠 있는 구름은 중간 부분에서 둥글게 흐트러졌다. 마치 폭이 몇 킬로미터밖에 안 되는 조그만 사이클론 같았다. 하지만 그걸 본 라자싱혜는 전혀 다른 게 떠올랐다. 구름은 마치 평평하게 다듬은 나무판의 결을 뚫고 나 있는 옹이 구멍 같았다. 라자싱혜는 아끼는 화초를 포기하고 그 현상을 자세히 보기 위해 밖으로 나왔다. 이제 그 작은 소용돌이가 하늘을 가로질러 천천히 움직이는 게 확실히 보였다. 움직인 경로는 구름이 흐트러진 흔적으로 알 수 있었다.

신이 하늘에 손가락을 뻗어 구름 사이에 골을 파 놓았다는 생각이 저절로 떠올랐다. 날씨 제어의 기초를 이해하고 있는 라자싱혜조차도 그렇게 정교한 작업이 가능할 줄은 몰랐다. 그러나 그런 성과를 거두는 데 거의 40년 전 자신이 일정 역할을 했다는 사실에 은근한 자부심을 느꼈다.

남아 있는 초강대국이 지구 궤도의 요새를 포기하고 세계기후국에 넘기도록 설득하는 일은 쉽지 않았다. 굳이 비유하자면 그건 칼을 녹여 쟁기를 만든다는 개념의 최후이자 가장 극적인 사례였다. 이제 한때 인류를 위협했던 레이저는 신중하게 고른 대기권 일부분이나 지구의 외딴 지역에 마련해 놓은 열흡수 목표지점을 향하고 있었다. 그 에너지는 가장 작은 폭풍과 비교한다고 해도 사소한 정도였지만, 떨어지는 돌멩이 하나가 눈사태를 일으킬 수도 있었고 중성자 하나가 연쇄 반응을 일으킬 수도 있었다.

감시 위성 네트워크와 지구의 대기, 지표면, 바다의 완전한 모형이 내장된 컴퓨터가 관여하고 있다는 점을 빼면 라자싱혜는 기술적인 부분에 대해 전혀 몰랐다. 라자싱혜는 고도의 기술이 만들어 낸 경이로움에 넋을 잃고 바라보는 야만인이 된 기분이 들었다. 작은 사이클론은 뚜렷한 목적을 띠고 서쪽으로 움직이다가 쾌락의 정원을 둘러싼 성벽 바로 안쪽에 있는 우아한 야자수의 행렬 너머로 사라졌다.

라자싱헤는 사람이 만들어 낸 천국을 타고 세상을 돌고 있는, 보이지 않는 공학자와 과학자를 올려다보았다.

"아주 인상적이었어." 라자싱헤가 말했다. "그런데 자신이 무슨 일을 하고 있는지 정확히 알았으면 좋겠군."

25

궤도 룰렛

"내가 절대 안 들여다보는 특별 부속자료에 들어 있으리라는 걸 예상했어야 했습니다." 은행가가 탄식했다. "이제 보고서를 다 보셨으니 답을 듣고 싶군요. 박사님이 그 문제를 제기한 뒤로 걱정이 끊이지를 않았습니다."

"더할 나위 없이 명쾌합니다." 모건이 대답했다. "응당 저 스스로도 생각해 냈어야 했어요."

'결국, 그렇게 하기는 했을 거야.' 모건은 꽤 자신 있게 생각했다. 눈앞에 다시 전체 구조물이 우주 바이올린의 현처럼 진동하던 컴퓨터 시뮬레이션이 떠올랐다. 지구에서 출발한 파동이 몇 시간에 걸쳐 궤도까지 갔다가 다시 반사되어 돌아왔다. 그 위에 모건이 기억 속에서 수백 번은 재생해서 본, 춤추는 다리의 낡은 영상이 겹쳐졌다. 그 안에 필요한 단서가 모두 있었다.

"위성 포브스는 11시간 10분마다 탑을 지나갑니다. 하지만 다행히도, 정확히 같은 평면 위를 움직이고 있지는 않아요. 그랬다면 지나갈 때마다 충돌할 겁니다. 대부분은 빗나갈 뿐이고 위험한 시각은 정확하게 예측할 수 있습니다. 필요하다면 1천 분의 1초까지요.

이제 문제는 엘리베이터인데요, 공학 구조물이 다 그렇듯 엘리베이터는 완전히 고정된 구조가 아닙니다. 고유진동주기가 있고, 그 또한 행성의 궤도처럼 정확하게 계산할 수 있습니다. 그래서 화성 공학자들의 제안은 엘리베이터를 조율하자는 겁니다. 어차피 엘리베이터에 진동이 생기니까 그 정상적인 진동이 항상 포보스를 비켜나가도록 말이지요. 포보스가 지나갈 때마다 구조물은 그 자리에 없는 겁니다. 몇 킬로미터 차이로 위험한 영역을 비껴가는 거지요."

전화 반대편에서는 한동안 아무 말이 없었다.

"이런 말을 해서는 안 되겠지만…." 화성인이 마침내 말했다. "머리끝이 곤두섰습니다."

모건은 웃었다. "투박하게 말하자면, 뭐라고 하더라…, 러시안룰렛처럼 들리긴 하죠. 그런데 이건 아셔야 합니다. 우리는 정확하게 예측할 수 있는 움직임을 다루는 겁니다. 우리는 언제나 포보스의 위치를 알고 있고, 단순하게 운행시간표를 조절해서 탑이 비켜나도록 제어할 수 있습니다."

'엄밀히 말하자면 '단순하게'가 옳은 말은 아니지.' 모건은 생각했다. '하지만 그게 가능하다는 건 누구나 알 수 있어.' 갑자기 어떤 유사한 사례 하나가 머릿속에 떠올랐다. 아주 비슷했지만, 이 상황에는 어울리지는 않는 듯해서 모건은 웃음을 터뜨릴 뻔했다. 역시 이 사례를 은행가에게 이야기하는 건 좋은 생각이 아니었다.

다시 한 번 모건은 타코마 협곡의 다리로 돌아가 있었다. 이번에는 공상 속에서였다. 배 한 척이 정해진 시각에 딱 맞게 다리 아래를 지나가야 했다. 불행히도 돛대가 1미터 더 높았다.

문제없었다. 배가 도착하기 직전에 무거운 트럭 몇 대가 다리 위를 지나갔다. 다리의 공명주파수에 맞게 정확하게 계산한 간격에 맞춰서였다. 부드러운 파동이 교각과 교각 사이를 지나갔다. 배가 지나치는 순간과 파동의 마루 부분이 정확하게 일치했다. 그렇게 해서 돛대 꼭대기는 몇 센티미터의 여유를 두고 다리 아래를 매끄럽게 지나갔…. 규모만 수천 배로 키우면 이건 위성 포보스가 파보니스 산에서 우주로 솟아 있는 구조물을 지나가는 방법과 같았다.

"확인해 주셔서 기쁘군요." 은행가가 말했다. "하지만 저라면 출발하기 전에 포보스의 위치를 개인적으로 확인해 볼 것 같습니다."

"그러면 아마 그쪽의 젊고 영리한 친구들이…, 아, 그 친구들이 영리한 건 확실하고, 기술적인 대담함으로 봐서 젊은 것 같은데, 그런 위험한 상황을 관광명소로 활용하고 싶어 한다는 데 깜짝 놀라실 겁니다. 그 친구들은 포보스가 시속 수천 킬로미터로 탑에 가까운 거리에서 지나가는 광경에 추가 요금을 받아도 된다고 생각하고 있더군요. 굉장한 구경거리가 될 것 같지 않습니까?"

"저는 상상으로 만족하겠습니다. 하지만 그 친구들 생각이 옳을지도 모르죠. 어쨌든 해결책이 있다니 안심이 되네요. 박사님

이 우리 공학자들의 재능을 인정했다는 사실도 기쁘고요. 그러
면 결정을 빨리 기대해 봐도 된다는 뜻인가요?"

"지금 대답해 드리지요." 모건이 말했다. "언제 일을 시작할
수 있습니까?"

26

베삭일 전야

27세기가 지난 지금도 베삭일은 타프로바네에서 가장 신성한 날이다. 전설에 따르면 부처는 5월의 보름날에 태어났고, 깨달음을 얻었으며, 열반에 들었다.* 오늘날 대부분의 사람에게는 베삭일이 크리스마스처럼 매년 돌아오는 큰 휴일에 지나지 않지만, 명상과 평안을 위한 날임에는 변함이 없었다.

오래전에 계절풍 통제실은 베삭일 앞뒤로 하루씩은 밤에 비를 내리지 않기로 했다. 그리고 그맘때부터 매년 라자싱혜는 보름달이 뜨기 이틀 전에 왕도(王都)로 가는 순례 행렬에 참석해 마음을 정화했다. 베삭일 때는 일부러 피했다. 그 날은 방문객이 많아서 라나푸라가 너무 혼잡했고, 그중 누군가가 라자싱혜를 알아보고 고독을 방해할 게 거의 확실했다.

---

* 남방불교에서는 석가의 탄신일과 성도일, 열반일을 베삭일(Vesakday)로 정해 한꺼번에 기념하고 있다. 양력 5월 중 보름달이 뜬 날로 정한다.

아주 예리한 눈길을 가진 사람만이 고대의 사리탑이 이루는 종 모양의 반구 위로 솟아오른 커다랗고 노란 달이 아직은 완벽하게 둥글지 않다는 사실을 눈치챌 수 있었다. 달빛이 아주 강렬해서 구름 한 점 없는 하늘에는 가장 밝은 인공위성과 별 몇 개밖에 보이지 않았다. 바람도 한 점 없었다.

라나푸라를 등지고 야카갈라 궁전으로 영원히 떠나던 도중에 칼리다사 왕은 단 두 번만 멈췄다고 한다. 첫 번째 장소는 소년 시절의 친우였던 원숭이 하누만의 무덤, 두 번째는 열반불을 모신 이 사원이었다.

라자싱헤는 저주받은 왕이 사원에서 어떤 위안을 얻었을지 궁금해하곤 했다. 어쩌면 바로 이 지점이었을지도 몰랐다. 바로 이곳이 단단한 바위를 조각해 만든 거대한 상을 보는 데 가장 좋은 지점이었다. 누워 있는 불상은 비례가 너무나도 완벽해서 바로 앞까지 다가가야 비로소 실제 크기를 제대로 인식할 수 있었다. 멀리서 보면 부처가 머리를 누이고 있는 베개만 해도 사람보다 크다는 사실을 느낄 수 없었다.

안 가본 곳이 없을 정도로 세계를 다녀 본 라자싱헤마저도 이처럼 평화로 가득한 곳을 본 적이 없었다. 때로는 밝은 달빛을 받으며 삶의 모든 근심과 걱정을 잊고 영원히 앉아 있을 수 있을 것 같았다. 라자싱헤는 자칫하다가는 분위기를 망칠까 봐 두려워 결코 이 사원의 마법에 대해 깊이 알아보려고 하지 않았다. 그런데도 몇 가지 요소는 확실했다. 오랫동안 고귀한 삶을 살아온 뒤 마침내 눈을 감은 채 쉬고 있는 선각자의 자세는 그 자체로 평온한 분위기를 풍겼다. 완만하게 흐르는 옷자락은 보고 있자면 마음이 고요하고 편안해졌다. 바위가 흘러나오다가 굽이치는 모습 그대로 굳어버린 듯한 모양이었다. 마치 바다에서 일렁이는 파도처럼 자연스러운 리듬은 이성으로 이해할 수 없는 본능에 호소하고 있었다.

부처와 보름에 가까운 달 외에는 아무도 없는 곳에서 이렇게 시간을 초월한 순간을 보내다 보면 라자싱헤는 오로지 부정(否定)으로만 정의할 수 있는 상태인 열반의 의미를 마침내 이해할 수 있을 것만 같은 기분이 들었다. 분노와 열망, 탐욕과 같은 감정은 아무런 힘이 없었다. 거의 의식조차 할 수 없었다. 자아의 느낌조차 아침 햇살을 받은 안개처럼 사라져 갈 것 같았다.

물론 오래 갈 수는 없었다. 이내 라자싱헤는 벌레가 웅웅거리는 소리와 멀리서 개가 짖는 소리, 앉아 있는 바위의 냉기와 딱딱함을 의식하게 됐다. 평온함은 오래 이어지기는 어려운 정신 상태였다. 라자싱헤는 한숨을 내쉬며 일어서서 사원 부지에서 100미터 떨어진 곳에 세워 놓은 자동차로 다시 돌아갔다.

막 차에 들어가려는 순간, 아주 분명해서 하늘에 페인트를 칠해 놓은 게 아닌가 싶은 작은 하얀 얼룩이 서쪽에서 나무 위로 떠오르는 게 보였다. 라자싱헤가 처음 보는, 아주 특이한 구름이었다. 완벽한 대칭을 이루는 타원형에다 가장자리가 선명해서 마치 고체 같았다. 누군가가 비행선을 타고 타프로바네 상공을 지나가는 건가 하는 생각이 들었지만, 꼬리날개도 안 보였고 엔진 소리도 안 들렸다.

그때 한순간 라자싱헤는 엉뚱한 공상을 품었다. '스타호름인이 마침내 도착한 것일까?'

당연히 말도 안 되는 소리였다. 설령 자신들이 보낸 전파 신호를 앞지를 수 있었다고 해도 현존하는 우주통행 감시 레이더에 걸리지 않고서 태양계를 통과해 지구까지 내려올 수는 없었다. 그랬다면 아마 수 시간 전에 소식이 전해졌을 것이다.

　다소 놀랍게도 라자싱혜는 은근히 실망스러운 기분을 느꼈다. 이제 그 환영이 가까워지면서 가장자리가 살짝 뭉개지는 모습을 보니 구름이 틀림없었다. 속도는 놀라웠다. 지상에는 아직 바람이 불지 않는 것으로 보아 국지적인 바람을 타고 움직이는 것 같았다.

　'그러니까 계절풍 통제실의 과학자들이 바람을 조종하는 기술을 시험하며 뭔가 하고 있는 거로군.' 라자싱혜는 생각했다. '다음에는 무엇을 할 생각인 걸까?'

27

아소카 우주정거장

이 고도에서 보면 저 섬이 얼마나 작게 보이는지! 3만6천 킬로미터 아래쪽, 적도 위에 있는 타프로바네는 달보다도 작아 보였다. 나라 전체도 너무 작아서 맞추기 어려울 정도인데, 모건은 그 한가운데 있는 테니스장 넓이의 땅을 노리고 있었다.

지금까지도 모건은 자신의 동기를 제대로 알지 못했다. 이 실험 때문이라면 얼마든지 킨테 우주정거장에서 킬리만자로나 케냐 산을 노릴 수 있었다. 킨테 우주정거장은 정지궤도 전체에서 가장 불안정한 지점에 있어서 중앙아프리카 상공의 위치를 유지하려면 항상 세심하게 조정해 줘야 한다는 사실도 며칠 짜리 실험에는 별문제가 되지 않았다.

한동안 모건은 침보라소 산*을 목표로 할까 하는 유혹도 받았다. 미국인들은 심지어 상당한 비용을 들여서 콜럼버스 우주정거장을 정확한 경도로 옮겨 주겠다는 제안까지 했다. 그러나 결국 모건은 그런 혜택도 마다하고 원래 목표했던 스리칸다 산으로 돌아왔다.

요즘처럼 컴퓨터가 의사 결정을 보조하는 시대에는 국제사법 재판소의 판결도 몇 주 내로 받을 수 있다는 사실이 모건에게는 행운이었다. 물론 사원 측은 이의를 제기했다. 모건은 사원 부지 바깥에서 벌어지는 짧은 과학 실험인 데다가 소음이나 공해, 혹은 다른 어떤 형태의 간섭도 일으키지 않으므로 불법행위가 될 수 없다고 주장했다. 만약 이 실험을 하지 못하게 된다면 초기 연구는 모조리 물거품이 되고, 계산을 확인해 볼 방법이 없어질 것이다. 그리고 화성공화국에 필수불가결한 계획은 한참 후퇴하게 될 수밖에 없었다.

이건 대단히 그럴듯한 주장이었고, 모건 자신도 대부분 그렇게 믿고 있었다. 판사들도 5대 2로 모건의 손을 들어 주었다. 그런 것에 영향을 받아서는 안 되겠지만, 화성인이 소송을 좋아한다고 언급한 일은 영리한 수였다. 화성공화국은 이미 골치 아픈 소송 3건을 진행 중이었고, 재판소도 행성법의 판례를 남기는 일에 살짝 진절머리를 내는 상황이었다.

그러나 냉철하게 생각했을 때 자신의 행동을 논리만으로 설명할 수 없다는 사실을 모건은 알고 있었다. 그는 패배를 우아하게 인정하는 사람이 아니었다. 이런 도전적인 의사 표시는 모건에게 어느 정도 만족감을 안겨 주었다. 아직 모건은 마음속 깊은 곳에서 이 좀스러운 동기를 부정했다. 아이나 할 법한 일로 자신에게 어울리지 않는다는 것이었다. 모건이 실제로 하는

---

* 에콰도르에서 가장 높은 산으로, 해발 6,268미터

건 스스로 자신감을 추스르고 궁극적인 승리에 대한 자신의 믿음을 확신하는 행위였다. 세상을 향해, 그리고 고대의 벽 안에 사는 고집불통 승려들을 향해, 언제 어떻게일지는 몰라도, '내가 돌아올 것이다'라고 외치는 셈이었다.

아소카 우주정거장은 인도와 중국 지역의 통신과 기상, 환경 감시, 우주통행을 사실상 전부 제어하고 있었다. 만약 아소카 우주정거장의 기능이 멈춘다면, 10억 명이 넘는 사람이 재앙에 직면하게 된다. 재빨리 복구하지 않으면 죽음까지도 초래할 수 있었다. 아소카 우주정거장에서 각각 100킬로미터 떨어져 있는 완전 별개의 보조위성 두 대, '바바'와 '사라바이'가 있는 것도 당연했다. 정말 가능성이 희박한 재난이 일어나 세 대가 모두 파괴된다고 해도 서쪽으로는 '킨테'와 '임호테프'가, 동쪽으로는 '공자'가 비상체제로 대신할 수 있었다. 인류는 모진 경험을 통해 달걀을 한 바구니에 담으면 안 된다는 교훈을 얻었다.

지구에서 아주 멀리 떨어진 이곳에는 관광객이나 휴양객, 환승하는 승객도 전혀 없었다. 업무나 관광은 수천 킬로미터 떨어진 곳에서 이뤄졌고, 정지궤도는 과학자와 공학자의 손에 남았다. 물론 이렇게 특이한 임무를 띠거나 독특한 장비를 갖고 아소카 우주정거장을 찾아온 연구자는 없었다.

'거미줄 계획'의 핵심 열쇠는 지금 우주정거장의 중형 도킹실에 뜬 채로 발사 전의 마지막 점검을 기다리고 있었다. 겉모습이라고는 대단할 게 없었다. 모양만 보면 개발하는 데 들어간 인력과 시간, 수백만의 비용을 전혀 알 수 없었다.

밑면 지름 2미터, 높이 4미터인 회색빛 원뿔은 단단한 금속으로 만든 것처럼 보였다. 자세히 살펴봐야 섬유가 전체 표면을 단단히 감고 있음을 알 수 있었다. 실제로는 내부의 심과 수백 개의 층을 나누기 위해 끼워 넣은 플라스틱 띠를 제외하면 원뿔은 순전히 초섬유실 4만 킬로미터로 이뤄졌다.

저 특별해 보일 것 없는 회색 원뿔을 만들기 위해, 완전히 사라졌던 두 개의 전혀 다른 기술이 부활했다. 300년 전 대양을 사이에 두고 해저 전신이 개통되기 시작했다. 인류는 엄청난 돈을 퍼부은 끝에 수천 킬로미터에 달하는 케이블을 둘둘 감았다가 폭풍이나 바다에서 만날 수 있는 다른 재앙을 무릅쓰고 대륙에서 대륙까지 일정한 속도로 풀어내는 기술을 완성했다.

그리고 딱 한 세기 뒤에 나온 최초의 원시적인 유도무기 일부는 목표를 향해 시속 수백 킬로미터로 날아가면서 풀려나오는 가느다란 전선을 통해 조종을 받았다. 모건은 그런 군사박물관의 유물보다 범위는 1천 배 더 넓고, 속도는 50배 빠른 것을 시도하고 있었다. 유리한 점도 있었다. 모건의 미사일은 마지막 100킬로미터만 빼면 거의 완벽한 진공 상태에서 움직일 테고, 목표물도 회피 기동을 할 리가 없었다.

'거미줄 계획'의 책임연구원이 약간 당황한 듯이 기침을 하며 모건의 주의를 끌었다.

"아직 사소한 문제가 하나 있습니다, 박사님." 연구원이 말했다. "강하에는 충분히 확신이 있습니다. 보셨다시피 실험이나 컴퓨터 시뮬레이션이 모두 만족스러웠으니까요. 우주정거장의 안전관리부서에서 걱정하고 있는 건 섬유를 되감는 일입니다."

모건은 조급하게 눈을 깜빡거렸다. 그 문제에 대해서는 거의 생각해 보지 않았다. 그래도 섬유를 되감는 건 내보내는 데 비해 사소한 문제임에 분명해 보였다. 가늘고 굵기가 일정하지 않은 물질을 다룰 수 있도록 특별히 개량한 단순한 자동권양기만 있으면 되는 일 아닌가. 그러나 모건은 우주에서는 어떤 일도 당연하게 받아들여서는 안 된다는 것을, 그리고 직감 특히 지구 출신 공학자의 직감은 믿을 수 없다는 것을 알고 있었다.

'어디 보자. 실험이 끝나면 우리는 지구 쪽 끝을 절단하고 아소카 우주정거장에서 섬유를 감아 들이기 시작한다. 물론 길이가 4만 킬로미터다 보니 한쪽 끝을 아무리 세게 잡아당긴다 해도 몇 시간 동안은 아무 일도 벌어지지 않는다. 충격이 반대쪽 끝까지 도달하는 데 하루의 절반이 걸릴 테고, 그때부터 전체가 움직이기 시작한다. 우리는 장력을 유지하면서…, 아!'

"누가 계산을 좀 해봤습니다." 연구원이 말을 이었다. "마침내 속도가 붙었을 때면 몇 톤짜리 질량이 시속 천 킬로미터로 우주정거장을 향해 날아오게 됩니다. 그걸 싫어하더라고요."

"그럴 만도 하지. 우리가 어떻게 하기를 바란대?"

"운동량을 조절하면서 천천히 감아 들이랍니다. 최악의 경우에는 감아 들이는 일을 우주정거장 밖에서 해야 할지도 모릅니다."

"그러면 실험이 늦어질까?"

"아니요. 필요하면 5분 안에 장비를 모두 에어록 밖으로 들고 나가는 임시 계획을 마련했습니다."

"쉽게 다시 회수할 수 있고?"

"물론이죠."

"그러기를 바라네. 저 조그만 낚싯줄은 엄청나게 비싸니까. 재활용해야 해."

'그런데 어디서 하지?' 모건은 속으로 중얼거리며 초승달 모양으로 천천히 이지러지고 있는 지구를 바라보았다. 어쩌면 몇 년 동안 타지 생활을 하더라도 화성 계획을 완료하는 게 더 나을지도 몰랐다. 파보니스 산에서 제대로 작동하기 시작하면 지구도 따라올 것이다. 그러나 모건은 왠지 모르겠지만, 마지막 장애물을 극복할 수 있으리라는 것을 의심하지 않았다.

그때가 되면 지금 모건이 바라보고 있는 거대한 간격은 엘리베이터로 연결되어 있을 것이다. 그리고 구스타프 에펠이 3세기 전에 획득한 명성은 초라하게 가려질 것이다.

28

첫 강하

앞으로 적어도 20분 동안은 아무것도 보이지 않을 것이다. 그런데도 통제실에 꼭 없어도 되는 사람들은 모두 밖에 나와서 하늘을 올려다보고 있었다. 모건도 그 충동을 억누르기 힘들어서 계속 문 쪽으로 슬금슬금 움직였다.

모건으로부터 몇 미터 이상을 떨어지지 않고 붙어 있는 20대 후반의 억센 젊은이는 맥신이 가장 최근에 고용한 원격조수였다. 양쪽 어깨에 짊어지고 있는 건 업계에서 전통적으로 쓰는 평범한 도구로, 오른쪽은 앞을, 왼쪽은 뒤를 촬영하도록 만든 트윈카메라였다. 그 위에 있는 작은 구체는 포도알보다도 작았지만, 그 안에 있는 안테나는 아주 영리한 일을 1초에 수천 번이나 해냈다. 그 결과 카메라를 짊어진 사람이 무슨 짓을 하건, 가장 가까운 통신위성에 항상 연결되어 있을 수 있었다. 그리고 회선 반대쪽에는 스튜디오 겸 사무실에 편안하게 앉아 있는 맥신이 차가운 공기로 폐를 혹사시키지 않고서도 멀리 떨어져 있는 분

신의 눈과 귀를 통해 보고 듣고 있었다. 이번에는 맥신이 거래에서 이익을 봤지만, 항상 그런 건 아니었다.

모건은 완전히 내키지는 않는 심정으로 여기에 합의했다. 모건은 이것이 역사적인 순간임을 알고 있었고, '내 조수가 방해하는 일은 없을 거예요'라는 맥신의 장담을 받아들였다. 그러나 이런 진귀한 실험에서는, 특히 대기권을 통과하는 마지막 100킬로미터 구간에서는 어떤 일이든 잘못될 수 있다는 사실도 예민하게 의식했다. 반대로 실험이 실패하든 성공하든 맥신이 그 소식을 선정적으로 다룰 사람은 아니라는 점도 알았다.

훌륭한 기자라면 으레 그렇듯이 맥신 듀발도 자신이 관찰하는 사건으로부터 감정적으로 완전히 분리되어 있지는 않았다. 맥신은 자신이 가장 중요하다고 생각하는 사실을 왜곡하거나 생략하지 않으면서도 모든 관점을 견지했다. 그러면서도 스스로 느끼는 감정을 숨기려고 하지 않았다. 물론 감정이 끼어들게 하지도 않았다.

맥신은 모건에게 굉장히 탄복했다. 그의 창조력에 부러움 섞인 외경심을 느끼기도 했다. 지브롤터교를 건설한 뒤로 맥신은 이 공학자가 다음에 무엇을 할지 관심을 두고 기다려왔다. 그리고 역시 기대한 대로였다.

그러나 행운을 빌어주는 것과는 별도로 사실 모건을 그렇게 좋아하는 편은 아니었다. 맥신의 의견에 따르면 모건의 야망을 움직이는 순수한 추진력과 무모함은 그를 우러러보게 하는 동시에 사람 같지 않아 보이게 했다. 맥신은 자꾸 모건과 그 보좌역인 킹슬리를 비교해보게 됐다. 킹슬리는 아주 멋지고 점잖은 사람이었다. ("그리고 나보다 뛰어난 공학자이기도 하죠." 모건은 꽤 진지한 말투로 이렇게 말한 적이 있었다.) 그러나 킹슬리라는 이름을 들어본 사람은 없었다. 그는 언제나 눈부시게 빛나는 행성에 딸린 희미하고 충실한 위성에 불과했다. 사실 킹슬리는 그 정도로 아주 만족해했다.

정말이지 복잡하기 그지없는 강하 원리를 맥신에게 끈기 있게 설명해 준 것도 킹슬리였다. 언뜻 생각하면 바로 위에 꼼짝도 하지 않고 떠 있는 위성에서 적도를 향해 물건을 똑바로 떨어뜨린다는 단순한 계획 같았다. 그러나 천체역학은 수많은 역설로 가득했다. 만약 속도를 줄이고 싶다면, 더 빨리 움직여야 했다. 가장 짧은 경로를 택하고 싶다면, 연료를 가장 많이 써야 했다. 만약 어떤 방향을 겨냥한다면, 다른 방향으로 움직이게…, 그리고 그건 단순히 중력장만 생각했을 때의 얘기였다. 이번에는 상황이 훨씬 더 복잡했다. 지금까지는 그 누구도 4만 킬로미터짜리 줄을 질질 끌고 움직이는 우주비행체를 조종해 보지 않았다. 그러나 '거미줄 계획'은 지구 대기권 가장자리까지 완벽하게 작동했다. 몇 분 뒤면 스리칸다 산의 통제실이 최후의 강하를 이어받을 것이다. 모건이 바짝 긴장하고 있는 것도 당연했다.

"이봐요." 맥신이 개인 회선으로 나직하지만 단호한 목소리로 불렀다. "엄지손가락 좀 그만 빨아요. 아기처럼 보인단 말이죠."

모건은 짜증을 내다가 깜짝 놀랐고, 결국 다소 겸연쩍게 웃으며 긴장을 풀었다.

"알려줘서 고마워요." 모건이 말했다. "사람들이 나를 바보같이 보는 건 싫으니까."

모건은 안타까우면서도 재미있는 시선으로 사라진 부위를 바라보면서 자칭 재치라는 놈이 언제쯤 "하! 제 꾀에 당한 공학자라니!"라고 웃어젖히는 걸 그만둘지 궁금해했다. 다른 사람에게는 그렇게 주의하라고 했으면서도, 모건은 점점 조심성을 잃어가다가 어느 날 초섬유의 특징을 시연해 보이던 도중에 그만 자기 손가락을 자르고 말았다. 사실상 고통은 전혀 느끼지 못했고, 놀랍게도 불편한 느낌조차 없었다. 언젠가 어떻게 하기는 해야겠지만, 당장은 엄지손가락 2센티미터 때문에 일주일 내내 장기 재생기에 묶여 있을 수가 없었다.

"고도 250킬로미터." 통제실에서 차분하고 담담한 목소리가 들렸다. "비행체 속도는 초속 1,150미터. 장력은 90퍼센트로 무난함. 2분 뒤 낙하한 전개."

순간 안도했던 모건은 다시 긴장감을 끌어올렸다. 맥신은 누군지 모르겠지만, 위험한 상대를 만난 권투선수 같다는 생각을 하지 않을 수 없었다.

"바람 상황은?" 모건이 재빨리 물었다.

이번에는 다른 목소리가 대답했는데, 차분함과는 거리가 멀었다.

"믿을 수가 없습니다." 그 목소리는 걱정스러운 투로 말했다. "계절풍 통제실이 방금 돌풍 경보를 내렸습니다."

"지금은 농담할 때가 아니야."

"농담이 아닙니다. 방금 확인했습니다."

"하지만 그 사람들은 시속 30킬로미터가 넘는 바람이 안 불거라고 보장했단 말이야!"

"방금 60, 아니 정정합니다. 시속 80킬로미터로 상향했습니다. 뭔가 아주 잘못된….."

'그렇게 됐군.' 맥신은 중얼거리더니 원격조수에게 지시를 내렸다. "잘 안 보이는 곳으로 물러나 있어. 지금부터는 모두 네가 어슬렁거리는 걸 좋아하지 않을 거야. 하지만 아무것도 놓치지는 마." 원격조수가 다소 상반되는 명령에 대응하도록 내버려둔 뒤, 맥신은 아주 뛰어난 자신의 정보부서를 연결했다.

어느 기상대가 타프로바네 지역의 날씨를 담당하고 있는지 알아내는 데는 30초도 걸리지 않았다. 그곳은 일반인의 연락을 받지 않는다는 사실을 알게 되고는 낙심했지만, 그리 놀라운 일은 아니었다.

유능한 부하직원이 그 장애물을 돌파하도록 맡겨 둔 뒤 맥신은 다시 산을 연결했다. 그리고 그 짧은 시간 동안 상황이 얼마나 악화했는지를 알고 깜짝 놀랐다.

하늘은 전보다 더 어두워졌다. 멀리서 폭풍이 내는 희미한 굉음이 마이크를 통해 들렸다. 맥신은 바다에서 그렇게 순식간에 날씨가 바뀌는 모습을 본 적이 있었다. 그걸 이용해 경주에서 유리한 고지를 점했던 적도 한두 번은 아니었다. 하지만 이건 믿기 어려울 정도의 불운이었다. 맥신은 모건이 안쓰러웠다. 예상치 못했던, 그리고 있을 수 없는 이 폭풍에 꿈과 희망이 모두 날아갈 참이었다.

"고도 200킬로미터. 비행체 속도는 초속 1,155미터. 장력은 95퍼센트로 무난함."

역시 장력도 증가하고 있었다. 원인은 하나가 아니었다. 마지막 단계에서는 실험을 취소할 수 없었다. 모건은 어쩔 수 없이 계속 진행하면서 최선의 결과가 나오기를 바랄 수밖에 없었다. 맥신은 모건과 이야기하고 싶었지만, 이런 위기 상황에서 방해할 정도로 생각이 없지는 않았다.

"고도 190. 속도 1,160. 장력 105. 첫 번째 낙하산, 전개!"

이제 비행체는 운명에 맡기는 수밖에 없었다. 지구 대기의 포로가 된 것이다. 이제 얼마 안 남은 연료는 산기슭에 펼쳐 놓은 착륙용 그물 속으로 들어올 수 있도록 조종하는 데 써야 했다. 그물을 지탱하는 케이블은 이미 바람을 맞아 거친 소리를 내고 있었다.

모건이 돌연히 통제실 밖으로 나가더니 하늘을 올려다보았다. 그러고는 시선을 돌려 카메라를 똑바로 바라보았다.

"맥신, 무슨 일이 벌어지든 간에 실험은 이미 95퍼센트 성공입니다." 모건이 천천히 신중하게 말했다. "아니, 99퍼센트. 3만6천 킬로미터는 성공했고, 이제 200킬로미터도 안 남았으니까요."

맥신은 대꾸하지 않았다. 그 말은 사실 자신이 아니라 통제실 바로 옆에 서 있는 정교한 휠체어를 탄 인물을 향하고 있는 것이었으니까. 그 탈것을 보면 그게 누군지 쉽게 알 수 있었다. 그런 장치를 필요로 하는 건 지구를 찾은 방문객뿐이었다. 요즘에는 의사가 거의 모든 근육 결함을 치료할 수 있었다. 하지만 물리학자가 중력을 어떻게 할 수는 없었다.

얼마나 많은 힘과 관심이 지금 이 산 정상에 집중된 걸까? 자연 그 자체의 힘, 화성연방은행, 북아프리카 자치공화국, 바니바 모건(모건 자신은 못된 자연의 힘이 아니었다), 그리고 바람 부는 꼭대기에 버티고 서 있는 온화한 승려들.

맥신은 끈기 있게 일하고 있는 원격조수에게 속삭이는 목소리로 지시를 내렸다. 카메라가 부드럽게 위쪽을 향했다. 그곳에는 사원의 눈부신 하얀 벽을 이고 있는 정상이 있었다. 맥신은 난간 너머 이곳저곳에서 바람을 맞아 펄럭이는 주황색 가사를 힐긋 보았다. 예상대로 승려들도 지켜보고 있었다.

맥신은 승려 하나하나의 얼굴이 보일 때까지 그 장면을 확대했다. 마하나야케 테로 주지승려를 만나본 적은 없어도(인터뷰 요청은 정중하게 거절당했다), 알아볼 수 있으리라는 확신이 있었다. 그러나 주지승려의 모습은 보이지 않았다. 어쩌면 성소에 들어앉아서 모종의 영적 수행에 힘을 쏟고 있는지도 몰랐다.

맥신은 모건의 주요 적수가 기도처럼 순박한 것에 몰두해 있을지는 알 수 없었다. 그러나 만약 그자가 정말로 이 기적과 같은 폭풍이 오기를 빌었다면, 이제 막 응답을 받을 참이었다.

산의 신들이 잠에서 깨어나고 있었다.

29

마지막 접근

"기술이 발전할수록 약점도 늘어난다. 인간이 자연을 정복하면 할수록 인공적인 재해에 더욱 취약해진다. 최근의 역사는 이런 사례를 충분히 제공하고 있다. 마리나 시티의 침몰(2127년)과 타이코 B 돔의 붕괴(2098년), 아라비아 빙산이 견인선에서 떨어져나온 사건(2062년), 토르 원자로 용해(2009년)가 그 사례다. 우리는 앞으로도 이 목록에 더욱 인상적인 사례가 추가될 것임을 확신할 수 있다.

기술적인 요인뿐 아니라 심리적인 요소까지 연관되는 사건이야말로 어쩌면 가장 무서울 수 있다는 전망이다. 과거에는 미친 사람 한 명이 폭탄이나 총으로 죽일 수 있는 사람의 수에는 한계가 있었다. 반면, 오늘날에는 정신 나간 공학자 한 명이 도시 하나를 없애는 것도 어렵지 않다.

2047년 오닐 우주개척지 II가 그와 같은 재앙에서 간신히 벗어난 사건은 자세하게 기록되어 있다. 적어도 이론상으로는, 신중한 자격 심사와 사고 방지 (물론 많은 경우에 전자에서 멈추고 말지만) 절차를 이용해 그런 사고를 피할 수 있다.

또한, 가장 흥미롭지만 다행히 극히 드문 유형의 사건도 있다. 관련된 인물이 고위직에 있거나 대체 불가능한 권력을 쥐고 있어서 돌이킬 수 없는 지경에 이르기까지 아무도 눈치채지 못하는 상황에 해당한다. 그런 미치광이 천재(이보다 적합한 단어는 없어 보인다)가 초래하는 참사는 아돌프 히틀러의 사례처럼 세계적인 규모가 될 수 있다. 난처한 동료들이 침묵하기로 모의한 탓에 이들의 소행이 전혀 알려지지 않은 경우도 놀라울 정도로 많다.

간절히 기다리고 있었으나 오랜 시간 동안 미뤄져 왔던 맥신 듀발의 회고록이 최근 간행되면서 고전적인 사례 하나가 빛을 보게 됐다. 지금도 여전히 그 문제의 몇 가지 측면은 명확하지 않다…."

— J. K. 골리친, 《문명과 불평분자들》, 프라하, 2175

"고도 150, 속도 95, 반복합니다. 95. 열차폐막 분리."

그렇게 비행체는 안전하게 대기권에 진입했고, 여분의 속도를 버렸다. 하지만 환호하기에는 아직 한참 일렀다. 수직으로 150킬로미터를 더 움직여야 했을 뿐만 아니라, 수평으로도 300킬로미터가 남아 있었다. 게다가 엄청난 강풍이 사태를 더 복잡하게 만들었다. 비행체에 추진제가 조금 남아 있었지만, 움직일 수 있는 범위는 아주 한정되었다. 만약 첫 번째 접근에서 조종사가 산을 놓친다면 그것으로 끝이었다.

"고도 120. 대기의 영향은 아직 없습니다."

작은 비행체는 매끄러운 거미줄을 타고 내려오는 거미처럼 하늘에서 빙글빙글 돌며 하강하고 있었다. '줄이 충분해야 할 텐데.' 맥신은 생각했다. 목표에서 몇 킬로미터를 남기고 줄이 모자란다면 얼마나 화가 날까! 300년 전 처음으로 해저케이블을 깔 때 그런 비극이 종종 생겼다.

"고도 80. 무난하게 접근 중. 장력 100퍼센트. 약간의 공기 저항이 있습니다."

상층부의 대기가 영향을 끼치기 시작하고 있었다. 물론 아직은 작은 비행체에 실린 민감한 장비로만 간신히 감지할 수 있는 수준이었다.

제어용 차량 옆에는 원격으로 조종할 수 있는 작은 망원경이 있었는데, 아직 보이지 않는 작은 비행체를 자동으로 추적하고 있었다. 모건이 그 망원경으로 향했다. 맥신의 원격조수가 그림자처럼 따라왔다.

"뭐가 보이나요?" 잠시 후에 맥신이 나직하게 속삭였다. 모건은 초조하게 고개를 저으며 계속 접안경을 들여다보았다.

"고도 60. 왼쪽으로 이동 중. 장력 105퍼센트. 정정합니다. 110퍼센트."

'아직은 허용 범위 한참 안쪽이군.' 맥신은 생각했다. 그러나 성층권 너머에서 뭔가 벌어지고 있었다. 지금쯤 모건은 분명히 비행체를 육안으로 확인했어야 했다.

"고도 55. 움직임 보정을 위해 2초간 분사."

"찾았다!" 모건이 외쳤다. "분사가 보여!"

"고도 50. 장력 105퍼센트. 경로 유지 어려움. 진동이 좀 있습니다."

이제 고작 50킬로미터를 남겨 두고 있는 상황에서 작은 비행체가 3만6천 킬로미터의 여정을 마무리하지 못한다고는 상상하기 어려웠다. 그러나 마지막 몇 미터를 남기고 불행한 일을 당한 비행기나 우주선이 하나둘이었던가?

"고도 45. 측면 바람이 심함. 다시 경로 이탈. 3초간 분사."

"놓쳤어." 모건이 성난 목소리로 말했다. "구름에 가렸어."

"고도 40. 진동이 심함. 장력 최대 150, 반복합니다, 150퍼센트."

상황이 안 좋았다. 맥신은 한계 장력이 200퍼센트임을 알고 있었다. 한 번만 심하게 끌렸다가는 실험이 끝장이었다.

"고도 35. 바람이 점점 심해짐. 1초간 분사. 추진제 여분이 거의 없음. 장력은 계속 상승 중. 170까지 올라갑니다."

'30퍼센트만 더 올라가면 그 대단한 섬유조차도 끊어지는 거야.' 맥신은 생각했다. '인장강도를 초과하면 다른 물질하고 다를 바가 없어.'

"고도 30. 난기류가 점점 심해짐. 왼쪽으로 심하게 처집니다. 보정 계산 불가능. 움직임이 너무 불규칙합니다."

"찾았다!" 모건이 외쳤다. "구름을 빠져나왔어!"

"고도 25. 경로로 돌아오게 할 추진제 부족. 3킬로미터 벗어날 것으로 예상됩니다."

"상관없어!" 모건이 소리쳤다. "할 수 있는 곳에 떨어뜨려!"

"최대한 빨리 하겠습니다. 고도 20. 풍력 증가 중. 안정성을 잃고 있습니다. 하중이 회전하기 시작합니다."

"브레이크를 풀어. 줄이 다 풀려나가게 해!"

"이미 했습니다." 화가 날 정도로 차분한 목소리가 말했다. 모건이 최고의 우주정거장 통행관제사를 빌려서 이 일을 맡겼

다는 사실을 몰랐다면, 맥신은 이 목소리가 기계음이라고 생각
했을 것이다.

"얼레 작동 불능. 화물은 초당 5회 회전 중. 줄이 꼬인 모양입
니다. 장력은 180퍼센트. 190, 200…. 범위 15. 장력 210, 220,
230…."

'더 이상 오래 버틸 수 없어.' 맥신이 생각했다. 기껏해야 십
수 킬로미터밖에 안 남은 상황인데, 망할 줄이 비행체가 회전하
는 바람에 엉켜 버리다니….

"장력 0. 반복합니다. 0."

이것으로 끝이었다. 줄이 끊어진 것이다. 구불거리며 다시 별
을 향해 돌아가고 있을 게 틀림없었다. 아소카 우주정거장에 있
는 작업자가 다시 되감을 게 분명했지만, 이제 이론에 대해 어
느 정도 알고 있는 맥신은 이게 시간이 오래 걸리는 복잡한 작업
이라는 사실을 알 수 있었다.

조그만 화물은 타프로바네의 들판이나 정글 어딘가에 추락할
것이다. 그러나 모건이 말했듯이 실험은 95퍼센트 성공이었다.
다음에, 바람이 없을 때는….

"저기 있다!" 누군가 외쳤다.

하늘 위를 매끄럽게 항해하는 범선 같은 두 구름 사이에서
밝은 별이 불타올랐다. 땅으로 떨어지는 한낮의 유성처럼 보였
다. 마치 자신을 만든 이들을 조롱하듯이 마지막으로 비행체를
유도하는 데 쓰려고 설치해 놓은 조명이 자동으로 켜졌다. 그
래도 아직 어느 정도 쓸모는 있었다. 잔해를 찾는 데는 도움이
될 것이다.

맥신의 원격조수는 천천히 몸을 회전하며 눈부신 샛별이 산을 지나쳐 날아가 동쪽으로 사라지는 모습을 맥신이 볼 수 있게 해 주었다. 맥신이 예측하기로는 5킬로미터 거리 안쪽에 떨어질 것 같았다. 맥신은 말했다. "모건 박사에게 돌아가. 얘기 좀 해야겠어."

맥신은 다음에는 완벽하게 성공할 거라고 확신한다며 몇 마디 말로, 화성인 은행가가 들을 수 있도록 큰 소리로 기운을 북돋워 줄 생각이었다. 그런데 간단하게 위안할 말을 궁리하던 도중 갑자기 모든 게 머릿속에서 싹 달아나 버렸다.

맥신은 그 뒤 30초 동안 일어난 일을 하나도 빼놓지 않고 외울 정도로 되풀이해서 재생해보게 된다. 그러나 시간이 지난 뒤에도 자신이 완전하게 이해했다고는 결코 확신할 수 없었다.

30

왕의 군대

모건은 후퇴에, 심지어는 재앙에도 익숙했다. 그리고 이번 일은 사소한 사고였다. 모건은 그러기를 바랐다. 산 너머로 사라지는 섬광을 바라보며 정말로 걱정했던 건 화성연방은행이 돈을 낭비했다고 생각하는 일이었다. 정교한 휠체어에 앉아서 굳은 눈으로 지켜보던 참관인은 지금까지 극도로 과묵했다. 지구 중력이 사지뿐만 아니라 혀마저도 움직이지 못하게 만든 것 같았다. 그러나 모건이 말을 하기도 전에 먼저 입을 열었다.

"딱 하나 질문이 있습니다, 모건 박사님. 이번 폭풍이 전에 없던 일이라는 건 알겠습니다. 하지만 어쨌든 벌어진 일이죠. 그러니까 다시 일어날 수도 있습니다. 탑이 완성된 뒤에 벌어진다면 어떻게 될까요?"

모건은 재빨리 생각했다. 이렇게 짧은 시간 안에 정확한 답을 내놓기는 불가능했다. 게다가 모건은 아직도 조금 전에 벌어진 일을 그대로 믿기 어려웠다.

"최악에는 잠시 운행을 중단해야 할 수 있습니다. 선로가 어느 정도 비틀어질 수도 있고요. 이 고도에서 부는 바람이 탑의 구조 자체를 위험하게 만들지는 않습니다. 이번 실험에서도 섬유를 고정하는 데 성공하기만 했어도 전혀 위험하지 않았을 겁니다."

모건은 이게 제대로 된 분석이기를 바랐다. 몇 분 뒤면 킹슬리가 사실인지 아닌지 알려줄 것이다.

다행히도 화성인은 만족스러운 기색을 보이며 말했다. "감사합니다. 알고 싶었던 건 그게 전부였습니다."

그러나 모건은 아주 확실하게 할 생각이었다.

"그리고 파보니스 산 위에는 당연히 그런 문제가 생길 수 없습니다. 대기 밀도가 이곳의 백 분의…."

그때 모건의 귀를 때린 소리는 지난 수십 년 동안 들어본 적이 없는 것이었다. 하지만 누구라도 한 번 들으면 잊어버릴 수 없는 소리였다. 시끄러운 폭풍 소리를 압도하는 급박한 호출 신호는 모건을 지구 반대편으로 보내 버렸다.

어느새 모건은 바람이 휩쓸고 지나가는 산기슭, 성소피아 성당의 돔 아래 서서 16세기 전에 죽은 사람의 작품을 감탄하며 우러러보고 있었다. 그리고 귓가에는 한때 충실한 신도들로 하여금 기도하게 한 웅장한 종소리가 울렸다.

이스탄불의 기억이 희미해졌다. 모건은 다시 산 위에 있었다. 지금처럼 당황스럽고 혼란스러웠던 적이 없었다.

'그 승려가 해준 이야기가 무엇이었더라? 별로 반갑지 않은 칼리다사 왕의 선물은 몇 세기 동안 울린 적이 없다고, 그리고 오로지 재앙이 일어났을 때만 울릴 수 있다고 했던가?' 지금 여기 재앙 같은 건 없었다. 사실 사원의 입장에서 보면 정반대였다.

그 순간 당황스러운 가능성 하나가 떠올랐다. 비행체가 사원의 경내에 떨어졌을지도 모른다는 생각이었다. 아니, 그건 말이 안 됐다. 비행체는 정상에서 몇 킬로미터나 빗나갔다. 하늘에서 반은 떨어지듯 반은 활공하듯 날아든 비행체는 어차피 너무 작아서 심각한 피해를 주기 어려웠다.

모건은 사원을 올려다보았다. 그곳에서 울려 퍼지는 거대한 범종의 목소리가 여전히 폭풍과 맞서고 있었다. 난간 너머에 보이던 주황색 가사는 모두 어디론가 가 버리고 없었다. 단 한 명의 승려도 보이지 않았다.

그때 뭔가 부드럽게 모건의 뺨에 날아와 부딪쳤다. 모건은 반사적으로 그걸 옆으로 쳐냈다. 슬픈 고동 소리가 공기를 채우고 머릿속을 두드리는 상황에서 생각이라는 것을 하기는 힘들었다. 모건은 사원으로 올라가서 마하나야케 테로 주지승려에게 무슨 일인지 정중하게 물어보는 게 낫겠다고 생각했다….

다시 한 번 부드럽고 매끄러운 게 와서 얼굴에 닿았다. 이번에는 시야 한구석에 노란색이 얼핏 비쳤다. 모건의 반응은 언제나 신속했다. 모건은 그걸 움켜쥐었고, 놓치지 않았다.

그 곤충은 손 안에서 부스러지며, 모건이 바라보는 사이에 그 짧은 삶의 마지막 순간을 마쳤다. 모건이 언제나 익숙하게 여기던 우주가 주위에서 요동치며 녹아내렸다. 불가사의한 패배가 방금 그보다 훨씬 더 이해하기 어려운 승리로 탈바꿈했지만, 모건은 승리의 기분을 느끼지 못했다. 혼란스럽고 놀라울 뿐이었다.

때마침 모건이 황금 나비의 전설을 떠올렸다. 수백, 수천 마리에 달하는 나비가 폭풍에 밀려 산 위로 휩쓸려 올라왔고, 정상에서 죽었다. 칼리다사 왕의 군대는 마침내 목적을 이뤘다. 그리고 원한을 갚았다.

31

퇴거

"도대체 어떻게 된 거지?" 압둘라 대통령이 말했다.

'그건 저로서도 평생 답할 수 없는 질문입니다.' 모건은 속으로 생각했지만, 그래도 대답했다. "산은 우리 것이 됐습니다, 대통령님. 승려들이 벌써 떠나기 시작했습니다. 도무지 믿을 수가 없어요. 2천 년 묵은 전설이 어떻게….' 모건은 황당한 심정으로 고개를 저었다.

"충분한 사람이 믿으면, 전설은 진실이 되는 거지."

"그런가 봅니다. 하지만 그것 말고도 다른 뭔가가 더 많이 있습니다. 이 모든 일련의 사건은 아직도 불가능해 보입니다."

"그 단어는 항상 위험을 감수하고 써야 한다네. 내가 짧은 이야기 하나를 해주지. 지금은 죽은 위대한 과학자와 친한 친구 한명이 '정치는 가능성의 예술'이라면서 나를 놀리곤 했지. 2등급의 지성만 거기에 끌린다는 거야. 그 친구 말로는 1등급 지성은 불가능한 일에만 끌린다고 하더군. 내가 뭐라고 대답했는지 아나?"

"아니요." 모건은 정중하게 상투적인 대답을 건넸다.

"우리 같은 사람이 많아서 다행이라고 했지. 누군가는 세상을 운영해야 하니까…. 어쨌든 만약 불가능한 일이 일어났다면, 자네는 고맙게 받아들여야지."

'받아들이고 있지요.' 모건이 생각했다. '마지못해서이긴 하지만.' 죽은 나비 몇 마리가 수십억 톤이 나가는 탑과 균형을 이룰 수 있는 우주란 참으로 기묘했다.

그리고 아마 지금쯤 자신이 심술궂은 신의 장기 말이었다고 느낄 게 분명한 파라카르마 선사의 얄궂은 역할도 있었다. 계절풍 통제실장은 진심으로 사죄했고, 모건은 평소처럼 관대하게 사과를 받아들였다. 모건은 훌륭한 초암 골드버그 박사가 미시기상학의 혁명을 일으켰고, 그 사람의 연구를 제대로 이해하는 사람이 아무도 없었으며, 결국 실험 도중에 신경 쇠약을 일으켰다는 말을 충분히 믿을 수 있었다. 그런 일은 두 번 다시 일어나지 않을 것이다…. 모건은 상당한 진심을 담아 그 과학자가 회복하기를 기원했다. 그리고 "순리에 따라 계절풍 통제실에서 앞으로 그에 상응하는 배려를 해 주기 바란다"고 넌지시 한마디 하고 싶은 관료적 본능을 꾹 참았다. 통제실장은 감사하게 생각하며 전화를 끊었다. 분명히 모건이 보여준 의외의 도량에 의아해하고 있을 것이다.

"궁금해서 묻는 건데," 압둘라 대통령이 물었다. "승려들은 어디로 가는 거지? 내가 이곳에 맞아들일 수도 있는데 말이야. 우리 문화는 언제나 다른 신앙에 열려 있거든."

"모르겠습니다. 라자싱헤 대사도 모르더군요. 그런데 제가 물었을 때 대사는 이렇게 대답했습니다. '그 사람들은 괜찮을 거다. 3천 년 동안 검소하게 살아온 종단이라고 해서 꼭 가난한 건 아니다.'라고요."

"흠, 어쩌면 그 종단의 부를 우리가 일부 이용할 수도 있겠지. 자네의 그 작은 계획은 우리가 만날 때마다 점점 더 비싸진단 말이야."

"꼭 그렇진 않습니다, 대통령님. 지난번 추산에는 심우주 작업에 들어갈, 순전히 회계상의 금액이 포함되어 있으니까요. 지금은 화성연방은행이 그 비용을 내기로 합의했습니다. 그 사람들이 탄소질 소행성을 찾아서 지구 궤도까지 가져올 겁니다. 이런 일에는 그쪽이 경험이 훨씬 더 많지요. 우리 쪽 큰 문제도 하나 해결되고요."

"자기네들 탑에 들어갈 탄소는 어떻게 한다나?"

"데이모스 위성에 무한정 있습니다. 딱 필요한 장소에 있지요. 화성연방은행은 벌써 적당한 채굴 장소를 조사하기 시작했고요. 그런데 실제 제조는 위성 밖에서 해야 합니다."

"왜 그런지 물어봐도 될까?"

"중력 때문이죠. 데이모스에서도 몇 센티미터 매초 제곱은 됩니다. 초섬유는 완벽한 무중력 상태에서만 생산할 수 있습니다. 그러지 않고서는 조직이 충분히 긴 결정 구조를 완벽하게 만들 수 없습니다."

"고맙네, 박사. 기본 설계를 왜 바꿨는지를 물어봐도 될까? 난 두 개는 올라가고, 두 개는 내려가는 관 네 개짜리 원래 모습이 마음에 들었거든. 평범한 지하철 같은 거라 내가 이해할 수 있었지. 비록 90도로 서 있기는 해도 말이야."

처음도 아니었고 마지막도 분명히 아니겠지만, 모건은 이 노인의 기억력과 세부 내용을 파악하는 능력에 놀랐다. 이 남자와 관련해서는 어떤 것도 예사롭게 넘길 수 없었다. 때로는 순수한 호기심 때문에 (장난스러운 호기심도 가끔은 아주 그럴듯하기 때문에 굳이 근엄하게 있으려고 할 필요가 없었다) 질문을 던지기도 했지만, 압둘라 대통령은 아무리 사소한 점도 무심히 넘기지 않았다.

"처음에 생각했던 게 너무 지구인다웠던 것 같습니다. 뭐랄까 자꾸 말 없는 마차를 만들려고 했던 초기의 자동차 설계자 같았지요…. 그래서 새로 설계한 탑은 속이 텅 빈 사각형 모양의 각 면에 선로가 있습니다. 수직으로 선 철길 네 개라고 생각하시면 됩니다. 궤도에서 시작할 때는 한쪽 너비가 40미터고, 지구에 도달할 때는 20미터까지 가늘어지지요."

"뭐더라, 조…, 종…."

"종유석이죠. 네, 찾아봤습니다! 공학적인 관점에서 보면 오래된 에펠탑이 좋은 비유입니다. 거꾸로 뒤집어서 10만 배 정도 늘리면 되지요."

"그 정도나?"

"그 정도쯤 됩니다."

"흠, 탑이 거꾸로 매달리면 안 된다는 법은 없으니까."

"하나는 위로도 뻗어 나가야 하지요. 말씀드렸지요. 정지궤도에서 전체 구조에 장력을 주는 앵커 질량까지 말입니다."

"중간정거장은? 그건 안 바꿨으면 좋겠군."

"네, 그대로 그 자리에 있습니다. 2만5천 킬로미터 상공에요."

"좋아. 내가 거기 가 보지는 못하겠지만, 생각만 해도 즐겁군…." 압둘라 대통령은 아랍어로 뭔가 중얼거렸다. "이런 전설이 있어. 마호메트의 관이 천국과 땅 사이에 떠 있다는 얘기야. 꼭 그 중간정거장처럼 말이야."

"운행을 개시할 때 거기서 축연을 준비하겠습니다, 대통령님."

"자네가 일정대로 진행한다고 해도, 그리고 그 다리를 지을 때 1년밖에 안 늦어진 건 인정하지만, 그때 난 아흔여덟 살이야. 아니, 내가 그때까지 살아 있을 것 같진 않아."

'하지만 난 살아 있을 거야.' 모건은 마음속으로 중얼거렸다. '이번만큼은 신들이 내 편이라는 걸 알겠어. 어떤 신인지는 모르겠지만.'

4부

탑

32

우주급행

"이게 지면을 떠날 수 없을 거라는 얘기는 하지 말아줘요." 킹슬리가 간절한 목소리로 말했다.

"그러고 싶은데." 모건은 웃으며 실물 크기의 모형을 점검했다. "수직으로 세워 놓은 열차칸 같이 생겼어."

"우리가 영업하려는 게 바로 그거 아닌가요." 킹슬리가 대답했다. "정거장에서 표를 사세요. 가방을 부치고, 회전의자에 앉으세요. 그리고 경치를 감상하세요. 아니면 휴게실 겸 바로 올라가서 다섯 시간 동안 신나게 마시다가 중간정거장에서 내리세요. 말이 나왔으니 말인데, 설계부서의 아이디어에 대해서 어떻게 생각해요? 19세기 침대칸 풍으로 장식하자는?"

"별로야. 그 시절 침대칸에 5층짜리 둥근 바닥이 있진 않았잖아."

"설계부서에 얘기해둬야겠군요. 가스 조명까지 생각하고 있던데."

"고풍스러우면서 좀 더 그럴듯한 걸 찾는다면, 내가 예전에 시드니 예술박물관에서 본 고전 우주영화가 하나 있어. 둥근 전망대가 있는 우주선이 나오는데, 마침 우리에게 알맞은 거지."

"제목이 기억나요?"

"아, 뭐더라. '우주전쟁 2000'이었던가…. 찾을 수 있을 거야."

"설계부서에 찾아보라고 할게요. 이제 안으로 들어가 보지요. 안전모 필요해요?"

"아니." 모건이 퉁명스럽게 말했다. 키가 평균보다 10센티미터 작은 사람이 누릴 수 있는 몇 안 되는 이점 중 하나였다.

모형 안으로 들어서자 모건은 마치 어린아이처럼 기대로 부풀었다. 설계안을 점검했고, 컴퓨터로 도면이나 배치도를 그리는 모습을 지켜보았으니 이곳에 있는 모든 게 익숙해야 했다. 하지만 이건 손으로 만질 수 있는 진짜였다. 물론 오래된 농담처럼 이게 지상을 떠날 일은 없었다. 하지만 언젠가는 이것과 똑같은 형제가 구름을 뚫고 하늘로 솟아올라 다섯 시간 만에 2만 5천 킬로미터 상공에 있는 중간정거장까지 올라갈 것이다. 그리고 그러는 데 들어가는 전기는 승객 한 명에 고작 1달러 수준이었다….

지금 이 순간에도, 곧 다가올 혁명의 진정한 의미를 깨닫는 건 불가능했다. 사상 처음으로 우주가 이미 익숙한 지구 표면의 어떤 지점과도 다를 바 없이 쉽게 가 볼 수 있는 곳이 되는 것이다. 수십 년 안에, 평범한 사람 누구나 달에서 주말을 보내고 싶다면 그럴 수 있게 될 것이다. 화성도 불가능하지 않았다. 앞으로 벌어질 일에 한계란 없었다.

모건은 잘못 놓인 융단에 발이 걸려 넘어질 뻔하며 다시 현실로 돌아왔다.

"미안합니다." 킹슬리가 말했다. "이것도 설계부서의 생각이에요. 녹색이 지구를 떠올리게 한다나. 천장은 파란색으로 칠할 거예요. 위층으로 올라갈수록 짙어지도록. 그리고 사방에 간접조명을 놓고 싶대요. 그러면 별이 보일 거라면서요."

모건은 고개를 저었다.

"좋은 생각이긴 한데, 잘 안 될걸. 책을 편안하게 읽을 정도의 조명이면 너무 밝아서 별이 안 보일 거야. 휴게실 일부를 완전히 어둡게 할 수 있어야 해."

"그건 이미 바 일부를 그렇게 하기로 했어요. 한 잔 주문하고, 커튼 뒤로 들어가는 거죠."

두 사람은 캡슐의 가장 아래층인, 지름 8미터에 높이가 3미터인 둥근 방 안에 서 있었다. 예비산소, 배터리, 이산화탄소 분해장치, 의료기구, 온도제어와 같은 분류표가 붙어 있는 갖가지 상자와 원통, 제어판이 사방에 널렸다. 전부 임시로, 언제든지 다시 배열할 수 있도록 해 놓은 상태인 게 분명했다.

"누구라도 우리가 우주선을 만들고 있다고 생각하겠군." 모건이 말했다. "그나저나 가장 최근에 생존 시간을 예측한 결과가 어떻게 되지?"

"전력이 남아 있다면, 적어도 일주일. 50명 정원이 가득 찬 상태에서도 가능해요. 사실 우스운 얘기죠. 구조대는 지구에서 오든 중간정거장에서 오든 반드시 3시간이면 도착할 수 있으니까요."

"탑이나 선로에 손상이 가는 대형 사고만 아니라면 말이지."

"그런 일이 벌어지면 구조할 사람이 남아 있지 않을 거예요. 하지만 무슨 일이 생겨서 캡슐이 멈췄는데 승객들이 정신이 나가서 우리의 맛있는 압축 비상식량 태블릿을 한꺼번에 전부 삼켜 버리지만 않는다면, 가장 큰 문제는 지루함이 되겠죠."

2층은 임시 시설물도 없이 완전히 비어 있었다. 누군가 흰 플라스틱판으로 된 벽에 분필로 커다란 사각형을 그린 뒤 그 안에다 큰 글자로 '에어록이 여기?'라고 적어 놓았다.

"여기는 화물실이 될 거예요. 그런데 이 정도 공간이 필요할지 모르겠어요. 아니라면 추가로 승객을 태워도 되고. 자, 다음 층은 훨씬 더 재미있는데…."

3층에는 비행기 좌석 같은 의자 십여 개가 있었다. 전부 다른 모양이었다. 그중 두 자리에는 그럴듯하게 생긴 남녀 더미가 하나씩 앉아 있었는데, 이 모든 절차가 지겨워 죽겠다는 표정이었다.

"사실상 이 모델로 결정했어요." 킹슬리가 조그만 테이블이 달려 있고 앞뒤로 기울일 수 있는 호화스럽게 생긴 회전의자를 가리키며 말했다. "하지만 으레 하는 설문조사를 먼저 할 거예요."

모건은 의자의 쿠션을 주먹으로 두드려보았다.

"누가 실제로 여기에 5시간 동안 앉아 있어 봤나?" 모건이 물었다.

"네. 100킬로그램짜리 자원자가 있었어요. 욕창은 생기지 않았고요. 사람들이 불평하면 항공기 여행 초창기에 5시간씩 걸려서 태평양을 건넜던 일을 떠올리게 해줄 거예요. 물론 우리는 가는 동안 내내 편안한 저중력을 제공할 테지만 말이죠."

그 위층은 의자가 없다는 점만 빼고는 똑같았다. 둘은 곧바로 지나쳐서 다음 층으로 갔다. 그곳은 설계자가 가장 많이 신경을 쓴 티가 확연히 났다.

바는 거의 사용 가능하게 보였고, 실제로 커피 기기도 작동했다. 그 위에는 세심하게 금빛을 입혀 만든 테를 두른 액자가 있었는데, 그 안에 있는 오래된 판화가 소름 끼칠 정도로 적절한 것이어서 모건은 숨이 멎는 듯했다.

커다란 보름달이 왼쪽 위를 가득 채웠고, 그곳을 향해 날아가는 건 객차 4개를 끌고 있는 총알 모양의 기차였다. '1등칸'이라고 쓰여 있는 객실 창문을 통해 실크햇을 쓴 빅토리아 시대의 인물이 경치를 감상하는 모습이 보였다.

"이걸 어디서 구했나?" 깜짝 놀란 모건은 감탄하며 물었다.

"설명이 또 떨어져 나간 모양이네요." 킹슬리가 사과하며 바의 뒤쪽으로 돌아들어 갔다. "아, 여기 있다."

킹슬리는 모건에게 옛날 서체로 인쇄한 카드를 한 장 건넸다.

달을 향해 날아가는 탄환 열차
1881년 판에 실린 판화

지구에서 달까지
직통으로 97시간 20분
그리고 돌아오는 여행

— 쥘 베른

"유감스럽지만 읽어 본 적이 없어." 모건이 내용을 음미하며 말했다. "알았으면 내가 고생을 좀 덜 했을지도 모르겠는데. 그런데 저게 어떻게 선로도 없이….""

"쥘 베른을 너무 신뢰하지 마요. 비난하지도 말고. 이 그림은 애초에 진지하게 받아들일 게 아니에요. 예술가의 농담이지요."

"흠, 설계부서에 칭찬을 전달해 줘. 이건 아주 좋은 아이디어 같으니까."

모건과 킹슬리는 과거의 꿈에 등을 돌리고 미래의 현실을 향해 걸었다. 넓은 전망창 건너편에서 멋진 지구의 모습을 창문 위로 비추고 있었다. 바로 아래쪽에 있는 타프로바네는 당연히 보이지 않았지만, 눈부시게 빛나는 눈으로 덮여 있는 히말라야 산맥까지 이어지는 힌두스탄 아대륙은 전체가 보였다.

"자네도 알겠지만," 모건이 갑자기 입을 열었다. "이번에도 마찬가지로 그 다리와 똑같을 거야. 사람들은 그저 경치를 감상하려고 여행을 하겠지. 중간정거장은 역사상 가장 위대한 관광명소가 될 거야." 모건은 푸른색 천장을 올려보았다. "마지막 층에는 뭐 볼 만한 게 있어?"

"별로요. 위층의 에어록은 작업이 끝났지만, 생명유지용 보조 장치와 선로 위치 제어기를 어디에 놓을지 아직 결정하지 않았어요."

"무슨 문제가 있어?"

"새로운 자석을 쓰면 문제없어요. 동력을 쓰든 타성으로 움직이든 우리는 최대 시속 8천 킬로미터까지 안전 범위를 보장할 수 있어요. 최대 설계 속도보다 50퍼센트가 높죠."

모건은 안도하며 속으로 한숨을 쉬었다. 이 분야에서만큼은 모건이 제대로 판단을 내리기 어려웠고, 전적으로 다른 사람의 조언에 의지해야 했다. 그런 속도로 운행할 수 있는 게 특정한 형식의 자기 추진 기술밖에 없다는 사실은 처음부터 확실했다. 초속 1킬로미터가 넘는 속도부터는 조금만 물리적으로 접촉해도 재앙이 일어났다. 그런데도 탑의 사면을 따라 올라가는 유도 홈 네 쌍에는 자석 주위로 여유 공간이 몇 센티미터밖에 없었다. 캡슐이 중심선에서 조금이라도 벗어나면 즉시 강력한 복원력이 작용하도록 설계해야 했다.

킹슬리를 따라 모형을 위아래로 관통하는 나선 계단을 따라 내려오던 모건은 갑자기 음울한 생각에 사로잡혔다. '난 늙었어.' 모건이 속으로 말했다. '6층까지도 아무 문제 없이 올라갈 수는 있었어. 하지만 올라가지 않기로 했다니 다행이네.'

'그래도 난 아직 쉰아홉이야. 그리고 일이 아무리 순조로워도 중간정거장에 첫 번째 승객이 올라가려면 적어도 5년은 걸리겠지. 그러면 온갖 시험에, 조정에, 준비에 또 3년. 넉넉하게 10년이라고 하자….'

따뜻한 날씨였지만, 모건은 갑자기 한기가 들었다. 모건은 처음으로, 전심전력으로 추진한 일의 성공이 너무 늦게 찾아올지도 모른다고 생각했다. 그러면서 무의식적으로 셔츠 안에 숨어 있는 얇은 금속 원판을 손으로 지그시 눌렀다.

232

33

코라

"왜 지금까지 가만히 있었던 거지?" 빌 박사가 마치 모자라는 아이를 대하듯이 말했다.

"뻔한 이유야." 모건이 멀쩡한 엄지손가락으로 셔츠의 솔기를 죽 훑으며 대답했다. "너무 바빴어. 그리고 숨이 가쁠 때는 고지대에 있어서 그런가 보다 했지."

"물론 고도도 이유가 되지. 산 위에 있는 자네 직원들을 전부 검사해보는 게 좋겠군. 어떻게 이렇게 뻔한 걸 놓칠 수가 있지?"

'그러게 말이야.' 모건은 생각했다. 다소 당황스러웠다.

"거기 살던 승려들 중 몇몇은 여든이 넘었다고! 아주 건강해 보여서 그런 생각을 못했…."

"승려들은 그곳에서 오랫동안 살아서 완전히 적응된 거지. 하지만 자네는 하루에도 몇 번씩 왔다 갔다…."

"기껏해야 두 번이야."

"…하면서 해수면에서 기압이 그 절반밖에 안 되는 곳까지 몇 분 만에 가 버리잖아. 어디, 몸이 크게 상하지는 않았군. 이제부터 내 지시에 잘 따르면 될 거야. 코라의 지시도."

"코라?"

"관상동맥 경보기(Coronary Alarm)."

"아, 그런 거로군."

"맞아. 그런 거지. 그게 1년에 대략 1천만 명의 목숨을 살린다고. 대부분은 최고위 공직자나 고급 관료, 저명한 과학자, 잘나가는 공학자 등 비슷한 바보들이야. 나는 가끔 이렇게까지 해야 하나 하는 생각이 들어. 자연이 뭔가 우리에게 이야기하려고 하는데, 우리가 안 듣고 있는 걸 수도 있거든."

"히포크라테스의 선서를 기억하라고, 빌." 모건이 씩 웃으며 대꾸했다. "그리고 내가 항상 자네 지시에 그대로 따랐다는 건 인정해야 해. 내 몸무게는 지난 10년 동안 1킬로그램도 바뀌지 않았어."

"흐음, 자네가 내 환자 중에서 최악은 아니니까." 마음이 다소 풀린 의사가 말했다. 빌 박사는 책상 안을 뒤적거리더니 커다란 홀로패드를 하나 꺼냈다. "선택해. 여기 표준 모델이 있어. 색은 마음대로 골라. 단 그게 빨간색인 경우에만."

모건은 영상을 띄워 놓은 뒤 못마땅한 얼굴로 바라보았다.

"저걸 어떻게 달고 다녀야 해?" 모건이 물었다. "아니면 이식을 해야 하나?"

"그럴 필요는 없어. 적어도 당분간은. 아마 5년쯤 뒤에, 어쩌면 그때도 필요 없을지 몰라. 자네는 일단 이 모델로 시작하기를 권하겠어. 흉골 바로 밑에 착용하니까 원거리 센서도 필요 없어. 시간이 좀 지나면 느낌도 안 날 거야. 그게 필요하게 될 때까지는 있는 줄도 모를걸."

"필요하게 되면?"

"들어봐."

의사가 탁상용 콘솔에 있는 수많은 스위치 중 하나를 건드리자, 달콤한 메조소프라노 목소리가 대화하는 듯한 투로 말했다. "10분간 앉아서 쉬시는 게 좋습니다." 잠시 후 다른 말이 흘러나왔다. "30분간 누워 계시는 게 좋습니다." 잠시 후. "가능한 한 빨리 빌 박사와 약속을 잡으시길 바랍니다."

이어서 또 다른 말이 들렸다.

"즉시 빨간 알약 하나를 드세요."

"구급차를 불렀습니다. 누워서 휴식을 취하세요. 괜찮을 겁니다."

모건은 귀청을 찢는 듯한 소리에 두 손으로 귀를 막을 뻔했다.

"관상동맥 경보입니다. 이 목소리가 들리는 곳에 누군가 계시면 즉시 와주시기 바랍니다. 관상동맥 경보입니다. 이 목소리가…."

"이제 대충 알겠지?." 의사가 소리를 끄며 말했다. "물론 프로그램과 반응은 환자 개개인에 맞춰서 만든다네. 그리고 목소리도 다양하게 있어. 유명인의 목소리도 있고."

"그냥 그 목소리도 좋아. 내 건 언제 준비가 되나?"

"사흘 후에 전화하지. 아, 맞다. 가슴에 착용하는 장치의 이점을 알려줘야겠군."

"그게 뭔데?"

"내 환자 한 명이 테니스에 푹 빠져 있는데, 그 사람 말이 셔츠를 벗어서 이 조그만 빨간 원판을 보여주면 상대방이 확실하게 경기를 망치는 효과가 있다나…."

34

현기증

정기적으로 주소록을 갱신하는 게 문명인이라면 해야만 하는 소소하지만, 때때로 아주 번거로운 잡일이었던 시절이 있었다. '보편코드'는 이를 불필요하게 만들었다. 일단 어떤 사람의 평생 고유번호만 알 수 있으면 수 초 내로 어디 사는지를 알 수 있게 됐다. 그리고 설령 번호를 모른다고 해도 생년월일이나 직업, 또는 몇 가지 세부 사항만 적당히 비슷하게 알고 있으면, 표준 탐색 프로그램으로 꽤 금세 찾을 수 있었다. 물론 이름이 스미스나 싱, 모하메드처럼 흔하면 쉽지 않았지만….

세계정보시스템이 발달하면서 없어진 성가신 일은 또 하나 있었다. 생일이나 여타 기념일에 축하하고 싶은 친구의 이름에 특별한 표시만 해두면 나머지는 컴퓨터가 알아서 했다. 적당한 날이 되면 (자주 생기는 일이지만, 프로그램에 바보 같은 실수만 하지 않는다면) 적합한 문구를 자동으로 수신자에게 보내주었다. 예민한 사람은 화면에 나타난 따뜻한 말이 전부 컴퓨터가 만들어 낸 것이며 명색이 '보낸 이'라는 사람은 오래전에 잊어버렸을 거라고 의심했지만, 인사치레라도 반갑게 마련이었다.

그러나 번거로운 일 하나를 안 해도 되게 해준 바로 그 기술은 오히려 더욱 성가신 일거리를 만들어냈다. 그중에서 가장 중요한 건 아마도 '개인 관심사 목록'을 만드는 일이었다.

대부분은 그 목록을 새해 첫날이나 생일에 갱신했다. 모건의 목록에는 50가지 항목이 있었는데, 수백 가지나 있는 사람도 있다는 이야기를 들은 적이 있었다.

공룡, 알, 부화
원, 정사각형, 같은 면적, 작도
아틀란티스, 재부상
그리스도, 재림
네스 호 괴물, 포획

혹은 아예,

세계, 종말

그런 사람은 이처럼 예전부터 허튼소리라고 치부하던 항목에 대한 뉴스 알림을 설정해 놓고 즐거워한다는 악동이 아닌 한 깨어 있는 시간 내내 쏟아져 들어오는 정보와 씨름해야 할 게 분명했다.

물론 보통은 자의식과 직업상의 필요 때문에 구독자 자신의 이름이 목록 가장 위에 자리 잡았다. 모건도 예외는 아니었다. 하지만 그 뒤부터는 내용이 색달랐다.

탑, 궤도
탑, 우주
탑, (지구) 정지궤도
엘리베이터, 우주
엘리베이터, 궤도
엘리베이터, (지구) 정지궤도

이렇게 해 놓으면 언론에서 쓰는 다양한 별칭을 대부분 잡아냈다. 모건은 그 계획과 관련 있는 뉴스의 90퍼센트 이상을 볼 수 있었다. 대부분은 사소한 내용이어서 때로는 굳이 이런 뉴스까지 찾아봐야 하나 하는 생각도 들었다. 정말 중요한 내용이라면 어차피 늦지 않게 소식을 받을 수 있었다.

아직 침대를 검소한 아파트 벽 안으로 집어넣지도 않은 채 모건은 계속 눈을 비비고 있다가 콘솔에서 알림이 반짝이고 있는 모습을 알아챘다. '커피'와 '음성 변환' 버튼을 동시에 누르며 밤 사이에 일어난 최신 화제가 흘러나오기를 기다렸다.

'궤도 탑, 폭파'

제목이 그렇게 되어 있었다.

「더 알아보시겠습니까?」콘솔이 물었다.

"당연하지." 모건이 대답했다. 정신이 번쩍 들었다.

화면에 떠오른 글을 읽는 몇 초 동안 모건의 기분은 경악에서 분노로 바뀌었다가 다시 걱정으로 옮겨갔다. '가능한 한 빨리 전화해'라는 태그를 달아서 뉴스 전체를 킹슬리에게 전달한 뒤 아침 식사를 하려고 했지만, 여전히 화가 가라앉지 않았다.

5분도 되지 않아서 킹슬리가 화면에 나타났다.

"음." 킹슬리가 웃음기와 체념이 섞인 표정으로 말했다. "우리는 운이 좋아요. 그 인간이 우리한테까지 오는 데 5년이나 걸렸으니까요."

"이건 내가 여태까지 들어본 것 중에서 가장 어처구니없는 말이야! 이걸 무시해야 할까? 우리가 대답해봤자 그자만 유명해질 텐데. 바로 그걸 원하는 거라고."

킹슬리는 고개를 끄덕였다. "그게 가장 나은 방책일 거예요. 당분간은. 과민반응하면 안 돼요. 게다가 그 사람이 하는 말에 일리가 있을 수도 있고요."

"무슨 뜻이야?"

킹슬리가 갑자기 심각해지더니 다소 불편한 기색을 띠었다.

"공학적인 측면 외에 심리적인 문제도 있으니까요." 킹슬리가 말했다. "생각 좀 해 봐요. 사무실에서 만나요."

화면에서 얼굴이 사라지고, 모건의 감정도 다소 가라앉았다. 모건은 비판에 익숙했고 어떻게 대처해야 할지도 알았다. 동료와 기술에 관한 논쟁을 주고받는 일은 사실 즐겁기도 했고, 드물게 졌을 때도 기분 나빠지는 일이 별로 없었다. 다만 이놈의

'도널드 덕'을 대하기가 껄끄러울 뿐이었다.

물론 그건 진짜 이름이 아니었지만, 마치 의분을 느끼는 듯한 도널드 비커스태프 박사 특유의 부정적인 성향은 전설처럼 남아 있는 20세기의 캐릭터를 떠올리게 할 때가 있었다. 비커스태프 박사는 순수 수학으로 학위를 받았다. 충분한 능력은 있었지만 특출나지는 않았는데, 진짜 능력은 인상적인 외모와 감미로운 목소리, 그리고 과학의 어떤 주제에 관해서든 판단을 내릴 수 있다고 믿는 굳건한 자신감이었다. 사실 자신의 분야에서는 성과가 꽤 괜찮았다. 모건은 비커스태프 박사가 영국과학연구소에서 예스러운 형식의 대중 강연을 했을 때 한 번 간 적이 있었는데, 재미있게 들었던 기억이 있었다. 하지만 초한수*의 독특한 성질을 거의 이해할 수 있게 된 건 일주일 가까이 지나서였다.

불행히도 비커스태프 박사는 자신의 한계를 알지 못했다. 그가 제공하는 정보 서비스를 구독하는 열렬한 독자가 꽤 있었지만(예전이었다면 비커스태프 박사는 대중과학자라고 불렸을 것이다), 비판하는 층은 그보다 더 넓었다. 그나마 온화한 이들은 비커스태프 박사가 능력에 비해 교육을 과하게 받았다고 생각했고, 나머지는 그에게 '멍청한 자영업자'라는 딱지를 붙였다.

'비커스태프 박사를 파라카르마 선사와 같은 방에 가둬 놓을 수 없는 게 안타깝군.' 모건은 생각했다. '그 둘은 전자와 양전자처럼 쌍소멸할 수 있을 텐데. 천재 하나가 근본적인 머저리 하나를 상쇄하는 거지.' 괴테가 탄식했듯이, 어쩔 도리 없는 어리

---

* 모든 유한수보다 큰 수

석음 앞에서는 신조차도 뾰족한 수가 없다.

현재로써는 이용할 수 있는 신도 없었다. 모건은 그 일을 떠맡을 사람이 자신밖에 없음을 알고 있었다. 그럴 시간에 다른 일을 하는 게 훨씬 나았지만, 어쩌면 긴장을 푸는 계기가 될지도 몰랐다. 게다가 모건에게 영감을 주는 선례도 있었다.

거의 10년 동안 모건의 '임시' 거처 역할을 해온 네 곳 중 하나인 호텔 방에는 그림이 단지 몇 점만 있었다. 그중에서 가장 눈에 띄는 건 합성해서 만든 사진으로, 워낙 그럴싸했기 때문에 어떤 방문객은 그 속에 있는 물체가 실물이라는 사실을 도저히 믿지 못했다.

우아하고 아름답게 복원한 증기선 한 척이 사진 속 풍경을 지배하고 있었다. 이후 현대적인 선박이라고 자칭했던 모든 배의 조상이었다. 진수한 지 125년 만에 기적적으로 돌아온 부둣가에서 그 배 옆에 서 있는 사람은 모건이었다. 모건은 뱃머리에 그려 놓은 소용돌이무늬를 올려다보고 있었다. 그곳에서 몇 미터 떨어진 곳에서 의아한 표정으로 모건을 바라보고 있는 사람은 '이점바드 킹덤 브루넬'이었다. 진흙이 묻은 구깃구깃한 옷을 입었고, 두 손은 주머니에 찔러 넣은 채 입에는 시가를 단단하게 물고 있었다.

사진 속의 모든 것은 대개 진짜였다. 모건은 실제로 그레이트 브리튼 호 옆에 서 있었다. 지브롤터교를 완공하고 1년이 지난 어느 맑은 날, 브리스톨에서였다. 하지만 사진 속 브루넬은 아직 1857년에 머문 채 나중에 만들, 그리고 이보다 더 유명해질 큰 배의 진수를 기다리고 있었다. 훗날 그 배가 겪을 불행은 브루넬의 몸과 마음을 무너뜨릴 운명이었다.

이 사진은 모건이 50세가 되던 생일에 선물 받았는데, 그 뒤로 가장 아끼는 물건이 됐다. 모건이 이 19세기의 위대한 공학자에게 얼마나 탄복하고 있는지 잘 아는 동료들이 공감하는 차원에서 농담 삼아 만들어 주었다. 하지만 그게 생각보다 더 적절한 선택이었다는 생각이 들 때가 있었다. 그레이트 이스턴 호는 자신의 창조주를 파멸시켰다. 탑이 모건에게 똑같은 짓을 할지도 몰랐다.

당시에 브루넬은 여러 '도널드 덕'에게 둘러싸여 있었다. 가장 끈질겼던 건 디오니시우스 라드너 박사로, 증기선은 절대 대서양을 횡단할 수 없다고 확실하게 증명했던 인물이었다.

사실관계 오류나 단순한 계산 실수에 근거를 둔 비판이라면 공학자가 반박할 수 있다. 하지만 도널드 덕이 제기하는 문제는 좀 미묘하고 대답하기가 쉽지 않았다. 문득 모건은 자신의 영웅도 3세기 전에 비슷한 일에 직면했다는 사실을 떠올렸다.

많지는 않지만, 진짜 책을 모아 놓은 귀중한 수집품 속에서 모건이 아마도 다른 어떤 책보다 자주 읽었을 책 한 권을 꺼냈다. 롤트의 역작인 《이점바드 킹덤 브루넬 전기》였다. 손때가 묻은 종이를 주르륵 넘기던 모건은 이내 기억을 휘어져 놓고 있던 부분을 찾아냈다.

브루넬은 길이가 거의 3킬로미터인 철도 터널을 계획했다. 놀라울 정도로 터무니없으며, 극도로 위험하고 어려운 개념이었다. 지옥처럼 깊숙한 곳을 뚫고 돌진하는 혹독한 시련을 견딜 수 있는 사람이 있다고는 도저히 생각할 수 없다고 비판하는 목소리도 있었다. "사고가 날 경우 자신을 깔아뭉개기에 충분한 흙이 머리 위에 있다는 걸 알고도 햇빛이 안 들어오는 곳으로 들어가려는 사람은 아무도 없다…. 서로 지나치는 두 열차에서 나는 소음은 신경을 쇠약하게 만들 것이다…. 한 번 타본 승객은 절대 다시 타지 않을 것이다…."

전부 익숙한 이야기였다. 라드너와 비커스태프 박사 부류의 사람이 내세우는 기조는 "어떤 것이든 최초로 해서는 안 된다." 같았다.

물론, 확률의 법칙이 작용했을 뿐이라고 해도 그런 비판이 맞아떨어지는 때도 있었다. 도널드 덕은 말을 아주 그럴듯하게 했다.

비커스태프 박사는 일단 평소와 다르게 겸손을 가장하며 감히 우주엘리베이터를 공학적인 측면에서 비판하지는 않겠노라고 말했다. 거기서 생기는 심리적인 문제에 관해서만 이야기하겠다는 것이다. 요점은 딱 한 단어로 압축할 수 있었다. '현기증.'

그는 곡예사나 줄타기 재주꾼 정도나 이런 자연스러운 반응에 면역되어 있을 뿐 평범한 사람은 높은 곳을 두려워한다는 당연한 사실을 지적했다. 지구에서 가장 높은 구조물은 높이가 5킬로미터였다. 지브롤터교의 교각을 따라 기꺼이 수직으로 끌려 올라갈 사람은 많지 않았다.

지브롤터교조차도 궤도탑에서 보이는 엄청난 전망과 비교할 수 없었다. 비커스태프 박사는 이렇게 주장했다. "엄청나게 높은 건물 아래에 서서 가파른 벽을 올려다보면 건물이 흔들리다가 무너질 것 같은 느낌이 들지 않습니까? 이제 그런 건물이 구름 사이로 올라가 시커먼 우주로, 전리층을 뚫고 올라가 거대한 우주정거장이 있는 궤도를 지나서도 계속 올라가다가 마침내 달까지 가는 거리의 몇 분의 일이 될 정도로 뻗어 나간다고 생각해 보시죠! 공학의 승리겠지요, 분명히. 하지만 심리학적으로는 악몽입니다. 어떤 사람은 이런 생각만으로도 정신이 나갈 겁니다. 첫 번째로 멈추는 곳인 중간정거장까지 머리 위의 텅 빈 우주를 향해 2만5천 킬로미터나 수직으로 올라가는 어지러운 고난을 참을 수 있는 사람이 몇이나 될까요?

보통 사람이 우주선을 타고, 그 높이나 더 높은 고도로 날 수 있다는 말은 답이 안 됩니다. 상황이 전혀 달라요. 그것도 평범한 비행기 여행과 전혀 다르지만요. 보통 사람은 사방이 뻥 뚫린 열기구 곤돌라를 타고 몇 킬로미터 상공에서 떠다녀도 현기증을 느끼지 않습니다. 하지만 그 사람을 같은 높이의 절벽 끄트머리에 서 있게 하고 어떻게 반응하는지 살펴보자고요!

차이가 생기는 이유는 간단합니다. 비행기에 타고 있을 때는 관찰자와 지상을 잇는 물리적인 접점이 없습니다. 따라서 심리적으로는 저 아래에 있는 단단한 땅과 완전히 분리되어 있지요. 추락은 이제 두렵지 않습니다. 어느 높이에서도 감히 생각할 수 없었을 멀고 조그만 풍경을 내려다볼 수 있지요.

우주엘리베이터에 없는 건 바로 이 물리적인 분리입니다. 거대한 탑을 따라 순식간에 끌려 올라가는 불운한 승객은 항상 지상과 이어져 있다는 점을 의식할 수밖에 없습니다. 약에 취하거나 마취를 당하지 않고서 그런 경험을 할 수 있다는 보장이 어디 있습니까? 모건 박사에게 답변을 요구합니다."

모건 박사가 예의와는 거리가 아주 먼 답변을 생각하고 있을 때 전화가 걸려오면서 화면에 불이 들어왔다. '응답' 버튼을 누르자 당연하다는 듯이 맥신 기자의 얼굴이 나타났다.

"모건 박사." 맥신은 바로 본론으로 들어갔다. "어떻게 할 거죠?"

"꼭 하고 싶은 말이 있긴 한데, 저 바보와 논쟁해서는 안 될 것 같군요. 혹시나 해서 말인데, 어떤 항공우주단체가 배후에 있다고 생각합니까?"

"우리 직원들이 이미 파고 있어요. 뭔가 나오면 알려드리죠. 내 생각에는 그 사람 혼자 하는 짓인 것 같아요. 직접 쓴 글의 특징을 알아보겠더라고요. 그런데 당신 아직 내 질문에 대답 안 했어요."

"아직 결정 못 했습니다. 아직 아침을 소화시키는 중이라고요. 제가 어떻게 하는 게 좋을 것 같습니까?"

"간단하죠. 시연을 해 봐요. 언제 확정할 수 있지요?"

"모든 게 순조롭다면, 5년 뒤에."

"말도 안 돼요. 첫 번째 케이블은 설치했는데…."

"케이블이 아닙니다. 끈이죠."

"말 돌리지 마요. 그건 얼마나 지탱할 수 있죠?"

"음, 지구 쪽 끝에서는 500톤밖에 안 됩니다."

"그럼 됐네요. 도널드 덕한테 한 번 태워주겠다고 해요."

"그 사람 안전을 보장하고 싶지 않군요."

"내 안전은 보장할 수 있나요?"

"농담이죠?"

"난 아침 이 시간에는 농담 같은 거 안 해요. 어차피 그 탑에 대해서는 다시 보도할 때가 됐거든요. 그 캡슐 모형은 아주 예쁘지만, 아무 기능이 없었죠. 시청자는 행동을 좋아해요. 나도 그렇고.

지난번에 우리가 만났을 때 기술자가 타고 케이블, 아니 끈을 따라 오르내리는 조그만 차량 그림을 보여줬잖아요. 그걸 뭐라고 불렀죠?"

"스파이더."

"아, 그랬지. 난 그게 아주 마음에 들었어요. 이전에는 어떤 기술로도 가능하지 않았던 게 이제 생긴 거잖아요. 사상 처음으로 하늘 위에서, 심지어는 대기권 위에서도 가만히 앉아서 지구를 내려다볼 수 있어요. 우주선으로는 할 수 없었던 일이죠. 나는 그 충격을 묘사하는 첫 번째 인물이 되고 싶어요. 그리고 동시에 도널드 덕의 날개도 꺾어 버리고요."

모건은 5초 동안이나 말없이 맥신의 두 눈을 똑바로 바라보며 정말로 진지하게 이야기하는 건지 생각했다.

"이런 기회가 있으면 유명해지고 싶은 마음이 간절해서 의욕이 넘치는 불쌍한 젊은 기자가 득달같이 달려드는 게 이런 식이겠군요." 모건은 다소 피곤한 목소리로 말했다. "장래가 촉망되는 경력을 망치고 싶지는 않지만, 대답은 분명히 '아니요'입니다."

미디어 업계의 일인자는 숙녀답지 않은, 일부는 신사답지도 않은 말을 몇 마디 뱉어냈다. 공공회선을 타는 일은 거의 없는 단어들이었다.

"그 초섬유로 당신 목을 조르기 전에 말해 봐요." 맥신이 말을 이었다. "왜 안 되죠?"

"음, 만약 일이 잘못되면 난 나 자신을 결코 용서하지 못할 겁니다."

"악어의 눈물 따위는 집어치워요. 물론 내가 뜻하지 않게 죽으면 큰 비극이 되겠죠. 당신 계획에 말이에요. 하지만 난 당신이 시험이란 시험을 다 마치고 백 퍼센트 안전하다는 게 확실해지기 전에 탈 생각은 꿈에도 없어요."

"일부러 보여주려고 하는 티가 너무 날 텐데요."

"빅토리아 시대, 아니 엘리자베스 시대였나? 하여튼 그 사람들 말을 빌자면, 그게 어때서요?"

"이봐요, 기자님. 방금 뉴질랜드가 가라앉았다는 속보가 떴어요. 스튜디오에 가보셔야겠군요. 그나저나 그런 관대한 제안은 고마웠어요."

"모건 박사, 난 당신이 왜 거절하는지 정확히 알고 있어요. 당신이 처음이 되고 싶은 거겠지."

"빅토리아 시대 사람들 말을 빌자면, 그게 어때서요?"

"역으로 당했군요. 하지만 미리 경고하는데, 그 스파이더란 게 움직일 수 있게 되기만 하면 다시 내 목소리를 듣게 될 거예요."

모건은 고개를 저었다.

"미안해요, 기자님." 모건이 말했다. "그래도 소용없어요."

35

스타글라이더 이후 80년

《신과 스타호름인》(만달라 출판, 모스크바, 2149년)에서 인용

"정확히 80년 전, 스타글라이더라 부르는 항성 간 자율탐사선이 태양계에 진입해 인류와 짧지만 역사적인 대화를 나눴다. 사상 최초로, 우리는 항상 추측해 왔던 바를 확인할 수 있었다. 즉 우리는 우주 유일의 지성체가 아니었으며, 훨씬 더 오래된 별에 우리보다 훨씬 더 현명할지도 모르는 종족이 있다는 것이다.

그 만남 이후로 모든 것이 전과 같을 수는 없었다. 하지만 모순되게도 여러 가지 부분에서 바뀐 건 거의 없었다. 사람들은 평소와 다를 바없이 살아갔다. 고향 행성에 있는 스타호름인은 28년 전부터 우리 존재를 알고 있으며, 불과 24년 뒤면 우리는 처음으로 스타호름인의 연락을 직접 받게 될 가능성이 아주 크다는 사실을 평소에 얼마나 생각하며 사는가? 그리고 몇몇 사람이 주장하듯이 이미 스타호름인이 이쪽으로 향하고 있다면 어떻게 할 것인가?

인간에게는 가장 두려운 미래의 가능성을 의식 밖에 머물게 할 수 있는, 특별하면서도 어쩌면 행운이라고 할 수 있는 능력이 있다. 폼페이를 덮친 베수비오 화산 기슭에서 밭을 갈던 로마의 농부는 머리 위에서 연기를 내뿜는 산을 보고도 아무 걱정을 하지 않았다. 20세기의 절반은 수소폭탄과 함께 살았고, 21세기의 절반은 '골고다 바이러스'와 함께 살았다. 우리는 스타호름인이 불러온 위협, 또는 희망과 함께 살아가는 법을 익힌 셈이다.

스타글라이더는 우리에게 온갖 기묘한 세상과 종족을 보여주었지만, 고도의 기술에 대해서는 거의 드러낸 것이 없었다. 따라서 기술적인 측면에서는 우리 문명에 최소한의 충격밖에 주지 않았다. 이것은 우연이었을까, 아니면 계획적인 정책의 결과였을까? 스타글라이더에게 물어볼 질문은 많다. 하지만 모두 이미 늦었거나, 너무 이르다.

반면, 스타글라이더는 철학과 종교에 관해 많은 내용을 논의했으며, 이 분야에 심원한 영향을 끼쳤다. 비록 대화록 어디에도 등장하지 않지만, '신에 대한 믿음은 포유류의 번식 과정에서 생긴 심리적인 인공물이 분명하다'는 유명한 경구의 출처로 보통 스타글라이더를 지목하고 있다.

하지만 이게 사실이라면? 내가 지금부터 증명하고자 하듯이, 이는 신의 실제 존재에 대한 의문과 전적으로 무관하다…."

— 스와미 크리스나무르티(초암 골드버그 박사)

36

무자비한 하늘

밤에는 낮보다 끈이 더 멀리서도 보였다. 경계등이 들어오는 해 질 무렵이면, 끈은 빛나는 띠가 되어 점점 가늘어지면서 멀어지다가 마침내 어딘지 모를 지점에서 별무리 속으로 사라졌다.

그건 벌써 세상에서 가장 경이로운 불가사의가 되어 있었다. 꼭 필요한 기술자 외에는 아무도 접근하지 못하도록 모건이 단호하게 못을 박기 전에는 신성한 산의 마지막 기적에 경의를 표하려고 물밀 듯이 방문객이 찾아왔다. 얄궂게도, 이들을 순례자라 부르는 사람도 있었다.

그런 사람들은 꼭 하나같이 똑같이 행동했다. 먼저 손을 뻗어서 폭이 5센티미터인 끈을 살짝 만져본 뒤 숭배하는 듯한 태도로 손끝을 대고 쓰다듬었다. 그러고 난 뒤에는 마치 천상의 음악이 들리기를 바라는 것처럼 매끄럽고 차가운 끈에 귀를 대고 소리를 들었다. 실제로 가청영역의 한계 근처에서 깊은 저음을 들었다고 주장하는 사람도 있었지만, 그건 착각일 뿐이었다.

끈의 고유 진동수 중 가장 높은 배음도 인간의 가청영역보다 한참 아래에 있었다.

어떤 사람은 "내가 이걸 타고 올라갈 일은 절대 없어!"라고 말하며 고개를 흔들기도 했다. 그러나 핵융합 로켓, 우주왕복선, 비행기, 자동차, 심지어는 증기기관이 나왔을 때도 그런 소리를 한 사람은 있었다.

이런 회의주의자에게 으레 하는 대답은 이랬다. "걱정하지 마세요. 이건 예비구조물의 극히 일부일 뿐입니다. 탑이 지구로 내려올 때 방향을 잡아주는 끈 네 개 중 하나지요. 완성된 구조물 위로 올라가는 건 고층건물에서 엘리베이터를 타는 것과 똑같을 겁니다. 시간이 오래 걸리고 훨씬 더 편안하다는 점만 빼고요."

이와 반대로 맥신 기자의 여행은 아주 짧고, 그다지 편안하지도 않을 것이다. 하지만 일단 고집을 꺾은 모건은 가능한 한 아무 일도 일어나지 않도록 최선을 다했다.

스파이더는 밧줄에 매달린 천 의자에 구동장치를 단 것처럼 생긴 보잘것없는 시험용 차량으로, 이미 무게가 이번의 두 배는 되는 짐을 싣고 20킬로미터 높이까지 십수 번 올라간 적이 있었다. 초기에 소소한 문제가 있긴 했지만, 심각한 건 없었다. 최근 다섯 번은 아무 문제 없이 다녀왔다. 그렇다면 무슨 문제가 생길 수 있을까? 만약 전력 공급이 중단된다면 (전지로 움직이는 그런 단순한 장치에서는 거의 일어나지 않지만) 제동장치가 자동으로 하강 속도를 조절해주는 상황에서 중력이 맥신을 안전하게 데려다줄 것이다. 유일하게 실제로 일어날 수 있는 위험은 구동장치가 멈춰서 스파이더와 그 안에 탄 사람이 대기상층부에서 꼼짝도 못 하는 것이었다. 모건은 그 문제에 대해서도 해답이 있었다.

"고작 15킬로미터?" 맥신이 항의했다. "글라이더도 그보다는 낫겠네!"

"하지만 산소마스크 정도 가지고는 더 못 가요. 물론 1년 정도 기다린다면, 생명유지장치가 달린 제대로 된 장비가 있겠지만…."

"우주복은 왜 안 되죠?"

모건이 안 된다고 했던 건 그럴 만한 이유가 있어서였다. 필요한 일이 생기지 않기를 바랐지만, 작은 제트인양기가 스리칸다 산 아래에서 대기하는 중이었다. 솜씨가 아주 좋은 조종사는 희한한 임무에 익숙했다. 고도 20킬로미터에서도 조난당한 맥신을 문제없이 구출해 낼 것이다.

그러나 높이가 그 두 배가 되면 현존하는 어떤 탈것도 그와 같은 일을 할 수 없었다. 40킬로미터 상공은 인간의 영역이 아니었다. 로켓에는 너무 낮았고, 기구에는 너무 높았다.

물론 이론상으로는 로켓이 추진제를 다 써 버리기 전, 단 몇 분 동안 끈 옆에 떠 있을 수 있었다. 하지만 비행기 조종이나 스파이더와 직접 접촉하는 일이 끔찍할 정도로 어려워 모건은 생각조차 하지 않았다. 그건 현실에서는 절대 일어날 수 없는 일이었고, 모건은 어떤 드라마 제작자가 이게 손에 땀을 쥐게 할 만한 소재라고 생각하는 일이 생기지 않기를 바랐다. 그런 홍보는 조금도 하고 싶지 않았다.

반짝이는 금속 박막으로 만든 보온복을 입은 맥신은 평범한 남극 관광객 같은 모습으로 스파이더와 그 주위에 모여 있는 기

술자 무리를 향해 걸어갔다. 신중하게 고른 시각이었다. 해가
뜬 지 한 시간 정도밖에 되지 않았고, 비스듬히 들어오는 햇빛
은 타프로바네의 풍경을 가장 멋지게 비춰주었다. 잊기 어려운
지난번 사건 때보다 더 젊고 튼튼한 맥신의 원격조수는 태양계
에 퍼져 있는 맥신의 시청자를 위해 일련의 과정을 기록하고
있었다.

맥신은 언제나처럼 예행연습을 철저히 했다. 더듬거리거나
머뭇거리는 기색 없이 안전띠를 매고, '충전' 버튼을 누르고, 마
스크를 통해 산소를 단숨에 깊이 들이마시고, 영상과 음성 채
널의 모니터를 점검했다. 그리고 고전 사극의 전투기 조종사처
럼 엄지손가락을 세워 보이고는 속도조절기를 천천히 앞으로
밀었다.

모여 있는 기술자들 사이에서 농담처럼 박수가 터져 나왔다.
대부분은 몇 킬로미터 높이까지 즐겁게 다녀와 본 경험이 있었
다. 누군가 외쳤다. "점화! 이륙합니다!" 새장처럼 생긴 빅토리
아 1세 시대의 황동 엘리베이터 정도의 속도로 스파이더가 꾸준
히 상승하기 시작했다.

'기구를 타는 거와 같을 거야.' 맥신이 혼잣말했다. '부드럽고,
가뿐하고, 조용….' 아니, 완전히 조용하지는 않았다. 납작한 끈
을 붙잡고 있는 바퀴 여러 개를 돌리는 모터에서 나는 기계음이
은은하게 들렸다.

어느 정도 예상하던 흔들림이나 진동은 전혀 없었다. 맥신
이 타고 오르는 그 엄청난 끈은 비록 가늘었음에도 강철같이 단
단했고, 스파이더의 바퀴는 끈을 굳게 붙잡고 있었다. 만약 눈

만 감는다면 완성된 탑을 올라가고 있다고 생각할 수 있을 정도였다.

그러나 맥신은 눈을 감지 않았다. 보고 기억해야 할 게 많았다. 들어야 할 소리도 상당했다. 소리가 얼마나 잘 퍼지는지도 흥미로웠다. 아래쪽에서 오가는 대화가 아직도 꽤 잘 들렸다.

맥신은 모건을 향해 손을 흔들고, 킹슬리를 찾아보았다. 놀랍게도, 보이지 않았다. 맥신이 스파이더에 오르도록 그가 도와주었는데, 그 뒤로 어디론가 사라졌다. 그제야 맥신은 그 세계 최고의 구조공학자가 높이를 두려워한다고, 솔직히 인정했던 일을 떠올렸다. 때때로 킹슬리는 그 사실이 뜻밖의 자랑거리라도 되는 것처럼 이야기하곤 했다.

설령 완전한 비밀은 아니더라도, 누구에게나 숨기고 있는 두려움이 있다. 맥신은 거미를 별로 좋아하지 않아서 이 차량의 이름이 다른 것이면 좋겠다고 생각했다. 그래도 정말 필요하다면 한 마리 정도는 감당할 수 있었다. 다이빙하다 보면 종종 만나긴 하지만, 맥신이 결코 만지고 싶지 않은 동물은 수줍고 해롭지도 않은 문어였다.

이제 산 전체가 한눈에 들어왔지만, 바로 위에서는 산의 높이를 제대로 느끼기 어려웠다. 산 위를 구불구불 감으며 올라오는 오래된 계단 둘은 평지에 놓인 괴상하게 비비 꼬인 도로처럼 보이기도 했다. 맥신의 눈에 보이는 범위에서는 그 위에 어떤 생명체의 기척도 없었다. 게다가 한쪽 구역은 쓰러진 나무로 막혀 있었다. 마치 3천 년 만에 자연이 자신의 것을 되찾아가겠노라고 예고한 것 같았다.

맥신은 1번 카메라를 아래로 향한 뒤 2번 카메라로 풍경을 넓게 찍었다. 들판과 숲이 모니터 화면 속을 지나가고, 이내 멀리 떨어진 곳에 라나푸라의 하얀 돔이 보였다. 그 뒤에는 내해의 시커먼 물이 보이더니 곧 야카갈라 궁전이 나타났다….

맥신은 '바위'를 확대했다. 상층부 표면 전체를 덮고 있는 폐허의 패턴이 희미하게 보였다. 거울 벽은 아직 그림자 속에 있었고, 왕녀들의 회랑도 마찬가지였다. 어차피 이 정도 거리에서는 알아볼 수도 없었다. 하지만 쾌락의 정원 구역은 연못부터 보도와 주위를 둘러싼 거대한 해자까지 선명하게 보였다.

작고 하얀 기둥이 늘어서 있는 모습에 맥신은 잠시 의아했지만, 이내 자신이 신에게 도전했던 칼리다사 왕의 또 다른 상징을 보고 있음을 깨달았다. 이른바 '낙원의 샘'이었다. 맥신은 칼리다사 왕이 그토록 동경했던 천상으로 손쉽게 올라가고 있는 자신의 모습을 보면 그 왕이 뭐라고 생각할지 궁금했다.

맥신이 라자싱헤 대사와 마지막으로 연락한 지도 거의 1년이 되었다. 순간적인 충동으로 그녀는 라자싱헤의 저택으로 전화를 걸었다.

"안녕, 라자싱헤." 맥신이 인사했다. "이렇게 야카갈라 궁전을 보니까 어때?"

"결국 모건을 설득했군. 기분이 어때?"

"공중에 붕 뜬 느낌. 이 말로밖에 설명할 수 없어. 그리고 독특하고. 난 당신이 아는 모든 수단으로 하늘을 날아 여행해 봤지만, 이건 기분이 꽤 달라…."

"'무자비한 하늘을 장악하든….'"

"뭐라고?"

"20세기 영국의 시야. '여러분이 하늘에 다리를 놓아도 관심 없노라, 혹은 무자비한 하늘을 안전하게 만들어도.'"

"음, 난 관심 있어. 그리고 지금 난 안전한 기분이지. 이제 섬 전체가 보여. 힌두스탄 해안도. 지금 제 높이가 얼마죠, 모건 박사?"

"곧 12킬로미터예요, 기자님. 산소마스크는 단단히 쓰고 있겠죠?"

"확인했어요. 그것 때문에 목소리가 잠기지 않으면 좋겠군요."

"걱정하지 말아요. 똑똑히 들리니까. 앞으로 3킬로미터 남았습니다."

"통 안에는 산소가 얼마나 남아 있죠?"

"충분해요. 15킬로미터 위로 올라가려고 하면 내가 수동으로 끌어내릴 겁니다."

"꿈도 꾸지 않을게요. 그나저나 축하해요. 이건 정말 훌륭한 전망대예요. 손님이 줄을 설 거예요."

"우리 생각도 마찬가지입니다. 통신위성하고 기상위성 쪽 사람들이 벌써 입찰을 하고 있어요. 그쪽에서 원하는 어느 높이에도 우리가 중계기나 센서를 달아줄 수 있으니까요. 그러면 임대료에도 보탬이 되겠지요."

"당신이 보여!" 갑자기 라자싱헤가 외쳤다. "방금 망원경으로 빛이 반사되는 걸 봤어. 지금 손을 흔들고 있군…. 거기 있으니까 외로워?"

뜻밖에 한동안 침묵이 감돌았다. 그러더니 맥신이 조용히 대답했다. "이보다 100킬로미터 더 높은 데 있었던 유리 가가린 보다는 덜 외롭겠지. 모건 박사, 당신은 이 세상에 새로운 것을 가져온 거예요.

하늘은 무자비할지 몰라도 당신은 그걸 길들였어요. 끝내 이걸 타지 못하는 사람도 일부는 있겠지요. 그 사람들이 불쌍하네요."

37

10억 톤짜리 다이아몬드

지난 7년 동안 많은 일이 있었다. 하지만 해야 할 일은 아직
도 많았다. 산 하나의, 적어도 소행성 정도 되는 질량이 위치를
옮겼다. 이제 지구에는 정지궤도 바로 위에서 공전하는 두 번째
천연 위성이 있었다. 지름은 1킬로미터도 되지 않았고, 탄소를
비롯한 가벼운 원소를 빼앗기면서 빠른 속도로 점점 더 작아지
고 있었다. 철로 된 핵이나 잔해, 폐기물 같은 잔여물은 탑의 장
력을 유지하는 평형추로 쓰일 예정이었다. 말하자면, 행성에 매
달려 24시간에 지구를 한 바퀴 도는 4만 킬로미터짜리 투석기에
매달린 바위였다.

아소카 우주정거장에서 동쪽으로 50킬로미터 떨어진 곳에는
무중량상태의(하지만 질량이 없는 건 아니다) 천연 물질 수 메가톤
을 초섬유로 만드는 거대한 공장단지가 있었다. 최종 산물이 원
자가 정확히 격자 모양으로 배열된 순도 90퍼센트 이상의 탄소
였던 탓에 사람들이 즐겨 부르는 탑의 별명은 '10억 톤짜리 다이

아몬드'가 됐다. 암스테르담의 보석협회는 못마땅한 투로 (1) 초섬유는 결코 다이아몬드가 아니며 (2) 설령 그렇다 하더라도 탑의 무게는 5×10^{15} '캐럿'이라는 사실을 지적했다.

캐럿이든 톤이든 그 정도로 엄청난 양의 물질은 우주 식민지의 자원이나 궤도 기술자의 능력에 극도의 부담을 안겨주었다. 200년에 걸친 우주비행을 통해 어렵게 얻은 인류 공학의 진수 대부분이 자동채굴과 생산공장, 무중력 조립 시스템에 들어갔다. 곧 몇 개의 규격화된 단위로 나눠 수백만 개씩 생산해 낸 탑의 구성 요소가 모두 산더미처럼 쌓여 둥둥 떠다니면서 로봇 작업자의 손길을 기다리게 될 것이다.

그다음에는 탑이 정반대 방향으로 뻗어 나가게 된다. 지구를 향해 내려가는 동시에 궤도에 있는 앵커 질량을 향해 올라가는 것이다. 그 모든 과정은 항상 양쪽의 균형이 맞도록 조정해야 한다. 응력이 가장 큰 궤도에서 시작해 지구로 내려가는 동안 단면은 꾸준히 줄어든다. 평형추를 향해 반대로 가면서도 마찬가지로 줄어든다.

작업이 끝나면 전체 설비는 화성으로 가는 전이궤도에 들어가게 되어 있었다. 이는 계약의 일부였는데, 이제서야 우주엘리베이터의 잠재성을 깨달은 지구의 정치가와 자본가는 심기가 다소 불편할 수밖에 없었다. 화성인은 계약을 유리하게 가져갔다. 투자금을 회수하려면 5년을 더 기다려야 했지만, 그러고 나면 향후 10년 동안 건설을 사실상 독점할 수 있었다. 모건은 파보니스 탑이 단지 시작일 뿐이라고 거의 확신했다. 화성은 우주엘리베이터를 짓기 위해 생겼다고 할 수 있을 정도인 데다가, 활력이 넘치는 화성인이 그런 기회를 놓칠 리도 만무했다. 만약 이들이 앞으로 화성을 행성 간 무역의 중심지로 만든다면, 잘 해보라고 할 생각이었다. 모건에게는 다른 걱정거리가 있었고, 일부는 아직도 미해결 상태였다.

압도적으로 크긴 해도 탑은 그보다 훨씬 더 복잡한 장치를 지탱하는 구조물일 뿐이었다. 탑의 사면을 따라서는 길이가 3만 6천 킬로미터인 선로가 놓일 테고, 이 선로는 전례 없는 운행 속도를 감당해야 했다. 거대한 핵융합 발전기에 연결된 초전도 케이블은 전 구역에 전력을 공급할 것이며, 지극히 정밀하고 안전한 컴퓨터 네트워크가 전체 시스템을 제어했다.

승객과 화물이 탑에 도킹해 있는 우주선으로 환승하는 상부 정거장은 그 자체로 대형 공사였다. 중간정거장도 그랬고, 레이저를 이용해 신성한 산의 심장부로 파고들어 가고 있는 지구 쪽 정거장도 마찬가지였다. 이 모든 것에 더해 궤도 청소 작업도 있었으니….

200년 동안 떨어져 나온 너트와 볼트에서부터 우주 정착지 전체까지, 갖가지 형태와 크기의 인공위성이 지구 궤도에 차곡차곡 쌓였다. 탑이 엄청나게 높은 탓에 이 모든 게 언제든지 탑을 지나갈 수 있었고, 그 경우 위험 요소가 되기 때문에 이제는 상태를 파악해야 했다. 4분의 3은 아무도 찾지 않는 쓰레기였고, 그중 대부분은 기억에서 지워진 지 오래였다. 이제 위치를 파악한 뒤 어떻게든 치워야 할 때였다.

다행히 오래된 궤도 요새는 이 일에 적합한 장비를 갖추고 있었다. 사전 경고 없이 날아오는 미사일을 먼 거리에서 발견하기 위해 만들었던 레이더는 초기 우주 시대의 잔해를 손쉽게 찾아냈다. 그리고 레이저로 작은 위성은 증발시키고 큰 위성은 더 높고 무해한 궤도로 밀어 올렸다.

역사적으로 의미가 있는 몇몇은 회수해서 지구로 돌려보냈다. 이 작업을 하는 동안 놀랄 만한 일이 몇 번 있었다. 예를 들어 모종의 비밀 임무 중에 죽은 중국인 우주비행사 세 명이라든가 어느 나라가 발사했는지 도저히 알아낼 수 없을 정도로 교묘하게 부품을 섞어서 만든 정찰위성 몇 대가 있었다. 물론 100년 이상 지난 지금에 와서 큰 의미가 있는 건 아니었다.

운영상의 이유로 지구 가까운 곳에 머물면서 활동해야 하는 다수의 위성과 우주정거장은 모두 정밀한 궤도 점검을 받았고, 경우에 따라 궤도를 바꿨다. 하지만 물론 태양계 외곽에서 언제든지 찾아올 수 있는 변칙적이고 예측 불가능한 손님에 대해서는 어쩔 도리가 없었다. 인간이 만든 어떤 구조물도 그렇듯이, 탑도 운석에 노출되어 있었다. 지진계 네트워크는 하루에도 몇 번씩 밀리그램 수준의 충돌을 감지해 낼 것이고, 1년에 한두 번은 구조물에 소소하게 손상이 갈 것이다.

언젠가, 앞으로 다가올 몇 세기 안에 탑은 선로 한두 개를 작동 불능 상태에 빠뜨릴 정도로 큰 운석과 부딪칠지도 몰랐다. 최악에는 어느 부위가 끊어질 수도 있었다.

그건 표면적이 대략 탑과 같은 런던이나 도쿄에 커다란 운석이 떨어질 확률과 비슷했다. 그렇다고 해서 그곳 시민들이 걱정하느라 잠을 못 이루고 있지는 않았다.

모건도 마찬가지였다. 어떤 문제가 생길지는 몰라도 이제 궤도탑의 시대가 왔다는 사실을 의심하는 사람은 없었다.

5부

상승

38

폭풍이 조용히 몰아치는 곳

마틴 세스이 교수의 노벨 물리학상 수상 연설(2154년 12월 16일 스톡홀름)에서 인용

"하늘과 지구 사이에는 과거의 철학자가 꿈도 꾸지 못했던 보이지 않는 영역이 있습니다. 20세기가 밝을 때까지, 정확하게는 1901년 12월 12일까지 그건 인간사에 큰 영향을 끼치지 못했습니다.

바로 그 날, 굴리엘모 마르코니는 모스 부호로 점 세 개, 즉 'S'자를 대서양 너머로 전송했습니다. 많은 전문가가 불가능하다고 했던 일이었습니다. 전자기파는 직선으로만 이동하기 때문에 지구의 곡면을 따라 구부러질 수 없다는 것이었지요. 마르코니의 업적은 세계를 아우르는 통신의 시대를 알린 것만이 아닙니다. 마르코니는 대기권 높은 곳에 전기를 띤 거울이 있어 전파를 반사해 지구로 되돌려 보낸다는 사실도 증명했습니다.

…원래는 케넬리-헤비사이드 층이라는 이름이 붙었습니다. 얼마 지

나지 않아, 고도와 강도가 변화무쌍한 세 개의 주요 층이 있는 아주 복잡한 영역이라는 게 밝혀졌지요. 이들은 상층부 경계선에서 밴앨런 복사대로 합쳐집니다. 이 발견은 초기 우주 시대의 첫 번째 승리였습니다.

대략 50킬로미터에서 시작해서 지구 반지름의 몇 배까지 이어지는 이 광대한 영역을 지금은 전리층이라고 부릅니다. 지난 두 세기 동안 로켓과 인공위성, 전파를 이용해 꾸준히 탐사해 왔지요. 저는 이런 탐구 정신에 이바지한 선배 과학자들에게 찬사를 보내고 싶습니다. 미국의 M. A. 튜브, 영국의 E. V. 애플턴, 노르웨이의 F. C. M. 스퇴르메르, 특히 1970년에 제가 방금 받은 바로 이 상을 받았으며, 이 나라 사람이기도 한 한네스 알벤….

전리층은 태양의 막 나가는 자식입니다. 오늘날에도 전리층의 움직임은 완벽하게 예측할 수 없습니다. 장거리 무선통신이 전리층의 특이한 성질에 의존했던 시절 수많은 사람이 전리층 덕분에 목숨을 건졌습니다. 그러나 지금 우리가 아는 것 이상으로 더 많은 사람이 중요한 신호가 전리층 속으로 흔적도 없이 사라지는 바람에 파국을 맞이했습니다.

통신위성이 그 자리를 대신하기 전까지 한 세기가 채 안 되는 동안 전리층은 귀중하지만 변덕스러운 도우미였습니다. 이전에는 예측도 하지 못했던 자연 현상이었지만, 세 세대에 걸쳐 이를 이용했던 사람들에게는 수십억 달러의 가치가 있었지요.

전리층이 인류의 직접적인 관심사였던 시기는 역사의 극히 일부였습니다. 그런데도 만약 전리층이 없다면, 우리는 지금 이 자리에 있을 수 없습니다! 어떻게 보면 전리층은 인류에게 기술이 없던 시절에도, 그러니까 최초의 유인원, 아니 지구에 등장한 최초의 생명체에게도 꼭 필요한 존재였습니다. 전리층은 태양이 내뿜는 치명적인 엑스선과 자외선을 막아주는 방어막의 일부입니다. 그런 광선이 해수면까지 뚫고 내려와도 지구에 모종의 생명체가 생겼을 수는 있습니다. 그러나 우리와 같은 모습은 결코 될 수 없었을 겁니다.

…전리층은 그 아래에 있는 대기권과 마찬가지로 궁극적으로는 태양의 영향을 받습니다. 그리고 태양에도 날씨가 있지요. 태양 폭풍이 일어나는 동안에는 전리층이 대전 입자로 이뤄진 행성 규모의 폭풍에 직격을 당하며, 지구 자기장에 의해 뒤틀리고 소용돌이칩니다. 그런 경우 전리층은 더 이상 투명하지 않습니다. 빛나는 오로라의 형태로 모습을 드러내지요. 섬뜩한 방사선으로 추운 극지의 밤을 밝히는 오로라는 자연에서 볼 수 있는 가장 경이로운 장관이기도 합니다.

지금도 우리는 전리층에서 벌어지는 과정을 모두 이해하지 못하고 있습니다. 전리층을 연구하는 게 어려운 한 가지 이유는 우리가 쓰는 로켓과 인공위성에 실린 장치가 시속 수천 킬로미터로 전리층 속을 움직인다는 것입니다. 우리는 단 한 번도 한 자리에서 움직이지 않고 관측을 해본 적이 없습니다! 현재 진행 중인 궤도탑 건설은 사상 처음으로 우리에게 움직이지 않는 전리층 관측소를 만들 기회를 제공합니다. 탑 자체가 전리층의 특성을 바꿀 가능성도 있습니다. 물론 비커스태프 박사가 주장하듯이 전리층을 단락시키지는 않겠지만요.

우리는 왜 이 영역을 연구해야 할까요? 이제 통신공학자에게는 별로 중요하지 않는데 말입니다. 음…, 아름다움, 기이함, 과학적 흥미를 떠나, 전리층의 활동은 우리 운명의 주인인 태양과 긴밀한 관계에 있습니다. 이제 우리는 태양이 앞선 세대의 생각처럼 안정적이고 얌전한 별이 아니라는 사실을 알고 있습니다. 태양도 길거나 짧은 주기에 따라 요동을 칩니다. 지금도 태양은 1645년부터 1715년 사이의 소위 '마운더 극소기'*에서 빠져나오는 중입니다. 그 결과 현재 기후는 중세 초기 이후 그 어느 때보다도 더 온화합니다. 하지만 이런 오름세가 얼마나 더 계속될까요? 그보다 더 중요한 질문은 반드시 다가올 내림세가 언제부터 시작될 것인가, 또 기후와 날씨, 그리고 단지 이 행성만이 아니라 다른 행성까지 포함한 인간 문명의 여러 측면에 어떤 영향을 가져올 것이냐는 겁니다. 다른 행성 역시 태양의 자식이니까요….

아주 과격한 이론에 따르면 태양은 지금 불안정한 시기에 들어서고 있으며, 그에 따라 과거 그 어느 때보다도 광범위한 새로운 빙하기가 닥칠지도 모릅니다. 만약 이게 사실이라면, 우리는 가능한 많은 정보를 모아서 이에 대비해야 합니다. 한 세기 전에 미리 알아챈다고 해도 긴 시간이 아닐 수 있습니다….

전리층은 우리가 태어날 수 있게 도왔습니다. 통신 혁명을 일으켰고, 이제는 우리 미래를 사실상 좌지우지하게 될 수도 있습니다. 우리가 태양과 전기력이라는 광활하고 거친 무대, 소리 없는 폭풍이 휘몰아치는 미지의 장소를 끊임없이 연구해야 하는 이유입니다…."

---

* 태양의 흑점이 현저히 적었던 기간으로, 이 현상을 기록한 영국인 천문학자 E. W. 마운더의 이름을 땄다.

39

상처 입은 태양

모건이 마지막으로 만났을 때, 조카 데브는 어린아이였다. 이제는 십 대 초반의 소년이었고, 이 속도라면 다음에 만날 때는 어른이 되어 있을 것 같았다.

모건은 살짝 죄책감이 들었다. 지난 2세기 동안 가족 간의 유대감은 약해졌다. 모건과 누이에게는 유전자 일부를 빼면 공통점이 거의 없었다. 둘은 1년에 대여섯 번 정도 인사와 잡담을 나눴고 사이도 좋았지만, 마지막으로 만난 게 언제 어디였는지는 기억이 가물가물했다.

하지만 열정이 넘치고 영리한 (유명한 삼촌을 보고도 전혀 위축되지 않아 보이는) 소년을 만난 모건은 모종의 달곰쓸한 감성에 젖어들었다. 그에게는 가문의 이름을 이어갈 후손이 없었다. 인간으로서 최고 수준의 노력을 다하다 보면 피하기 어려운, 일과 삶 사이의 선택을 오래전에 해 버렸다. 잉그리드와 즐긴 밀회를 빼고도 다른 인생 경로를 갈 뻔한 적이 세 번 있었지만, 뜻하지 않은 일이나 야망이 번번이 그 길을 막았다.

모건은 자신이 택한 거래의 조건을 이해하고 받아들였다. 이제 와서 못 보고 지나친 세부 사항을 가지고 투덜거려봤자 너무 늦었다. 어떤 바보라도 유전자를 섞을 수는 있었고, 대부분은 그렇게 했다. 그러나 역사에 이름을 남기든 아니든 모건이 해낸, 혹은 이제 막 하려는 일을 이룰 수 있는 사람은 거의 없었다.

지금까지 3시간 동안 데브는 지구 쪽 종착역을 VIP들이 평소 돌아보는 것보다 훨씬 더 많이 구경했다. 지표면 높이에서 산으로 들어가, 거의 완성된 진입로를 따라 남쪽 정거장으로 간 뒤, 승객과 화물 운반 설비, 통제실, 캡슐이 동쪽과 서쪽의 하행선에서 북쪽과 남쪽의 상행선으로 옮겨가는 조차장을 재빨리 살펴보았다. 기자 수백 명이 나직한 목소리로 별을 겨냥하고 있는 거대한 포신 같다고 말했던, 앞으로 차량이 오르내리게 될 높이 5킬로미터짜리 통로도 올려다보았다. 마지막 안내원이 살았다는 듯한 표정으로 삼촌에게 다시 인도하기 전까지 데브는 안내원 세 명의 진이 다 빠지도록 질문을 던졌다.

"여기 데리고 왔어요." 고속 엘리베이터를 타고 평평하게 깎은 산 정상에 올라온 킹슬리가 말했다. "이 녀석이 내 일을 빼앗기 전에 데리고 가세요."

"네가 그렇게 공학에 열심인 줄은 몰랐구나, 데브."

소년은 상처받은 듯, 살짝 놀란 표정을 지었다.

"기억 안 나요, 삼촌? 제 열 살 생일에 메카맥스 12호를 사 주셨잖아요."

"당연히 기억나지. 농담이었어." 실제로 모건은 그 건설 놀이기구 세트를 잊어버린 적이 없었다. 단지 그 순간 깜빡했을 뿐이었다. "여기 춥지는 않니?" 단단히 챙겨 입은 어른들과 달리 소년은 흔히 입는 가벼운 보온복을 싫어했다.

"안 추워요. 전 괜찮아요. 저 제트기는 무슨 종류예요? 저 통로는 언제 열어요? 끈 만져봐도 돼요?"

"내가 뭐랬어요?" 킹슬리가 웃었다.

"첫째, 저건 압둘라 대통령의 특별기야. 아들인 파이살이 와 있지. 둘째, 이 덮개는 탑이 산에 도착해서 통로에 들어갈 때까지 덮어 놓을 거야. 작업대로도 쓰고, 비도 막아주지. 셋째, 끈은 만져봐도 좋아. 뛰지는 마! 이 고도에서는 몸에 무리가 간다고!"

"박사님도 열두 살이면 괜찮을 걸요." 킹슬리가 순식간에 멀어지는 데브의 뒷모습을 보며 말했다. 두 어른은 천천히 걸어서 동쪽 면 앵커에서 데브를 따라잡았다.

데브는 지금까지 수천 명이 그랬듯이 지표면에서 솟아 나와 하늘을 향해 수직으로 뻗어 있는 탁한 회색빛의 얇은 끈을 바라보고 있었다. 시선이 계속해서 위로 올라가더니 마침내 고개가 뒤로 완전히 젖혀졌다. 꽤 오랜 시간을 보낸 지금도 그런 유혹은 강했지만, 모건과 킹슬리는 가만히 있었다. 그렇다고 데브에게 어떤 사람은 현기증 때문에 쓰러져서 부축을 받아야 걸을 수 있었다고 주의를 시키지도 않았다.

소년은 강했다. 짙푸른 하늘 너머에 있는 사람 수천 명과 재료 수백만 톤을 눈에 담으려는 듯이 거의 1분 가까이 하늘 꼭대기를 뚫어지라 쳐다보았다. 그러더니 얼굴을 찡그리며 눈을 감고, 고개를 흔들었다. 그리고 아직 단단하고 든든한 지구 위에 있다는 사실을 확인하려는 것처럼 발밑으로 잠시 시선을 돌렸다.

데브는 조심스럽게 손을 뻗어 지구와 새로운 위성을 잇는 가느다란 끝을 쓰다듬었다.

"만약에 끊어지면 어떻게 돼요?" 데브가 물었다.

흔히 하는 질문이었다. 대부분은 그 답을 듣고 깜짝 놀랐다.

"거의 아무 일도 안 생겨. 이 지점에서는 사실상 장력을 거의 받지 않거든. 이 끈을 자르면 그냥 공중에 떠 있을 거야. 바람에 흔들리면서."

킹슬리가 못마땅한 표정을 지었다. 물론 이게 과도하게 단순화한 설명이라는 건 둘 다 알고 있었다. 지금 이 순간 끈 네 가닥은 각각 100톤의 힘을 받고 있었다. 하지만 엘리베이터를 운행하며 이 끝을 탑의 구조물에 통합했을 때 감당하게 될 설계 하중에 비하면 무시할 만한 수치였다. 그러나 이런 세부 내용으로 어린아이를 혼란스럽게 할 필요는 없었다.

데브는 그 말을 듣고 잠시 생각에 잠기더니 시험 삼아 끈을 튕겨 보았다. 악기처럼 소리를 들어보려고 한 것 같았다. 하지만 심심하게도, 한순간 '틱' 소리가 나고는 곧바로 그쳐 버린 게 유일한 반응이었다.

"큰 망치로 한 대 치고 열 시간 뒤에 다시 와 보렴." 모건이 말했다. "그때쯤 중간정거장에서 반사된 메아리가 돌아올 거야."

"이젠 안 돼요." 킹슬리가 말했다. "감쇄 장치가 너무 많아요."

"흥을 깨지 말라고, 킹슬리. 이제 정말 재미있는 걸 보러 갈까?"

거대한 냄비 뚜껑처럼 산 위를 덮어 통로를 단단히 막아두고 있는 둥근 금속판의 중심을 향해 걸어갔다. 탑을 지상으로 유도

하는 끈 네 가닥과 거리가 똑같은 이곳에 지오데식 돔 형태의 작은 가건물이 있었다. 건물이 서 있는 표면보다도 더 임시라는 느낌이 강했다. 그 안에는 이상하게 생긴 망원경이 있었는데, 똑바로 위쪽을 향했고 다른 방향으로는 움직일 수도 없게 되어 있었다.

"해가 지기 직전이 가장 보기 좋은 때지. 탑 아래쪽에 불이 멋지게 켜져 있을 거다."

"태양 얘기가 나와서 말인데," 킹슬리가 말했다. "지금 한번 봐라. 어제보다도 더 또렷하네." 아른거리며 서쪽으로 가라앉고 있는 밝고 납작한 타원을 가리키는 킹슬리의 목소리에는 외경심에 가까운 감정이 담겼다. 수평선에 깔린 안개가 눈부신 빛을 상당량 가려 주어서 편안하게 바라볼 수 있었다.

한 세기가 넘는 시간 동안 이 정도의 흑점 무리가 나타난 적은 없었다. 흑점은 황금빛 원반의 절반 가까이를 차지하며 늘어서 있었다. 태양이 고약한 병에 걸려 괴로워하고 있거나 행성 몇 개가 떨어져서 구멍이 난 것처럼 보였다. 그러나 강대한 목성이라 할지라도 태양 대기에 그 정도 상처를 남길 수는 없었다. 가장 큰 흑점은 지름이 25만 킬로미터에 달했고, 그건 지구 백 개를 삼킬 수 있는 크기였다.

"오늘 밤에 또 큰 오로라가 보일 거라고 예보하더군요. 세스이 교수 일행이 시간을 정말 잘 잡았어요."

"그 친구들이 어떻게들 하고 있는지 보자고." 모건이 말하며 접안경을 조절했다. "봐라, 데브."

소년은 한참 동안 뚫어지라 들여다보더니 대답했다. "끈 네 개가 보여요. 안쪽으로 모이다가, 그러니까 제 말은 위로 올라 가다가 사라져요."

"가운데에는 아무것도 없고?"

데브가 다시 조용해졌다.

"아니요. 탑은 안 보이는데요."

"맞아. 아직 600킬로미터 위에 있거든. 그리고 망원경 배율 은 가장 낮은 상태고. 이제 배율을 올릴 테니까 안전띠 단단히 매고 있어."

데브는 사극 여러 편에서 들어서 익숙한 이 오래된 상투적 표 현에 살짝 웃었다. 하지만 처음에는 아무런 변화를 느끼지 못했 다. 다만 시야의 한가운데를 향하고 있던 끈 네 가닥이 살짝 흐 릿해지기 시작했다. 몇 초가 지나서야 시점이 이 구조의 축을 따라 위로 올라가고 있는 상황에서는 변화가 있을 수 없다는 사 실을 깨달았다. 끈 네 가닥은 축 방향을 따라 어느 지점에서 봐 도 똑같이 보일 것이다.

그때 갑자기 눈앞에 뭔가 나타났다. 예상은 하고 있었지만 데 브는 깜짝 놀랐다. 시야 한가운데에 조그맣고 밝은 점이 나타났 다. 계속 바라보고 있는 동안 점은 점점 커졌고, 데브는 처음으 로 속도감을 느꼈다.

몇 초 뒤, 작은 원을 알아볼 수 있을 정도가 됐다. 아니, 이제 뇌와 눈 둘 다 그게 사각형이라는 사실에 동의했다. 데브는 유 도용 끈을 따라 하루에 몇 킬로미터씩 지구를 향해 내려오고 있 는 탑의 밑바닥을 똑바로 바라보고 있었던 것이다. 네 가닥의 끈 은 이 정도 거리에서 보이기에는 너무 가늘어서 이미 사라진 뒤였다. 그러나 마술처럼 하늘에 고정된 사각형은, 배율을 최대한 높인 탓에 흐릿했지만, 점점 커지고 있었다.

"뭐가 보이니?" 모건이 물었다.

"작고 밝은 사각형이요."

"좋아. 그게 탑의 바닥이야. 아직 햇빛을 온전히 받고 있지. 어두울 때는 지구 그림자 속으로 들어가기 전에 여기서 한 시간 정도 맨눈으로 볼 수 있어. 이제 뭔가 다른 게 보이니?"

"아니요…." 한참 있다가 소년이 대답했다.

"보일 거야. 최하부에 연구 장비를 설치하려고 과학자 몇 명이 가 있거든. 방금 중간정거장에서 내려왔어. 자세히 보면 그 사람들이 타고 온 운반차가 보일 거야. 남쪽 선로니까 네가 보기에 오른쪽 면일 거다. 탑의 4분의 1 정도 되는 밝은 점을 찾아보렴."

"미안해요, 삼촌. 안 보여요. 삼촌이 한번 보세요."

"음, 시야가 안 좋아졌을 수도 있어. 가끔은 대기 상태 때문에 탑이 아예 안 보이기도…."

모건이 데브 대신에 접안경에 눈을 갖다 대기도 전에 개인용 수신기가 날카롭게 두 번 울렸다. 곧바로 킹슬리의 경보기도 울렸다.

탑이 별 네 개짜리 경보를 발한 건 처음이었다.

40

선로의 끝

시베리아 횡단열차라고 부르는 것도 무리는 아니었다. 그나마 중간정거장에서 내려가는 쉬운 내리막길이라고 해도 탑의 기단부까지는 50시간이 걸렸다.

앞으로는 5시간이면 되겠지만, 그건 선로에 전력을 공급해 자기장을 활성화시키는 2년 뒤의 일이었다. 지금 탑의 벽면을 따라 위아래로 운행하고 있는 유지보수용 차량은 유도홈 안쪽을 단단히 붙잡고 있는 구식 타이어를 이용해 움직였다. 배터리의 전력을 최대한 이용하면 못할 것도 없었지만, 그런 장치를 시속 500킬로미터 이상으로 움직이는 건 안전하지 않았다.

하지만 다들 너무 바빠서 지루할 틈도 없었다. 세스이 교수와 제자 세 명은 관측하고, 장비를 점검하며 탑으로 이동한 뒤에 한시도 낭비하지 않으려고 만반의 준비를 했다. 캡슐 운전사와 운전사 기술 보조, 객실승무원 한 명으로 이뤄진 승무원도 다들 분주하기는 마찬가지였다. 이건 일상적인 운행이 아니었다.

중간정거장에서 2만5천 킬로미터 아래쪽에 있는, 그리고 지금은 지구에서 불과 600킬로미터 떨어진 곳에 있는 '지하실'은 생긴 이래로 아무도 가본 사람이 없었다. 몇 개 있는 감시장치가한 번도 이상 현상을 보고한 일이 없었기 때문에 내려가 볼 일이아예 없었다. 잘못될 만한 일이 별로 없기도 했다. '지하실'은 그저 한 변의 길이가 15미터인 정사각형 모양의 가압실로, 적당한간격으로 탑 여기저기에 설치해 놓은 비상대피소 중 하나였다.

세스이 교수는 지구에 있는 합류지점을 향해 하루에 2킬로미터 속도로 전리층을 지나 내려가고 있는 이 유일무이한 장소를빌리기 위해 자신이 발휘할 수 있는 온갖 영향력을 동원했다. 현재 진행 중인 흑점 극대기가 정점에 달하기 전에 반드시 장치를설치해야 한다고 강력하게 주장했다.

이미 태양 활동은 전례가 없던 수준에 도달했다. 세스이 교수의 젊은 조수들은 여간해서 장비에 집중하지를 못했다. 바깥에보이는 웅장한 오로라 때문에 시선이 계속 돌아갔다. 서서히 움직이는 녹색을 띤 빛의 장막과 빛줄기가 몇 시간 동안 끊이지 않고 북반구와 남반구 모두를 가득 채웠다. 아름답고 경이로웠지만, 양쪽 극지방의 하늘에서 벌어지는 불꽃놀이의 희미한 잔영일 뿐이었다. 오로라가 원래 영역에서 이렇게 멀리 떨어진 곳까지 흘러나오는 건 정말 드문 일이었다. 적도의 하늘까지 침입해오는 건 몇 세대에 한 번 일어날까 말까 했다.

세스이 교수는 중간정거장으로 다시 올라가는 데 한참 걸릴터이므로 구경할 시간은 충분하다고 훈계하며 학생들을 다시 장비로 돌려보냈다. 그런데도 교수 자신이 불타오르는 하늘이 보여주는 장관에 넋이 나가 전망창 앞에 몇 분씩 서 있곤 했다는 사실은 주목할 만했다.

누군가 이 계획에 '지구로 떠나는 원정'이라는 이름을 붙였다. 거리를 가지고 판단하자면 98퍼센트만 맞는 말이었다. 캡슐이 탑의 벽면을 따라 시속 500킬로미터라는 초라한 속도로 내려가는 동안 아래에서 행성이 점점 가까워지고 있다는 징후는 점점 분명해졌다. 중력이 서서히 커지고 있었다. 중간정거장에서는 달에서보다 작은 상쾌한 중력이었지만, 이제는 거의 지구 중력에 가까워졌다. 우주여행에 익숙한 사람이라면 정말 기묘한 상황이었을 것이다. 대기권 진입 직전에 중력을 느낀다는 건 평소와 순서가 정반대였다.

과로한 객실승무원이 극기하는 심정으로 견뎌 낸 음식 타령만 빼면 여행 도중에는 아무 사건도 벌어지지 않았다. '지하실'에서 100킬로미터 떨어진 지점에서 브레이크가 부드럽게 작동하면서 속도가 절반이 됐다. 50킬로미터 지점에서 다시 절반이 됐고, 학생 한 명이 이렇게 말했다. "선로 끝에서 떨어져 버리면 난감하겠지요?"

조종사로 불러달라고 고집을 부리던 운전사는 불가능한 일이라며 일축했다. 캡슐이 붙잡고 내려오고 있는 유도홈은 탑의 끄트머리 몇 미터 앞에서 끝난다는 것이다. 각각이 독립적인 브레이크 네 개가 동시에 고장 날 때를 대비해 정교한 완충장치도 있었다.

게다가 전혀 말이 안 된다는 점을 떠나서 그 농담 자체가 대단히 악취미적이라는 데 모두가 동의했다.

41

운석

2천 년 동안 '파라바나의 바다'로 불려 온 드넓은 인공호수는 자신을 건설한 이의 시선을 받으며 고요하고 평화롭게 놓여 있었다. 외롭게 서 있는 칼리다사 부친의 석상을 찾는 이는 이제 거의 없었지만, 비록 이름은 아니어도 업적만큼은 아들의 것보다 오래 남았다. 게다가 호수는 나라에 훨씬 더 많은 도움이 됐다. 수백 세대에 걸쳐서 인간에게 식량과 물을 가져다준 것이다.

또한, 그보다 더 많은 세대에 걸쳐 새와 사슴, 버팔로, 원숭이, 그리고 지금 호숫가에서 물을 마시고 있는 포동포동하고 윤기가 흐르는 표범 같은 포식자들에게도 그렇게 해주었다. 사냥꾼을 두려워할 필요가 없게 된 지금 대형 고양이류는 점점 흔해져 골칫거리가 되었다. 그러나 겁을 먹거나 괴롭힘당하지 않는 한 녀석들은 절대 사람을 공격하지 않았다.

안전을 확신한 표범은 느긋하게 배를 물로 채웠다. 동쪽으로부터 황혼이 내려오면서 호수를 둘러싼 그림자가 길어졌다. 갑자기 표범이 귀를 쫑긋 세우더니 경계하는 행동을 보였다. 하지만 인간의 감각으로는 땅이나 호수, 혹은 하늘 어디에서도 변화를 느끼지 못했을 것이다. 어느 때만큼이나 평온한 저녁이었다.

바로 그때 천정(天頂)*에서 희미한 휘파람 소리가 들리더니 점점 커져 마침내 공기를 찢을 듯한 굉음으로 변했다. 우주선이 재돌입할 때 나는 소리와는 전혀 달랐다. 하늘 위에서 저물어가는 햇빛을 받아 빛나는 금속성 물체가 점점 커지면서 뒤에 연기로 된 꼬리를 남겼다.

커지던 물체가 산산이 쪼개졌다. 조각이 사방으로 흩어졌고, 일부는 떨어지면서 불타올랐다. 표범의 예리한 눈이라면 폭발로 산산조각이 나기 전 몇 초 동안 원통형 비슷하게 생긴 물체를 포착할 수 있었을 것이다. 그러나 표범은 최후의 재앙을 기다리지 않고 정글 속으로 사라진 뒤였다.

'파라바나의 바다'가 갑자기 굉음과 함께 솟구쳐올랐다. 진흙과 물방울로 이뤄진 기둥이 100미터 높이까지 공중으로 치솟았다. 야카갈라 궁전의 분수를 훨씬 뛰어넘을 뿐만 아니라 실로 그 '바위'만큼이나 높았다. 물줄기는 중력에 저항하듯 잠시 허공에 떠 있다가 어지러운 호수 위로 다시 허망하게 떨어졌다.

그와 함께 하늘은 깜짝 놀라서 날아오르는 물새로 가득 찼다. 어찌 된 일인지 가죽 피부를 드러낸 익룡이 현대까지 살아남아 그 사이에 끼어 있는 것 같았는데, 실은 평소 해가 진 뒤에만 날

---

* 지구 표면의 관측 지점에서 연직선을 위쪽으로 연장했을 때 천구(天球)와 만나는 점

아다니던 거대한 과일박쥐들이었다. 새와 박쥐가 똑같이 겁에 질려서 함께 하늘을 날았다.

충돌로 생긴 마지막 반향이 주위를 둘러싼 정글 속으로 사라졌다. 호수에는 금세 정적이 돌아왔다. 하지만 거울 같은 표면이 돌아오고 위대한 파라바나 왕의 무심한 눈 아래의 잔물결이 사라지는 데는 오랜 시간이 걸렸다.

42

궤도 위의 죽음

대형 건물은 생명을 요구한다는 말이 있다. 지브롤터교의 교각에도 이름 열넷이 새겨졌다. 그러나 거의 광적으로 안전에 집착한 덕분에 탑을 짓는 동안 생긴 사상자는 놀라울 정도로 적었다. 사망자가 단 한 명도 나오지 않은 해도 있었다.

네 명이 죽은 해도 있긴 했다. 그중 두 사건은 특히나 비참했다. 무중력 상태에서 작업하는 데 익숙한 우주정거장 조립 감독관 한 명은 비록 우주지만 궤도 위에 있는 게 아니라는 사실을 그만 깜빡 잊고 말았다. 평생의 경험이 목숨을 앗아갔다. 그 사람은 1만5천 킬로미터 이상을 곤두박질치다가 대기권에 진입하면서 유성처럼 불타 버렸다. 불행히도, 마지막 몇 분 동안 우주복 통신기는 켜진 상태였다….

그 해는 탑 건설에 불운한 한 해였다. 두 번째 비극은 훨씬 더 오랜 시간에 걸쳐 일어났고, 그만큼 더 대중의 관심을 받았다. 정지궤도에서 한참 바깥에 있는 평형추에서 작업하던 기술자 한 명이 안전띠를 제대로 고정하지 못했고, 돌팔매질을 당한 것처럼 우주로 튕겨 나갔다. 이 고도에서는 지구로 떨어지거나 탈출 궤도를 따라 날아가 버릴 걱정이 없었다. 다만 불행하게도 그 여성의 우주복에는 산소가 두 시간 분량밖에 없었다. 그렇게 짧은 시간 안에는 구조할 가능성도 전혀 없었다. 대중이 격렬하게 항의했지만, 구조 시도는 하지 않았다. 희생자도 고결한 태도로 이에 협조했다. 그녀는 작별 인사를 전송한 뒤, 30분 분량의 산소가 아직 남아 있는 상태에서 주위의 진공에 우주복을 개방했다. 며칠 뒤 시체를 수습할 수 있었다. 무정한 천체역학의 법칙이 긴 타원 궤도의 근지점으로 그녀를 다시 데려왔을 때였다.

고속 엘리베이터를 타고 작업관리본부로 내려가는 모건의 머릿속을 이런 비극들이 스치고 지나갔다. 우울한 표정을 한 킹슬리와 이제는 거의 뇌리에서 잊힌 데브가 바로 뒤에서 따라왔다. 그러나 이번 재앙은 탑의 '지하실' 혹은 그 근처에서 폭발이 일어난 것으로, 지금까지와는 종류가 완전히 달랐다. "타프로바네 중심부 어딘가에 거대 규모의 유성우가 떨어졌다."는 엉터리 보도를 듣기 전에도 운반차가 지구로 떨어졌다는 건 분명히 알 수 있었다.

정보를 더 얻기 전에는 추측해 봤자 소용이 없었다. 증거가 모조리 사라졌을 이번 사건에서는 정보를 더 얻는 게 불가능할지도 몰랐다. 모건은 우주에서 벌어지는 사고는 한 가지 원인 때문에 일어나는 법이 거의 없다는 점을 알고 있었다. 때로는 아무것도 아닌 사건이 연쇄적으로 일어난 결과가 대부분이었다. 안전기술자가 아무리 다방면으로 대비해도 완벽한 안전을 보장할 수 없었다. 가끔은 너무 공을 들인 예방 조치가 재앙의 원인이 되기도 했다. 모건은 인명 손실보다 탑의 안전 쪽에 훨씬 더 신경이 쓰인다는 게 부끄럽지 않았다. 죽은 자에게 해줄 수 있는 건 없으니까. 똑같은 사고가 다시는 일어나지 않게 확실하게 대비하는 수밖에 없었다. 그러나 거의 마무리되고 있는 탑이 위험에 처할지도 모른다는 생각은 머릿속에 담기조차 끔찍했다.

엘리베이터가 멈췄다. 모건은 작업관리본부로 들어갔다. 바로 그 순간, 그 날 저녁의 두 번째 놀라운 사건이 모건을 맞이했다.

43

안전장치

종착지에서 5킬로미터를 남겨 둔 지점에서 운전사/조종사인 루퍼트 창은 다시 속도를 줄였다. 이제 승객들은 위아래 양쪽으로 무한히 줄어들면서 멀어지는 흐릿한 형체로 보이던 탑의 벽면을 비로소 똑바로 볼 수 있었다. 물론 위쪽을 보면 방금 타고 내려온 두 줄의 홈이 여전히 끝도 없이 뻗어 나갔다. 정확히는 2만5천 킬로미터지만, 인간 감각의 척도로 보면 그게 그거였다. 반대로 아래쪽을 보면, 이미 끝이 눈에 보였다. 평평한 탑의 밑면 윤곽이 1년여 뒤에 만나서 하나가 될 푸른 녹색의 타프로바네를 배경으로 선명하게 보였다.

화면에 빨간색 경고 기호가 다시 깜빡였다. 루퍼트는 성가신 듯 얼굴을 찡그리며 바라보다가 초기화 버튼을 눌렀다. 경고 기호가 한 번 깜빡이더니 사라졌다.

처음으로 이런 일이 생긴 건 200킬로미터 위쪽에서였다. 루퍼트는 중간정거장 통제실과 긴급히 상의했다. 재빨리 장치를 점검한 결과 이상한 점은 드러나지 않았다. 사실 모든 경고를 믿는다면, 승객들은 이미 이 세상 사람이 아니었을 것이다. 모든 게 허용 한계를 넘어서고 있었다.

경보 회로에 고장이 난 게 분명했는데, 세스이 교수의 설명을 듣고서는 다들 안도했다. 교수에 의하면, 이 차량은 원래 의도와 달리 현재 순수한 진공 속에 있지 않았다. 방금 돌입한 전리층의 요동이 경보 체계의 민감한 감지 장치를 작동시켰으리라는 것이었다.

"왜 아무도 이런 일을 생각하지 못했던 거야." 루퍼트가 투덜거렸다. 그러나 도착까지 한 시간도 남지 않은 상황이라 그다지 걱정은 되지 않았다. 루퍼트는 중요한 요소를 수동으로 항상 확인할 생각이었고, 중간정거장도 승인했다. 어차피 다른 대안이 없는 상황이었다.

루퍼트가 가장 우려했던 건 배터리의 상태였다. 충전할 수 있는 가장 가까운 곳은 2천 킬로미터 위에 있었고, 그곳까지 올라갈 수 없다면 곤란했다. 그러나 이 점에 관해서 루퍼트는 이제 꽤 만족스러웠다. 제동 과정에서 운반차의 주행 모터가 발전기 역할을 했고, 중력 에너지의 90퍼센트를 다시 배터리로 주입했다. 배터리는 다시 완충 상태였고, 여전히 생겨나고 있는 수백 킬로와트의 잉여 에너지는 뒤쪽의 커다란 냉각판을 통해 우주로 흘러나가고 있을 것이다.

루퍼트의 동료들이 종종 일러주었듯이 그 냉각판은 이 독특한 차량의 외관을 마치 오래전의 폭격용 폭탄처럼 만들었다. 제동 과정이 거의 끝나가는 지금쯤이면 벌겋게 달아올라 있을 게 분명했다. 만약 그게 아직도 꽤 서늘하다는 사실을 알았더라면 루퍼트는 굉장히 걱정했을 것이다. 왜냐하면 에너지는 절대 사라지는 법이 없다. 어디론가 가야 했다. 그리고 꽤 많은 경우에 에너지는 엉뚱한 곳으로 흘러가곤 했다.

'배터리 구역에 화재'라는 표시가 세 번째로 나타나자 루퍼트는 망설이지 않고 초기화시켰다. 진짜 화재라면 소화기가 작동했을 것이다. 사실 루퍼트의 가장 큰 걱정거리는 소화기가 쓸데없이 작동하는 일이었다. 계기판에 몇 가지, 특히 배터리 충전 회로와 관련해서 이상 현상이 나타났다. 운행이 끝나는 대로 루퍼트는 운반차의 동력을 내리고 모터실로 올라가 옛날 방식대로 직접 눈으로 보고 점검할 계획이었다.

사고가 발생하자 코가 먼저 위기를 감지했다. 불과 1킬로미터 남짓 남았을 때였다. 제어판에서 흘러나오는 가느다란 연기를 루퍼트가 믿을 수 없다는 표정으로 바라보는 동안에도 머릿속에서 냉정한 분석을 담당하는 부분은 이렇게 말했다. "운행이 끝날 때까지 기다려 주다니 행운이로군!"

그 순간 루퍼트는 마지막 제동 과정에서 만들어 낸 에너지를 떠올렸고, 어떤 일이 벌어졌는지 꽤 예리하게 추측해낼 수 있었다. 보호회로가 작동하지 않아 배터리가 과충전된 게 분명했다. 겹겹이 놓인 안전장치는 기대에 부응하지 못했고, 무생물의 순수한 사악함이 전리층 폭풍의 도움을 받아 또다시 들이닥친 것이다.

루퍼트는 배터리 구역의 소화기를 켜는 버튼을 눌렀다. 적어도 그건 작동했다. 격벽 반대편에서 질소가 쏟아져 나오는 굉음이 나직하게 들렸다. 10초 뒤, 루퍼트는 '진공 배출'을 작동시켜 기체를 우주로 방출했다. 그와 함께 화재로 생긴 열도 대부분 빠져나가기를 바랐다. 그것도 올바르게 작동했다. 공기가 우주선 밖으로 빠져나가는 날카로운 소리를 들으며 안도해 본 건 이번이 처음이었다. 루퍼트는 이번이 마지막이기를 빌었다.

차량이 마지막으로 종착지를 향해 서행하는 동안 자동 제동 장치에 의존하고 있기에는 불안했다. 다행히 루퍼트는 훈련이 잘되어 있었고 시각 신호를 모두 알아볼 수 있었기 때문에 결합 장치에서 1센티미터 이내로 멈출 수 있었다. 다들 미친 듯이 서둘러서 에어록을 연결하고, 연결 통로 너머로 짐과 장비를 집어 던졌다….

조종사와 기술 보조, 객실승무원이 힘을 합쳐서 세스이 교수 역시 통로 안으로 밀어 넣어야 했다. 교수는 계속 귀중한 장비를 챙기겠다며 돌아가려고 했다. 에어록 문이 닫히자마자 엔진 구역의 격벽이 마침내 무너져 내렸다.

그 뒤부터 조난자가 할 수 있는 건 시설이 잘 갖춰진 감방보다 나을 게 거의 없는, 사방 15미터의 황량한 방에서 기다리며 불이 저절로 꺼지기를 바라는 일뿐이었다. 한 가지 중요한 수치는 루퍼트와 기술 보조만 알고 있는 게 어쩌면 승객이 마음의 평온을 유지하는 데 더 나을지도 몰랐다. 완전히 충전된 배터리에는 대형 폭탄과 맞먹는 에너지가 있었고, 지금 그게 탑 바로 바깥쪽에서 시간만 재고 있었다.

서둘러 들어온 지 10분 만에 폭탄이 터졌다. 숨죽인 듯한 폭발음과 함께 탑이 살짝 진동했고, 곧이어 금속이 찢어지는 듯한 소리가 들렸다. 뭔가 떨어져 나가는 소리는 그다지 크지 않았지만, 듣는 이의 마음은 차갑게 얼어붙었다. 유일한 운송 수단은 파괴되고, 일행은 안전한 장소에서 2만5천 킬로미터 떨어진 곳에 갇혀 버리고 말았다.

두 번째 폭발은 좀 더 오랜 시간 동안 이어졌다. 그러더니 침묵이 찾아왔다. 조난자들은 차량이 탑 표면에서 떨어져 나갔다고 추측했다. 이들은 여전히 멍한 상태에서 가진 물건을 점검해 보았다. 그리고 이 기적 같은 탈출이 헛수고였을지도 모른다는 사실을 서서히 깨닫기 시작했다.

44

하늘의 동굴

    산 내부 깊숙한 곳에 있는 지구작업관리본부의 화면과 통신 장비에 둘러싸인 채 모건은 기술담당 직원들과 함께 탑 하단부를 나타내는 10분의 1 크기의 홀로그램을 보고 있었다. 홀로그램은 각 면을 따라 뻗어 있는 유도용 끈을 나타내는 가느다란 네 가닥의 선을 포함해 세부적인 부분까지 완벽했다. 선은 바닥 바로 위에서 흔적도 없이 사라졌다. 이 정도로 축소한 상태에서도 아래쪽을 향해 60킬로미터를 더 내려가 지구 지각까지 완전히 관통하게 된다는 생각을 하기는 쉽지 않았다.

    "단면을 보여줘." 모건이 말했다. "그리고 지하실을 눈높이까지 올려."

    탑이 또렷한 형체를 잃고 흐릿하게 빛나는 잔영으로 변했다. 아주 길고 벽이 얇은 정사각형 모양의 상자로, 전력을 전달하는 초전도 케이블 외에는 텅 비었다. 가장 아래 구역은 밀봉된 채로 한 변이 15미터인 정사각형 모양의 방을 이뤘다. 비록 지금은 이 산의 100배 높이에 있을지언정, '지하실'이라는 이름은 실로 적합한 이름이었다.

"출입구는?" 모건이 물었다.

홀로그램 영상의 두 부분이 다른 곳보다 더 밝게 빛나기 시작했다. 북쪽과 남쪽 면, 유도 선로의 홈 사이에 에어록의 이중문 중 바깥쪽이 선명하게 드러났다. 두 문은 모든 우주 거주지의 통상적인 예방 조치에 따라 가능한 한 서로 멀리 떨어져 있었다.

"그 사람들은 당연히 남쪽 문으로 들어갔습니다." 당직근무자가 설명했다. "그 문이 폭발에 손상을 입었는지는 알 수 없습니다."

'흠, 입구는 세 개 더 있어.' 모건은 생각했다. 그리고 모건이 관심을 두고 있는 건 아래쪽에 있는 한 쌍이었다. 설계의 마지막 단계에서 들어온 추가 부분이었다. 사실 지하실 전체가 그랬다. 한때는 결국 지구 쪽 종착역의 일부가 될 탑의 구역 안에 대피소를 짓는다는 게 불필요해 보였다.

"밑면을 내 쪽으로 기울여 줘." 모건이 지시했다.

탑이 빛나는 원호를 그리며 기울어지다가 바닥을 모건 쪽으로 향한 채 허공에 수평으로 놓였다. 이제 모건은 한 변이 15미터인 정사각형 모양의 바닥을(궤도에서 일하는 사람들이 보기에는 지붕이었지만) 자세히 볼 수 있었다.

북쪽과 남쪽 가장자리 근처에는, 아래쪽에서 접근해 서로 떨어져 있는 에어록 두 곳으로 각각 들어갈 수 있는 해치가 있었다. 유일한 문제는 600킬로미터 상공에 있는 그곳에 어떻게 가느냐였다.

"생명유지장치는?"

에어록이 구조물 속으로 사라졌다. 강조해서 보여주는 부분이 방 한가운데 있는 작은 상자로 옮겨갔다.

"그게 문제입니다, 박사님." 당직근무자가 음울한 목소리로 대답했다. "있는 거라고는 기압 유지 장치밖에 없습니다. 공기 정화기도 없고, 물론 전력도 없습니다. 운반차를 잃은 상황에서 어떻게 밤을 보낼 수 있을지 모르겠습니다. 벌써 온도가 떨어지고 있습니다. 해가 지고 난 뒤로 10도 떨어졌습니다."

모건은 우주의 냉기가 마음속으로 스며드는 기분이 들었다. 추락한 운반차의 탑승객 모두가 아직 살아 있다는 데서 느꼈던 환희가 순식간에 사라졌다. 설령 지하실에 며칠 동안 버틸 수 있는 산소가 있다고 해도 해가 뜨기 전에 얼어 죽어버린다면 아무 소용이 없었다.

"세스이 교수와 이야기하고 싶네."

"직접 연결할 수는 없습니다. 지하실의 비상 전화는 중간정거장하고만 연결돼 있거든요. 그래도 문제는 없습니다."

문제가 없지는 않았다. 통신이 연결되자 운전사/조종사인 루퍼트가 받았다.

"죄송합니다." 루퍼트가 말했다. "교수님이 바쁘셔서요."

어이가 없어 말문이 막힌 모건은 잠시 후 단어 하나하나를 끊어가며 자신의 이름을 강조해 말했다. "바니바 모건 박사가 이야기하고 싶다고 전해주게."

"알겠습니다, 박사님. 그래도 소용은 없을 겁니다. 학생들하고 무슨 장치를 갖고 일하고 계시거든요. 일종의 분광기 같은 거라든가…, 유일하게 살려낼 수 있었던 건데, 그걸 전망창 바깥을 향하게….”

모건은 “그 사람들 미친 건가?”하고 외치려다가 간신히 참았다. 그때 루퍼트가 무슨 소리를 할지 알았다는 듯이 앞질러 말했다.

“교수님을 몰라서 그러시는 겁니다. 저는 일주일 동안 함께 있었는데요, 뭐랄까…, 외골수라고 해야 할 것 같습니다. 장비를 더 갖고 와야 한다고 운반차로 돌아가려는 걸 저희 세 명이 겨우 막았습니다. 그리고 하시는 말씀이, 어차피 우리는 다 죽을 거니까 한 가지 장비라도 제대로 작동하게 해야 한다는 겁니다.”

모건은 루퍼트의 말투에서 이 조종사가 비록 성가시지만, 이 저명하고 까다로운 승객에 상당한 감명을 받았다는 사실을 알 수 있었다. 사실 세스이 교수의 말에도 일리는 있었다. 이 불운한 탐사에 들어간 수년간의 노력을 생각하면 살릴 수 있는 건 가능한 살리는 게 지당했다.

“좋아.” 결국 어쩔 수 없는 상황을 받아들인 모건이 말했다. “언제 교수와 이야기할 수 있을지 모르니 자네가 상황을 요약해주게. 지금까지는 간접적인 정보밖에 없었으니.”

그러고 보니 아무래도 루퍼트가 교수보다는 좀 더 쓸모 있는 정보를 알려줄 거라는 생각이 들었다. 이 운전사 겸 조종사가 꿋꿋이 후자의 호칭을 고집한다는 사실이 종종 진짜 우주비행사 사이에서 웃음거리가 되곤 했지만, 루퍼트는 기계공학과 전자공학 분야에서 훈련을 잘 받은 숙련된 기술자였다.

“별로 알려드릴 건 없습니다. 상황이 너무 급박해서 저 망할 분광기 말고는 아무것도 못 건졌거든요. 솔직히 에어록을 통과하지도 못할 거로 생각했습니다…. 옷은 입고 있는 것밖에 없고…, 음, 이 정도입니다. 학생 한 명이 여행 가방을 가져왔는데, 뭐가 들었는지 아십니까? 세상에, 종이에 쓴 논문 초고였어요! 규정을 어기고 내화 처리도 하지 않았습니다. 산소만 충분하면 태워서 온기라도 얻을 수 있을 텐데요…."

우주에서 날아오는 목소리를 들으며 투명하지만 겉보기에는 단단해 보이는 탑의 홀로그램을 보고 있자니 모건은 참으로 기이한 환각에 사로잡혔다. 최하층 구역에 10분의 1 크기의 조그만 인간이 보이는 기분이 들었다. 그저 손을 뻗어서 안전하게 꺼내 주기만 하면….

"추위 다음으로 큰 문제는 공기입니다. 이산화탄소 때문에 우리가 정신을 잃기까지 얼마나 남았는지 모르겠습니다. 어쩌면 누가 계산해 줄지도 모르겠네요. 답이 뭐든 간에, 그게 너무 낙관적일까 봐 걱정입니다."

루퍼트가 목소리를 한껏 낮추더니 마치 모종의 수작을 부리는 듯한 투로 말했다. 다른 사람에게 들리지 않게 하려는 기색이 역력했다.

"교수님하고 학생들은 아직 모르지만, 남쪽 에어록이 폭발 때문에 손상을 입었습니다. 공기가 새고 있습니다. 틈으로 계속해서 소리가 나고 있어요. 얼마나 심각한지는 모르겠습니다."

루퍼트의 목소리가 다시 정상으로 돌아왔다.

"음, 상황은 이렇습니다. 다음에 연락이 오기를 기다리고 있겠습니다."

그리고 모건은 마음속으로 생각했다. '잘 있으라는 인사 말고 도대체 우리가 무슨 말을 할 수 있지?'

'위기관리'는 모건이 동경하지만 부러워하지는 않는 기술이었다. 중간정거장에 있는 탑의 안전책임자인 야노스 바르톡이 이번 상황을 수습하는 책임을 졌다. 2만5천 킬로미터 아래의, 그리고 사고 현장으로부터 불과 600킬로미터 떨어져 있는 산속에 있는 사람들이 할 수 있는 일이라고는 그저 보고를 받고, 쓸모 있는 조언을 하고, 최선을 다해 언론의 호기심을 충족시켜주는 것뿐이었다.

두말할 나위 없이, 재난이 발생한 지 몇 분 이내에 맥신 기자가 연락을 해왔다. 평소와 다름없이 그녀의 질문은 단도직입적이었다.

"중간정거장에서 늦지 않게 갈 수 있나요?"

모건은 주저했다. 그 질문에 대한 답은 당연히 '아니요'였다. 그러나 이렇게 이른 시기에 희망을 버린다는 건 잔인하다고까지는 할 수 없을지 몰라도 현명하지 않은 일이었다. 그리고 한 가지 행운도 따르기는 했다….

"거짓말로 희망을 부여하고 싶지는 않지만, 중간정거장에서 가지 않아도 될 겁니다. 훨씬 더 가까운 10K, 그러니까 1만 킬로미터 거리에서 작업 중인 사람들이 있어요. 거기 있는 운반차는 20시간 이내에 지하실에 도착할 수 있습니다."

"그러면 왜 아직 출발하지 않았죠?"

"안전담당관 바르톡이 곧 결정을 내릴 겁니다. 하지만 무의미한 일일 수도 있어요. 우리 판단으로는 공기가 그 시간의 절반밖에 버티지 못합니다. 그리고 온도 문제는 훨씬 더 심각하고요."

"무슨 뜻이지요?"

"저 위는 밤입니다. 그리고 열원이 전혀 없습니다. 이 내용은 아직 내보내지 마세요, 기자님. 이건 동사냐 질식사냐의 문제가 될 수도 있습니다."

몇 초 동안 침묵이 이어졌다. 이내 맥신은 어울리지 않게 머뭇거리는 투로 말했다. "어쩌면 바보 같은 소리일 수도 있지만, 기상관측소에는 대형 적외선 레이저가 있지 않나요…."

"아, 고마워요, 기자님. 내가 바보였군요. 중간정거장에 이야기하는 동안 잠시 기다려주십시오."

바르톡은 정중하게 모건의 전화를 받았지만, 무뚝뚝한 대답은 쓸데없이 참견하는 아마추어를 어떻게 생각하는지 아주 잘 드러내 주었다.

"방해해서 미안하네." 모건이 사과하고 다시 맥신과 연결했다.

"전문가가 가장 잘 알 때가 있는 법이지요." 모건은 씁쓸하면서도 자랑스러워하는 투로 말했다. "우리 전문가는 자기 일을 잘 알고 있더군요. 10분 전에 계절풍 통제실에 전화했답니다. 지금 레이저빔 출력을 계산하고 있어요. 너무 지나쳐서 전부 태워버리면 안 되니까요."

"그러니까 제가 옳았군요." 맥신이 유쾌하게 말했다. "박사님도 진작에 생각하셨어야죠. 또 잊으신 거 없나요?"

여기에 답하기란 불가능했고, 모건도 굳이 대답하려 하지 않았다. 맥신의 컴퓨터 같은 두뇌가 질주하는 모습이 눈에 선했고, 다음 질문이 무엇인지도 추측할 수 있었다. 모건이 옳았다.

"스파이더를 쓸 수는 없나요?"

"최종 완성품도 고도 제한이 있습니다. 내장 배터리로는 300 킬로미터밖에 못 올라가요. 탑이 대기권에 진입한 뒤에 검사용으로 쓰려던 거라서요."

"음, 배터리를 더 큰 거로 넣으면 안 되나요?"

"몇 시간 안에요? 어차피 소용없습니다. 지금 시험 중인 게 단 한 대인데, 사람을 태우지 못해요."

"빈 채로 올려보내도 되잖아요."

"미안하지만, 그것도 생각해 봤어요. 스파이더가 지하실에 도착해서 도킹하려면 조작하는 사람이 타고 있어야 해요. 그리고 한 번에 한 명씩 빼내려면 일곱 명을 데려오는 데 며칠이 걸릴 겁니다."

"그래도 뭔가 계획이 있으셔야죠!"

"몇 개 있지만, 전무 무리한 계획이에요. 그럴듯한 계획이 생기면 알려드리죠. 그동안 부탁할 일이 있는데요."

"그게 뭔데요?" 기자가 의심쩍은 투로 물었다.

"600킬로미터 상공에서 우주선끼리는 도킹할 수 있지만, 탑과는 그럴 수 없는 이유를 시청자에게 설명해주세요. 그게 끝날 때쯤에는 새 소식이 있을지도 모르겠군요."

다소 불만스러워 보이는 맥신의 모습이 화면에서 사라지자 모건은 작업관리본부의 잘 정돈된 혼돈을 향해 다시 관심을 돌렸다. 이 문제의 모든 측면을 고려하며 가능한 자유로운 발상을 떠올리려고 노력했다. 중간정거장에서 효율적으로 임무를 수행하고 있는 안전책임자가 이미 한 번 정중하게 퇴짜를 놓았지만, 어쩌면 유용한 아이디어를 떠올릴 수 있을지도 몰랐다. 마법과 같은 해결책이 있으리라는 기대는 하지 않았지만, 모건은 현존 하는 그 누구보다도 탑에 대해 잘 알았다. 킹슬리가 예외가 될 수는 있었다. 아마도 세부적인 부분에 대해서는 킹슬리가 더 잘 알 것이다. 그래도 총체적인 면에서는 모건이 더 명확히 파악 하고 있었다.

우주공학의 역사를 통틀어도 유일무이한 이런 상황 속에서 남녀 7명이 하늘에서 꼼짝도 못 하고 있었다.

이산화탄소에 중독되거나 기압이 너무 낮아져서 말 그대로 그곳이 천국과 지상 사이에 놓인 마호메트의 무덤이 되기 전에 안전하게 만들어 줄 방법이 있어야만 했다.

45

적임자

"할 수 있어요." 킹슬리가 활짝 웃으며 말했다. "스파이더가 지하실로 갈 수 있어요."

"추가 배터리를 충분히 넣을 수 있는 거야?"

"네. 하지만 아주 빠듯해요. 예전 로켓처럼 두 단계로 나눠야 하죠. 배터리가 다 닳자마자 분리해 버려서 중량을 줄여야 해요. 그때가 대략 400킬로미터 지점일 테고, 스파이더의 내장 배터리로 나머지를 움직이면 돼요."

"그러면 화물은 얼마나 실을 수 있지?"

킹슬리의 얼굴에서 웃음기가 가셨다.

"적어요. 가장 좋은 배터리를 썼을 때 50킬로그램 정도."

"50밖에 안 된다니! 그걸 어디에다 써?"

"충분할 거예요. 산소가 5킬로씩 들어가는 1천 기압짜리 산소통 새것 몇 개, 이산화탄소를 걸러주는 분자 필터 마스크, 물약간하고 압축 식량, 의약품 약간. 전부 다 해서 45킬로 아래로 맞출 수 있어요."

"허 참! 그걸로 충분하겠어?"

"충분해요. 그 정도면 1만 킬로미터 정거장에서 운반차가 올 때까지 버틸 수 있어요. 필요하면 스파이더로 한 번 더 다녀와도 되고요."

"바르톡은 어떻게 생각하지?"

"승인했어요. 어차피 더 나은 아이디어가 있는 것도 아니니까."

모건은 어깨에 실려 있던 무거운 짐에서 벗어나는 기분이 들었다. 아직도 무슨 일이 어떻게 잘못될지 몰랐다. 하지만 마침내 한 줄기 희망의 빛과 함께 극도의 무력감에서 빠져나올 수 있었다.

"언제 준비가 될까?" 모건이 물었다.

"별다른 문제가 없다면 두 시간 이내요. 늦어도 세 시간. 다행히 전부 표준 장비니까요. 스파이더는 지금 점검 중이에요. 딱 한 가지 결정해야 할 일이 있는데…."

모건은 고개를 저었다.

"아니야, 킹슬리." 모건은 킹슬리가 한 번도 들어본 적 없는, 차분하고 단호한 목소리로 천천히 말했다. "더 결정해야 할 일은 없어."

"내가 지금 지위를 이용하려는 건 아닐세, 바르톡." 모건이 말했다. "간단한 논리 문제야. 물론 누구나 스파이더를 조종할 수는 있지. 하지만 관련 기술 전부를 자세히 아는 사람은 한 줌밖에 안 돼. 탑에 도착했을 때 작동과 관련해서 문제가 생길 수도 있는데, 그걸 해결하기에는 내가 최적의 인물이지."

"모건 박사님, 죄송합니다만." 안전책임자가 말했다. "박사님은 예순다섯입니다. 좀 더 젊은 사람을 보내는 게 옳다고 봅니다."

"난 예순다섯이 아니야. 예순여섯이지. 그리고 나이는 이 일과 아무 상관이 없다네. 위험할 일이 없다고. 게다가 육체적인 힘이 필요한 일도 아니잖나."

여기에 더해 심리적인 요인이 육체적인 요인보다 훨씬 더 중요하다고 덧붙일 수도 있었다. 캡슐 속에 가만히 앉아서 오르내리는 건 누구라도 할 수 있었다. 맥신 듀발이 이미 경험한 바 있으며, 앞으로 수백만 명이 그렇게 할 것이다. 600킬로미터 위쪽의 허공에서 벌어질 가능성이 큰 몇몇 상황에 대처하는 일이야말로 완전히 다른 문제였다.

"그래도 저는 좀 더 젊은 사람을 보내는 게 낫다고 생각합니다." 안전책임자 바르톡이 정중하지만 끈질기게 권유했다. "예를 들면, 킹슬리 박사님이라든지요."

등 뒤에서 동료가 갑자기 숨을 들이켜는 소리가 들렸다. (아니면, 단지 상상이었던 걸까?) 둘은 오래전부터 킹슬리가 높은 곳에 올라가기를 두려워해 자신이 설계한 구조물을 점검하는 일이 절대 없다는 사실을 두고 농담을 하곤 했다. 진짜 고소공포증이라고 할 정도로 두려워하는 건 아니라서 꼭 필요하다면 극복할 수도 있었다. 실제로 아프리카에서 유럽으로 건너갈 때 모건과 함께한 적도 있었다. 하지만 킹슬리가 공공장소에서 술에 취한 모습을 보인 건 그때가 유일했고, 그 뒤로도 24시간 동안은 전혀 모습을 드러내지 않았다.

모건은 킹슬리가 마음의 준비를 하고 있다는 사실을 알았지만, 그건 논외였다. 기술적인 능력과 순수한 용기만으로는 충분하지 않을 때가 있었다. 선천적인, 혹은 아주 어린 시절에 각인된 공포심과 맞서 싸울 수 있는 사람은 없었다.

다행히 안전책임자에게 이런 내용까지 설명할 필요는 없었다. 킹슬리가 가서는 안 되는 더욱 단순하고 근거도 똑같이 타당한 이유가 있었다. 몸집이 작다는 게 만족스러웠던 적은 아주 드물었지만, 바로 이번이 그랬다.

"난 킹슬리보다 15킬로그램 더 가볍네." 모건이 바르톡에게 말했다. "이렇게 여유가 없는 상황에서는 그게 결론을 내려주지. 그러니까 귀중한 시간을 논쟁하는 데 낭비하지 않도록 합시다."

실은 이게 부당한 말이라는 사실을 알고 있었던 모건은 양심의 가책을 살짝 느꼈다. 바르톡은 맡은 임무를 아주 효율적으로 수행하고 있을 뿐이었다. 그리고 캡슐을 준비하는 데 한 시간은 더 걸릴 예정이었다. 누구도 시간을 낭비하고 있지는 않았다.

두 남자는 둘 사이에 놓인 2만5천 킬로미터라는 거리가 존재하지 않는 듯이 상대방을 한참 동안 노려보았다. 만약 노골적인 권한 싸움이 벌어진다면, 상황이 지저분해질 수 있었다. 명목상 바르톡은 안전을 책임지는 위치에 있었고, 이론상으로는 책임공학자이자 사업운영자의 의견이라고 해도 기각할 수 있었다. 하지만 권한을 강제하기는 어려운 것도 사실이었다. 모건과 스파이더 모두 한참 아래쪽에 있는 스리칸다 산에 있었고, 스파이더가 누구 손에 있느냐가 관건이었다.

바르톡이 어깨를 으쓱해 보였고, 모건은 안도했다.

"일리가 있는 말씀입니다. 아직 완전히 내키지는 않지만, 박사님 말씀대로 하겠습니다. 행운을 빕니다."

"고맙네." 모건이 조용히 답하자 화면에서 영상이 사라졌다. 모건은 여전히 말이 없는 킹슬리를 향해 말했다.

"가지."

두 사람이 작업관리본부를 나와 산 정상으로 올라가는 도중에 비로소 모건은 무의식적으로 셔츠에 가려 있는 작은 펜던트를 의식하게 됐다. 코라는 지난 몇 달 동안 모건을 성가시게 한 적이 없었고, 킹슬리조차도 그런 게 있다는 사실을 몰랐다. 그저 자존심을 충족하기 위해 이기적으로 자신은 물론이거니와 다른 사람의 목숨을 놓고 도박을 하는 것일까? 만약 안전책임자 바르톡이 이 사실을 알았다면….

이미 지나가 버린 일이었다. 동기가 무엇이었든 간에 이제는 돌이킬 수 없었다.

46

스파이더

'처음 봤을 때 이후로 산이 많이 바뀌었구나!' 모건은 생각했다. 정상은 오롯이 깎여 나가 지금은 완벽한 평지였다. 그 한가운데 커다란 냄비 뚜껑처럼 생긴 덮개가 곧 여러 세계의 교통량을 책임지게 될 통로를 가리고 있었다. 태양계 최대의 우주항이 산속 깊숙한 곳에 있다고 생각하니 참으로 기묘했다….

한때 이곳에 고대의 사원이 있어 적어도 3천 년 동안 수십억 명의 희망과 두려움에 정신을 집중해 왔다고는 누구도 상상할 수 없었다. 유일하게 남아 있는 건 오랜 세월 이름을 물려받았던 마하나야케 테로 주지승려들의 정체 모를 유품뿐으로, 곧 상자에 넣어서 내보낼 예정이었다. 하지만 칼리다사 왕의 불길한 범종에 대해서는 지금까지 야카갈라 궁전 관리부서도 라나푸라 박물관장도 그다지 열의를 보이지 않았다.

종이 마지막으로 울렸을 때 산 정상은 짧지만 굉장한 돌풍, 진정한 변화의 바람에 휩쓸렸다. 모건이 조수들과 함께 점검용 조명을 받아 반짝이며 대기하고 있는 캡슐로 천천히 걸어가는 지금은 바람 한 점 없이 고요했다. 누군가 차체 아래쪽에 '스파이더 마크 II'라고 이름을 찍어 두었다. 그 아래에는 '우리는 기대를 저버리지 않는다'라는 글귀가 휘갈겨 쓰여 있었다. '그렇게 되면 좋겠군.' 모건이 생각했다.

매번 이곳에 올 때마다 모건은 숨 쉬는 게 갈수록 힘들어졌고, 굶주린 허파에 산소가 쏟아져 들어오기만을 기다리게 됐다. 그래도 다행히 코라는 모건이 정상에 올랐을 때 단 한 번의 예비 경보조차 발한 적이 없었다. 빌 박사가 처방한 요법이 자기 역할을 아주 제대로 하는 것 같았다.

짐은 전부 실렸고, 스파이더는 아래쪽에 여분의 배터리를 달기 위해 위로 들린 상태였다. 기계공이 서둘러 마지막 조정 작업을 하면서 전력선을 분리했다. 발밑에 뒤엉켜 있는 케이블은 우주복을 입고 걷는 데 익숙하지 않은 사람에게는 다소 거추장스러웠다.

모건의 플렉시슈트는 가가린 기지에서 출발해 불과 30분 전에야 도착했다. 한동안 모건은 그 옷을 입지 않고 떠날까 진지하게 고민하기도 했다. 스파이더 마크 II는 맥신 기자가 탔던 단순한 시험용 차량보다 훨씬 정교했다. 사실상 자체 생명유지장치가 있는 작은 우주선이나 마찬가지였다. 일이 순조롭게 흘러가면 모건은 일찍이 바로 이런 목적으로 만든 탑 아래의 에어록에 스파이더를 연결할 수 있을 것이다. 그러나 우주복은 도킹에 문제가 있을 때를 위한 대비책이었을 뿐만 아니라, 모건에게 엄청난 행동의 자유도 제공해주었다.

몸에 거의 꼭 들어맞는 플렉시슈트는 초기 우주비행사가 입었던 우스꽝스러운 갑옷과는 전혀 닮은 점이 없었고, 공기를 주입한 상태에서도 움직임에 거의 지장을 주지 않았다. 모건은 예전에 제조사에서 사람이 나와 우주복을 입고 곡예를 시연하는 모습을 본 적이 있었다. 그중 압권은 칼싸움과 발레였다. 마지막은 아주 웃겼지만, 제조사의 주장만큼은 입증됐다.

낮은 계단을 오른 모건은 금속으로 된 캡슐의 좁은 입구에서 잠시 서 있다가 조심스럽게 뒷걸음질로 들어갔다. 자리를 잡고 안전띠를 매는데 다행히도 공간이 뜻밖에 넓었다. 마크 II가 일인승이기는 했지만, 추가로 여러 가지 장비를 집어넣은 상태에서도 걱정했던 것만큼 좁지는 않았다.

산소통 두 개는 좌석 밑에 있었고, 이산화탄소 마스크는 머리 위쪽의 에어록으로 이어지는 사다리 뒤의 작은 상자 안에 들었다. 몇 개 안 되는 그런 장비가 수많은 사람의 생과 사를 가를 수 있다고 생각하니 놀라웠다.

모건은 개인 물품을 하나 갖고 있었다. 이 모든 일이 시작된 곳이라고 할 수 있는 야카갈라 궁전에 처음 왔던 오래전의 어떤 날을 기념하는 물건이었다. 스피너렛은 공간을 거의 차지하지 않았고, 무게도 고작 1킬로그램밖에 안 나갔다. 지난 몇 년 사이에 그건 일종의 부적이 되었다. 초섬유의 성질을 보여주는 데 여전히 가장 효과적인 방법이었고, 두고 나올 때면 꼭 그게 필요한 일이 생겼다. 그중에서도 특별히 이번 여행에서는 스피너렛이 유용하게 쓰일지도 몰랐다.

모건은 우주복에 탈착식 생명줄을 꽂고 내외부의 공기 흐름을 시험했다. 캡슐 외부에서는 전력선을 제거했다. 이제 스파이더는 스스로 움직여야 했다.

그런 순간에 멋진 말이 흘러나오는 일은 드물었다. 게다가 이건 그야말로 단순한 작업이었다. 모건은 다소 딱딱한 표정으로 웃으며 킹슬리에게 말했다. "돌아올 때까지 집 좀 잘 봐줘, 킹슬리."

그 순간 모건은 캡슐을 둘러싼 사람들 사이에 홀로 서 있는 작은 아이를 보았다. '이런!' 모건은 생각했다. '저 불쌍한 아이를 잊고 있었군….' "데브." 모건이 아이를 불렀다. "돌봐주지 못해서 미안하다. 돌아와서 시간을 더 보내자꾸나."

'정말 그렇게 해야지.' 모건은 중얼거렸다. 탑이 완성되면 뭐가 됐든지 할 시간이 생길 것이다. 심지어 그동안 거의 완전히 무시해 왔던 인간관계마저도. 데브는 지켜볼 만한 아이였다. 나서지 말아야 할 때를 잘 알고 있는 이 소년에게는 보통 이상의 싹수가 있었다.

위쪽 절반이 투명한 플라스틱으로 된 캡슐의 굽은 문이 부드러운 소리와 함께 닫히며 밀봉됐다. 모건은 '점검' 버튼을 눌렀다. 스파이더의 상태를 나타내는 주요 수치가 하나씩 화면에 나타났다. 모두 녹색이었다. 실제 수치를 확인할 필요는 없었다. 어떤 수치든 정상 범위를 넘어가면 1초에 두 번씩 붉은색으로 깜빡이게 되어 있었다. 그런데도 모건은 공학자다운 조심성을 발휘하여 산소가 102퍼센트, 주 배터리가 101퍼센트, 보조 배터리가 105퍼센트임을 확인했다….

관제사의 조용하고 차분한 목소리가 귓가에 들렸다. 실패로 끝난 오래전의 첫 강하 이후로 모든 운행을 지켜봐 와서 절대 동요하지 않는 바로 그 전문가였다. "모든 시스템 정상. 통제를 넘깁니다."

"통제를 넘겨받았다. 다음 1분이 시작될 때까지 기다리겠다."

신중한 초읽기, 정밀한 시간 측정, 굉음과 격렬함이 함께하는 과거의 로켓 발사와 비교해서 이보다 더 대조적인 일을 떠올리기는 어려웠다. 모건은 그저 시계의 마지막 두 자리 숫자가 0이 될 때까지 기다렸다가 스위치를 켜고 최저 출력에 맞췄을 뿐이다.

조명으로 환한 산꼭대기가 부드럽게, 그리고 조용하게 아래쪽으로 멀어졌다. 열기구도 이렇게 조용하지는 않을 것 같았다. 가만히 귀를 기울여야 캡슐 위아래 양쪽에서 끈을 붙잡고 있는 커다란 마찰구동바퀴를 움직이는 한 쌍의 모터 돌아가는 소리가 간신히 들렸다.

속도계에 따르면 상승 속도는 초당 5미터였다. 모건은 초당 50미터가 될 때까지 천천히, 꾸준하게 동력을 높였다. 그러면 시속 200킬로미터에서 살짝 모자랐다. 스파이더가 싣고 있는 현재 하중에서는 그렇게 해야 효율이 가장 높았다. 보조 배터리를 떨구고 나면 속도는 25퍼센트, 즉 거의 시속 250킬로미터까지 올라갈 수 있다.

"무슨 말이라도 해 봐요, 모건 박사님!" 아래쪽 세상에서 킹슬리의 재미있어하는 목소리가 들렸다.

"혼자 있게 내버려 둬." 모건이 무덤덤하게 대꾸했다. "앞으로 몇 시간 동안 편안하게 경치나 감상하고 있을 테니까. 생중계를 원하는 거라면 맥신 기자를 보냈어야지."

"그 사람 한 시간째 박사님께 전화하고 있어요."

"안부를 전해줘. 그리고 난 바쁘다고 해. 어쩌면 지하실에 도착한 다음에…. 그쪽의 최근 소식은 어떻지?"

"온도는 20도에서 안정됐어요. 계절풍 통제실이 10분마다 적당한 메가와트로 때려주고 있죠. 그런데 세스이 교수는 화가 났어요. 그것 때문에 장비가 망가진다면서."

"공기는 어때?"

"별로 안 좋아요. 압력이 확실히 떨어졌고, 이산화탄소도 당연히 올라가고 있고요. 하지만 박사님이 예정대로 도착만 한다면 괜찮을 거예요. 산소를 보존하려고 쓸데없는 움직임을 피하고 있어요."

'장담컨대, 세스이 교수를 빼고서겠지.' 모건은 생각했다. 지금 자신이 구하려고 하는 사람을 만나면 재미있을 것 같았다. 모건은 그 과학자의 평판 좋은 대중서를 몇 권 읽어본 적이 있었는데, 현란하고 과장이 심하다고 생각했다. 문제와 어울리는 사람일 거라는 느낌이 들었다.

"1만 킬로미터 정거장의 상태는?"

"두 시간은 더 있어야 운반차가 떠나요. 이번에는 불이 나지 않게 하려고 특별한 회로를 설치하는 중이에요."

"아주 좋군. 아마 바르톡의 생각이겠지."

"아마도요. 그리고 남쪽 선로가 폭발에 망가졌을까 봐 북쪽으로 내려올 거예요. 별일 없으면, 음…, 스물한 시간 뒤에 도착해요. 충분한 시간이죠. 스파이더에 짐을 더 실어서 다시 올려 보내지 않아도 될 정도예요."

킹슬리에게 농담처럼 대꾸하긴 했지만, 모건은 아직 안도하기에는 이르다는 사실을 알고 있었다. 하지만 지금까지는 더할 나위 없이 잘 되는 것 같았다. 그리고 앞으로 3시간 동안은 점점 드넓게 펼쳐지는 전망을 감상하는 일 외에는 할 수 있는 일이 전혀 없었다.

모건은 열대의 밤을 뚫고 신속하고 조용히 상승해 벌써 30킬로미터 상공에 이르렀다. 달은 없었지만, 별자리처럼 펼쳐진 도시와 마을의 불빛이 대지를 드러내고 있었다. 하늘의 별과 대지의 별을 바라보니 어느 쪽 세계에서도 멀리 떨어진 채 우주 깊숙한 곳에서 떠돌고 있다는 상상에 쉽사리 사로잡혔다.

이내 모건은 타프로바네의 전체 모습을 볼 수 있었다. 해안가에 늘어선 정착지의 불빛이 희미하게 윤곽을 드러냈다. 한참 북쪽으로 올라가면 흐릿하게 빛나는 얼룩이 자리를 잘못 잡은 여명의 선발대처럼 수평선 너머로 퍼져갔다. 모건은 한동안 어리둥절했으나 곧 힌두스탄 남부의 대도시를 보고 있다는 사실을 깨달았다.

이제 모건은 어떤 비행기도 날 수 없는 고도에 올라 있었고, 이는 운송 수단의 역사에서 전례가 없는 일이었다. 스파이더와 그보다 앞선 시험용 차량들이 20킬로미터 높이까지 수도 없이 다녀왔지만, 구조 가능성이 없다는 이유로 사람은 그 이상 올라가지 못하게 했다. 탑이 지금보다 훨씬 더 가까워지고 다른 끈을 타고 오르내릴 수 있는 스파이더가 적어도 두 대 더 생기기 전까지는 제대로 운행할 계획이 없었다. 모건은 구동장치가 움직이지 않게 되면 어떻게 될지 생각하지 않으려고 노력했다. 그랬다가는 지하실에 대피한 사람들은 물론 자기 자신조차 끝장이었다.

50킬로미터. 모건은 정상적인 시절에는 전리층의 가장 낮은 부분이었을 고도에 도착했다. 물론 뭔가 눈에 보이리라는 기대는 하지 않았다. 하지만 모건은 잘못 생각하고 있었다.

최초의 징조는 캡슐의 스피커가 찌지직거리며 내는 가냘픈 소리였다. 그리고 시야 한구석에서 희미하게 빛이 깜빡였다. 그건 바로 아래쪽에 있었는데, 아래쪽을 보기 위해 외피 바깥으로 튀어나온 작은 창 바로 바깥에 설치해 놓은 거울에 슬쩍 비쳐 보였다.

모건은 거울을 최대한 회전시켜 캡슐 몇 미터 아래쪽의 한 지점이 보이게 했다. 한동안 놀라움, 그리고 어느 정도의 두려움을 느끼며 바라보던 모건이 산을 호출했다.

"동행이 생겼어." 모건이 말했다. "내 생각에 이건 세스이 교수의 분야인 것 같은데. 빛으로 된 공이 있어. 음, 지름이 약 20센티미터고, 바로 내 밑에 있는 끈을 따라 움직이고 있어. 일정한 거리를 유지하고 있는데, 계속 그러면 좋겠군. 하지만 상당히 아름다운 건 사실이야. 푸르스름하고 예쁜 빛이 몇 초에 한 번씩 깜빡이고 있어. 그리고 통신기에서도 소리가 들려."

1분 뒤에 킹슬리가 안심하라는 듯이 말했다.

"걱정 마요. 그냥 성 엘모의 불이에요. 폭풍우가 칠 때 끈을 따라 비슷한 모습을 본 적이 있죠. 마크 I에 타고 있었다면 털이 곤두섰을 텐데, 지금은 아무 느낌도 없을 거예요. 차폐가 잘 되어 있으니까."

"이 고도에서도 일어나는 줄은 몰랐군."

"우리도 몰랐어요. 세스이 교수에게도 알려주세요."

"아, 사라지고 있어. 크기는 커지면서 희미해지는군. 이제 없어졌어. 공기가 너무 희박한가 봐. 없어지니까 아쉽네…."

"그건 서막일 뿐이에요." 킹슬리가 말했다. "바로 위에 뭐가 있는지 보세요."

모건이 거울을 천정 쪽으로 기울이자 네모난 거울에 비친 별무리가 스쳐 지나갔다. 처음에는 특이할 게 없어 보였다. 그래서 모건은 제어판의 지시등을 모두 끄고 완전한 어둠 속에서 기다렸다.

천천히 눈이 적응하자 거울 속 깊숙한 곳에서 희미하게 붉은빛이 불타오르기 시작하더니 점점 퍼지며 별들을 집어삼켰다. 그 불빛은 계속해서 밝아지다가 거울의 경계 밖으로 흘러나갔다. 그즈음 모건은 하늘을 절반 가까이 덮고 있는 불빛을 직접 보았다. 깜빡이며 움직이는 광선으로 이뤄진 빛의 감옥이 지구를 내리덮고 있었다. 그제야 모건은 세스이 교수 같은 사람이 그 비밀을 파헤치는 데 일생을 바치는 이유를 이해했다.

적도에 오는 일은 드물었지만, 극지에서 시작된 오로라가 마침내 이곳까지 행차했다.

47

오로라 너머

모건은 500킬로미터 위에 있는 세스이 교수도 이런 장관을 보지는 못하고 있으리라고 생각했다. 태양풍의 폭풍우는 급격히 커지고 있었다. 오늘날에도 여전히 그다지 중요하지는 않은 일에 쓰이고 있는 단파 통신은 지금쯤 세계적으로 모두 중단된 상태일 것이다. 모건은 희미하게 바스락거리는 소리를 듣거나, 혹은 느낀 것 같은 기분이 들었다. 모래가 떨어지거나 마른 나뭇가지가 부서지는 소리 같았다. 빛으로 된 공이 생겼을 때 들렸던 꾸준한 잡음과 달리 이건 스피커에서 나는 소리가 아니었다. 스피커 회로는 아직도 전원이 꺼져 있었다.

가장자리가 주홍색인 옅은 녹색 불길의 커튼이 하늘을 휩쓸고 지나가다가 마치 보이지 않는 손이 흔든 양 천천히 앞뒤로 출렁였다. 거대한 녹색 커튼은 태양에서 출발해 지구와 그 너머를 향해 불어가는 시속 수백만 킬로미터의 강풍인 태양풍에 밀려 흔들리고 있었다. 심지어 화성에서도 미약한 오로라의 모습이

313

흐릿하게 깜빡이고, 태양에 더 가까운 금성의 유독한 하늘은 활활 타오르고 있을 것이다.

주름진 커튼 위로 반쯤 벌린 부챗살 같은 빛줄기가 지평선을 쓸고 지나갔다. 가끔은 서치라이트처럼 모건의 눈을 향해 똑바로 비쳐 들어와 한동안 눈부시게 만들었다. 이제 오로라가 안 보일까 봐 캡슐의 조명을 끌 필요도 없었다. 바깥에서 벌어지는 천상의 빛 축제는 책을 읽을 수 있을 정도로 밝았다.

고도 200킬로미터. 스파이더는 계속해서 고요하고 매끄럽게 올라가고 있었다. 정확히 한 시간 전에 지구를 떠났다는 사실을 도무지 믿을 수가 없었다. 아니, 지구가 어딘가에 존재한다는 생각조차 들지 않았다. 지금 모건은 불길의 협곡 사이에서 떠오르고 있었다.

그런 환상은 몇 초 만에 끝이 났다. 자기장과 밀려 들어오는 전자구름 사이의 짧고 불안정한 균형이 무너졌다. 하지만 그 짧은 시간 동안만큼은 화성의 그랜드 캐니언인 매리너스 협곡조차 왜소하게 만들어 버릴 간극 사이로 상승하고 있다고 믿을 수 있을 만했다. 곧이어 적어도 높이가 100킬로미터는 되는 빛나는 절벽이 슬슬 투명해지고, 별빛이 뚫고 들어왔다. 모건은 형광빛 환영에 불과한 진짜 모습을 볼 수 있었다.

이제 스파이더는 낮게 깔린 머리 위의 구름을 뚫고 올라가는 비행기처럼 그 광경 위로 올라가고 있었다. 모건은 발밑에서 뒤틀리며 회전하는 불길 같은 안개 속에서 튀어나오는 셈이었다. 오래전 열대의 밤을 뚫고 움직이는 배를 타고 관광하다가 선미에서 다른 승객과 함께 발광 플랑크톤의 아름다움과 경이에 사로잡혔던 일이 떠올랐다. 지금 아래쪽에서 깜빡이는 청록색 광채는 그때 보았던 플랑크톤의 색과 똑같았다. 지금 보고 있는 것도 생명체의 부산물일지도 모른다는 상상을 하는 건 어렵지 않았다. 상층 대기에 사는 거대하고 보이지 않는 짐승의 장난이라고….

모건은 하마터면 임무를 잊을 뻔했다. 해야 할 일을 상기하고는 깜짝 놀랐다.

"출력은 어때요?" 킹슬리가 물었다. "지금 그 배터리로는 20분밖에 안 남았는데."

모건은 계기를 슬쩍 보았다.

"95퍼센트로 떨어졌어. 그런데 상승 속도는 5퍼센트 늘어났어. 지금 시속 220킬로미터야."

"얼추 맞네요. 스파이더가 받는 중력이 낮아졌으니까. 지금 그 고도에서 벌써 10퍼센트 줄었어요."

몸으로 느낄 정도는 아니었다. 하물며 몇 킬로그램짜리 우주복을 입고 의자에 묶인 채로야 말할 것도 없었다. 그래도 모건은 몸이 살짝 붕 뜨는 느낌을 받았다. 혹시 산소를 너무 많이 공급받고 있는 건지 궁금했다.

아니었다. 공기 흐름은 정상이었다. 아래쪽에서 목격한 굉장한 광경(이제 오로라는 수그러들며 극지에 있는 요새로 철수하듯이 남쪽과 북쪽으로 물러나고 있었다) 때문에 들떠 있는 모양이었다. 거기에 더해 이전까지 누구도 한계에 달할 때까지 시험해 보지 않은 기술을 이용한 임무의 시작이 좋았다는 사실도 한몫했다.

충분히 그럴듯한 설명이었지만, 모건은 만족하지 않았다. 모건이 느끼는 행복, 더 나아가 환희를 완전히 설명하지 못했다. 스쿠버다이빙을 즐기는 킹슬리는 가끔 모건에게 무중량 환경인 바닷속에서 느끼는 감정에 관해 이야기해준 적이 있었다. 그때는 공감하지 못했지만, 이제 그게 어떤 느낌인지 알 것 같았다. 모건은 천천히 사라지고 있는 구불구불한 창살 모양의 오로라 아래 숨어 있는 행성에 온갖 근심과 걱정을 다 내려놓고 온 것 같은 기분이 들었다.

극지에서 온 기괴한 침입자의 도전이 사라지자 별빛이 돌아왔다. 모건은 큰 기대는 하지 않은 채 머리 위쪽으로 혹시 탑의 모습이 보이는지 찾아보았다. 하지만 스파이더가 신속하고 순조롭게 타고 올라가고 있는 얇은 끈이 오로라가 내뿜는 희미한 빛을 받아 빛나는 모습을 겨우 몇 미터 위까지만 볼 수 있었다.

지금 모건과 다른 일곱 명의 생명이 매달려 있는 그 얇은 끈은 생김새가 일정하고 특색이 없어서 그것만 봐서는 캡슐의 속도를 짐작할 수 없었다. 모건은 그 끈이 시속 200킬로미터가 넘는 속도로 구동장치 사이를 순식간에 지나가고 있다는 사실을 믿기 어려웠다. 그렇게 생각하자 문득 어린 시절이 떠오르며 지금 느끼고 있는 만족감의 원천이 무엇인지를 깨달았다.

모건은 생애 첫 연을 잃어버린 충격에서 금방 회복하고, 좀 더 크고 정교한 연으로 옮겨갔다. 그러다 메카노*를 알게 되고 연의 세계를 떠나기 직전에 잠시 장난감 낙하산을 시험 삼아 가지고 논 적이 있었다. 모건은 낙하산을 자신이 직접 생각해 냈

* 1901년 영국의 프랭크 혼비가 발명한 어린이용 모델 조립 키트

다며 즐거워하곤 했지만, 사실은 어디서 읽었거나 봤을 공산이 컸다. 간단한 기교만 있으면 만들 수 있어서 어느 세대에나 그걸 새로 만들어 본 남자아이들이 있었을 것이다.

먼저 길이가 5센티미터 정도 되는 얇은 나무 조각을 깎은 뒤 클립 몇 개를 붙였다. 그리고 여기에 연줄을 끼워서 이 작은 장치가 손쉽게 위아래로 움직이게 하였다.

다음으로 비단끈이 달린 얇은 종이를 손수건 크기로 잘랐다. 조그만 마분지 사각형 하나가 짐 역할을 했다. 이 네모난 마분지를 고무줄로 나무 조각에, 너무 꽉 조이지 않도록 고정하면 완성이었다.

작은 낙하산은 바람을 받아 연줄을 타고 우아한 현수선을 그리며 연을 향해 날아올랐다. 그때 모건이 연줄을 확 잡아채자 무거운 마분지가 고무줄에서 빠져나왔다. 낙하산은 하늘을 향해 떠오르며 멀어졌고, 나무 조각과 클립은 금세 손아귀로 되돌아와 다음 발사 태세를 갖췄다.

보잘것없는 창조물이 여유 있게 바다를 향해 날아가는 모습을 보며 얼마나 부러워했던지! 대부분은 1킬로미터도 가기 전에 바다에 떨어졌지만, 가끔 어떤 낙하산은 시야에서 사라질 때까지 당당하게 고도를 유지했다. 모건은 이 행운의 여행자가 태평양의 매혹적인 섬에 도착했다고 생각하고 싶었다. 하지만 네모난 마분지에 아무리 이름과 주소를 써놓아도 답장을 받은 적은 한 번도 없었다.

오랫동안 잊고 지내던 추억을 떠올리자 웃음이 나왔다. 그래도 덕분에 상당 부분 설명이 됐다. 어른이 되어 살아가는 현실은 어린 시절의 꿈을 훨씬 능가했다. 모건이 만족스러워할 만한 자격이 있었다.

"곧 380킬로미터예요." 킹슬리가 말했다. "출력은 어때요?"

"떨어지기 시작했어. 85퍼센트야. 배터리가 약해지고 있군."

"음, 앞으로 20킬로미터는 더 버티고 임무를 마칠 거예요. 기분은 어때요?"

모건은 최고라고 말하고 싶었지만, 타고난 신중함이 앞섰다.

"괜찮아." 모건이 말했다. "승객 모두에게 이런 광경을 보장할 수 있다면 몰려드는 손님을 감당하지 못할 것 같은데."

"그렇게 할 수 있을 걸요." 킹슬리가 웃었다. "계절풍 통제실에 부탁해서 알맞은 곳에 전자를 한 무더기 쏴 달라고 하면 되지요. 평소에 하는 일은 아니지만, 임시변통에 능한 사람들이니까…. 안 그래요?"

모건은 웃었지만, 대답하지 않았다. 시선은 계기판에 못 박혀 있었다. 출력과 상승 속도가 눈에 띄게 떨어지고 있었지만, 놀랄 일은 아니었다. 스파이더는 예상했던 400킬로미터 중 385킬로미터를 주파했고, 보조 배터리에는 아직도 생명이 조금 남았다.

390킬로미터 상공에서 모건은 상승 속도를 늦추기 시작했다. 스파이더는 올라가면서 점점 더 느려졌고, 마침내 간신히 움직이는 수준이 되었다. 그리고 결국 405킬로미터에 살짝 못 미치는 위치에서 정지했다.

무겁고 비싼 배터리를 회수할 방법을 놓고 고민을 많이 했지만, 모건이 만들었던 연 발사장치처럼 안전하게 미끄러져 내려올 수 있게 해줄 제동장치를 만들 시간은 없었다. 낙하산을 쓸 수 있었지만, 낙하산 줄이 끈과 엉킬까 봐 걱정스러웠다. 다행히 지구 쪽 종착역에서 동쪽으로 불과 10킬로미터 떨어진 충돌 지점은 빽빽한 정글 속이었다. 타프로바네의 야생 동물은 운명에 맡기는 수밖에 없었다. 모건은 나중에 환경보존부와 논쟁할 각오가 되어 있었다.

모건이 안전열쇠를 돌리고 빨간 버튼을 눌러 폭약을 터뜨렸다. 폭약이 터지면서 스파이더가 잠시 흔들렸다. 모건은 내장 배터리로 전환하고 마찰제동장치를 천천히 풀며, 모터에 전력을 다시 공급했다.

캡슐이 여정의 마지막 단계를 시작했다. 하지만 계기판을 힐끗 보기만 해도 모건은 뭔가 심각하게 잘못되었음을 알 수 있었다. 스파이더는 시속 200킬로미터 이상으로 상승해야 했는데, 최대 출력으로도 100킬로에 못 미쳤다.

시험도 계산도 필요 없었다. 모건은 그 즉시 원인을 진단해냈다. 수치가 알려주고 있었다. 절망감에 빠진 모건이 지구에 보고했다.

"문제가 생겼어." 모건이 말했다. "폭약은 터졌는데…, 배터리가 안 떨어졌어. 뭔가에 걸렸나 봐."

물론 임무를 중단해야 한다는 말을 덧붙일 필요도 없었다. 몇백 킬로그램의 무게를 짊어진 스파이더가 탑의 바닥에 도달할 수 없다는 건 누구나 아주 잘 알고 있었다.

48

저택의 밤

라자싱헤는 요즘 들어 밤에 잠을 자고자 하는 욕구를 거의 느끼지 않았다. 자애로운 자연이 남은 생애를 최대한 활용하도록 허락해 준 것 같았다. 그리고 타프로바네의 하늘이 지난 몇 세기 중 가장 위대한 경이로 불타오르는 이 시기에 잠이나 자고 있을 사람이 어디 있을까?

'사라스가 살아 있어서 함께 이 장관을 볼 수 있다면 좋았을 텐데!' 라자싱헤는 옛 친구가 상상 이상으로 그리웠다. 사라스 교수가 그랬던 식으로 라자싱헤를 성가시게 하거나 자극할 수 있는 사람은 없었다. 어린 시절까지 거슬러 올라가는 공통의 경험으로 묶인 친구는 그 한 명뿐이었다.

라자싱헤는 자신이 사라스 교수보다 오래 살게 된다거나, 궤도 위 시설과 3만6천 킬로미터 아래에 있는 타프로바네를 거의 다 이은 수십억 톤짜리 종유석 같은 탑의 환상적인 모습을 보게 되리라고는 생각하지 못했다. 사라스 교수는 마지막까지도 이 계획에 극렬히 반대했다. '다모클레스의 칼'*이라며, 궁극적으로는 탑이 지구에 처박히게 될 거라 생각했다. 그런 사라스 교수조차도 탑에 좋은 점이 약간은 있다고 인정한 바 있었다.

이런 일은 아마도 역사상 최초겠지만, 온 세계가 타프로바네라는 곳이 있다는 사실뿐만 아니라 타프로바네의 고대 문화까지도 알게 되었다. 위협적인 존재감과 불길한 전설이 깃들어 있는 야카갈라 궁전은 특별히 더 관심을 끌었다. 그 결과 사라스 교수는 숙원으로 가지고 있던 몇 가지 계획에 대한 지원을 받을 수 있었다. 야카갈라 궁전을 창조한 이의 불가해한 성격은 이미 수많은 책과 영상을 만들어냈고, 바위 아래에서 벌어지는 송에뤼미에르 공연은 언제나 매진이었다. 세상을 떠나기 직전에 사라스 교수는 칼리다사 산업이 조금씩 생겨나고 있으며 갈수록 허구와 실재를 구분하는 게 갈수록 어려워지고 있다고 씁쓸하게 말했다.

자정 이후 얼마 안 있어 오로라가 극대기를 지난 게 분명해지자 라자싱헤는 다시 침대로 실려 갔다. 집안을 돌봐주는 직원에게 작별 인사를 할 때는 항상 그러듯이 뜨거운 야자즙 한 잔으로 몸을 편안하게 한 뒤 최신 뉴스 요약본을 불러냈다. 라자싱헤가 유일하게 관심을 두고 있는 소식은 모건이 하는 일의 진척 상황이었다. 지금쯤이면 모건은 탑 아래쪽에 접근하고 있어야 했다.

뉴스 편집자가 이미 최신 소식에 중요 표시를 해둔 상태였다.

* '권좌는 한 올의 말총에 매달린 칼 아래 앉아 있는 것처럼 위험한 것'이라는 점을 빗댄 서양 속담으로, 절박한 위험을 상징한다.

한 줄짜리 문장이 계속해서 깜빡거리고 있었다.

'모건 박사 목적지 200킬로미터를 남기고 꼼짝 못 해'

라자싱헤는 손가락 끝으로 상세 내용을 불러냈다. 소식을 보고 바로 떠올랐던 두려움이 근거 없던 것이라는 데 일단 안도했다. 모건은 꼼짝 못 하는 상황에 빠진 게 아니었다. 다만 여정을 끝마칠 수 없었다. 원하면 언제든지 지구로 돌아올 수 있었다. 그러나 그렇게 되면 세스이 교수 일행에게는 아무런 희망이 없었다.

지금 이 순간 머리 위에서 소리 없는 비극이 펼쳐지고 있었다. 라자싱헤는 글에서 영상으로 전환했다. 하지만 새로운 건 없었다. 화면에서는 몇 년 전에 맥신이 스파이더의 전신을 타고 올라갔을 때의 뉴스 재방송이 나왔다.

"차라리 이쪽이 낫겠군." 라자싱헤는 중얼거리며 아끼는 망원경으로 화면을 바꿨다.

침대에 누워 지내게 된 뒤로 라자싱헤는 몇 달 동안 망원경을 사용할 수 없었다. 그러다 모건이 간단히 안부차 전화를 했다가 상황을 파악하고는 신속하게 조처해 주었다. 일주일 뒤, 놀랍고도 기쁘게, 기술자 몇 명이 야카갈라 궁전의 저택에 도착해서 원격 조정이 가능하게 개조해 주었다. 덕분에 지금도 침대에 편안하게 누워서 별빛이 가득한 밤하늘과 우뚝 솟아 있는 바위를 바라볼 수 있었다. 라자싱헤는 모건이 보여준 성의에 깊이 감사했다. 생각도 못 하고 있던 모건 박사의 일면을 보았다.

어두운 밤이라 뭔가 볼 수 있을지는 알 수 없었다. 하지만 오랜 시간 동안 천천히 하강하는 탑을 관찰해 왔던 터라 라자싱헤는 어디를 보아야 할지 정확히 알았다. 햇빛이 딱 알맞은 각도로 비치면 천정에 수렴하는 유도용 끈 네 가닥도 어렴풋이 보였다. 가늘고 빛나는 선 네 개가 하늘을 향해 뻗어 올라가는 모습과 같았다.

라자싱헤는 방위각을 설정해 망원경이 스리칸다 산 위를 향하도록 돌렸다. 천천히 위로 올리며 캡슐이 보이는지 탐색하던 도중에 문득 마하나야케 테로 주지승려라면 이 최신 성과에 대해 어떻게 생각할지 궁금해졌다. 종단이 티베트의 라사로 옮겨 간 뒤로 라자싱헤는 이제 아흔을 훌쩍 넘긴 그 고위성직자와 이야기해 본 적이 없었다. 그러나 포탈라궁에서는 종단에서 바라던 시설을 제공하지 않았다는 이야기가 들렸다. 달라이 라마의 유언 집행자들이 유지보수 비용을 놓고 중국연방정부와 옥신각신하고 있는 사이에 그 거대한 궁전은 천천히 스러지고 있었다. 라자싱헤가 들은 최신 정보에 따르면 마하나야케 테로 주지승려는 지금 바티칸과 협상 중이었다. 그곳 역시 만성적인 재정 문제를 겪고 있었지만, 적어도 거처만큼은 아직 보유하고 있었다.

진실로 제행무상일지어니. 하지만 윤회의 방식을 깨닫는다는 건 쉬운 일이 아니었다. 파라카르마 선사와 같은 수학 천재라면 가능할까. 라자싱헤가 마지막으로 봤을 때 파라카르마, 아니 골드버그 박사는 기상학에 대한 공헌을 인정받아 과학 분야의 큰 상을 받고 있었다. 외모는 알아보지 못할 지경이었다. 깨끗하게 면도한 얼굴에 최신 유행이었던 신(新) 나폴레옹 양식으로 만든 정장을 입었다. 이제 와서 생각해 보니 골드버그 박사는 또다시 개종한 모양이었다….

탑을 향해 망원경을 기울이자 침대 끄트머리에 있는 커다란 화면 속에서 별이 아래로 흘러갔다. 하지만 지금쯤 분명히 시야에 들어왔어야 함에도 캡슐이 있다는 기미는 보이지 않았다.

라자싱혜가 다시 정규 뉴스 채널로 돌아가려는 순간 망원경의 화면 아래쪽 가장자리 근처에 신성처럼 빛나는 별이 나타났다. 순간 캡슐이 폭발했을지도 모른다고 생각했지만, 그 별이 조금도 변함없이 꾸준히 빛나고 있다는 사실을 깨달았다. 라자싱혜는 영상이 가운데 오도록 맞춘 뒤 최대 배율로 확대했다.

오래전에, 2세기 전 처음으로 공중 전투가 벌어졌을 때를 기록한 영상물을 본 적이 있었다. 문득 라자싱혜는 런던 야간 공습을 보여주는 장면이 떠올랐다. 원뿔 모양의 서치라이트 불빛에 잡힌 적 폭격기의 모습은 마치 하늘에 떠 있는 백색 광점과 같았다. 지금 라자싱혜의 눈에 보이는 모습도 그와 같았다. 다만 규모가 수백 배였을 뿐이다. 그러나 이번에는 지상에 있는 모두가 이 단호한 밤의 침입자를 파괴하려 들지 않았다. 반대로 도우려 했다.

49

거친 낙하

킹슬리의 목소리가 평정을 되찾았다. 그저 힘없고 절망적일 뿐이었다.

"담당 기술자가 자살하려는 걸 막고 있어요." 킹슬리가 말했다. "그런데 그 사람 탓하기도 어려워요. 캡슐 때문에 갑자기 다른 일이 몰려들었고, 안전띠 제거하는 걸 잊어버렸을 뿐이니까요."

역시 이번에도 인간의 실수였다. 폭발성 연결부를 장착하는 동안 배터리는 금속 끈 두 개로 매달려 있었다. 그리고 그중 하나만 제거했다….

그런 일은 정말 지겨울 정도로 꾸준히 일어났다. 때로는 그저 성가시고 말뿐이었지만, 때로는 재앙을 일으켰다. 그리고 그에 책임이 있는 사람은 죄책감을 평생 가지고 살아야 했다. 맞비난은 어떤 상황에서도 의미가 없었다. 중요한 건 앞으로 어떻게 할 것인가밖에 없었다.

모건은 외부 거울을 가능한 아래쪽으로 기울였지만, 문제의 원인은 보이지 않았다. 오로라가 사라져 버린 지금 캡슐의 아랫 부분은 완전한 어둠에 휩싸여 있었고, 모건에게는 조명이 전혀 없었다. 하지만 적어도 그 문제만큼은 쉽게 해결할 수 있었다. 계절풍 통제실이 몇 킬로와트짜리 적외선을 탑의 지하실에 쏘 아 준다면 눈으로 볼 수 있는 광자를 약간 받을 수 있을 것이다.

"우리 서치라이트를 써도 돼요." 모건이 그렇게 요청하자 킹 슬리가 말했다.

"소용없어. 그러면 내 눈으로 빛이 똑바로 들어와서 아무것 도 못 볼 거야. 빛이 내 뒤쪽 위로 들어와야 해. 그렇게 해줄 수 있는 위치에 있는 사람이 있을 거야."

"확인해 볼게요." 킹슬리가 대답했다. 뭔가 유용한 일을 할 수 있게 되어 반가워하는 모습이 역력했다. 킹슬리가 다시 연락 해 오기까지 시간이 오래 걸리는 것 같다고 느꼈던 모건은 3분 밖에 지나지 않았다는 데 깜짝 놀랐다.

"계절풍 통제실에서 할 수 있는데, 광선을 조율하고 초점을 흐려야 한대요. 박사님을 태워버릴까 봐 걱정되나 봐요. 하지만 킨테에서 바로 조명을 쏴줄 수 있다는데요. 유사백색광 레이저 가 있고 위치도 딱 맞아요. 하라고 할까요?"

모건은 자신의 방위를 확인했다. '어디 보자, 킨테 정거장은 서쪽 높은 곳에 있을 테니, 괜찮겠군.'

"난 준비됐어." 모건이 대답하고 눈을 감았다. 거의 그 즉시 캡슐 안이 빛으로 가득 찼다.

모건은 아주 조심스럽게 눈을 떴다. 광선은 서쪽 높은 곳에서 오고 있었다. 빛은 거의 4만 킬로미터를 날아왔음에도 눈부시게 밝았다. 순수한 백색광으로 보였지만, 모건은 그 빛이 세심하게 조율한 적색, 녹색, 청색 대역을 혼합한 결과임을 알고 있었다.

몇 초 정도 거울을 조정하자 모건은 불과 발밑 50센티미터 아래에 있는 성가신 금속 띠를 똑똑히 볼 수 있었다. 끄트머리는 커다란 나비형 너트로 스파이더 바닥에 고정돼 있었다. 그 너트만 풀어내면 배터리는 떨어져 나갈 것이다….

모건은 말없이 앉아서 상황을 분석했다. 시간이 많이 흐르자 킹슬리가 다시 연락을 해왔다. 처음으로 모건은 킹슬리의 목소리에서 희망을 살짝 느낄 수 있었다.

"계산을 좀 해봤는데요, 박사님…. 이거 어떻게 생각해요?"

모건은 킹슬리의 설명을 듣고 나직하게 휘파람을 불었다.

"안전 한계는 확실해?" 모건이 물었다.

"당연하죠." 킹슬리가 어딘가 상처받았다는 투로 대답했다. 모건은 킹슬리를 책망할 수 없었지만, 목숨을 거는 건 킹슬리가 아니었다.

"음, 한번 해보지. 하지만 처음에는 딱 1초 만이야."

"충분할 거예요. 그래도 좋은 아이디어예요. 해보면 알 거예요."

모건은 스파이더를 끈에 고정하고 있는 마찰제동장치를 해제했다. 그 즉시 무게가 사라지면서 의자에서 떠오르는 느낌이 들었다. 모건은 "하나, 둘!" 하며 수를 센 뒤 다시 제동장치를 작동시켰다.

스파이더가 덜컹거리더니 한순간 모건의 몸이 의자를 향해 아래쪽으로 불편하게 쏠렸다. 제동장치가 삐걱거리는 불길한 소리가 들리면서 캡슐이 다시 멈췄다. 비틀리는 진동이 약간 있었지만, 이내 사라졌다.

"거친 낙하였어." 모건이 말했다. "그래도 떨어지지는 않았군. 망할 놈의 배터리도 마찬가지고."

"말했잖아요. 더 세게 해야 한다니까요. 적어도 2초 정도."

모건은 자신이 수치와 계산 능력을 손아귀에 쥐고 있는 킹슬리보다 나을 수 없다는 사실을 알고 있었다. 그래도 어림잡아 계산을 해보지 않으면 안심할 수 없을 것 같았다. '2초 동안 자유낙하라. 0.5초 동안 제동한다고 하면, 스파이더의 질량을 1톤으로 하고….'

문제는 어느 쪽이 먼저 끊어지느냐였다. 배터리를 붙잡고 있는 금속 띠일까, 400킬로미터 상공에서 모건이 매달려 있는 끈일까? 평상시였다면 초섬유와 보통 강철은 상대가 되지 않았다. 하지만 너무 급작스럽게 멈춘다면, 또는 이렇게 마구 다룬 결과 제동장치가 잠겨 버린다면, 둘 다 끊어질지도 몰랐다. 그러면 모건은 배터리와 거의 비슷하게 지구에 도착할 것이다.

"2초야, 그럼." 모건이 킹슬리에게 말했다. "시작한다."

이번에는 덜컹거리는 수준이 신경 쓰일 정도로 거칠었고, 비틀거리는 진동이 사라지는 데도 훨씬 더 오래 걸렸다. 모건은 금속 띠가 끊어졌다면 느낌이 오거나 소리가 들렸을 거라고 확신했다. 그래서 거울을 보고 배터리가 아직 그대로 있다는 사실을 확인하고도 그다지 놀라지 않았다.

킹슬리는 개의치 않는 듯했다. "서너 번은 해야 할 거예요." 킹슬리가 말했다.

모건은 "내 자리를 탐내는 거냐?"라고 쏘아붙이고 싶었지만, 한 번 더 생각해 보고 참았다. 킹슬리는 재미있어했겠지만, 다른 사람들은 그렇지 않을 수도 있었다.

세 번째 낙하로 모건은 몇 킬로미터쯤 떨어진 느낌을 받았지만 기껏해야 100미터 정도였다. 이제 킹슬리도 슬슬 낙관적이지 못했다. 이 방법이 통하지 않는다는 게 분명해 보였다.

"저 안전띠를 만든 사람들에게 찬사를 보내고 싶군." 모건이 음울하게 말했다. "이제 어떻게 하면 좋겠나? 3초간 낙하하다가 멈춰 볼까?"

킹슬리가 고개를 젓는 모습이 눈에 선했다.

"너무 위험해요. 끈보다는 제동장치가 더 걱정이에요. 이렇게 하려고 설계한 게 아니라서요."

"음, 해볼 만한 시도였어." 모건이 대답했다. "하지만 아직 포기하기는 일러. 50센티미터밖에 안 떨어져 있는 너트 하나 때문에 포기한다는 건 말도 안 돼. 내가 밖으로 나가서 빼내겠어."

50

낙하하는 반딧불

01시 15분 24초.

여기는 우정 7호. 지금 주위에 보이는 걸 묘사해 보겠다. 나는 지금 자체 발광하는 듯이 밝게 빛나는 아주 작은 입자 무리 안에 있다···. 캡슐 곁을 지나고 있다. 마치 작은 별처럼 보인다. 무수히 많은 입자가 캡슐 곁을 지나고 있다.

01시 16분 10초

입자는 매우 느리다. 내 곁에서 멀어지는 속도가 불과 시속 7, 8킬로미터로 보인다···.

01시 19분 38초

전망경으로 보니 뒤쪽에서 태양이 떠올랐다. 뒤쪽을 창문으로 밖을 보니 말 그대로 수천 개나 되는 작은 발광 입자가 캡슐 주위에서 소용돌이치고 있다.

— 사령관 존 글렌, 머큐리 계획 '우정 7호',
1962년 2월 20일

과거의 우주복이었다면 너트를 손으로 잡는 일조차 불가능했을 것이다. 모건이 지금 입고 있는 플렉시슈트로도 쉬운 일은 아니었지만, 적어도 시도를 해볼 수는 있었다.

자신만이 아니라 여러 사람의 목숨이 달린 일이었기에 모건은 아주 신중하게 앞으로 할 일을 미리 연습했다. 우주복을 확인하고, 캡슐의 공기를 빼고, 해치를 열어야 했다. 다행히 해치의 크기는 거의 사람 키만 했다. 그러고는 좌석 안전띠를 풀고, 무릎을 (할 수 있다면!) 꿇고, 너트에 손을 뻗는 것이다. 모든 건 너트가 얼마나 단단히 조여 있는지에 달렸다. 스파이더에는 아무 도구도 없었지만, 모건은 비록 장갑을 끼고 있어도 자기 손가락으로 웬만한 소형 렌치만 한 힘을 낼 각오를 하고 있었다.

혹시 누군가 이 계획에서 치명적인 허점을 찾아줄 수 있을까 싶어 지상 요원에게 계획을 설명하려던 참에 어딘가 불편한 느낌이 들었다. 필요하다면 오랫동안 참을 수 있는 수준이었지만, 쓸데없이 위험을 감수하는 건 의미 없는 일이었다. 만약 캡슐의 자체 배관을 이용한다면 굳이 우주복에 있는 어색한 '잠수부의 친구'를 가지고 씨름할 필요가 없었다.

볼일을 보고 난 뒤 모건은 '소변 배출' 키를 돌렸다. 그리고 캡슐 바닥 근처에서 작은 폭발이 일어나는 걸 보고 깜짝 놀랐다. 놀랍게도 거의 즉시 반짝이는 별 구름이 나타났다. 마치 조그만 은하가 순식간에 태어난 것 같았다. 한순간이었지만, 모건은 그게 캡슐 바깥에 그대로 떠 있다는 느낌을 받았다. 이내 별 구름은 똑바로 아래를 향해 떨어지기 시작했다. 지상에서 돌을 떨어뜨릴 때와 다를 바 없이 빠른 속도였다. 몇 초 뒤 별 구름은 점

하나만큼 작아졌고, 곧 사라져 버렸다.

　모건이 아직 지구 중력에 완전히 사로잡혀 있다는 사실을 이보다 더 잘 느끼게 해주는 건 없었다. 궤도 비행 초기에 활동했던 우주비행사가 주위를 맴돌며 함께 행성 주위를 도는 얼음 결정 무리를 보고 당황하거나 재미있어했다는 이야기가 떠올랐다. '오줌 자리'라는 별자리에 대한 썰렁한 농담도 있었다. 이 고도에서는 그런 일이 일어날 수 없었다. 아무리 가벼운 물건이라고 해도 떨어뜨리면 곧바로 대기권으로 추락했다. 이렇게나 높은 곳에 올라와 있더라고 해도 자신이 무중량상태의 자유를 만끽하고 있는 우주비행사가 아니라는 사실을 기억해야 했다.

　모건은 높이가 400킬로미터인 건물 안에서 창문을 열고 창턱으로 걸어나가려 하는 중이었다.

51

입구에서

춥고 불편했지만, 정상에는 끊임없이 사람들이 모여들었다. 킨테에서 쏘는 레이저 광선은 물론 세계의 관심이 초점을 맞추고 있는 천정의 밝고 작은 별에는 마음을 끌어당기는 뭔가가 있었다.

지금 이곳에 찾아온 이들은 도착하면 바로 북쪽 끈으로 다가가 수줍으면서도 도전적인 태도로 마치 "바보 같다는 건 알지만 이러고 있으면 모건과 연결된 느낌이야"라고 말하는 듯이 쓰다듬곤 했다. 그러고는 커피 자판기 주위에 모여서 스피커에서 나오는 정보에 귀를 기울였다.

탑에 있는 조난자 소식은 새로울 게 없었다. 산소를 아끼기 위해 모두 잠을 자고 있거나, 적어도 자려고 노력하는 중이었다. 아직 모건이 너무 늦게 도착하게 될 상황은 아니었기 때문에 지체되고 있다는 사실을 알려주지는 않았다. 하지만 앞으로 한 시간 정도면 일이 어떻게 되고 있는 건지 궁금해서 중간정거장에 연락해볼 게 분명했다.

맥신은 스리칸다 산에 딱 10분 늦게 도착하는 바람에 모건을 만나지 못했다. 이렇게 간발의 차이로 놓치는 경우 엄청나게 화를 냈던 시절이 있었지만, 맥신은 어깨를 한 번 으쓱하고는 돌아왔을 때는 가장 먼저 모건을 만나겠다고 생각하며 마음을 풀었다. 킹슬리는 맥신이 모건과 통화하는 것을 허용하지 않았고, 맥신은 이조차도 선뜻 받아들였다. 그랬다. 맥신도 나이를 먹고 있었다….

지난 5분 동안 캡슐에서 나오는 소리는 모건이 중간정거장의 전문가와 우주복을 점검하면서 "확인"이라고 말하는 것뿐이었다. 그것도 곧 끝이 났다. 모두 아주 중요한 다음 단계를 초조하게 기다리고 있었다.

"공기 배출." 모건이 말했다. 헬멧의 유리를 닫은 상태라 목소리가 살짝 울렸다. "캡슐 기압 0. 호흡에 문제없음."

30초간은 아무 말이 없었다.

"이제 문을 열겠다. 열고 있다. 이제 안전띠를 해제하겠다."

지켜보던 사람들이 자기도 모르게 동요하며 웅성거렸다. 상상 속에서는 모두가 캡슐에 탄 채로 모건 앞에 갑자기 펼쳐진 허공을 의식했다.

"탈착식 버클 작동. 다리를 펴고 있다. 공간이 많지 않다…."

"우주복 상태를 느껴보는 중이다. 상당히 유연하다. 이제 문밖으로 나간다. 걱정하지 마시길! 왼팔에 안전띠를 두르고 있으니까…."

"휴. 이렇게 몸을 구부리려니 힘들다. 하지만 나비형 너트가 보인다. 문밖의 발판 바로 아래다. 어떻게 하면 닿을 수 있을지 생각 중이다….”

“무릎을 꿇고 있다. 별로 편안한 자세는 아니다….”

“됐다! 이제 돌릴 수 있나 보겠다….”

듣고 있던 사람들이 경직되며 말이 없어지더니 곧 한목소리로 거의 동시에 안도의 한숨을 내쉬었다.

“문제없다! 잘 돌아간다. 벌써 두 바퀴 돌아갔다. 이제 곧. 조금만 더. 빠져나오는 느낌이 난다. 밑에 조심하길!”

박수와 환호성이 쏟아져 나왔다. 짐짓 걱정스러운 척 머리 위에 손을 올리는 사람도 있었다. 배터리가 5분 뒤에, 그것도 동쪽으로 10킬로미터 지점에 떨어진다는 사실을 잘 모르는 사람 한두 명은 정말로 놀란 표정을 지었다.

킹슬리만이 이런 즐거움을 함께 누리지 못했다.

“기뻐하기에는 일러요.” 킹슬리가 맥신에게 말했다. “아직 숲에서 빠져나온 게 아니에요.”

시간이 흘러갔다. 1분…, 2분….

“소용없다.” 마침내 모건이 입을 열었다. 분노와 절망감이 가득한 목소리였다. “금속 띠를 움직일 수가 없다. 배터리의 무게 때문에 나삿니에 꽉 물려 있다. 흔들리면서 볼트에 붙어 버린 모양이다.”

“가능한 한 빨리 돌아와요.” 킹슬리가 말했다. “새 전지가 오고 있으니까 한 시간 안에 다시 돌아갈 수 있어요. 그러니까 아직 탑에는…, 음, 여섯 시간 뒤면 갈 수 있겠네요. 물론 다른 사고만 없다면.”

'물론 그렇겠지.' 모건이 생각했다. 모건은 학대하다시피 한 제동장치를 철저하게 점검하기 전에는 스파이더를 타고 다시 올라갈 생각이 없었다. 한 번 더 다녀올 수 있을지도 자신이 없었다. 이미 긴장하며 보냈던 지난 몇 시간이 몸으로 느껴지고 있었고, 조만간 피로가 몸과 마음을 기민하지 못하게 만들 것이다. 그리고 하필이면 그때가 그 둘이 최대한 효율을 발휘해야 할 시기였다.

모건은 좌석으로 돌아왔지만, 캡슐 문은 아직 열어 둔 상태였고 안전띠도 채우지 않았다. 문을 닫는 건 곧 패배를 인정한다는 뜻이었고, 모건은 쉽사리 그렇게 할 수 없었다.

거의 바로 위에서 비쳐 들어오는 킨테의 레이저 광선은 깜빡이지도 않는 무자비한 빛으로 모건을 밝혔다. 레이저 광선이 예리하게 초점을 맞추고 있듯이, 모건도 문제에 정신을 집중하려고 노력했다.

필요한 건 금속 절단기였다. 쇠톱이든 가위든 붙잡고 있는 금속 띠를 자를 수만 있으면 상관없었다. 모건은 스파이더에 공구 상자가 없다는 사실을 한 번 더 저주했다. 물론 있다고 해도 그 안에 지금 필요로 하는 게 있을 가능성은 거의 없었다.

스파이더의 내장 배터리에는 몇 메가와트시에 달하는 에너지가 있었다. 그걸 어떻게든 이용할 수는 없을까? 순간 모건은 아크 방전을 일으켜 금속 띠를 녹여서 끊어버릴까 하는 공상에 빠졌다. 하지만 적당히 굵은 도선이 있다고 해도(물론 있지도 않았지만) 제어실에서는 주 전력공급원에 접근할 방법도 없었다.

킹슬리를 비롯한 숙련된 두뇌가 다 함께 머리를 맞대도 해결

책은 보이지 않았다. 모건은 혼자서든 어떻게 해야 했다. 육체적으로든 정신적으로든. 사실 그건 모건이 평소에 더 선호하던 상황이긴 했다….

바로 그때, 손을 뻗어 캡슐의 문을 닫으려고 했을 때 모건은 어떻게 해야 할지를 깨달았다. 해답은 처음부터 손가락 옆에 놓여 있었다.

52

또 다른 승객

모건은 무거운 짐 하나를 어깨에서 내려놓은 듯한 기분이 들었다. 이유는 알 수 없었지만 확신했다. 이번에는 분명히 성공할 것이다.

그런데도 모건은 세세한 부분까지 계획을 세우고 나서야 비로소 움직이기 시작했다. 킹슬리가 초조한 기색으로 서둘러 돌아오라고 다시 한 번 연락하자 모건은 대답을 얼버무렸다. 지상이나 탑에서 헛된 기대를 품게 하고 싶지는 않았다.

"실험을 하나 해 볼 거야." 모건이 말했다. "아무 말 말고 몇 분만 내버려 둬."

모건은 수도 없이 시연에 사용했던 섬유 얼레를 집어 들었다. 오래전에 이 작은 스피너렛을 가지고 야카갈라 궁전의 바위 벽면을 타고 내려간 적이 있었다. 안전을 이유로 한 가지 변화가 있었는데, 섬유의 첫 1미터는 플라스틱으로 코팅을 했다. 덕분에 눈으로도 볼 수 있었고, 조심스럽게 하기만 하면 맨손으로도 다룰 수 있었다.

손에 쥔 작은 상자를 바라보고 있자니 자신이 이것을 얼마나 부적처럼 여겼는지 새삼스럽게 알 수 있었다. 사실상 행운의 부적과 마찬가지였다. 물론 모건은 그런 미신을 믿지 않았다. 스피너렛을 가지고 다니는 데는 아주 논리적인 이유가 있었다. 이번에 올라갈 때는 그 강도와 유일무이한 인상력(引上力)*이 도움될지도 모른다고 생각했다. 다른 능력에 대해서는 그만 거의 잊어버리고 있었다….

모건은 다시 의자에서 빠져나와 금속 격자판으로 된 스파이더의 받침 위에 무릎을 꿇고 문제의 원인을 조사했다. 문제의 볼트는 격자판 반대편에, 불과 10센티미터 떨어진 곳에 있었다. 격자 사이의 틈은 너무 좁아서 손이 통과할 수 없었지만, 별다른 어려움 없이 팔을 돌려서 볼트에 손을 댈 수 있다는 사실은 이미 알고 있었다.

모건은 코팅된 섬유 1미터를 먼저 풀어냈다. 그리고 끝에 달린 고리를 추로 삼아 격자 사이로 늘어뜨렸다. 실수로 캡슐 밖으로 떨어뜨리는 일이 없도록 얼레를 한쪽 구석에 단단히 고정한 뒤에 격자 뒤쪽으로 팔을 뻗어 흔들리는 무게추를 붙잡았다. 우주복이 아무리 유연해도 팔을 구부리는 데는 한계가 있었기 때문에 생각처럼 쉬운 일은 아니었다. 게다가 고리는 앞뒤로 진자 운동을 하면서 자꾸만 손아귀를 벗어났다.

결국에는 잡을 수 있으리라는 걸 알고 있었기에 성가시지는

* 들어 올리는 힘

않았지만, 점점 피로해졌다. 대여섯 번의 시도 끝에 모건은 바로 뒤에서 금속 띠를 고정하고 있는 볼트에 섬유를 감았다. 이제부터가 정말로 까다로웠다….

모건은 스피너렛에서 섬유를 알맞게 풀어 코팅되지 않은 부분이 볼트에 감기게 만들었다. 그리고 감긴 섬유가 나삿니에 딱 맞물리는 느낌이 들 때까지 양쪽을 잡아당겨 팽팽하게 했다.

모건은 굵기가 1센티미터가 넘는 단조강(鍛造鋼) 기둥을 상대로 이 방법을 써본 적이 없었고, 시간이 얼마나 걸릴지도 알 수 없었다. 받침대를 끌어안은 채 모건이 보이지 않는 톱으로 볼트를 썰기 시작했다.

5분 만에 땀이 비 오듯 흘렀다. 게다가 진전이 있었는지조차 알 수가 없었다. 장력이 느슨해져서 섬유가 볼트 안으로 (바라건대) 파고들어 가면서 생길, 보이지 않기로는 마찬가지인 틈 밖으로 빠져나올까 봐 걱정됐다. 몇 차례에 걸쳐 연락할 때마다 킹슬리의 목소리는 점점 더 불안해졌고, 모건은 짧은 말로 안심시켰다. 조만간 호흡을 가다듬으려고 잠시 쉬면서 지금 하는 일을 설명해야 할 것이다. 초조해하는 친구들에게 이 정도는 알려줘야 했다.

"박사님." 킹슬리가 말했다. "도대체 뭐 하는 거예요? 여기도 그렇고, 탑에서도 계속 연락이 와요. 뭐라고 말해야 해요?"

"몇 분만 기다려. 볼트를 자르려고 하는 중…."

차분하지만 명령하는 투의 여자 목소리가 끼어드는 바람에 모건은 깜짝 놀라서 하마터면 귀중한 섬유를 떨어뜨릴 뻔했다. 우주복 때문에 선명하게 들리지는 않지만, 상관없었다. 비록 마지막으로 들은 지 몇 달은 지났지만, 모건은 그 내용을 아주 알 알고 있었다.

"모건 박사님." 코라가 말했다. "누워서 10분 동안 휴식을 취하세요."

"5분이면 안 될까?" 모건이 간청했다. "지금은 좀 바쁘단 말이야."

코라는 대답하는 기능이 없었다. 간단한 대화가 가능한 모델도 있었지만, 이건 그렇지 않았다.

모건은 약속을 지켰다. 5분 동안 규칙적으로 심호흡했다. 그러고는 다시 톱질을 시작했다.

지상에서 400킬로미터 떨어진 곳에서 발판 위에 웅크린 채 모건은 계속해서 섬유를 앞뒤로 움직였다. 상당한 저항이 느껴졌다. 즉 단단한 강철을 상대로 진전을 보고 있다는 뜻이었다. 그러나 얼마나 남았는지는 알 길이 없었다.

"모건 박사님." 코라가 말했다. "30분간 누워 계셔야 합니다."

모건은 나직하게 욕설을 내뱉었다.

"실수하고 있는 거야, 이 사람아." 모건이 대꾸했다. "난 괜찮다고." 하지만 그건 거짓말이었다. 코라는 모건의 가슴 통증에 대해 알고 있었다….

"대체 누구랑 얘기하는 거예요?" 킹슬리가 물었다.

"그냥 지나가는 천사야." 모건이 대답했다. "마이크 끄는 걸 잊어버렸군. 한 번 더 쉬어야겠어."

"얼마나 잘랐어요?"

"알 방법은 없지만, 지금쯤이면 꽤 많이 잘랐을 거야. 분명히…."

모건은 코라의 전원을 끌 수 있으면 좋겠다고 생각했다. 하지만 코라가 모건의 가슴뼈와 우주복 사이, 건드릴 수 없는 곳에 있는 게 아니라고 해도 그건 불가능했다. 끌 수 있는 심장 경보기라는 건 쓸모없는 것보다도 나쁜, 위험한 물건이었다.

"모건 박사님." 이제 코라는 확연히 속이 타는 목소리로 말했다. "제발 지시에 따르세요. 적어도 30분 동안 온전히 쉬어야 합니다."

이번에는 대꾸할 필요를 느끼지 못했다. 모건은 코라가 옳다는 사실을 알았다. 하지만 이 일에 달린 게 모건 한 명의 목숨이 아니라는 점을 코라가 이해할 수는 없었다. 그리고 모건은 자신이 건설한 다리와 마찬가지로 코라에도 어느 정도 안전도가 있을 게 분명하다고 생각했다. 코라는 과도하게 진단을 내릴 것이다. 모건의 상태는 코라의 말과는 달리 그다지 심각하지 않을 것이다. 물론 그건 모건의 간절한 바람일지도….

확실히 가슴 통증도 더 심해지는 것 같지는 않았다. 모건은 통증과 코라 양쪽을 모두 무시하기로 하고 둥글게 감은 섬유로 느리지만 꾸준하게 톱질해 나갔다. 모건은 단호했다. 필요하다면 언제까지라도 계속해야 했다.

예상과 달리 아무 경고 없이 일이 벌어졌다. 4분의 1톤에 달하는 하중이 떨어져 나가면서 스파이더가 격렬하게 흔들렸다. 하마터면 모건은 심연 속으로 함께 떨어져 버릴 뻔했다. 모건은 스피너렛을 놓고 안전띠를 붙잡으려 했다.

모든 게 꿈같이 느릿느릿하게 일어나는 것 같았다. 무섭지는 않았다. 속절없이 중력에 굴복할 수는 없다는 단호한 결의만 느껴질 뿐이었다. 하지만 안전띠가 손에 잡히지 않았다. 안쪽으로 들어가 버린 것 같았다….

모건은 자신이 왼손을 허우적대고 있다는 사실도 의식하지 못했다. 하지만 어느 순간 왼손이 열려 있는 문의 경첩을 붙잡고 있었다. 그래도 여전히 몸을 안쪽으로 끌어당기지는 못했다. 모건은 마치 기묘한 천체처럼 천천히 회전하면서 시야에서 멀어지고 있는 배터리의 모습에 사로잡혔다. 배터리의 모습이 완전히 사라지기까지는 시간이 오래 걸렸다. 그 뒤에야 모건은 안전한 안쪽으로 들어와 좌석에 무너지듯 앉았다.

그렇게 한참 앉아 있었다. 심장이 방망이질 쳤다. 코라가 또 화를 내기를 기다렸지만, 놀랍게도 조용했다. 코라 역시도 놀란 것 같았다. 어차피 앞으로는 코라가 불평할 여지를 주지 않을 것이다. 이제부터는 조용히 제어판 앞에 앉아서 흥분한 신경이 가라앉도록 노력할 생각이었다.

제정신을 되찾은 모건은 산에 연락했다.

"배터리를 제거했다." 모건이 말하자 지상에서 환호성이 들려왔다. "문을 닫는 대로 운행을 재개한다. 세스이 교수 일행에게 한 시간 남짓 뒤에 도착한다고 전해줘. 그리고 킨테 정거장에 조명을 비춰줘서 고맙다는 말도. 이제는 없어도 돼."

모건이 실내를 다시 가압하고 우주복 헬멧을 벗은 뒤 시원한 강화 오렌지 주스를 쭉 들이켰다. 그러고는 구동장치를 작동시키고 제동장치를 해제했다. 스파이더가 최고 속도로 올라가자 모건은 이루 말할 수 없는 안도감을 느끼며 편안하게 몸을 좌석에 기댔다.

몇 분 정도 운행한 뒤에야 모건은 뭔가 잃어버렸음을 깨달
았다. 간절한 심정으로 금속 격자로 된 문턱을 내다보았다. 없
었다.

지상으로 떨어진 배터리를 따라 사라진 스피너렛을 대신할
건 언제든지 다시 구할 수 있다. 큰일을 하는 데 따르는 작은 희
생일 뿐이었다. 따라서 모건이 승리감을 만끽하지 못하고 기분
이 아주 좋지 않다는 건 이상한 일이었다.

하지만 모건은 충실한 오랜 친구를 잃은 기분을 느꼈다.

53

서서히 끝나다

그런 일을 겪고도 예정보다 30분밖에 늦지 않았다니 정말 일이 잘 풀린 셈이었다. 모건은 캡슐이 멈췄던 게 적어도 한 시간은 됐다고 믿고도 남을 것 같은 기분이었다. 200킬로미터도 안 남은 위쪽 탑에서는 환영위원회가 모건을 기다리고 있을 것이다. 모건은 문제가 더 생길 수도 있다는 가능성 따위는 생각하고 싶지도 않았다.

500킬로미터 지점을 지나서도 여전히 힘차게 전진하고 있을 때 지상에서 축하의 말이 들려왔다. "그나저나 루하나 보호구역의 관리인이 비행체 하나가 추락했다고 보고했어요." 킹슬리가 덧붙였다. "그 사람이 걱정하지 않도록 이야기는 잘했어요. 만약에 구덩이를 찾을 수 있다면 박사님을 위한 기념품이 생길지도 모르겠네요."

모건은 어렵지 않게 들뜬 감정을 억눌렀다. 배터리의 최후를 볼 수 있다는 건 기뻤다. 스피너렛도 찾을 수 있다면 좋겠지만,

그건 가망 없는 일이었다….

문제가 생겼다는 징조는 550킬로미터 지점에서 처음 나타났다. 지금쯤 상승 속도는 200킬로미터가 넘었어야 했다. 그런데 고작 198킬로미터였다. 별로 큰 차이는 아니었고 도착 시각에도 별다른 영향을 끼치지 않을 테지만, 모건은 걱정스러웠다.

탑까지 30킬로미터 남았을 때 모건은 문제를 진단해냈고, 이번에는 손쓸 방법이 전혀 없다는 사실을 깨달았다. 충분히 여유가 있었어야 했음에도 배터리가 방전되고 있었다.

아마도 급격히 멈췄다가 재시동을 거는 등의 행위가 이런 상태를 초래한 듯했다. 어쩌면 민감한 부품이 손상을 입었을 수도 있었다. 이유가 어쨌든 간에 전류는 서서히 떨어지고 있었고, 캡슐의 속도도 마찬가지였다.

모건이 계기판의 수치를 일러주자 지상에서는 소스라치게 놀랐다.

"맞는 것 같군요." 킹슬리가 울 것 같은 목소리로 탄식했다. "속도를 100킬로로 줄여요. 경험상 추정하는 정도밖에 안 되겠지만, 배터리 수명을 계산해 볼게요."

앞으로 25킬로미터, 속도를 줄여도 15분밖에 안 걸리는 거리였다! 기도라도 할 수 있다면 그러고 싶은 심정이었다.

"현재 떨어지는 비율로 봐서는 10에서 20분 사이로 추정하고 있어요. 간당간당하겠는 걸요."

"속도를 더 줄여야 할까?"

"지금은 아니네요. 방전 속도를 최적화하려는 중인데…, 아, 지금이 적당해요."

"음, 이제 조명을 좀 켜 봐. 탑에 도착할 수 없다면, 적어도 보기라도 해야겠어."

아래쪽에서 탑의 바닥을 올려다보고 싶은 상황이라 킨테나 다른 궤도정거장에서는 도와줄 수 없었다. 스리칸다 산에서 천정을 향해 수직으로 비추는 서치라이트가 필요했다.

얼마 뒤 타프로바네의 심장부에서 뻗어 나온 눈부신 빛이 캡슐을 꿰뚫고 지나갔다. 불과 몇 미터 떨어진 곳에 나머지 유도용 끈 세 가닥이 보였다. 정말 가까워서 손만 뻗으면 만질 수 있을 것 같았다. 탑을 향해 모여드는 빛줄기 같은 모습을 따라 먼 곳을 바라보자…, 거기에 있었다….

고작 20킬로미터 거리였다! 몇 분만 지나면 모건은 지금 하늘 위에 작고 반짝이는 사각형으로 보이는 건물 바닥을 통과해 들어가 선사시대의 산타클로스처럼 선물을 나눠주고 있어야 했다. 쉬면서 코라의 명령을 따르겠다고 마음먹었지만, 그러기가 거의 불가능했다. 모건은 근육에 긴장을 느꼈다. 마치 자신이 힘을 쓰면 스파이더의 마지막 남은 여정을 도울 수 있다는 듯이….

10킬로미터 지점에서 구동 모터에 분명한 변화가 생겼다. 모건은 이를 예상하였고, 곧바로 반응했다. 지상에서 보낼 조언을 기다리지 않은 채 속도를 시속 50킬로미터로 줄였다. 이 속도라면 앞으로 12분을 더 가야 했다. 모건은 점근적으로 접근하고 있을지도 모른다는 절망적인 생각이 들기 시작했다. 아킬레스와 거북의 경주와 비슷한 상황이었다. '남은 거리의 절반을 지날 때마다 속도를 절반으로 줄인다면, 유한한 시간 안에 탑에 도착할 수 있을까?' 예전 같으면 즉석에서 답을 내놓았을 테지만, 지금은 너무 피곤해서 생각할 수가 없었다.

5킬로미터 지점이 되자 좁은 통로와 추락방지용 난간, 대중에게 보여주기 위해 만든 쓸데없는 안전그물 같은 탑의 세부 모습이 보였다. 눈에 힘을 아무리 줘도 괴로울 정도로 천천히 다가가고 있는 에어록은 보이지 않았다.

곧 그런 건 중요하지 않게 됐다. 목표까지 2킬로미터 남은 지점에서 스파이더의 모터가 완전히 멈춰 버렸다. 심지어 캡슐이 몇 미터 아래로 미끄러지는 바람에 모건은 제동장치를 작동시켜야 했다.

그러나 뜻밖에 킹슬리는 별로 의기소침하지 않은 기색이었다.

"아직 갈 수 있어요." 킹슬리가 말했다. "10분 쉬어서 배터리를 회복시켜요. 마지막으로 몇 킬로미터 정도 갈 수 있는 에너지가 아직 남아 있어요."

모건의 인생에서 가장 긴 10분이었다. 갈수록 필사적이 되어가는 맥신의 애청에 응답한다면 시간을 훨씬 빨리 보낼 수 있었지만, 감정적으로 너무 힘이 들어서 이야기를 나눌 수가 없었다. 모건은 여기에 대해 진심으로 미안했고, 맥신이 자신을 이해하고 용서하기를 바랐다.

운전사/조종사인 루퍼트와는 잠깐 대화를 나눴는데, 지하실에 대피한 사람들은 아직 상태가 괜찮고 모건이 가까이 있다는 데 무척 고무되어 있다고 했다. 이들은 에어록의 바깥문에 있는 조그만 창문을 통해 차례로 모건을 바라보면서 그 얼마 안 되는 거리를 끝내 연결하지 못할지도 모른다는 생각은 전혀 하지도 않았다.

모건은 행운을 빌며 1분을 더 기다렸다. 다행히 전력이 고무적으로 흘러나오며 모터가 힘차게 반응했다. 스파이더는 탑에서 500미터 떨어진 곳에서 다시 멈췄다.

"다음에 될 거예요." 킹슬리가 말했다. 어쩐지 억지로 확신이 있는 척하는 느낌이 들었다. "이렇게 늦어져서 미안하지만…."

"10분 더?" 모건이 체념하며 물었다.

"그래요. 그리고 이번에는 중간에 1분씩 쉬면서 30초 동안 빨리 움직여 봐요. 그러면 배터리의 에너지를 쥐어짤 수 있을 거예요."

'그리고 내 에너지도.' 모건은 생각했다. 코라가 이렇게 오랫동안 조용한 게 이상했다. 그래도 이번에는 몸이 힘든 건 아니었다. 기분만 그럴 뿐이었다.

모건은 스파이더만 온통 신경을 쓰느라 자기 자신에 대해서는 잊고 있었다. 지난 한 시간 동안 순수 포도당으로 만든 에너지 알약과 과일주스가 담긴 비닐 주머니를 잊고 있었다. 이 둘을 섭취하고 나니 기분은 훨씬 나았다. 단지 남는 칼로리를 죽어가는 배터리에 전해줄 수 있다면 좋겠다는 생각이 들 뿐이었다.

이제 곧 진실의 순간이 다가올 것이다. 최후의 움직임. 이렇게 목표가 가까운 상황에서 실패를 생각할 수는 없었다. 운명이 이렇게 가혹할 수는 없었다. 이제 남은 거리는 몇백 미터뿐이었다.

물론 모건은 억지로 태연한 척하는 중이었다. 대양을 무사히 건너온 뒤에 활주로 끝에서 추락한 비행기가 몇 대였던가? 고작 몇 밀리미터만 남겨두고 힘이 다한 기계나 근육이 얼마나 있었던가? 행운뿐만 아니라 불운 역시 어떤 형태로든 어디서나, 누구에게나 일어날 수 있었다. 모건이라고 해서 특별한 취급을 받을 이유가 없었다.

캡슐은 죽어가는 동물이 마지막 안식처를 찾아 헤매듯이 무거운 몸을 이끌고 발작적으로 위를 향해 움직였다. 마침내 배터리가 생을 다했을 때 탑의 아랫부분은 하늘의 절반을 가리고 있었다.

그러나 지하실은 아직도 20미터 위에 있었다.

54

상대성 이론

모건의 명예를 위해 말해 두자면, 마지막 남은 한 줌의 전력까지 다 써 버리고 스파이더의 화면도 결국 꺼진 비참한 순간에 모건은 자신의 운명도 끝났다고 느꼈다. 제동장치만 해제하면 지상으로 미끄러져 내려갈 수 있다는 사실은 머릿속에서 단 한 순간도 떠오르지 않았다. 3시간 뒤면 무사히 침대로 들어갈 수 있었다. 임무에 실패했다고 비난할 사람도 없었다. 인간으로서 할 수 있는 일은 모두 다 했다.

어딘가 기운이 빠진 분노에 휩싸인 채로 스파이더의 그림자가 비친, 접근 불가능한 사각형을 바라보는 짧은 시간 동안 모건의 머릿속에는 온갖 괴상망측한 계획이 떠올랐고, 모건은 그걸 전부 기각했다. '믿음직스럽고 작은 스피너렛을 아직 갖고 있었다면….' 그러나 그걸 탑으로 가져갈 방법은 없었다. '조난자들에게 우주복이 하나 있다면, 누군가 그걸 입고 모건에게 밧줄을 내려줄 수도….' 하지만 운반차가 불길에 휩싸였는데 우주복을 챙길 시간 따위는 없었다.

물론 실제로 벌어진 일이 아니라 드라마였다면, 영웅적인 자원자가 에어록으로 나가 진공 속에서 의식을 유지할 수 있는 15초 동안 밧줄을 아래로 늘어뜨려 주고 자신을 희생할 수도 있었을 것이다. 결국 상식적으로 생각해 포기하기는 했지만, 한순간이라도 이런 생각을 했다는 건 모건의 절망감이 얼마나 컸는지를 알려주었다.

스파이더가 중력과 싸우기를 포기했을 때부터 모건이 결국 더 이상 할 수 있는 일이 없다고 판단할 때까지 걸린 시간은 1분이 채 되지 않았다. 그때 킹슬리가 그런 상황에서 짜증이 날 정도로 아무 관련 없어 보이는 질문을 던졌다.

"거리가 얼마라고요? 정확히 탑에서 얼마나 떨어져 있어요?"

"그게 무슨 상관이야? 1광년이라고 해도 똑같아."

지상에서는 잠시 아무 소리도 들리지 않다가 킹슬리가 어린 아이나 신경질적인 환자에게 쓸 법한 말투로 다시 말했다. "그게 아주 중요하죠. 20미터라고요?"

"그래. 그 정도쯤."

놀랍지만, 킹슬리는 확연하게 들릴 정도로 안도의 한숨을 내쉬었다. 심지어 즐거운 기색으로 대답했다. "여태까지 박사님이 이 계획의 책임공학자인 줄 알았는데 말이죠. 정확히 20미터라고 하면…."

모건이 소리치는 바람에 킹슬리는 말을 끝맺지 못했다. "이렇게 멍청할 수가! 세스이 교수에게 내가, 음…, 15분 뒤에 도킹한다고 전해 줘."

"14분 30초죠. 그 거리가 맞는다면. 그리고 이제 아무것도 도킹을 막을 수 없을 거예요."

그건 아직 위험한 발언이었다. 모건은 킹슬리가 그 말을 하지 않았으면 좋았을 거라고 생각했다. 가끔은 제조상 허용도 이내의 작은 오차 때문에 도킹 연결관이 제대로 결합하지 않을 때도 있었다. 그리고 당연하게도, 이 특별한 장치를 시험해 볼 기회는 지금까지 없었다.

모건은 한동안 정신을 놓고 있었다는 사실이 크게 부끄럽지는 않았다. 어쨌거나 극심한 긴장 상태에서는 자기 전화번호나 생일조차 잊어버릴 수 있다. 게다가 이제부터 상황을 좌지우지하게 된 요소는 지금 이 순간까지 전혀 중요하지 않았기 때문에 완전히 잊고 있었다.

모든 건 상대적이었다. 모건은 탑에 갈 수 없지만, 탑은 모건에게 오고 있었다. 하루에 2킬로미터라는 불변의 속도로.

55

도킹

일일 건설 속도의 최고 기록은 30킬로미터였다. 탑에서 가장 가늘고 가벼운 부분을 조립하고 있을 때였다. 가장 무거운 부분인 탑의 기단부가 궤도 위에서 거의 마무리되고 있는 지금 속도는 2킬로미터로 줄어들었다. 이것도 꽤 빠른 속도였다. 연결관의 정렬 상태를 점검하고, 도킹을 확인한 뒤 스파이더의 제동장치를 해제하기까지 몇 초 동안의 까다로운 과정을 마음속으로 연습할 시간은 충분할 것이다. 만약 너무 오랫동안 제동장치를 해제하지 않고 있으면 캡슐은 수 메가톤짜리 움직이는 탑과 상대가 안 되는 대결을 벌여야 했다.

길지만 편안한 15분이었다. 모건은 코라를 진정시키기에 충분한 시간이기를 바랐다. 마지막에는 모든 일이 순식간에 벌어지는 것 같았다. 그리고 마지막 순간, 하늘에서 단단한 지붕이 내려오면서 모건은 압착기에 짓눌리는 개미가 된 듯한 느낌을 받았다. 탑의 아랫부분이 몇 미터 떨어져 있다고 느낀 순간 곧바

354

로 도킹 장치가 부딪치는 소리와 충격이 느껴졌다.

수년 전에 이 일을 해놓은 공학자와 기계공의 기술과 세밀함에 여러 목숨이 달려 있었다. 연결관의 허용도 이내에서 결합하지 못한다면, 결합장치가 제대로 작동하지 않는다면, 밀봉이 확실히 되지 않는다면…. 모건은 귓가에 들리는 온갖 소리를 해독하려고 해 봤지만, 소리로 상황을 읽을 정도의 기술은 갖추고 있지 않았다.

그때 마치 승리의 신호와 같이 계기판에 '도킹 완료' 표시가 들어왔다. 신축성 있는 자재가 하강하는 탑의 움직임을 흡수할 수 있는 시간은 10초였다. 모건은 절반인 5초를 기다린 뒤에 조심스럽게 제동장치를 해제했다.

스파이더가 떨어진다면 곧바로 다시 작동시킬 준비를 하고 있었지만, 센서는 거짓말을 하고 있지 않았다. 탑과 캡슐은 단단히 결합하고 있었다. 사다리 몇 칸만 올라가면 모건은 목적지에 도착하는 것이다.

지상과 중간정거장에서 환호하는 사람들에게 보고한 뒤 잠시 앉아서 호흡을 가다듬었다. 이곳에 온 게 두 번째라는 생각을 하니 기분이 묘했다. 그러나 12년 전, 3만6천 킬로미터 떨어진 곳에서 있었던 첫 번째 방문에 대해서는 기억나는 게 거의 없었다. 딱히 적당한 말이 없어서 '기공식'이라고 불렀던 조촐한 파티를 '지하실'에서 열었고, 무중력 상태에서 건배하느라 수도 없이 술이 공중으로 솟아올랐다. 지하실은 가장 먼저 건설하는 부분이었을 뿐만 아니라 오랜 시간에 걸쳐 궤도에서 하강한 끝에 지구와 처음으로 만나는 부분이기도 했던 터라 기념식 같은 것을 치르는 게 마땅해 보였다. 숙적인 콜린스 의원조차도 기꺼이 참석해서 가시가 있지만 유쾌한 연설로 행운을 빌어주었던 일이 떠올랐다. 이번에는 그 이상으로 축하해야 할 일이 있으니….

벌써 에어록 건너편에서 환영한다는 의미로 문을 두드리는 소리가 희미하게 들렸다. 모건은 안전띠를 풀고 어색한 몸짓으로 좌석을 딛고 사다리를 올라가기 시작했다. 머리 위쪽에 달린 문은 모건에게 맞서기 위해 모여든 힘이 마지막으로 꿈틀거리는 것처럼 약간 저항했고, 잠시 공기가 새는 소리가 나다가 양쪽의 기압이 같아졌다. 그러더니 둥근 문이 아래쪽으로 열렸고, 간절히 기다리던 손이 모건을 탑 안으로 끌어올렸다. 모건은 냄새가 고약한 공기로 한 번 숨을 쉬자마자 어떻게 이런 곳에서 살아남았는지 궁금했다. 만약 임무를 중도에 포기했다면 두 번째 시도는 소용이 없었으리라고 확신했다.

황량하고 추운 지하실을 밝히는 건 마침내 맞이하게 된 비상사태에 대비해 10년 이상 꾸준히 햇빛을 흡수했다가 방출하기를 반복해 온 태양광 형광등뿐이었다. 그 불빛 아래의 모습은 오래전 전쟁 때의 한 장면 같았다. 집도 잃고 행색도 초라한 도시의 피난민이 건질 수 있었던 물품 몇 개만 가지고 방공호에 웅크리고 있었다.

그러나 여느 피난민이라면 '사출', '루나 호텔 법인', '화성연방공화국 소유'라고 쓰인 딱지가 붙은 가방을 들고 다닐 리 없었다. '진공 보관 금지' 딱지는 모든 곳에 다 있었다. 게다가 그렇게 즐거워할 리도 없었다. 산소를 아끼기 위해 누워 있던 사람도 힘없이 손을 흔들어 보였다. 그 손짓에 화답하는 순간 모건은 다리에 힘이 풀렸고, 사방이 어두워졌다.

모건은 그때까지 살면서 한 번도 기절한 적이 없었다. 차가운 산소를 마시고 정신을 차렸을 때 처음 든 감정은 지독한 당혹감이었다. 서서히 초점이 맞자 눈앞에 마스크를 쓴 형체가 보였다. 한동안 모건은 지금 병원에 와 있는 건가 생각했다. 곧 뇌와 시야가 정상으로 돌아왔다. 모건이 의식을 잃고 있는 동안 귀중한 화물을 옮겨온 게 분명했다.

그 마스크는 분자 거름망으로 모건이 탑으로 가져온 물건이었다. 코와 입을 덮으면 이산화탄소를 차단하고 산소를 통과시켰다. 간단하지만 정교한 기술로, 순식간에 질식했을 만한 대기 환경에서도 생존할 수 있게 해주었다. 마스크를 쓰고 호흡하려면 힘이 좀 들긴 했지만, 자연은 뭐든지 공짜로 내주는 법이 없었다. 게다가 목숨을 구하는 대가치고 이 정도면 약소했다.

다소 휘청거리기는 했지만, 모건은 도움을 마다하고 일어서서 늦게나마 자신이 구한 사람들과 인사를 나눴다. 한 가지는 아직 걱정되긴 했다. 의식을 잃고 있는 동안 코라가 경보를 발했던 건 아닐까? 그 이야기를 꺼낼 생각은 없었지만, 걱정스럽긴 했다….

"우리 모두를 대표해서 박사님이 해주신 일에 고맙다는 말을 하고 싶습니다." 진심이 어려 있었지만, 평소에 예의를 차리는 말을 별로 해본 적 없다는 게 확연한 태도로 세스이 교수가 말했다. "저희 목숨을 구하셨습니다."

여기에 논리적이거나 이치에 맞는 대답을 했다가는 꾸며낸 겸손함처럼 보일 수 있었다. 그래서 모건은 마스크를 조정하면서 적당히 얼버무렸다.

장비를 모두 옮겼는지 확인해보려고 할 때 세스이 교수가 어딘가 초조한 기색으로 덧붙였다. "의자가 없어서 죄송합니다. 이게 최선입니다." 세스이 교수는 상자를 몇 개 쌓아놓은 곳을 가리켰다. "정말로 좀 쉬셔야 합니다."

익숙한 문구였다. 즉 코라가 떠들어댄 것이다. 모건이 이 사실을 깨닫고, 다른 사람들이 알고 있다는 사실을 인정하고, 다시 모건도 그것을 알고 있다는 사실을 드러내는 짧은 시간 동안 살짝 당혹스러운 침묵이 흘렀다. 이 모든 게 말 한마디 없이 이뤄졌는데, 앞으로 아무도 언급하지 않을 완전한 비밀을 공유하는 한 무리의 사람 사이에서 일어나는 일종의 심리적 무한 회귀 현상이었다.

모건은 심호흡을 몇 번 하고, 권유받은 의자에 앉았다. 이렇게 쉽사리 마스크에 적응된다는 게 놀라웠다. '다시는 정신을 잃지 말아야지.' 모건은 굳게 결심하며 속으로 중얼거렸다. '하려던 일을 하고 가능한 한 빨리 여기서 떠나야지. 바라건대, 코라가 다시 입을 열기 전에 말이야.'

"저 밀봉재로 틈을 막을 수 있을 겁니다." 모건이 가져온 작은 용기를 가리키며 말했다. "에어록의 틈막이 주위에 뿌리면 몇 초 뒤에 굳습니다. 산소는 필요할 때만 사용하세요. 잘 때 필요할지도 모르니까요. 이산화탄소 마스크는 각자 한 개씩에, 여분이 몇 개 있습니다.

그리고 3일 치 식량과 물입니다. 충분할 거예요. 1만 킬로미터 정거장에서 출발한 운반차가 내일 도착할 테니까요. 그리고 의료용품은…, 이건 사용할 일이 없으면 좋겠군요."

모건은 잠시 말을 멈추고 숨을 돌렸다. 이산화탄소 필터를 쓰고 말을 하는 게 쉽지 않았다. 그리고 힘을 아껴두어야겠다는 생각이 점점 커졌다. 세스이 교수 일행은 이제 알아서 할 수 있었다. 하지만 모건에게는 조만간 해야 할 일이 하나 더 있었다.

모건이 루퍼트에게 조용히 말했다. "다시 우주복을 입게 도와주게. 선로를 점검해야겠어."

"입고 계신 그건 기껏해야 30분용 우주복입니다!"

"10분이면 되네. 길어야 15분."

"모건 박사님, 제가 우주 작업 자격이 있는 사람인데요, 박사님은 아니잖습니까. 규정상 여분의 장비나 생명줄 없이는 30분짜리 우주복을 입고 밖으로 나가지 못합니다. 물론 비상사태일 때는 예외지만요."

모건은 힘겹게 웃어 보였다. 루퍼트가 옳았다. 지금 당장 위험하다는 핑계는 이제 통하지 않았다. 하지만 비상사태는 책임 공학자가 정하기 나름이었다.

"손상 부위를 보고 싶어." 모건이 대답했다. "선로도 조사해야 하고. 1만 킬로미터 정거장에서 내려온 사람들이 예상치 못한 장애물 때문에 접근할 수 없다면 안타까운 일 아니겠나."

루퍼트는 확실히 이 상황이 내키지 않는 모양이었다. (도대체 코라는 내가 의식을 잃고 있는 동안 뭐라고 떠든 걸까?) 하지만 별다른 반박은 하지 않고 북쪽 에어록으로 모건을 따라갔다.

헬멧을 닫기 직전에 모건이 물었다. "교수와 별다른 일은 없었지?"

루퍼트는 고개를 저었다.

"이산화탄소 때문에 활력이 떨어지신 것 같습니다. 다시 발동이 걸리면, 음…, 6대 1로 사람 수가 많으니까요. 한데 교수님의 제자들을 믿을 수 있는지는 모르겠습니다. 몇 명은 교수님만큼이나 제정신이 아닌 것 같습니다. 온종일 저 구석에 있는 친구를 보세요. 태양이 꺼진다나, 아니면 터진다나, 어느 쪽인지 모르겠는데, 죽기 전에 세상에 경고해야 한답니다. 퍽 좋겠습니다. 저라면 모르고 있는 편이 나을 텐데요."

웃음이 저절로 나왔지만, 모건은 교수의 제자 중에 제정신이 아닌 사람은 한 명도 없다고 거의 확신했다. 조금 특이하다고는 할 수 있겠지만…, 그래도 영리할 것이다. 그렇지 않다면 세스이 교수와 함께 연구할 수 없었을 것이다. 언젠가 자신이 구해 낸 사람들에 대해 좀 더 알아봐야겠지만, 그건 모두가 각자 다른 방식으로 지구에 돌아간 뒤의 일이었다.

"탑 주위를 한 바퀴만 금방 돌고 오겠네." 모건이 말했다. "그리고 손상 내용을 설명해 줄 테니 중간정거장에 보고하게. 10분도 안 걸릴 거야. 만약 10분이 넘더라도, 날 구하러 올 생각은 말게."

에어록의 안쪽 문을 닫으며 되돌려준 루퍼트의 대답은 아주 실용적이고 짧막했다.

"그게 가능하기는 합니까?"

56

발코니에서 본 전망

북쪽 에어록의 바깥쪽 문이 별 어려움 없이 열리자 칠흑 같은 사각형 모양의 어둠이 보였다. 어둠을 수평으로 가로지르고 있는 한 줄기의 불길은 한참 아래쪽에 있는 산에서 똑바로 날아오는 서치라이트 불빛을 받아 밝게 빛나는 통로의 추락방지용 난간이었다.

모건은 숨을 깊게 한 번 들이마신 뒤 우주복을 구부려 보았다. 아주 편안했다. 모건은 안쪽 문에 있는 창문을 통해 루퍼트를 바라보며 손을 흔들어 보였다. 그리고 탑 밖으로 발을 내디뎠다.

지하실을 둘러싼 통로는 폭이 약 2미터인 금속 격자였다. 그너머에는 안전그물이 30미터까지 뻗어 있었다. 모건의 눈에 보이는 부분은 지금까지 참을성 있게 기다리는 동안 아무것도 붙잡지 못했다.

모건은 발밑에서 짓쳐들어오는 눈부신 불빛을 손으로 가리면서 탑 일주를 시작했다. 비스듬히 들어오는 조명은, 어떤 의미에서는 말 그대로 별을 향해 뻗어 있는 길처럼, 위를 향해 올라가고 있는 표면에 생긴 홈집이나 결함을 놓치지 않고 보여주었다.

바라기도 했고 예상도 했듯이, 반대쪽에서 일어난 폭발은 이쪽에 아무런 손상도 가하지 않았다. 그러기 위해서는 단순한 전기화학적 폭탄이 아니라 원자폭탄이 있어야 했다. 이제 최초의 도착을 기다리는 선로의 두 줄기 홈은 완벽함을 자랑하며 위쪽으로 끝없이 이어졌다. 눈부신 빛 때문에 아래를 똑바로 바라보기는 어려웠지만, 발코니 50미터 밑에서 절대 있어서는 안 될 일을 위해 대기하고 있는 말단부의 완충장치를 간신히 알아보았다.

수직으로 선 탑의 벽에 가까이 붙은 채로 서두르지 않으며 천천히 서쪽을 향해 걸어가던 모건은 첫 번째 모퉁이에 도착했다. 방향을 돌리면서 열려 있는 에어록 문과 그 문이 상징하는 안전을 (물론, 상대적일 뿐이었다!) 돌아보았다. 그리고 서쪽 벽을 따라 대담하게 걸어나갔다.

모건은 뿌듯함과 두려움이 뒤섞인 알 수 없는 감정을 느꼈다. 수영을 배우던 시절 부지불식간에 자기 키보다 깊은 곳에 들어가 있다는 사실을 알아챘을 때 이래로 그런 감정은 처음이었다. 위험할 일은 없다고 확신했지만, 꼭 그렇지만은 않았다. 모건은 때가 오기만을 기다리고 있는 코라를 예민하게 의식하고 있었다. 그러나 무슨 일이든 끝내지 않고 내버려 두는 건 도무지 참을 수가 없었다. 그리고 모건의 임무는 아직 끝이 아니었다.

에어록이 없다는 점만 빼면 서쪽 벽은 북쪽 벽과 완전히 똑같았다. 폭발 현장에는 더 가까웠지만, 여기도 손상을 입은 흔적은 없었다.

서두르고 싶은 충동을 억누르면서 (어차피 밖으로 나온 지 3분밖에 되지 않았다) 모건은 다음 모퉁이로 향했다. 방향을 바꾸기도 전에 탑을 한 바퀴 돌겠다는 계획을 포기해야 한다는 사실을 알 수 있었다. 통로가 찢겨 나가서 비틀린 금속 혀처럼 우주를 향해 덜렁거리고 있었다. 안전그물도 함께 사라졌다. 떨어지는 운반차에 찢겨 나간 게 분명했다.

'내 운을 시험하지는 말자.' 모건은 생각했다. 그러나 아직 남아 있는 난간을 붙잡고 모퉁이 너머를 슬쩍 보고 싶은 충동을 억제할 수는 없었다.

선로에 아직 상당한 양의 잔해가 박혀 있었고, 탑의 벽면은 폭발로 인해 색이 변했다. 그러나 눈에 띄는 부분만 보면 이곳에도 절단 토치를 든 작업자 몇 명이 두세 시간 안에 고치지 못할 만한 건 없었다. 모건은 루퍼트에게 상세히 설명했다. 루퍼트는 안도하며 모건에게 가능한 한 빨리 탑으로 들어오라고 재촉했다.

"걱정하지 말게." 모건이 말했다. "시간은 10분이 남았고, 30미터만 가면 돼. 내 폐 속에 들어 있는 공기만으로도 갈 수 있어."

그러나 시험해 보고 싶은 생각은 없었다. 모건은 하룻밤에 이정도면 됐다 싶을 정도로 충분한 흥분을 겪었다. 코라의 판단을 믿을 수 있다면, 지나칠 정도였다. 이제부터는 무조건 코라의 지시에 따를 생각이었다.

에어록의 열린 문으로 돌아온 모건은 저 아래에 있는 스리칸다 산의 정상에서 날아오는 불빛에 흠뻑 몸을 적신 채 난간을 붙잡고 마지막 순간을 음미했다. 그 빛은 별을 향해 수직으로 솟아 있는 탑에 모건의 그림자를 끝도 없이 길게 늘어뜨렸다. 그림자의 길이가 수천 킬로미터는 족히 될 것이다. 모건은 그 그림자가 1만 킬로미터 정거장에서 신속하게 내려오고 있는 운반차에 닿을지도 모른다고 생각했다. 손을 흔들면 구조대가 신호를 볼지도 몰랐다. 모스 부호로 이야기할 수도 있겠지.

즐거운 공상은 좀 더 진지한 사고로 이어졌다. 스파이더를 타고 지구로 돌아가는 위험을 감수하는 대신에 다른 사람들과 여기서 기다리는 게 낫지 않을까? 그러나 적절한 의료 처치를 받을 수 있는 중간정거장까지는 일주일이 걸린다. 3시간도 안 걸려서 스리칸다 산으로 돌아갈 수 있는 상황에서 그건 이성적인 대안이 아니었다.

들어갈 시간이었다. 공기가 얼마 안 남았을 게 분명했고, 더 볼 것도 없었다. 평소라면 낮이든 밤이든 여기서 볼 수 있었을 멋진 광경을 생각하면 실망스럽고 얄궂은 일이었다. 그러나 지금은 스리칸다 산에서 날아오는 눈부신 빛 때문에 아래쪽 행성도 하늘도 보이지 않았다. 모건은 칠흑 같은 어둠에 완전히 둘러싸인 채 조그만 빛의 우주 속에 떠 있는 기분이었다. 몸무게가 느껴지지만 않았다면 자신이 우주에 있다고는 도저히 믿기 어려웠다. 모건은 600 킬로미터 상공이 아니라 산 위에 서 있는 것 같은 안정감을 느꼈다. 그건 음미해 볼 만한, 그리고 지구로 가지고 돌아가야 할 생각이었다.

모건은 탑의 매끄럽고 단단한 표면을 토닥였다. 탑은 코끼리와 아메바 이상으로 자신과 크기 차이가 났지만, 어떤 아메바도 코끼리를 상상할 수 없다. 하물며 만들어내는 일이야….

"일 년 뒤 지구에서 보자." 모건이 속삭였다. 그리고 등 뒤로 에어록 문을 천천히 닫았다.

57

마지막 새벽

모건은 지하실에서 5분 동안 더 머물렀다. 사교에 쓸 시간
도 없었고, 어렵게 가져온 귀중한 산소를 조금이라도 더 사용하
고 싶지 않았다. 모건은 돌아가며 악수를 한 뒤 스파이더로 내
려갔다.

마스크 없이 숨을 쉬니 기분이 좋았다. 임무를 완벽히 완수
했으며, 3시간 안에 안전하게 지구로 돌아갈 수 있다는 데서 오
는 즐거움은 그보다 훨씬 컸다. 그런데도 탑에 오기 위해서 했
던 온갖 노력을 생각하니 아무리 되돌아가는 일이라고 해도 이
대로 출발해 다시 한 번 중력에 굴복하기가 망설여졌다. 하지만
곧 모건은 도킹을 풀고 아래로 내려가기 시작했고, 몇 초 동안
무중량상태에 놓였다.

속도계가 300킬로미터를 가리키자 제동장치가 자동으로 작
동하며 몸무게가 되돌아왔다. 에너지를 모조리 빼앗긴 배터리
도 이제 충전이 되고 있겠지만, 수리가 불가능할 정도로 손상을

365

입었을 테니 폐기해야만 했다.

이 부분에서 불길한 대응 관계가 있었다. 모건은 너무 무리하게 움직였던 몸 생각을 안 할 수가 없었다. 하지만 완고한 자존심 때문에 아직도 의사를 대기시켜 달라고 요청하지 않고 있었다. 모건은 스스로 내기를 걸었다. 코라가 다시 경보를 발한다면 그렇게 하겠노라고.

밤을 뚫고 빠르게 내려오는 동안 코라는 조용했다. 모건은 완전히 마음을 놓고 스파이더가 알아서 내려오게 내버려 둔 채 하늘을 감상했다. 이렇게 드넓은 전경을 볼 수 있는 우주선은 거의 없었다. 그리고 이렇게 환상적인 조건에서 별을 본 적이 있는 사람도 별로 없었다. 오로라는 완전히 사라졌고, 서치라이트도 꺼진 뒤라 별자리에 대항하는 건 아무것도 없었다.

물론 인간이 만든 별이 남아 있긴 했다. 거의 바로 위쪽에서 힌두스탄 상공에 영구히 자리 잡은 아소카 우주정거장이 눈부시게 빛나고 있었다. 탑의 건설단지에서 불과 수백 킬로미터 거리였다. 동쪽으로 절반쯤 가면 '공자' 우주정거장이, 한참 더 낮은 곳에는 '카메하메하'가 있었다. 반대로 서쪽 높은 곳에는 '킨테'와 '임호테프'가 있었다. 이들은 적도를 따라 가장 밝게 보이는 이정표 같은 존재였고, 실제로는 말 그대로 수십 개가 더 있었다. 전부 다 시리우스보다도 훨씬 더 밝았다. 과거의 우주비행사가 하늘을 두르고 있는 이 목걸이를 본다면 얼마나 놀라워할는지. 더구나 한 시간 남짓 지켜본다면, 익숙한 별들이 고래의 경로를 따라 흘러가는 동안에도 이들이 떠오르거나 저물지 않고 그 자리에 머물러 있는 모습을 보게 될 텐데, 얼마나 당황스러울까.

노곤한 정신으로 하늘을 가로지르는 다이아몬드 목걸이를 바라보던 모건은 이보다 훨씬 더 놀라운 생각에 천천히 빠져들었다. 상상력을 조금만 발휘하면 저 인공 별들이 거대한 빛의 가교로 탈바꿈하는 장면을 떠올릴 수 있었다.

생각이 좀 더 과감한 공상으로 흘러갔다. 북구 신화에서 영웅들이 이 세상에서 저 세상인 발할라로 갈 때 통과하는 다리의 이름이 뭐였더라? 기억이 나지는 않았지만, 화려한 꿈이었다.

인간 이전에 다른 생물이 자신의 행성 하늘에 다리를 놓으려다 실패한 적이 있는 걸까? 모건은 토성을 둘러싼 화려한 고리, 천왕성과 해왕성의 희미한 아치를 떠올렸다. 이들 행성에 생명이 깃들었던 적이 전혀 없다는 사실은 잘 알고 있었지만, 짓다가 실패한 다리의 파편이 흩어져 있다고 생각하면 즐거웠다.

모건은 자고 싶었다. 하지만 의지와 달리 상상력은 이런 생각에 사로잡혔다. 새로운 뼈다귀를 찾은 개처럼 놓으려 하지 않았다.

말도 안 되는 생각은 아니었다. 독창적인 것도 아니었다. 많은 정지궤도 우주정거장이 이미 길이가 몇 킬로미터에 달하거나 전체 궤도와 비교해 무시할 수 없는 길이의 케이블로 연결되어 있었다. 우주정거장을 이어서 지구를 한 바퀴 도는 고리를 만드는 데 필요한 공학적인 작업은 탑을 건설하는 것에 비해 훨씬 더 단순하다. 재료도 더 적게 들 것이다.

아니, 고리가 아니다. 바퀴다. 이 탑은 첫 번째 바퀴살에 불과했다. 적도를 따라 몇 개 (4개? 6개? 20개?) 더 있어야 했다. 이들이 모두 궤도 상에서 단단하게 연결되고 나면 개개의 탑에 생기는 안정성 문제는 없어질 것이다. 아프리카, 남아메리카, 길버트 제도, 인도네시아…. 필요하다면 모두 지구 쪽 종착역을 지을 장소를 제공해 줄 수 있다.

재료가 더 좋아지고 지식이 진보한다면, 언젠가 탑은 최악의 허리케인에도 끄떡없게 될 것이다. 그러면 산꼭대기라는 장소도 불필요하다. 만약 100년만 더 기다렸다면, 모건은 마하나야케 테로 주지승려를 괴롭힐 이유가 없었을 것이다….

모건이 꿈을 꾸는 동안 벌써 새벽의 첫 햇살을 받아 빛나는 가느다란 그믐달이 동쪽 지평선 위로 조용히 떠올랐다. 지구에 반사된 빛이 달 전체를 밝게 비춰서 밤 영역까지 자세히 볼 수 있었다. 모건은 과거에는 누구도 보지 못했던 아름다운 광경, 그믐달 바로 곁에 있는 별을 볼 수 있을까 싶어 눈에 힘을 주었다. 그러나 오늘 밤에는 인류의 두 번째 고향에 있는 도시 중 어떤 것도 보이지 않았다.

이제 불과 200킬로미터, 앞으로 한 시간도 채 남지 않았다. 굳이 깨어 있으려고 노력할 필요가 없었다. 스파이더는 자동으로 멈추게 프로그래밍되어 있어 모건의 잠을 깨우지 않은 채 부드럽게 멈춰 설 것이다.

모건을 먼저 깨운 건 통증이었다. 코라는 몇 분의 1초 정도 늦었다.

"움직이지 마세요." 코라가 달래듯이 말했다. "구조 신호를 보냈습니다. 구급차가 오고 있습니다."

우스운 소리였다. '그래도 웃으면 안 돼.' 모건은 중얼거렸다. 코라는 최선을 다하고 있을 뿐이야. 모건은 두렵지 않았다. 가슴

뼈 아래의 통증이 심했지만, 꼼짝도 못 하게 할 정도는 아니었다. 모건은 정신을 집중하려고 애썼다. 집중하는 행동 자체가 증상을 완화시켰다. 오래전에 모건은 고통을 다루는 가장 좋은 방법은 객관적으로 관찰하는 것임을 깨달았다.

킹슬리가 부르고 있었다. 하지만 목소리는 멀리서 들렸고, 무슨 말인지도 알기 어려웠다. 모건은 친구의 목소리에서 불안한 기색을 느꼈고, 그걸 누그러뜨리기 위해 뭔가 할 수 있으면 좋겠다고 생각했다. 하지만 그렇게 할 만한, 혹은 다른 무슨 일이든 할 만한 힘이 없었다.

이제는 목소리도 잘 들리지 않았다. 희미하지만 꾸준히 들리는 굉음이 다른 소리를 모두 묻어 버렸다. 마음속에서만, 혹은 귓속의 미로 같은 통로에서만 나는 소리라는 사실을 알고 있었지만, 완전히 진짜 같았다. 마치 거대한 폭포 아래에 서 있는 느낌이었다….

소리는 점점 희미하고 부드럽게, 음악처럼 변해갔다. 그러다가 문득 모건은 그 소리가 무엇인지 깨달았다. 야카갈라 궁전에 처음 찾아갔을 때 들었던 소리를 고요한 우주의 경계에서 다시 한 번 들을 수 있다니 얼마나 기쁜 일인가!

중력이 모건을 다시 집으로 데려가고 있었다. 오랜 세월 동안 그 보이지 않는 손이 낙원의 샘에서 솟아오르는 분수의 곡선을 만들어 왔던 것처럼. 그러나 모건은 인간이 그것을 보존할 수 있는 지혜와 의지를 갖고 있는 한 중력이 되찾아갈 수 없는 존재를 만들어냈다.

다리가 몹시 차가웠다! 스파이더의 생명유지장치가 어떻게 된 걸까? 하지만 곧 새벽이다. 그러면 충분히 따뜻해질 것이다.

별빛이 희미해지고 있었다. 원래 이렇게 빨랐었나 싶었다. 이상했다. 이제 날이 밝고 있는데, 주위의 모든 것은 어두워지고 있었다. 그리고 분수는 다시 땅속으로 가라앉고 있었고, 목소리는 점점 희미하게…, 희미하게…, 희미하게….

그때 다른 목소리가 들렸지만, 모건은 듣지 못했다. 짧고 날카로운 경보를 발하며 코라가 다가오는 새벽을 향해 외치고 있었다.

"도와주세요! 이 소리가 들리면 즉시 와주시기 바랍니다!
이것은 관상동맥 경보입니다!"
"도와주세요! 이 소리가 들리면 즉시 와주시기 바랍니다!"

태양이 떠오르고, 그 빛이 한때 신성했던 산의 정상을 쓰다듬을 때도 코라는 계속해서 소리치고 있었다. 저 멀리 아래에서는 스리칸다 산의 그림자가 모건이 저지른 일에도 아랑곳하지 않고 완벽한 원뿔 모양을 그대로 간직한 채 구름 위로 불쑥 나타났다.

깨어나는 대지 위로 펼쳐지는 영원의 상징을 바라볼 순례자는 이제 없었다. 그러나 앞으로 다가올 몇 세기에 걸쳐 수백만 명이 편안하고 안전하게 별을 향해 오르며 그 모습을 바라볼 것이다.

58

칼리다사의 승리

얼음이 적도를 잡아먹기 직전, 금세 끝나 버린 마지막 여름의 막바지에 스타호름인 사절 한 명이 야카갈라 궁전을 찾았다.

'무리의 우두머리'인 이 사절은 최근에 결합 형태를 인간 모습으로 바꿨다. 한 가지 사소한 점만 빼면, 훌륭하다고 할 정도로 인간과 똑같았다. 그러나 무인비행차를 타고 스타호름인과 동행한 아이들 열댓 명은 내내 재미있어서 발작을 일으킬 지경이었다. 어린아이들은 수시로 웃음을 터뜨렸다.

그러나 아이들은 정상적인 색 인식 범위가 전적으로 적외선 영역에 놓여 있는 스타호름인에게 인간의 피부는 녹색, 적색, 청색이 무작위로 섞인 모자이크 무늬가 아니라는 사실을 설명하지 않았다. 스타호름인이 "티라노사우루스 렉스로 변해 모두 잡아먹어 버리겠다"고 위협해도 아이들은 끝끝내 알려주려고 하지 않았다. 오히려 30세기에 걸쳐 수십 광년을 지나오며 지식을 모은 존재를 향해 아이들은 "고작 100킬로그램밖에 안 되는 질량으로는 무서운 공룡이 될 수 없다"고 지적했다.

스타호름인은 신경 쓰지 않았다. 이 외계인은 참을성이 있었고, 지구의 아이들은 생물학적으로나 심리학적으로나 항상 매혹적이었다. 어떤 종족이든 어린 개체는 그랬다. 물론 어린 개체가 있는 경우의 이야기였지만. 그와 같은 아홉 종족을 조사하고 나자 이제 스타호름인은 성장하고, 성숙하고, 죽는다는 게 어떤 느낌인지 대체로 알 것 같았다. 그래도 아직은 멀었다.

인간 십수 명과 외계인 한 명 앞에 텅 빈 땅이 펼쳐졌다. 과거에 풍요로웠던 들판과 숲은 남극과 북극에서 불어오는 차가운 입김으로 뒤덮였다. 우아한 야자수는 오래전에 사라졌고, 그 뒤를 이은 음울한 소나무도 뼈대만 남았다. 점점 퍼져오는 영구동토층에 뿌리가 죽어 버렸다. 지구 표면에는 생명체가 남아 있지 않았다. 행성의 내부 열이 얼음을 밀어내고 있는 심해에 눈멀고 굶주린 생명체 몇몇이 남아서 기거나 헤엄쳐 다니며 서로 잡아 먹고 있을 뿐이었다.

그런데도 희미한 붉은 별을 공전하는 곳에서 살던 존재에게는 구름 한 점 없는 하늘에서 내리쬐는 햇볕이 참을 수 없을 정도로 밝아 보였다. 1천 년 전에 핵을 잠식한 질병에 시달린 끝에 온기는 모두 사라졌지만, 강렬하고 차가운 햇빛은 괴로워하는 대지의 세세한 부분을 모두 밝혔고, 다가오는 빙하에 부딪혀 화려하게 반짝였다.

각성하고 있는 정신의 힘을 아직 만끽하고 있는 아이들에게 영하의 온도는 흥미로운 도전 상태였다. 벌거벗은 채로 눈더미를 헤치며 춤을 추고 반짝이며 바삭거리는 결정을 맨발로 걸어차 구름을 만들며 놀자, 아이들의 공생체는 때때로 "동상 신호를 무시하면 안 돼!"라며 경고할 수밖에 없었다. 아직은 나이가 어려서 연장자의 도움이 없으면 새로운 팔다리를 복제하기 어려웠다.

가장 나이가 든 소년은 보란 듯이 자랑하고 있었다. 자신이 불의 정령이라고 자랑스럽게 외치며 일부러 추위에 대항해 공격을 해 보였다. (스타호름인은 나중에 알아볼 생각으로 '정령'이라는 단어를 기억해 두었지만, 훗날 괜한 혼란만 불러일으켰다.) 과시하고 싶었던 이 작은 아이는 한 줄기 화염과 증기로 변했고, 고대의 벽돌 무더기를 따라 앞뒤로 춤추듯 움직였다. 다른 아이들은 다소 조잡한 이 구경거리를 대놓고 무시했다.

그러나 스타호름인에게 이것은 흥미로운 역설을 의미했다. '지금 가진 힘으로 추위를 물리칠 수 있는데 군이 내행성으로 후퇴한 이유가 무엇일까? 사실 화성에 사는 친척들은 그렇게 하고 있지 않은가?'

그건 아직 만족스러운 답변을 듣지 못한 질문이었다. 스타호름인은 의사소통하기 가장 쉬운 존재인 아리스토텔레스가 해준 수수께끼 같은 답변을 다시 검토해 보았다.

「모든 일에는 때가 있는 법입니다….」지구 두뇌는 이렇게 대답했다. 「자연에 대항해 싸울 시기가 있고, 복종해야 할 시기도 있습니다. 진정한 지혜는 올바른 선택을 하는 데 있습니다. 긴 겨울이 지나면, 인간은 새롭게 변모한 지구로 돌아올 겁니다.」

그리하여 지난 몇 세기 동안, 지구의 모든 사람은 적도에 늘어선 탑을 올라 금성의 젊은 바다나 수성의 온대 지방에 있는 비

옥한 평원을 향해 태양 쪽으로 줄지어 흘러갔다. 지금부터 500
년 뒤에 태양이 회복하고 나면, 사람들이 타지에서 돌아올 것이
다. 수성은 극지를 제외하고는 텅 빌 테지만, 금성은 영구적인
제2의 고향이 될 것이다. 나약해진 태양이 그 지옥 같은 세계를
길들일 동기와 기회를 부여했다.

이런 문제는 중요했지만, 스타호름인에게는 직접적인 관심
사가 아니었다. 스타호름인은 인류 문명과 사회의 미묘한 측면
에 더 관심을 기울였다. 어떤 종족이든 모두 독특했고, 각자 놀
라운 면과 특이한 점을 지니고 있었다. 이 종족은 스타호름인에
게 '음(-)의 정보'라는 혼란스러운 개념을 알려주었다. 현지의
언어로 말하자면 이랬다. "유머, 공상, 신화."

이런 기묘한 현상을 이해하려고 애쓰다 보면 가끔은 절망적
으로 이렇게 중얼거릴 때도 있었다. "우리는 절대 인류를 이해
할 수 없을 거야." 이따금 너무 좌절한 나머지 무심결에 결합해
서 온갖 위험을 초래하는 건 아닐지 걱정스러울 때도 있었다. 그
러나 이제는 확실히 진전이 있었다. 처음으로 농담을 해서 아이
들을 모두 웃겼을 때 느꼈던 만족감은 아직 기억에 남아 있었다.

아이들과 함께 일해 본 게 실마리가 되었다. 이 역시 아리스
토텔레스의 조언 덕분이었다.

「오래된 속담이 있습니다. 아이는 어른의 아버지다. '아버지'
라는 생물학적 개념은 우리 둘 모두에게 이질적이지만, 이 맥락
에서는 두 가지 의미를 지니고 있습니다….」

그래서 지금 이렇게 시간을 보내고 있었다. 스타호름인은 이
아이들을 통해서 이들이 궁극적으로 변형될 모습인 어른을 이해

할 수 있기를 기대했다. 아이들도 가끔 진실대로 말했다. 하지만 이제는 장난을(이 또한 이해하기 어려운 개념이었다) 치거나 음의 정보를 퍼뜨릴 때도 그 징후를 알아챌 수 있었다.

그렇지만 아이나 어른, 심지어는 아리스토텔레스조차 진실을 모를 때가 있었다. 순수한 공상과 확실한 역사적 사실 사이에는 끊임없이 이어지는 연속체가 있어 생각할 수 있는 모든 양상이 가능한 것 같았다. 한쪽 끝에는 콜럼버스와 레오나르도, 아인슈타인, 레닌, 뉴턴, 워싱턴이 있었는데, 이들 중 몇몇은 목소리와 모습이 보존되어 있었다. 반대쪽 끝에는 제우스, 앨리스, 킹 콩, 걸리버, 지그프리드, 멀린처럼 현실 세계에는 있을 수 없는 존재가 있었다. 하지만 로빈 후드나 타잔, 그리스도, 셜록 홈즈, 오디세우스, 프랑켄슈타인은 어떨까? 어느 정도 과장만 허용한다면, 실제로 있었던 역사적 인물이라고 할 법도 했다….

코끼리 왕좌는 3천 년 동안 변한 게 거의 없었다. 하지만 이렇게 이질적인 방문객의 무게를 지탱해본 적은 한 번도 없었다. 스타호름인은 남쪽을 바라보며 산꼭대기에서 하늘로 치솟아 있는 폭 500미터짜리 기둥을 다른 세계에서 본 공학적 위업과 비교해 보았다. 젊은 종족치고는 진실로 대단했다. 언제라도 위쪽부터 기울어지다가 쓰러져 버릴 것처럼 보였지만, 이미 15세기 동안 우뚝 서 있었다.

물론 처음부터 이런 모습은 아니었다. 처음 100킬로미터는 이제 수직으로 솟은 도시로(널찍하게 간격을 둔 일부 층에는 아직 사람이 살았다), 이곳에 있는 16개 선로를 따라 하루에 백만 명이 이동하던 적도 있었다. 지금은 그중 2개만 운행했다. 몇 시간 뒤면 스타호름인과 아이들도 세로로 홈이 난 이 거대한 기둥을 타고 지구를 둘러싼 링 도시로 돌아갈 예정이었다.

스타호름인이 눈을 망원 시야로 변경한 뒤 천천히 천정 부근을 훑어보았다. '링'이 있었다. 낮에는 잘 안 보였지만, 지구의 그림자를 지나가는 햇빛이 여전히 밝게 비춰주는 밤에는 잘 보였다. 하늘을 반구 두 개로 나누고 있는 가늘고 밝은 띠는 그 자체로 한세상을 이뤘다. 5억 명이 영구적인 무중력 상태에서 살아가기로 결정했다.

링 도시 옆에는 별과 별 사이의 심연을 가로질러 이 사절과 다른 '집단 동반자'를 싣고 온 우주선이 있었다. 지금도 우주선은 출발 준비를 하고 있었다. 서두르는 분위기는 아니었지만, 600년이 걸릴 다음번 여행을 예정보다 몇 년 정도 앞서 준비하는 중이었다.

물론 스타호름인에게 그건 찰나에 불과했다. 여행이 끝나기 전에는 다시 결합하지 않기 때문이다. 하지만 이번에는 오랜 경험을 통틀어 가장 큰 도전에 직면하게 될지도 몰랐다. 어떤 항성계에 진입한 탐사선이 사상 처음으로 파괴되었는지, 침묵하고 있었다. 어쩌면 아주 많은 세계에 흔적을 남긴, 그리고 이해할 수 없을 정도로 '태초'에 아주 근접해 있는 신비로운 '새벽의 사냥꾼'과 마침내 만난 것일지도 몰랐다. 만약 스타호름인에게 경악이나 두려움 같은 감정이 있었다면, 지금으로부터 600년 뒤의 미래를 생각했을 때 그 둘을 다 느꼈을 것이다.

하지만 지금 있는 곳은 야카갈라 궁전의 눈 덮인 정상이었고, 눈앞에는 인류가 별을 향해 나아가는 길이 있었다. 스타호름인은 아이들을 옆으로 불러 모은 뒤 (아이들은 정말로 지시에 따라야 할 때를 항상 알고 있었다) 남쪽에 있는 산을 가리켰다.

"너희들은 잘 알고 있겠지." 스타호름인이 거의 꾸밈없이 격앙된 말투로 물었다. "제1 지구항이 이 폐허가 된 궁전보다 2천 년 늦게 생겼다는 걸 말이야."

아이들은 다 같이 엄숙하게 고개를 끄덕였다.

"그렇다면 말이다." 천정부터 산의 정상까지 이어지는 선을 눈으로 따라가며 스타호름인이 물었다. "왜 저 기둥을 칼리다사의 탑이라고 부르는 거지?"

자료 출처와 감사의 말

역사소설을 쓰는 작가는 독자에게 특별한 의무를 진다. 익숙하지 않은 시대와 장소를 다룰 때는 더욱 그렇다. 잘 알려진 사실이나 사건을 왜곡해서는 안 된다. 가끔 창작을 덧붙일 경우에도 상상과 사실 사이의 경계를 명확히 해야 할 의무가 있다.

과학소설 작가에게도 똑같은 의무가 있다. 이 기록이 그런 의무를 다할 뿐만 아니라 독자의 즐거움에도 도움이 되길 바란다.

타프로바네와 실론

극적인 전개를 위해 나는 실론(지금의 스리랑카)의 지리에 세 가지 사소한 변경을 가했다. 먼저 그 섬이 적도에 걸칠 수 있도록 8백 킬로미터 남쪽으로 옮겼다. 2천만 년 전에는 실제로 그랬고, 앞으로도 언젠가는 그렇게 될 것이다. 지금은 북위 6도에서 10도에 걸쳐 있다.

그리고 신성한 산의 높이를 두 배로 키우고, 야카갈라에 더 가깝도록 옮겼다. 두 장소 모두 내가 묘사한 것과 아주 비슷한 모습으로 실재하고 있다.

스리파다, 혹은 아담스 피크는 불교도와 이슬람교도, 힌두교도, 기독교도에게 있어 신성한, 원뿔 모양의 인상적인 산이다. 정상에는 작은 사원이 있는데, 그 안에는 비록 길이가 2미터지만 부처의 발자국이라 하는 움푹 파인 자국이 있는 석판이 있다.

수 세기에 걸쳐 매년 수천 명의 순례자가 2,240미터 높이의 정상을 향해 먼 길을 떠나고 있다. 꼭대기까지 이어지는 계단 두 개(분명히 세계에서 가장 긴 계단일 것이다)가 있어서 이제 등반은 어려운 일이 아니다. 〈뉴요커〉지의 제레미 번스타인이 부추기는 바람에(내 에세이 '과학을 경험하다' 참조) 나도 한번 올라간 적이 있는데, 그 뒤로 며칠 동안 다리를 움직일 수가 없었다. 그래도 그럴 만한 가치는 있었다. 마침 새벽녘에 드리우는 산봉우리의 아름답고 장엄한 그림자를 볼 수 있었다. 아래쪽에 놓인 구름 위로 완벽한 대칭을 이루는 원뿔이 지평선까지 뻗어 나가는 광경으로, 해가 뜬 직후에 단 몇 분 동안만 볼 수 있었다.

그 뒤로는 스리랑카 공군 헬리콥터를 타고 훨씬 더 수월하게 산을 탐사했으며, 시끄러운 침입자에게 결국 익숙해져 버린 승려들의 체념한 얼굴이 보일 정도로 사원에 가까이 다가가곤 했다.

야카갈라라는 이름의 바위 요새는 사실 시기리야(혹은 시리기, '사자 바위')이며, 그 실체는 정말 놀라워서 나는 조금도 바꿔서 묘사할 필요를 느끼지 못했다. 유일하게 내가 마음대로 손을 댄 부분은 연대다. 스리랑카 대표민족인 신할리즈 족의 연대기 〈출라방사〉에 따르면), 정상에 있는 궁전은 부친을 살해한 카스야 파 1세(서기 478~495년 재위)가 지었다. 그러나 그렇게 큰 과업을 언제라도 공격을 받을 수 있는 찬탈자가 불과 18년 만에 해냈으리라고는 도무지 믿을 수가 없었다. 시기리야의 실제 역사는 이보다 몇 세기 정도는 더 거슬러 올라갈 수도 있다.

카스야파라는 인간의 성격과 동기, 실제 운명은 논쟁의 대상이었으며, 최근 신할리즈 학자인 세네라트 파라나비타나 교수의 《시기리 이야기》(레이크 하우스, 콜롬보, 1972년)가 사후 출판되면서 논쟁에 더욱 불이 붙었다. 나 역시 거울 벽의 비문에 대한 파라나비타나 교수의 2권짜리 역작 《시기리 그라피티》(옥스퍼드대 출판부, 1956년)에 빚을 지고 있다. 내가 인용한 몇몇 구절은 실제 있는 것이며, 나머지도 조금밖에 손대지 않았다.

시기리야의 위대한 장관인 프레스코화는 《실론: 사원, 사당, 그리고 바위의 회화》(뉴욕 그래픽 소사이어티/유네스코, 1957년)에 잘 재현되어 있다. 그중 5번 도판은 아주 흥미로운 모습을 보여주고 있다. 이 그림이 1960년대에 끝내 잡히지 않은 누군가에게 파괴되어 버렸다는 게 안타까울 뿐이다. 이 그림 속에 등장하는 시녀는 오른손에 들고 있는 경첩 달린 미지의 상자에 귀를 기울이고 있다. 그게 무엇인지는 확인할 수 없지만, 현지 고고학자는 초기 신할리즈 족의 트랜지스터 라디오라는 내 제안을 진지하게 받아들이지 않았다.

시기리야의 전설은 최근 디미트리 드 그룬왈드가 〈신이 된 왕〉이라는 제목의 영상으로 만들었다. 레이 로슨이 카스야파 왕으로 인상적인 연기를 펼쳤다.

우주엘리베이터

일견 황당해 보이는 이 개념이 서구권에 처음 등장한 건 〈사이언스〉 지 1966년 2월 11일 자에 실린 '인공위성 연장을 이용한 진정한 스카이후크 구현'이라는 제목의 짧은 논문에서였다. 저자는 스크립스 해양연구소의 존 D. 아이작스, 휴 브래드너, 조지 B. 바커스와 우즈홀 해양연구소의 앨린 C. 바인이었다. 해양학자가 그런 생각을 한다는 게 이상해 보일 수는 있지만, 아주 긴 케이블이 자체의 무게를 견디도록 늘어뜨리는 일과 관련이 있는 거의 유일한 (방공기구가 활발히 활동했던 시절 이후로) 사람들이라는 점을 생각하면 이상할 게 없다. (덧붙여 말하자면, 앨린 바인 박사의 이름은 유명한 연구용 잠수정의 이름 '앨빈'에 영구히 남아 있다.) 얼마 뒤 이 개념은 이미 6년 전에 레닌그라드(상트페테르부르크) 출신의 공학자 Y. N. 아르추타노프가 훨씬 더 야심 찬 규모로 제안했었다는 사실이 드러났다(〈콤소몰스카야 프라우다〉, 1960년 7월 31일 자). 아르추타노프는 '천상의 케이블카'라는 매력적인 이름을 붙인 이 장치로 하루에 1만2천 톤의 화물을 정지궤도에 올릴 생각을 하고 있었다. 이렇게 대담한 아이디어가 거의 주목을 받지 못했다는 건 놀랍다. 알렉세이 레오노프와 소콜로프의 두툼한 회화집 《별이 기다리고 있다》(모스크바, 1967년)에 언급된 게 내가 본 바로는 유일했다. 25쪽에 실린 컬러 도판 하나가 작동 중인 '우주엘리베이터'의 모습을 보여주고 있는데, "…말하자면, 인공위성이 하늘의 어느 한 점에 고정돼 있고, 거기서 지상까지 케이블을 늘어뜨린다면 길처럼 이용할 수 있다. '지구-스푸트니크-지구' 엘리베이터가 화물과 승객을 실어나를 수 있으며, 로켓 추진기 없이도 작동한다"라는 설명이 달려 있다.

레오노프는 1968년 비엔나에서 열린 '우주의 평화적 사용'에 관한 회의에서 만났을 때 내게 그 책을 한 권 주었는데, 그다지 큰 인상이 남아 있지는 않았다. 엘리베이터가 정확히 스리랑카 상공에 있었는데 말이다! 아마도 유머 감각이 좋기로 이름난 우주비행사 레오노프가 농담을 하고 있으려니 생각했던 모양이다. (레오노프는 인간관계에 능란한 사람이기도 했다. 비엔나에서 있었던 2001 스페이스 오디세이 시사회 뒤에는 "우주에 두 번 다녀온 기분이네요"라는 아주 멋진 평을 해주기도 했다. 아마 아폴로-소유즈 임무 뒤에는 "세 번"이라고 말했을 것이다.)

우주엘리베이터를 만들 때가 왔다는 건 1966년 아이작스가 논문을 투고한 뒤 10년 사이에 적어도 세 번이나 재발명됐다는 사실이 입증하고 있다. 라이트-패터슨 공군기지의 제롬 피어슨은 〈알타 아스트로노티카〉지 1975년 9-10월호에 '궤도탑: 지구 자전 에너지를 이용한 우주선 발사'라는 제목으로 새로운 아이디어가 많이 담긴 아주 자세한 글을 발표했다. 피어슨 박사는 1975년 7월 미국 하원의 우주위원회에 내가 한 진술을 통해서 컴퓨터를 이용한 검색으로도 찾지 못했던 초기 연구에 관한 이야기를 듣고 깜짝 놀랐다('스리랑카에서 본 풍경'을 참조).

그보다 6년 전 A. R. 콜러와 J. W. 플라워는 〈영국행성간협회지〉 22호(1969년), 442~457쪽에 실린 논문 '(상대적으로) 낮은 궤도의 24시간 위성'에서 본질적으로 똑같은 결론에 이르렀다. 이들은 통신용 정지위성을 통상의 3만6천 킬로미터보다 낮은 고도에 머무르게 할 가능성을 탐구하고 있었다. 지구 표면까지 케이블을 늘어뜨리는 일은 다루지 않고 있었지만, 그 논문을 확장하면 당연히 이렇게 된다.

살짝 자랑하자면, 그보다 앞선 1963년에 나는 유네스코의 의뢰를 받아 〈아스트로노틱스〉 지 1964년 2월호에 실은 에세이 '통신 위성의 세계'(지금은 '하늘에서 들리는 목소리'에서 볼 수 있다)에서 이렇게 썼다. "훨씬 장기적인 관점에서 보자면 저궤도에서 24시간 위성을 만드는 이론적인 방법은 많다. 그러나 모두 이번 세기에는 가능하지 않을 만한 기술 발전에 의존하고 있다. 나는 그에 대한 고찰을 학생을 위한 연습 문제로 남겨 두고자 한다."

그 이론적인 방법 중 첫 번째는 당연히 콜러와 플라워가 논의한 '매달린 위성'이었다. 현존하는 물질의 강도를 바탕으로 봉투 뒷면에 대충 계산해 본 결과 나는 이 아이디어에 완전히 회의적이 되어 버려서 자세히 알아볼 생각도 하지 못했다. 만약 내가 조금 덜 보수적이었다면, 혹은 봉투가 좀 더 컸더라면, 아르추타노를 제외한 다른 누구보다도 앞서나갔을지도 모른다.

이 책은 공학 서적이 아니라 (바라건대) 소설이므로 기술적으로 자세히 알고 싶은 사람은 최근 급격히 늘어나고 있는 이 분야의 문헌을 참고하기 바란다. 최근 문헌으로는 제롬 피어슨의 '궤도탑을 이용해 화물을 지구 밖으로 매일 수송하는 방법에 관해'(27차 국제우주대회 회지, 1976년 10월)와 한스 모라벡의 굉장한 논문 '비동기식 궤도 스카이후크'(미국 천문학회 연례회의, 샌프란

시스코, 1977년 10월 18~20일)가 있다.

나는 롤스로이스의 고(故) A. V. 클리버, 잉 박사, 뮌헨 공과
대학교의 항공우주학과 교수인 해리 O. 루페, 컬햄 연구소의 앨
런 본드 박사와 같은 친구들에게 궤도탑에 대한 귀중한 논평을
많이 들었다. 내가 수정한 부분에 대해 그 사람들은 아무 책임
이 없다.

컴샛 연구소의 월터 L. 모건(내가 아는 한 바니바 모건과는 아무
혈연관계가 없다)과 게리 고든, 국제연합(UN) 우주국의 L. 페렉
은 정지궤도에서 안정한 영역에 대한 유용한 정보를 제공해 주
었다. 이들은 자연력(특히 태양과 달의 효과)이 특히 남북 방향으
로 큰 진동을 일으킨다고 지적했다. 그러면 '타프로바네'는 내
생각만큼 유리한 곳이 아닐지도 모른다. 하지만 그래도 다른 곳
보다는 나을 것이다.

건설 부지가 높은 곳에 있어야 한다는 부분도 논쟁의 여지
가 있다. 나는 몬터레이 해양환경예측연구소의 샘 브랜드에게
서 적도에서 부는 바람에 대한 정보를 얻었다. 만약 탑이 해수
면까지 내려와도 안전하다면 몰디브 제도의 간 섬(최근에 영국
공군이 주민을 모두 이주시켰다)은 22세기에 가장 가치 있는 부동
산이 될지도 모른다.

마지막으로 아주 기묘한, 무섭기까지 한 우연의 일치가 있는
데, 이 소설의 주제를 떠올리기 한참 전에 나는 무의식적으로 문
제의 장소를 향해 (말 그대로) 끌려들어 갔다. 사연인즉슨, 10년
전에 내가 가장 좋아하는 스리랑카 해변에('대산호초의 보물'과
'스리랑카에서 본 풍경'을 참조) 얻었던 집이 어느 정도 규모 있는

땅 위에서는 정지궤도 안정성이 가장 뛰어난 지점에 정확히 가장 가까운 곳에 있었다.

그리하여 나는 초기 우주 시대의 여러 유물이 내 머리 바로 위에 있는 궤도의 사르갓소 해에서 떼 지어 돌아다니는 모습을 보며 은퇴 생활을 보내기를 바라고 있다.

1969~1978년
콜롬보에서

그런데 이제는 익숙해져 버린 기이한 우연의 일치가 하나 더 있다.

이 소설의 교정쇄를 보고 있을 때 나는 제롬 피어슨 박사로부터 NASA의 기술 문서 TM-75174인 G. 폴야코프의 '지구를 둘러싼 우주 목걸이'의 사본을 받았다. 〈테크니카 몰로데즈히〉 1977년 4호 41~43쪽에 실린 'Kosmicheskoye 'Ozhere'ye' Zemli'의 번역본이었다.

짧지만 흥미로운 이 논문에서 아스트라칸 교육대학의 폴야코프 박사는 지구를 둘러싼 고리라는 모건의 마지막 비전을 상세하고 공학적으로 엄밀하게 묘사하고 있다. 우주엘리베이터의 건설과 운영 방법에 대해서도 나와 거의 똑같은 방법으로 논의하고 있는데, 우주엘리베이터를 자연스럽게 확장하면 이 고리가 된다는 것이다.

폴야코프 동지에게 경의를 보내면서 동시에 의문이 들기 시작한다. 이번에도 나는 너무 보수적이었던 게 아닐까? 어쩌면 궤도탑은 22세기가 아니라 21세기에 이룰 성취일지도 모른다.

우리의 후손들은 거대한 것이 때로는 아름답다는 사실을 증명해 보일지도 모른다.

1978년 9월 18일
콜롬보에서

덧붙임

앞의 글을 쓴 뒤로 10년 동안, 비록 대부분 아직 이론에 불과하긴 해도, 우주공학 분야에서는 많은 일이 일어났다. 1979년 뮌헨에서 열린 30차 국제우주대회에서 내가 한 강연은 당시의 상황을 간단히 보여주었다. ('우주엘리베이터: 사고 실험인가, 우주로 가는 열쇠인가?'를 참조. 1984년 존 와일리&선즈 출판사에서 나온 과학저술집《궤도로 올라가다》에 재수록.)

비극적인 챌린저호 사고만 아니었다면, 요즘 '우주 밧줄'이라 부르는 기술을 아마 처음으로 시도해봤을지 모른다. 상층 대기를 나는 우주왕복선으로 수백 킬로미터짜리 케이블 끝에 달린 화물을 끌고 가는 것이다.

그동안 우주엘리베이터와 우주 밧줄의 유용성에 대해 논의한 자리는 많았다. 그리고 문헌도 아주 방대해져서 이제 나는 빠짐없이 찾아 읽으려는 시도를 못 하고 있다. 이와 같은 장치가 궤도를 바꾸거나 전리층에서 전기 에너지를 추출하는 등의 다양한 용도로 쓰일 수 있다는 데는 의심의 여지가 없지만, 지구 표면까지 연장하는 게 과연 실용적일지는 아직 불확실하다.

여기서 풀어내기에는 너무 복잡한 (그리고 아마도 극비일) 고도의 기술을 이용해서 우주엘리베이터를 지상부터 시작해 위쪽으로 지어나갈 수 있다는 제안도 있었다. 최근에 내가 하나 본 건 로버트 포워드 박사와 한스 모라벡, 마빈 민스키, 로웰 우드가 주고받은 오래된(1980년 2월) 전자우편 회의를 출력한 자료에서였다. 거기서 우드 박사는 이런 결론을 내렸다. "아서 클라크의 '별을 향한 다리'는 향후 20년 안에 지을 수도 있다. 그가 생각했던 것보다 몇 세기 앞선 것이며, 비용은 1만 배나 낮다!!!" 전략방위 구상에 쓰일 핵반응 엑스선 레이저 실험을 마치고 나면, 우드 박사도 이 같은 평화로운 활동으로 돌아올 수 있을 것이다.

레이저 이야기가 나와서 말인데, 나는 아직도 시기리야에서 공연을 열어보라고 장 미셸 자르를 설득하고 있다. 그러나 현지 숙박업소가 100명이 넘는 관객을 수용하기는 어려울 것 같아서 걱정이다. 챌린저호 승무원에게 바친, 나도 특별히 관여할 수 있었던, 휴스턴의 '랑데부' 공연에 모여들었던 백만 명 이상의 관객과는 꽤 차이가 난다.

아일랜드의 시인 리처드 머피는 시기리야의 그라피티에서 조금 영감을 얻은 시를 몇 편 써서《거울 벽》(블러닥스 북스, 뉴캐슬어폰타인, 1989년)이라는 책으로 묶었다.

마지막으로, 나는 1982년 소비에트사회주의공화국연방(USSR)을 방문했을 때 레닌그라드에서 우주엘리베이터를 발명한 멋쟁이 유리 아르추타노프를 만나 즐거운 시간을 보냈다는 사실을 기록해 두고자 한다('1984년: 봄'을 참조). 그리고 이제는 아르추타노프가 이 뛰어나고 대담한 개념을 고안해낸 사람으로 인정받고 있어서 기쁘다.

아서 C. 클라크
1989년 3월 콜롬보에서

옮긴이 **고호관**

서울대 과학사 및 과학철학 협동과정에서 과학사로 석사 학위를 받았다. 과학과 관련된 글을 쓰며, 지은 책으로 《술술 읽는 물리 소설책》, 《청소년이 꼭 알아야 할 과학이슈 11》(공저), 옮긴 책으로 《아서 클라크 단편 전집》, 《SF 명예의 전당》, 《카운트 제로》, 《닥터 블러드머니》, 《링월드》, 《아레나》 등이 있다.

낙 원 의 샘

초판 1쇄 인쇄 2017년 11월 17일
초판 1쇄 발행 2017년 11월 22일

지은이 아서 C. 클라크
옮긴이 고호관
펴낸이 박은주
기획 김창규, 최세진
디자인 김선예, 장혜지
마케팅 박동준, 정준호

발행처 아작
등록 2015년 9월 9일(제2017-000034호)
주소 04702 서울시 성동구 청계천로 474
왕십리모노퍼스 903호
대표전화 02.324.3945   **팩스** 02.324.3947
이메일 decomma@gmail.com
홈페이지 www.arzak.co.kr

ISBN 979-11-87206-86-6 03840

책 값은 표지 뒤쪽에 있습니다.

아작은 디자인콤마의 문학 브랜드입니다.